KB236764

문학의 위기, 위기의 문학

채 호 석

새 미

문학의 위기, 위기의 문학

인쇄 ― 2000년 5월 25일
발행 ― 2000년 5월 30일

지은이 ―――― 채 호 석
발행인 ―――― 김 태 범
편집인 ―――― 한 봉 숙
발행처 ―――― **새**   **미**

등록번호 · 제4-247호
서울시 성동구 행당동 28-7 정우B/D 407호
전화 · 2293-7949／2291-7948
팩시밀리 · 2291-1628
http://www.kookhak.co.kr

값 · 12,000원

*저자와의 협의하에 인지 생략함.

책머리에

1992년 문학사상 신인상으로 '등단'의 절차를 거친 이후, 이런 저런 소위 '비평'이라는 글들을 썼다. 지난 번, 논문을 묶어낼 때도 그랬지만, 지금도 마찬가지로 도대체 이 글들을 묶어서 뭐 하겠는가 하는 생각이 든다. 책을 묶어낸다는 것은 다시 한 번 내 자신의 글들을, 그리고 생각들을 공표하는 것이기 때문이다. 그저 마음 속에만 가지고 있을 생각들을, 그리고 아직은 농익지 않은 생각들을 주어진 기회를 마다 않고 써 냈던, 그 무치한 행위에 얼굴이 달아 오른다. 그러나 비록 농익지 않았다고 하더라도, 그 안에 무언가 다른 사람들에게 하고 싶은 말이 있었고, 그리고 그 말들은 내 나름으로는 의미가 있다고 생각하고 있다. 그런 마음이 이렇게 또 부끄러운 줄도 모르고 책을 묶어내게 만드는 모양이다.

1부에는 근래에 쓴 글들을 묶었다. 이 비평집의 제목으로 드러낸 것처럼, 이 글들은 '문학'의 '위기'에 관련된 글들이다. 문학의 위기가 아니라 존재의 위기라는 심정으로 썼던 글들이다. 2부에는 작가론과 작품론을 묶어 '글 읽기, 삶 읽기'라는 제목을 붙였다. 타인의 글을 읽는 것은 타인의 삶을 엿보는 것이고, 그리고 내 자신의 삶을 읽는 행위라고 생각하고 있기 때문이다. 3부에는 역사와 관련된 글들을 묶었다. 그리고 석사 학위 논문을 실었다. 이 글은 비평은 아니지만, 그리고 지금은 이미 많이 낡은 논의가 되었지만, 그래도 내 글쓰기의 시작이라는 의미를 갖고 있다. 그리고 또 많은 부분이 지금 내 글쓰기의 바탕이 되고 있기도 하다.

부끄러움이 앞서는데 더 이상 무슨 할 말이 있겠는가. 그저 80년대에 20대를 살았던 한 사람의 90년대 기록 정도로 읽어주었으면 한다.

마지막으로 책이 될지 안 될지도 모르면서 흔쾌히 책을 내주시기로 한 새미 출판사의 정찬용 사장에게 이 자리를 빌어 고마움을 표한다.

2000년 5월　　　　　　채 호 석

목 차

책머리에

문학의 위기, 위기의 문학

소설 읽기, 삶 읽기

문학 속의 역사, 역사 속의 문학

문학의 위기, 위기의 문학

'위기의 담론'으로서의 비평을 위해

● 문학도 비평도 아닌 내일의 삶 속으로

1990년대가 가고 있다. 새로운 세기, 새로운 천년기(千年期)의 시작이 얼마 남아 있지 않다. 엄밀히 말하자면 새로운 세기, 새로운 천년기는 일년 여가 남아 있기는 하지만, 지금 우리는 그 일년을 앞당겨 생각하고 있는 것이다. 새로운 세기를 맞이하며 많은 희망의 말들이 들려온다. 물론 그 사이 사이 어두운 어조의 말들이 섞여 있지 않은 것은 아니지만 말이다. 그 희망의 말에 자신을 주저 없이 실을 수 있는 자는 행복하리라. 그러나 누가 감히 그럴 수 있겠는가?

새로운 세기를 맞이하는 일은 언제나 희망과 불안의 교차이다. 지금까지의 세계와는 다른 세계가 펼쳐지리라는 희망, 그러나 간간이 섞여 나오는 디스토피아의 악몽. 그렇게 한 세기가 가고 있다. 희망과 불안 속에서 그대로 살아가면서 말이다. 여전히 매일의 삶은 유지되고, 문학 작품도 발표되고, 그리고 그에 대한 비평도 발표되고 말이다.

이러한 때, 1990년대의 문학비평을 정리한다는 것은 어떤 의미를 가질까? 모든 정리가 곧 반성이라면, 반성이 왜 필요한가? 우문일지도 모른다. 세상을 앞서가는 자들에게 되돌아 봄이란 헛된 것이기 때문이다. 그러나 그럼에도 반성이 필요하다면? 아마도 이는 우리가 아직 근대에서 벗어나지 못했기 때문이리라. 그토록 논의되던 탈근대 논의에도 불구하고 우리는 아직 근대를 벗어나지 못했기 때문이리라. 모든 반성은 되돌아봄이다. 되돌아봄이란, 아직 오지 않은 것에 대한 예비이다. 새로운 세상이 마치 밤중에 찾아오는 도둑처럼 찾아들지 않기 하기 위해서 준비하는 것이다.

비평의 임무와 운명, 그 가능성과 한계

모든 비평은 일종의 위기의 산물이 아닐까? 비평이라는 말의 어원이 그러하듯이 말이다. 위기의 산물. 세상에 대한 위기 의식을 갖고 그에 대응하는 일, 그것을 비평이라 이름할 수 있다. 만일 비평이 위기의 산물이 아니라면, 그것은 비평에 미치지 못하거나 아니면 비평 이상일 것이다. 그처럼 모든 비평에는 알게 모르게 위기 의식이 감추어져 있다. 아니 있어야 한다.

위기 의식은 어디에서 오는가? 그것은 아마도 낯섦에서 올 것이다. 낯선 것을 만나고, 그에 대한 불안을 느끼고, 그리고 그렇기 때문에 낯선 것을 친숙한 것으로 바꾸는 행위, 혹은 친숙함 속에서 낯선 것을 받아들이는 행위가 비평이다. 모든 새로움에 대한 서술은 낯익은 방식으로 이루어질 수밖에 없기 때문이다. 그러므로 비평은 언제나 '사후적'일 수밖에 없는 것이 아닐까? 비평은 낯선 것을 창출하지 않는다. 비평은 새로운 것을 만들어 내지 못/안 한다. 새로운 것을 만들어내는 것은 비평의 영역이 아니라 창작의 영역이다. 창작의 영역이 존재하지 않을 때, 비평은 자신의 존립 근거를 상실하게 된다.

비평은 또한 발견이다. 비평은 이미 모습을 전면적으로 드러내고 있는 것을 기술하는 것이 아니다. 비평은 아직 모습을 드러내고 있지 않은 것, 혹은 순간적으로 자신을 현출하는 어떤 것, 또 혹은 징후만으로 나타나는 것들을 전면에 드러내는 행위이다. 비평은 그 낯선 것에 이름을 부여하고, 친숙한 것 속에 그 이름의 위치를 정해준다. 명명하기, 그것이 비평의 일이다. 그리고 비평은 그럼으로써 낯선 것을 낯설게 느끼지 않게끔 만들고, 그리고 새로움을 낯익은 것으로 만든다.

여기에 비평은 자신의 가능성과 한계를 갖는다. 비평은 낯선 것을 낯익게 만드는 것, 혼돈 속에 질서를 부여하는 것, 혹은 혼돈처럼 보이는 것에서 질서를 발견하는 것이다. 그러나 이러한 비평의 행위, 명명하고, 질서를 부여하는 행위는 언제든지 억압적인 것으로 바뀔 수 있다. 왜냐하면 비평은 새로움에서 바로 그 새로움을 제거하기 때문이다. 이처럼 비평은 낯선 것을 자기화 하면서도, 또한 억압으로 전화되지 않게 해야만 하는 모순된 위치에 설 수밖에 없다.

그러나 또한 비평은 위기를 기회로 전화시키는 행위이기도 하다. 비평을 통해서만 낯선 것은 비로소 자신의 이름을, 모습을 부여받을 수 있기 때문이다. 단지 징후만을, 혹은 그 작은 한 모서리만을 보여주는 어떤 흐름을 명확하게 함으로써, 바로 그렇게 함으로서 비평은 위기를 기회로 전환시킨다. 미약한 새로움을 강하게 만들고, 그리고 그 새로움을 억압하는 기존의 것들을 와해시키는 힘으로 전화시키는 것이다. 이것이 비평의 임무이며, 또한 운명이 아닐까?

90년대의 비평 또한 위기의 산물이다. 90년대 비평은 80년대 비평과는 달리 통일된 모습을 보이지 않고 있다. 적어도 80년대 비평을 보아왔던 사람들의 눈에는 그렇다. 80년대 비평과 90년대 비평의 차이를 말하자면 아마도 이러한 통일성의 결여라고 할 수 있을 것이다. 상실된 통일성의 시대 혹은 다양성의 시대. 동일한 현상에 두 가지 다른 이름과 평가가 내려진다. 그 어떤 평가가 내려지건 간에, 90년대 비평은, 80년대와는 다른 격렬한 싸움의 장이다. 80년대 비평이 민족문학론 내부에서의 싸움, 민족문학의 이념과 방법을 둘러싼 싸움이었다고 한다면, 어쩌면 그렇기 때문에 그만큼 단순할 수 있었다면, 90년대의 비평은 그리 단순한 싸움이 아니다. 민족문학론 내부에서 다양한 대립이 아직 존재하는 한편, 다른 한편으로 민족문학론과 그에 대립하는 진영 사이의 싸움이 존재한다. 이 싸움은 겉보기에는 그리 격렬하여 보이지는 않는다. 민족문학론의 패배는 누가 보더라도 확실한 것처럼 보이기 때문이다. 그러나 과연 그럴까? 오히려 반대는 아닐까? 겉으로 명확하게 드러나지 않는 더 격렬한 싸움이 내재해 있는 시기가 아닐까? 아니 지금 하고 있는 이 작업이 적어도 비평이라는 이름에 걸맞기 위해서는 바로 이 격렬한 싸움을 발견하고, 싸움을 하게 만들고, 그리고 또 싸워야 하는 것은 아닐까? 그런데 그것이 가능할까?

근대라는 화두—불명확하고 모순된 싸움

적어도 90년대의 비평은 비평의 화두를 바꾸어 놓았음이 사실일 것이다. 이제 비평의 화두는, 그리고 다른 방식으로 이야기하자면, 비평의 위기 의식은 80년대와는 다르다. 90년대 비평의 화두는 80년대보다 훨씬 작으면서도 또한 80년대보다 훨씬 더 크다. 그리고 80년대의 민족문학론을 포함해서 어떤 비평도 이 화두에서 벗어나지 않는다. 그 화두의 이름은 '근대'이다. 근대라는 화두는 일상 생활의 아주 작은 모습에까지 파고들어야 한다는 점에서, 그리고 삶의 세세한 모습들을 문제삼지 않으면 안 된다는 점에서 80년대보다는 훨씬 작다. 그러나 또한 근대라는 화두는 80년대의 민족문학론을 포함하여, 적어도 100년에 걸치는 우리 문학에서의 근대를 대상으로 한다는 점에서 80년대보다 훨씬 더 클 수밖에 없다.

지금 우리 비평의 초미의 관심은 우리가 근대를 어떻게 넘을 수 있는가, 근대를 어떻게 지양할 수 있는가이다. (물론 이러한 논의들의 상당 부분은 유행과 같은 것이기도 하다. 그러나 그렇다고 해서 그 의미가 없어지지는 않는다. 탈근대의 논의가, 혹은 근대 벗어나기의 논의가 유행처럼 번지는 데는 나름의 이유가 있기 때문이다. 이를 잡아내는 것 또한 비평의 일이 아니겠는가?) 그리고 이러한 근대 넘어서기의 논의는 우리의 근대 자체에 대한 반성이라는 의미를 갖는다. 그러나,

그러나 구체적으로 어떻게 근대를 넘어설 것인가? 아니 도대체 근대란 무엇인가? 이에 대해서는 수많은 논의들이 서로 엇갈리고 있다. 근래에 나온 비평들의 다수가 이 문제를 언급하고 있음에도 불구하고 실상 우리의 근대는 아직 불명확하다. 바로 이 불명확함이 비평을 가능하게 하는 것인지도 모른다. 명확하다면, 더 이상 비평은 존속할 이유가 없기 때문이다. 동일한 언어의 끊임없는 반복이라면, 그것은 더 이상 비평이 아니라, 이제 비평의 범주를 넘어서는 독사(doxa)일 것이기 때문이다. 바로 이 불명확한 지점에서, 싸움이 일어난다. 90년대 비평의 싸움은 통일된 싸움의 모습이 보이지 않는 듯하다. 저마다 각개약진으로 자신의 말을 이야기한다. 어찌 보면 상대에 대한 비판과 그리고 그를 통한 자기 비판 속에서 이루어지는 나눔이라는 것이 전혀 존재하지 않아 보이기도 한다. 모두들 각자가 자기의 무기를 들고 모든 사람들에 대해 싸움을 거는 것처럼 보이기도 하고, 때로는 다른 비평가들을 염두에 두지 않은 채 혼자 종횡무진 달려가기도 한다. 이전 시대에는 같은 생각을 갖고 있던 사람들 사이에서도 차이가 발생하고, 그리고 그 차이는 증폭된다. 근대라는 화두가 그 차이를 증폭시키고 있는 것이다. 그러나 싸움은 비록 명확하게 눈에 드러나지 않는다고 하더라도 엄연히 존재하는 것이다. 다만 그 싸움이 여러 곳에서 여러 방식으로 이루어지고 있기 때문에 80년대와 같은 거대한 싸움의 모습으로 보이지 않을 뿐이다.

가장 큰 싸움이 이루어지고 있는 곳은 근대의 기획과 탈근대의 기획이 맞부딪치는 지점이다. 적어도 여기서 싸움은 명확해진다. 근대를 밀

고 나갈 것인가 아니면 근대를 부정하고 나설 것인가의 싸움. 그러나 1990년대의 비평을 살펴보면 쉽사리 알 수 있듯이 이 싸움은 너무나 추상적이다. 앞서 말했듯이 싸움의 지점은 명확할지 모르나 싸움의 내용은 불명확하기 때문이다. 각기 다른 근대를 놓고, 또 각기 다른 탈근대를 말하고 있는 것은 아닌가? '근대란 무엇인가?'를 놓고 벌이는 이론적 논쟁이란 어쩌면 불필요할지도 모른다. 추상을 추상으로 넘어서는 것은 아무 것도 아닐 수 있기 때문이다. 그렇다면 어떻게 할 것인가?

근대에 대한 부정의 싸움은, 때로 그 자체가 모순되게 보이기도 한다. 도구적 이성에 대한 부정이 바로 도구적 이성을 최대한도로 사용함으로써 이루어지고, 도대체 고도의 이성이 아니고서는 알 수 없는 논의로까지 발전한다. 그런가 하면, 또 한편으로 아예 비평은 부정되기도 한다. 이제 비평과 창작이 있는 것이 아니라, 그저 텍스트만 있을 뿐이라고 말하기도 한다. 자기동일성이라는 근대적 한계를 넘어서기 위해, 억압에서 벗어나기 위해 행하는 모든 노력들은 그저 이제 차이의 확인에 머물고 마는 경우도 있다. 그렇게 해서, 결국은 그 스스로 부정하였던 동일성으로 환원되어 버리고 말기도 한다.

안이 아닌 밖을 사고해야 할 때

근대를 부정하는 자리에서, 혹은 근대적인 것들의 억압을 부정하는 자리에서 가장 중요한 개념의 하나는 '차이'이다. 근대적인 것의 가장 큰 죄과, 모든 것의 근원으로서의 주체를 세운 것, 이성을 절대시한 것, 그리고 그렇게 함으로써 그 자연스러운 결과로 모든 것을 자기동일성으로 환원시키고자 한 것, 이런 근대의 죄과에 대한 부정은 당연히 차이에 대한 관심을 낳았다. 차이의 발견은 대단히 중요한 발견이다. 동일성으로 환원될 수 없는 것들, 그것이 바로 현실이기 때문이다.

그러나 차이를 논하면서, 이제 차이는 동일성을 대신하는 절대적인 것의 자리에 올라온 것은 아닐까? 그리고 그렇다면 그 결과는 오히려 출발과는 반대의 지점에 도달하고 마는 것이 아닌가? 모든 것의 용인, 차이라는 이름으로 모든 존재하는 것을 받아들이는 것, 차이를 발생시키는 것만이 아니라 차이 나는 모든 것에 대한 용인. 이러한 용인이야말로 비평이 현실로부터 떠나 자기 충족의 세계로 들어가게 만드는 것은 아닐까? 그리고 그렇게 함으로써 결국은 현실을 옹호하는 변호론의 세계로 빠져드는 것은 아닐까? 차이의 용인이 차이라는 동일성으로 환원됨으로써, 그리고 또한 차이라는 담론이 또 하나의 지배 담론으로써 자리를 잡는 것이 아닌가? 무수하고 끝없는 차이는 추상적일 수밖에 없다. 그리고 그럼으로써 말할 수 있는 것은 아무 것도 없을 것이다. 1990년대 차이의 담론이 낳을 수 있는 악몽은 바로 이 차이의 무차별성일지도 모른다.

그러나 이러한 새로운 담론들에 대한 부정, 혹은 의심의 눈초리가 그렇다고 해서 80년대의 담론을 곧바로 용인하는 쪽으로 나아갈 수 있는 것은 아니다. 80년대 비평의 담론 또한 위와 같은 의미에서의 추상성이라는 혐의에서 벗어날 수는 없기 때문이다. 민족문학이라는 이름으로 묶일 수 있는 80년대 비평의 담론은 아직 그 위기를 명확하게 인식하지 못하고 있는 듯이 보인다. 그 위기가 안으로부터 온 것이 아니라, 밖으로부터 왔기 때문인지도 모른다. 갑작스런 현실 사회주의의 몰락이 그것이다. 아니 현실 사회주의의 몰락이 문제가 아니라, 그리고 이념의 패배가 문제가 아니라, 그것을 '갑작스러운' 것으로 느낄 수밖에 없었던 것이 문제인지도 모른다. 바로 그 갑작스러움만큼 민족문학은 허공에 떠 있었고, 그리고 작은 우리 속에 갇혀 있었다고 볼 수 있기 때문이다. 민족문학론이 이 점을 인식하지 못하는 한, 민족문학론의 '갱신'은 불가능할지도 모른다. 민족문학론의 갱신은 이제 자신의 존재 자체를 의심하는 데서 출발해야 할 것이다. 민족문학이라는 개념은 보편적이고 선험적인 개념이 아니기 때문이다. 적어도 그 출발에서는 그러하지 않았는가? 민족문학론의 출발이 현실의 엄정한 인식에서 비롯한 것이라고 한다면, 민족문학론은 다시 그 처음으로 되돌아가지 않으면 안 된다. '민족문학'이라는 대명제 자체에 대해 그것의 현실성을 따지고 들어가야만 하는 것이다. 왜냐하면 지금은 더 이상 '민족문학'이라는 기치가 필요하지 않은 시기인지도 모르기 때문이다. '민족문학'이라는 기치(旗幟)는 언제든지 내릴 수 있는 것이 아니겠는가? 민족문학론이 현실에 뿌리박기를 원한다면 말이다. 그리고 민족문학은 이제 밖을 사고하지 않으면 안 된다. 민족문학의 밖, 민족문학이라는 이름으로 내쳤던 것들, 죽여버렸던 것들이 다시금 악령의 모습으로 귀환하고 있다. 이 악령을 악령으로만 인식하는 한 민족문학론은 자기 갱신을 이룰 수 없을 것이다. 민족문학의 자기 갱신은 민족문학이 자신의 밖을 사고할 때만 가능한 것이 아니겠는가?

리얼리즘에 대한 몇 가지 생각

1

2000년이라고 한다. 새로운 세기라고도 한다. 새로운 세기. 2000년이 새로운 세기인지, 아니면 2001년이 새로운 세기인지는 중요한 일이 아니다. 그것은 '정서'의 문제이고, 혹은 '기획'의 문제이기 때문이다. 그리고 그렇다면, 새로운 세기는 이미 시작되었는지도 모른다. 그런데 우리는, 아니 나는 아직 지난 세기를 살고 있다. 나는 도대체 언제까지 20세기를 살 작정인가.

그러나 내가 살고 있는 20세기는 진정으로 끝났는가. 21세기로의 전환은 진정으로 이루어지고 있는가. 사실 변한 것은 없지 않은가. 변했다면, 근 100년에 걸친 사회주의의 실험이 결국에는 또 다른 자본주의적 형식이었음을 확인했다는 것, 그리고 자본주의의 무소불위성을 피부로 느끼고 있다는 정도가 아니겠는가. 어떤 사람들은 말한다. 아직도 '사회주의'라는 말을 사용하느냐고 말이다. 그러나 또 어떤 사람들은 말한다: 현실 사회주의가 아니라, '정통' 마르크시즘이 아니라, 반자본주의적인 기획, 혹은 자본주의 폐해를 넘어서는 기획으로의 '사회주의'

는 여전히 유효하지 않겠는가.

1930년대 말, 1940년대 초 김남천이라는 비평가가 이렇게 말한 바 있다. "차안(此岸)의 몰락은 확실하지만 건너뛰어야 할 피안(彼岸)의 세계는 나타나 있지 아니하다." 일본 제국주의의 승리를 믿을 수도 없고, 그렇다고 해서 반자본주의적인 기획도 멈출 수 없을 때, '관찰문학론'을 내세우면서 방법으로서의 리얼리즘에 가능성을 걸고, 그리고 루카치에 힘입어 소설이라는 양식에 자신의 운명을 걸었던 비평가/작가 김남천. 그가 다시금 떠오르는 것도 이상한 일은 아니다.[1]

변한 것은 없다. 그렇다. 변한 것은 아무 것도 없는지 모른다. 1900년대를 처음부터 끝까지 관철하였던 자본주의 근대는 여전히 자신의 위력을 나날이 더해 가고 있지 않은가. 근본적인 것이 변하지 않았다면 그렇다면 여전히 변한 것은 없다고 말해야 한다. 궁극적인 층위에서는 변한 것이 없는 것이다. 그리고 바로 그러한 정도에서라면 이 말은 옳다.

그러나 변한 것도 있다. 그리고 많이 변했다. 이 말도 또한 옳다. 무엇보다 많이 변한 것은 우리 삶의 조건이다. 궁극적인 층위에서는 변하지 않았다고 하더라도 그 다음 층위에서는 상당히 많은 변화가 있지 않았는가. 그 변화의 한쪽에 현실 사회주의의 몰락이 있다고 한다면, 또 다른 한 쪽에 비록 형식적이라고들 말은 하지만, 그럼에도 불구하고 진행된 민주화 과정이 있는 것이다. 그리고 매체의 변화가 있다.

---

1) 물론 1930년대와 지금은 매우 다른 상황이다. 김남천은 한편에 '대동아공영권'이라는 사이비 탈근대론을 놓고 있을 수 있었고, 그렇기 때문에 '차안의 몰락'을 말할 수 있었지만, 지금은 그 차안의 몰락마저도 믿을 수 없는 시기가 아닌가. 아니 오히려 후쿠야마식의 역사의 종언이 이야기되고 있는 시점은 아닌가. 지나가는 길에 언급하건대, 후쿠야마의 역사의 종언은 '자본주의' 이후 새로운 체제가 성립되지 않을 것이라는 예언이다. 그리고 이는 또 한편으로는 '과학의 종언' 논의와 맞물려 있다. 이를 단지 세기말의 사상이라고 하고 넘어가기에는 그 현실적인 강도가 만만치 않은 것이다.

“매체는 메시지이다.” 맥루한의 말이다. 이 말은 이제는 단순히 논리의 차원이 아니라 실감의 차원으로 다가든다. 용인하자. 용인할 수밖에 없다. 매체는 메시지이다. 매체의 변화는 단지 ‘매개’의 변화가 아니다. 매개가 변화함으로써, 그에 실리는 메시지 또한 변화한다.

이런 시점에서 나에게 주어진 과제는 90년대 리얼리즘론을 짚어달라는 것이었다. 그리고 나아가 리얼리즘의 가능성, 혹은 대안까지 제시해주었으면 하는 것이었다. 한 번은 해야 하는 일이라고 생각하였기에 승낙하였지만, 승낙하고 나서는 곧바로 후회했다. 1980년대에, 공부하면서 받아들여, 이제는 거의 ‘고정된 견해’가 되어버린 리얼리즘에 대한 반성이 어떻게 가능할 것인가가 문제였다. 현실에서는 물론 거의 아무런 실천이 없기는 하였지만, ‘리얼리즘’의 선택은 1980년대의 삶의 원칙과 결부되어 있는 선택이었다. 그렇기 때문에 리얼리즘의 옹호이건 비판이건, 혹은 넘어서기이건 그것은 내 자신의 삶을 걸지 않고서는 도대체가 불가능한 것이기 때문이다. 90년대 후반에 나온 대표적인 평론들을 다시 읽고, 그리고 때로는 새로 읽으면서 그렇게 느꼈다.[2]

---

2) 잡지 등을 새로 뒤적이면서 읽은 글들은 다음과 같다. 다시 읽었건, 아니면 새로 읽었건 읽은 모든 비평문들을 적어 둔다. 민족문학에 관한 글 또한 많이 섞여 있는데, 이는 우리 문학에서의 리얼리즘 문제가 민족문학론과 매우 밀접한 관련을 가지고 있기 때문이다. 또 중요한 글 가운데에는 빠져 있는 글들도 많이 있을 것으로 생각된다. 중요한 것들을 골라 읽고, 읽은 것들을 적시하는 것이 바른 자세이겠지만, 여러 가지 사정상 여기서는 내가 읽었던 모든 글들을 적어놓기로 한다. 양해를 바란다.
　손경목, 「계급성·예술성·도식성 : 민족문학의 재점검」, 『한길문학』, 1991. 3.
　권성우, 「예술성·다원주의·문학적 진정성 : 민족문학의 재점검」, 『한길문학』, 1991. 3.
　윤지관, 「전환기 민족문학과 비평의 자세」, 『동서문학』, 1991 겨울.
　신승엽, 「새로운 출발점으로서의 민족문학」, 『민족문학사연구』, 1993 상반기.
　염무웅·현기영·김향숙·임홍배·권성우, 「90년대 소설의 흐름과 리얼리즘」, 『창작과비평』, 1993 여름.
　임규찬, 「민족문학의 ‘깃발’을 계속 들어야 하는가?」, 『민족예술』, 1995. 10.
　임규찬, 「민족문학의 오늘과 내일」, 『대화』, 1996. 2.

나로서는 그 글들에 '대해서는' 한 마디도 하기 어렵다고. 이는 전적으로 나의 문제이다. 이 글은 그런 의미에서 전적으로 '사적(私的)'인 글이다. 이를 일반화시키지 않았으면 한다. 나를 386으로, 혹은 80년대 학번으로 묶는 것은 바라지 않는다. 내가 지금 드러내는 것은 단지 하나의 길이다. 나는 이 길의 보편성이나, 이 길에서 파생된 사유의 '공유'를 믿지 않는다. 그렇게 받아들여 주었으면 한다.

이현석,「근대성 문제와 문학이론의 진로」,『실천문학』, 1996 여름.
정남영, 「바꾸는 일, 바뀌는 일 그리고 문학」,『창작과비평』, 1996 겨울.
김명환, 「민족문학론 갱신의 노력」,『내일을여는작가』, 1997. 1·2.
백낙청, 「지구화 시대의 민족문학」,『내일을여는작가』, 1997. 1·2.
도정일, 「시대에 맞서서, 시대로부터, 시대를 위하여 : 문학성 문제와 이 시대의 문학」,『실천문학』, 1997 봄.
김재용「분단현실의 변화와 민족문학의 모색」,『실천문학』, 1997 여름.
정남영, 「노동문학의 현재적 의의와 문학의 창조성」,『실천문학』, 1997 여름.
윤지관, 「민족문학에 떠도는 모더니즘의 유령」,『창작과비평』, 1997 가을.
진정석, 「모더니즘의 재인식」,『창작과비평』, 1997 가을.
김명환, 「달을 가리키는 손가락보다 달을」,『내일을여는작가』, 1997. 9·10.
방민호, 「90년대 문학의 비판적 성찰과 새로운 문학의 모색」,『당대비평』, 1997 겨울.
방민호, 「리얼리즘론의 비판적 재인식」,『창작과비평』, 1997 겨울.
신승엽 외, 「특집 : 민족문학론의 갱신을 위하여」,『민족문학사연구』, 1997 하반기.
이승렬, 「지구화, 민족문학, 마샬 버먼」,『안과밖』, 1998 상반기.
하정일, 「리얼리즘의 가능성 :오해와 편견을 넘어서」,『민족문학사연구』, 1998 하반기.
김명인, 「리얼리즘·모더니즘, 민족문학·민족문학론 : 위기의식의 복원과 새로운 패러다임의 구성을 위한 시론2」,『창작과비평』, 1998 겨울.
도정일, 「지구화 문맥 속에서의 민족 개념과 민족문학」,『영남대민족문화논총』, 1998.12.
김재용, 「민족문학론과 주체의 문제」,『실천문학』, 1999 봄.
송승철, 「주체와 타자의 순환관계」,『실천문학』, 1999 봄.
최원식, 「'리얼리즘'과 '모더니즘'의 회통 : 작품으로의 귀환」, 유종호 외 31인, 『현대한국문학 100년』, 민음사, 1999.
백낙청, 「2000년대의 한국문학을 위한 단상」,『창작과비평』, 2000 봄.

2

90년대 후반의 리얼리즘/모더니즘 논쟁(그리고 그와 밀접하게 연관되어 논의되었던 민족문학의 위기론과 새로운 가능성론)을 읽으면서 논쟁을 이렇게 정리하였다. 모더니즘 논쟁을 포함한 리얼리즘론은 대체로 두 층위에서 이루어졌다. 하나는 리얼리즘론에 대한 공격과 방어라는 층위였다. 통칭 '포스트모더니즘'론자들에 의한 리얼리즘 공격이 있었고, 그에 대한 방어 차원에서 리얼리즘이 논의되고 있었다.

리얼리즘에 대한 공격의 첫 화살은 '주체'를 향해 있었다. 자율성의 원천이면서, 행위의 조직자로서의 근대적 주체란 하나의 '허상'이고, 주체란 '구성'된 것에 지나지 않거나, 아니면 관계의 결절점에 주어진 하나의 명칭에 지나지 않는다는 것이다. 곧 주체는 '타자'라는 것이다. 따라서 주체의 행위로서의, 혹은 행위 방식, 혹은 '기획'으로서의 리얼리즘이란 당연히 거부되는 것이었다.

또 하나의 공격은 '재현 representation'에 대한 공격이었다. 재현/표상에 대한 공격은 재현의 원천적인 불가능성에 맞추어져 있었다. 재현이란 '재-현 re-presentation'으로서 다시 현전하게 하는 것을 뜻하는 것이었다. 이러한 재현이란, 그 근본에는 객관적으로 존재하는 것에 대한 믿음, 그리고 재현/표상과 재현된/표상된 것의 일치라는 전제가 있는 것이었다. 그러나 바로 그 표상된 존재 자체가 이미 구성된 것, 혹은 하나의 텍스트에 지나지 않는 것이라고 한다면, 실상 재현은 불가능한 것이 아니겠는가 하는 것이었다. 이에서 더 나아가면 리얼리즘을 '객관성이라는 가상/환상'에 지나지 않는다.

그리고 세 번째 공격은 특정한 리얼리즘, 곧 1980년대 후반을 풍미했던 '사회주의 리얼리즘'에 대한 공격이었다. 이 공격은 '계급성' 혹은

‘당파성’에 대한 공격이었다. 곧 ‘주체가 인정된다고 하더라도’, 그 주체가 ‘특권적’인 주체일 수 있는가 하는 점이었다. 주체가 결절점이라고 한다면, 그 주체의 행위 혹은 주체가 갖는 ‘효과’를 인정한다고 하더라도 그 자리가 특권적인 자리일 수는 없다는 것이었다. 그 자리가 특권적인 자리가 아니라면, 그렇다면 남는 것은 이제 모든 자리의 동등성이다. 포스트 맑스주의의 입장이 이에 속한다고 할 수 있다.

그리고 마지막 공격은 앞에서 말한 매체의 변화에 놓여 있다. 리얼리즘이 이론적으로 가능하건 그렇지 못하건, 이제 리얼리즘을 포함한 ‘문학’ 전체가 위기에 속해 있다는 것이다. 하이퍼텍스트로 상징될 수 있는 새로운 영역이 열렸고, 그리고 급속하게 전화되고 있는 상황에서 종래의 의미에서의 ‘활자’를 통한 문학이라는 영역 자체가 위기에 속해 있다는 것이었다. 이는 사실 리얼리즘보다 훨씬 더 근본적인 차원에서의 공격이 아닐 수 없다.

이러한 반리얼리즘 논의는 다양한 층위에 걸쳐 있다. 그리고 그 나름의 ‘현실적’ 토대를 가지고 있다고 보인다. 그렇다면, 이러한 논의에 대한 대응은 어떻게 이루어지고 있을까. 이에 대한 대응 또한 마찬가지로 여러 층위에서 이루어지고 있다.

먼저 1980년대 중반 이후에 확립된 이론적 ‘전통’을 고수하는 방식을 생각할 수 있다. 이들은 21세기로의 전환기가 기본적으로 이전과 다름이 없음을 강조한다. 변화보다는 동일성을 강조한다고 하겠다. 그러나 이러한 논의는 사실 문학의 위기, 혹은 민족문학의 위기론에 대한 저항의 의미는 있지만, 반리얼리즘 이론들에 대한 적절한 대응이라고는 할 수 없다. 리얼리즘에 대한 공격이 단지 세기의 전환기 및 그로 인한 변화에서만 야기되는 것은 아니기 때문이다. 이 경우, 문제는 이론적인 측면에 있다. 더욱이 단지 주체의 소멸이 아니라, 이미 주체 자체가 근대에 생각했던 것과는 전혀 다른 위상에 있다고 했을 때, 다시 말하자면 주체에 대한 공격이 세기의 전환기, 혹은 근대 이후를 지향하는 시기에 나오고, 또 그런 점에서 그 이론의 현실적 토대가 이 '포스트'에 있기는 하지만, 그러나 그 이론은 주체란 '이미' 혹은 '한번도' 존재한 적이 없었다고 말할 때, 그것을 현재와 과거의 '동일성'만으로는 막아내기 어렵다고 하겠다. 문제는 이론적인 것이고, 그리고 이 이론적인 바탕에 깔려 있는 '철학'의 문제이기 때문이다. 따라서 이 경우 리얼리즘의 옹호란 적극적으로 '유물론'의 옹호, 또는 '변증법'의 옹호로 나아가지 않으면 안 된다. 사실 이 때 문제는 '문학'과 '문학 너머/이전'을 포괄한다.

또 다른 대응은 재현의 불가능성을 인정하되, 주체의 부정을 인정하지 않는 것이다. 이는 선택적인 방어 전략이라고 하겠다. 따라서 논의는 둘로 나뉘어 진행될 수밖에 없다. 재현이 재현되는 현실과 재현된 것 사이의 일치를 논하는 것이라고 한다면, 이 재현의 근본적 제한성을 인정하면서, 리얼리즘의 전략을 다른 차원에서 생각하는 것이다. 그러나 재현의 불가능성을 말할 때, 그것은 이미 '리얼리즘'이라는 말로 포괄될 수 없다는 점이 난점이 아닐까. 인식자와 인식 대상의 이론적 분리, 그리고 인식 가능성을 전제로 했을 때에만 재현이 성립될 수 있다고 한다면, 재현의 부정은 곧바로 이러한 전제의 부정으로 나아갈 수밖에 없기 때문이다. 결국 재현이 불가능하다면 '리얼리즘'이란 적어도 기존의 의미에서는 존재할 수 없게 되는 것이다. 그렇다면 이제 '리얼리즘'에 새로운 내용을 담지 않으면 안 되는데, 그것을 굳이 '리얼리즘'이라고 부를 필요가 있을까.

마지막으로 특권적 계급 혹은 특권적 주체에 대한 부정에 대한 대응을 살펴보자. 이에 대한 대응은 사실 새로운 차원을 열고 있지는 않다. 오히려 이 지점에서는 80년대의 논의가 그대로 재생산되고 있다는 느낌을 많이 받는다. 왜 특정한 입장, '당파성'이 여전히 유효한가를 논의

하는 문제는 사실 앞에서 말한 주체 부정의 논의를 이미 부정하고서 출발하는 것이다. 문제가 되지 않는다는 셈이다. 그러나 이러한 대응은 효과적인 대응이라고 말할 수 없다.

따라서 리얼리즘에 대한 부정과 그에 대한 반비판의 실질적인 논의는 이미 '문학 너머/이전'에 있다고 하겠다. 따라서 지금으로서는 이러한 층위까지 논쟁을 끌어올리는/내리는 일이 요청되지 않을까 한다. 그야말로 생사의 운명을 건 철학적 세계관의 싸움의 장이 펼쳐져야 하는 것이다. 그러나 1980년대의 논의를 혹은 마르크스를 반복한다고 해서 이 문제가 풀리지는 않는다. 공격에 대한 적극적이고 집요한 방어/반공이 요구되는 시점이라고 하겠다.

3

이러한 논의에 비하면 리얼리즘/모더니즘 논쟁은 훨씬 더 '문학'권 내의 일이다. 이 논쟁은 리얼리즘/모더니즘의 분리 혹은 경계에 관한 논의로 촉발되기는 하였지만, 그 본질은 리얼리즘을 어떻게 규정할 것인가에 있다. 이 문제제기는 루카치 이래 엄격한 분리를 말했던 기존의 리얼리즘 대 모더니즘의 대립, 리얼리즘/모더니즘 이분법에서 그 '/'를 삭제하자는 것이었다. 이는 이 두 경향이 지닌 공통성을, 그 근본적 동일성을 확인하자는 것이고, 그 동일성을 '모더니즘'으로 포괄하고(이때 모더니즘은 '근대주의'라고 번역하는 것이 적절해 보인다). 그 가운데서 근대성 기획만을 확인하자는 것이다. 이에 대한 반론은 '강한' 리얼리즘론이라고 하겠는데, 리얼리즘의 기획과 모더니즘 기획의 근본적 차이성에 대한 확인에서부터 실상 근대 기획과 탈근대 기획의 상관성 논의로까지 확장될 수 있는 것이었다. 하지만 그리 생산적인 논의는 이루어지지 않았는데, 이미 여러 논자들이 확인한 바이다.

그러나 어쩌면 이 논의는 근본적으로 생산적일 수 없는 논의가 아니었을까. 왜냐하면, 이는 사실 '정의'의 문제이기 때문이다. 정의의 문제라고 하는 것은 "리얼리즘/모더니즘이란 무엇인가"라는 물음에 대답하는 문제라는 뜻이고, 문제가 이렇게 제출되었을 때, 이 논의는 본질론으로 흐를 수밖에 없기 때문이다. 하지만 리얼리즘, 모더니즘을 둘러싼 논의는 본질론의 문제가 아니다. 리얼리즘이란, 혹은 모더니즘이란 결국 무엇이냐의 문제가 아니기 때문이다. 오히려 리얼리즘과 모더니즘의 '역사적' 성격을 물었어야 하지 않을까. 어떻게 정의하는가의 문제로 환원되어서는 동어반복을 넘어서기 어렵다고 할 것이다. 게다가 이른바 '리얼리즘' 내부에 존재하는 많은 차이, 그리고 리얼리즘과 자연주의의 경계 문제, 또한 모더니즘 측에서도 다양한 예술적 경향에서 다른 역사적 의미를 지니고 있는 규정의 문제, 그리고 아방가르드와 모더니즘 사이의 관계의 문제 등으로 분화될 수 있는 소지를 갖고 있기 때문이다. 이 때문에 리얼리즘/모더니즘 논쟁은 제기된 문제의 적실성을 잃고 소모적인 논쟁으로 빠져들지 않았는가 생각한다.

그러나 그 논쟁이 어떻게 정리되었건 문제 제기 자체는 대단히 의미있는 것이라고 하지 않을 수 없다. 리얼리즘을 옹호하건 그렇지 않건간에 이 논쟁은 기존의 민족문학론 내부에서 일어난 것으로 반리얼리즘론보다 훨씬 더 공격적인 것으로 받아들여질 수밖에 없었던 듯하다. 이 논쟁이 더 성숙되고, 생산적이기 위해서는 논의의 차원이 나뉘어지지 않으면 안 된다고 보인다. 다시 말하자면, 리얼리즘이라는 개념 규정의 문제가 아니라, 더욱이 경계의 문제가 아니라, 리얼리즘 개념의 역사적 규정성의 확인, 요즘 식으로 말하자면, '리얼리즘'의 계보학을 탐구하는 차원과, 비평적 논의라는 다른 차원으로 나뉘어서 진행되지 않으면 안 된다. 엄연히 역사적으로 형성된 개념을 비역사적으로 사용하는 데서 논의가 어그러지기 시작하기 때문이다.

4

　그렇다면 문제를 어떻게 풀어가야 할까. 사실 이 지점이 고민의 지점이라 하지 않을 수 없다. 앞에서 말한 대로, 리얼리즘에 대한 입장의 표명은 사실 살아가는 자세, 태도, 세상을 보는 관점의 문제이기 때문이다. 이는 방법으로서의 리얼리즘에 대한 거부의 입장이기도 하다.

　리얼리즘론이란 그 출발부터 이미 추상이라고 하겠다. 왜냐하면 리얼리즘 이전에 작품이 존재하였기 때문이다. 리얼리즘은 새로운 경향의 존재에 대해 붙여진 이름이다. 이 추상이 이념으로(방법적인 이념이라고 하더라도) 차원을 달리할 때 문제가 발생했던 것이 아닐까. 하나의 지도 지침으로서의 리얼리즘이란 그럴 수밖에 없는 것일지도 모른다. 이는 리얼리즘이 방법이건, 아니면 정신이건 그도 아니면 태도이건 마찬가지이다. 지금 경계하여야 할 것은 바로 추상으로서의 리얼리즘을 이념으로 전화시키는 태도라고 하겠다.

　다만 지금으로서 먼저 확인해야 할 사항. "리얼리즘은 '기존'의 것이 아니다." 다시 말해 '이미-있는' 것이 아니다. '이미-있는 것'으로서의 리얼리즘이란 이념으로 화한 리얼리즘이다. 그 이념이 아무리 '진보적'이라고 하더라도 그렇다. 따라서 리얼리즘은 이미-있는 것으로서 강제될 수 없다. 또한 강제될 필요가 없다.

　그렇다면 리얼리즘은 어떻게 규정되어야 할 것인가. 다시 리얼리즘이란 무엇인가라는 질문으로 되돌아가는 일이지만, 그러나 달리 대답하지 않으면 안 된다. 각기 다른 시대에 다른 모습으로 존재하면서도 리얼리즘 혹은 리얼리즘적 경향으로 인정되었던 작품들을 추상할 필요가 있겠다. 그러나 그 추상이 존재하는 것의 추상이어서는 문제 해결에 그리 도움을 주지 않을 것이라고 본다. 그렇다면 어떻게 말하여야 할 것인가.

이렇게 말하는 것은 어떨까. 리얼리즘은 하나의 '운동'이다. 이 운동은 의지적인 것이라기보다는 '현실적인' 운동이라고 하겠다. 다시 말하자면, 리얼리즘은 실천되어야 할 무엇이 아니라, 실천 자체라고 보는 것이 더 나을 것 같다는 것이다. 그렇지 않고서는 어떻게 리얼리즘이 '사후(事後)'적이면서도 '사전(事前)'적일 수 있는지의 문제가 풀릴 수 없다. 리얼리즘은 '사후적'인 것이기 때문에 강제될 수 있는 것이 아니다. 그리고 바로 이 '사후성' 때문에 추상될 수 있는 것이기도 하다. 오히려 문제는 이 운동 자체와 이 운동의 효과라고 하겠다.

그렇다면 이 운동은 어떠한 효과를 갖는 운동인가. 그 핵심에 놓여 있는 것은 '탈이데올로기화'라고 하겠다. 이를 '탈영토화'라고 할 수도 있을 것이고, 또한 '탈마법화'라고도 할 수 있을 것이다. 그리고 이 탈마법화라는 효과를 갖는 이 운동으로서의 리얼리즘은 스스로를 재마법화하는 것을 부정하지 않으면 안 되는 것이다. 사전의 리얼리즘, 혹은 '이미-있는' 존재로서의, 실체로서의 리얼리즘이 부정적인 것은, 이 리얼리즘이 재마법화된 것이기 때문이 아닐까.

리얼리즘이 탈이데올로기의 효과를 지닌 모든 문학적 행위라고 했을 때, 리얼리즘은 방법을 넘어선다. 방법과 세계관의 대립이라고 하건 혹은 상호작용이라고 하건 문제는 마찬가지인데, 그렇다고 해서 리얼리즘은 세계관은 아니기 때문이다. 리얼리즘은 이제 운동이되 '현실적인' 운동이라고 할 것이다. 이 현실적인 운동, 탈이데올로기의 모든 운동을 리얼리즘이라고 하였을 때, 이는 방법과 세계관의 대립이라는 낡은 논의로부터 벗어날 수 있는 가능성이 발견된다. 우리는 리얼리즘이 어떻게 가능했던가를 물어볼 필요가 있다. '위대한 리얼리즘'의 작가 발자크를 생각해 보자. 발자크의 리얼리즘이 획득한 것은 무엇일까. 무엇이 그를 위대한 작가로 만들었을까. 이는 그가 행한 탈이데올로기의 작업에 있지 않았을까. 이를 세계관과 방법의 차원으로 분리하는 것이야말로 논의를 진전시키기보다는 오히려 논의를 혼동시키는 것이리라. 그렇다고 해서 발자크가 '모범'일 수는 없다. 발자크의 위대한 리얼리즘이 성취될 수 있었던 것은 그가 활동했던 시점이 특이한 지점이기 때문이다. 그는 이미 새로운 가능성이 현실성으로 확립된 시기가 아니라, 아직 가능성이 가능성이었던 시대에 살았다. 이 '구체적' 정황을 무시하고 그를 논하는 것은 리얼리즘을 탈역사화하여, 현실의 세계가 아니라 저 천상의 세계에 두는 것이리라. 그리고 그렇게 함으로써 우리는 이제까지 간신히 지상으로 끌어내려진 '신성 가족'을 다시 천상으로 돌리는 것이다.

　두 번째, 리얼리즘이 운동이라고 하더라도, 리얼리즘은 어쩔 수 없이, 필연적으로 객관적 현실을 전제하지 않을 수 없다. 이 때 이 객관적 현실이란 물론 작가조차 벗어날 수 없는 현실이며, 그 자신이 그 속에서 살고 생활하는 존재, 그리고 규정받는 존재인 그런 현실이라고 하겠다. 이 경우, 어떻게 객관적인 인식이 가능한가라는 이미 제기된 반론이 다시 제기된다. 그러나 객관적 인식의 가능성은 우리의 실제 생활에서 언제든지 확인되는 것이다. 언어는 물론 객관적 인식에서 일종의 방해 작용을 하기도 한다. 언어는 이미 역사적인 것이고, 그리고 이미 규정되어 있으며, 또한 이미 작용하는 작동인일 수도 있다. 그리고 이러한 한에서 언어는 무의식처럼 구조화된다는 라캉의 말도 인정될 수 있는 것이다. 문제는 이 논의를 어떻게 끌고 나가는가에 있다. 객관적 인식이란 존재한다. 앞에서 싸움이라고 말한 바 있지만, 이는 이론적인 문제, 이론적 정합성의 문제가 아니다. 싸움의 장이라고 할 수 있다. 이 싸움의 장은 리얼리즘 논의와는 다른 차원에서 이루어지지 않으면 안 되는 것이 아닐까. 이 싸움과 리얼리즘의 싸움은 종종 혼동되지만, 그러나 동일한 싸움은 아니다. 차원을 달리하는 싸움인 것이다.

리얼리즘을 탈이데올로기의 효과를 발휘하는 '모든' 문학적 행위, 그리고 바로 그런 의미에서의 '운동'이라고 했을 때, 이 범박한 규정이 지닐 수 있는 장점은 무엇일까. 바로 역사성이다. 리얼리즘은 역사적으로만 규정될 수 있는 '운동'이다. 그것은 그 운동의 담당자들에 의해서 기획된 것이 아니고, 그리고 '의식적으로만' 실천된 것이 아니다. 그러므로 '리얼리즘'의 구호, 그 앞에 어떤 관형어가 붙건, 사회주의적이건, 아니면 비판적이건, 아니면 그냥 리얼리즘의 구호이건 리얼리즘의 구호는 폐기되는 것이 좋다. 오히려 효과를 명확하게 하자. '탈이데올로기'라는 효과를.

그렇다면 이 때 '이데올로기'란 또 무엇인가 하는 복잡한 논의가 발생한다. 이데올로기란 사물의 근원과 기원을 은폐하는 모든 논의이다. 이 때 사물의 기원과 근원이란, 사실 이미 존재하는 '본질'로서의 근원과 기원이 아니다. 오히려 그것은 역사성이다. 개념이 갖는 역사성을 은폐하는 것도 이데올로기이고, 현실의 역사성을 은폐하는 것도 이데올로기이다. 이데올로기는 역사적인 것을 본래 그러한 것, '자명한' 것으로 받아들여지게 만드는 모든 것이다. 알뛰세가 말하듯이 '상상적 관계의 표상'이기도 하며, 호명하는 대주체일 수도 있겠다. 이 이데올로기가 억압적일 수 있는 이유는 그것이 지니는 근본적인 보수성 때문이 아니겠는가. 상상된 관계를 자명한 것으로 받아들이게 만드는, 상식의 이름으로 가해지는 폭력들. 이에는 물론 이데올로기 혹은 모든 관념은 현실보다 미약하다는 전제가 존재한다. 표상되는 것, 표상될 수 있는 것은 언제나 현실의 일부분에 지나지 않는다. 이 일부분에 지나지 않는 표상을 '전체'라고 말할 때, 이데올로기가 발생하는 것이 아닐까. 이는 리얼리즘에도 해당하는 것이다. 리얼리즘이 자신을 '전체'라고 말할 때, 역시 그 또한 이데올로기로 화할 수 있다. 자본주의의 '필패(必敗)'를 말하는 것은 자본주의의 '필승'을 말하는 것만큼이나 이데올로기적이고 또한 억압적일 수 있는 것이다.

리얼리즘은 현실에 대한 '설명' 혹은 해설이 아니다. 설명을 넘어서는 자리에 리얼리즘이 존재한다. 그리고 바로 그 때문에 리얼리즘은 '기존'의 어떤 법칙(그것이 비록 올바른 것이라고 하더라도)의 형상화일 수는 없다. 법칙을 인정하는 자리에서 리얼리즘은 이미 리얼리즘이기를 부정한다. 적어도 운동으로서의 리얼리즘이라면 그러할 것이다. 이렇게 말할 수 있다. "리얼리즘은 자명한 것으로서의 이데올로기에 대한 발본적 부정이고, 그 부정을 현실 속에서 발견하는 것이다."

우리는 현실에 기반하여 행해지는 발본적인 모든 행위를 리얼리즘이라 칭해야 한다. 그리고 그것은 우리 인식이 그러한 것처럼 언제나 현실에서 출발하여 현실로 되돌아가는 것이다. 그런 점에서 리얼리즘은 발본적인 행위의 기획일 수는 있지만, 기획의 운동일 수는 없다. 그렇기 때문에 리얼리즘은 고정된 주체를 인정하지 않는다. 적어도 그가 기획의 주체인 한에서는 그렇다. 그러므로 리얼리즘은 규정되는 것이 아니다. 리얼리즘의 규정은 언제나 억압적인 것으로 전화될 수 있다. 규정이 강제를 낳을 수 있기 때문이다. 그러므로 작가들에게 요구되는 것은 규정으로서의 리얼리즘이 아니다. 기획으로서의 리얼리즘 또한 아니다. 리얼리즘은 규정되고, 기획되는 것이 아니라, 실천되는 것이다. 리얼리즘이 굳이 필요하다면, 그것은 발본적인 모든 실천에 붙여지는 이름이어야 한다. 그러나 그렇다면 굳이 리얼리즘이라는 이름을, 그 모든 위험성을 감수하고 사용할 필요는 없을지도 모른다.

이러한 리얼리즘은 또한 총체적 원환성을 요구하지 않는다. 총체성의 확보란 불가능한 일이다. 그것은 언제나 실패하게 되어 있는 것이 아닐까. 총체성의 요구가 내포적 총체성이라고 하더라도 그렇다. 그 어떤 총체성이건 총체성에 대한 욕망이란 어쩌면 스스로 신이 되고자 하는 욕망, 그 자신이 곧 세계 자체이고자 하는 욕망에 지나지 않을지도 모른다. 그리고 이렇게 신이/세계가 되고자 하는 욕망이란 곧 억압의 욕망이고 또한 지배의 욕망일 수 있다. 리얼리즘은 스스로를 '이것이 전적인 세계다.'라고 주장할 수 없다. 리얼리즘이 할 수 있는 것은 단지 '이것이 세계이다. 하지만 전체는 아니다.' 정도일 것이다.

우리는 과거에 존재했던, 그리고 지금 끊임없이 자신의 존재를 드러내는 작품들에서 하나의 경향, 혹은 운동으로서의 리얼리즘을 '확인'할 수는 있다. 그리고 그러한 선에서 리얼리즘을 말할 수는 있다. 그리고 그 한에서만 리얼리즘 논의는 타당할 수도 있을 것이다. 그러나 그 이상은 아니다. 작가들에게 말할 필요가 있다면, 그것은 이념으로서 말해질 수 있을 것이다. 그 이념이 사회주의일 수도 있고, 혹은 여성주의일 수도 있으며, 또한 생태주의일 수도 있을 것이다. 하지만 리얼리즘은 아니다. 리얼리즘은 이념일 수 없기 때문이다.

리얼리즘은 하나의 길이다. 지금까지 수많은 작가들에 의해서 닦여진 길이다. 그러나 그 길은 바로 지금까지만 닦여져 있는 길이다. 앞으로의 길은 이미 존재하는 길이 아니다. 이미 존재하는 '기존'의 길은 없다. 그 길은 닦여져야 한다. 비평가가 리얼리즘에 관해 작가들에게 말할 수 있는 최대한은 지금까지 놓인 길에 대해서일 뿐이다. 그 이후는 비평가의 몫이 아니다. 그러므로 리얼리즘 논의는 부정될 필요는 없다. 그러나 그것이 하나의 길로서 제시되어서는 안 된다. 그런 의미에서 리얼리즘 논의는 역사화로서 필요한 것이기는 하지만 엄격히 제한되지 않으면 안 된다.

5

앞에서 말했지만, 이는 철저하게 개인적인 견해이다. 현실적인 운동으로서의 리얼리즘, 혹은 실천으로서의 리얼리즘. 이것이 내가 말하고자 했던 바이다. 지극히 개인적인 견해라는 말을 방패삼아 다른 사람의 논의에 대한 충분한 분석도, 그리고 내 논지에 대한 충분한 논거도 제시하지 않았다. 아니 제시하지 못했다고 말하는 것이 진실에 가까울 것이다. 이에 대해서는 변명의 여지가 없다. 그러나 충분한 논거와 합리적인 분석이 논지의 타당성을 언제나 보장해주지는 않을 것이다. 소중한 지면을 할애받은 이 글이 리얼리즘을 둘러싼 지금의 답보적인 논의를 헤쳐갈 수 있는 하나의 화두가 되었으면 하는 것이 지금으로서의 내 소망이다. 지금까지 우리는 '과학적'이라는 이름 아래 너무도 많은 '규정'에 힘을 소모하지 않았는가 한다. 리얼리즘 논의의 답보 상태는 '규정'을 되새김으로써 해결될 문제는 아니다. 그리고 규정의 문제여서도 안 된다. 적어도 '리얼리즘'의 이름으로 행해진 모든 논의의 바탕에 있었던 문제의식을 생각한다면 말이다. 필요한 것은 그 문제의식이지 '리얼리즘'이라는 포장이 아니기 때문이다. 그리고 이것이 '전환기'를 살고 있는, 혹은 살아야 하는 이들의 바른 자세가 아닐까 한다. 적어도 나로서는 그렇게 생각한다. 다시금 반복하건대, 이념화된, 구호화된 리얼리즘은 버려야 한다. 그것을 대체할 어떤 이름이 아직 마련되어 있지 않더라도 말이다.

지금 우리에게 모더니즘이란 무엇인가?

1

　지금 여기에 주어진 주제는 '20세기 한국 문학과 모더니즘'이다. 새
로운 세기를 맞이하면서, 우리가 살온 근대 문학 100년을 마감하는 자
리에서, 도대체 모더니즘이라는 것이 무엇인가를 정리하고자 하는 기
획이다. 그러나 실상 이러한 기획은 출발하자마자 난관에 부딪친다. 무
엇보다도 먼저 한국 문학에서의 모더니즘을 말하기에 앞서 모더니즘
자체에 대해서 말해야 한다는 부담이 따르기 때문이다. 많은 사람들이
모더니즘에 대해 이야기해 왔지만, 그러나 그럼에도 불구하고 모더니
즘에 대한 일반적인 정의는 내려져 있지 않다.[1] 왜 그런가? 아마도 모
더니즘이라는 현상 자체가 복잡하기 때문이리라. 모더니즘 내에는 다
양한 경향들이 섞여 있다. 우리가 일반적으로 모더니즘이라고 하는 것
은 상당히 다양한 내용을 지닌, 때로는 상호 모순되고, 또한 정치적으

---

1) 대표적인 저작이 아이스테인손의 『모더니즘 문학론』일 것이다. 그러나 실상
　이 책에서 정리되어 있는 것은 단일한 모더니즘이 아니라, 모더니즘에 대한
　다양한 담론들이다.

로 다른 입장을 갖는, 복잡한 기획이라고 해야 할 것이다. 따라서 어떤 의미에서는 모더니즘 일반을 이야기한다는 것이 불가능할지도 모른다. 모더니즘에 속하는 작가들이 한편으로는 파시즘에, 또 한편으로는 코뮤니즘에 경도되었던 것도 바로 모더니즘 기획에 내재하는 다양성, 혹은 충돌 때문일 것이다.

또 하나 이유를 들 수 있다면 모더니즘이 기반하고 있으면서, 동시에 부정하고자 하는 모더니티-근대성 자체가 모순된 기획이기 때문이다. 따라서 우리가 어떤 모더니즘을 말할 때, 혹은 모더니즘을 규정할 때, 우리는 이미 어떤 입장에 서 있는 것이다. 이를 도외시하고는 모더니즘에 대해서 이야기한다는 것은 무책임한 일일지도 모른다. 그렇다고 한다면, 이를 과연 모더니즘이라고 일반화하는 것은 유의미할까 하는 의문을 떨쳐 버릴 수가 없다. 그렇다면 우리는 다른 지점에서 출발하여야 하지 않을까?

혹여 모더니즘이 단일하게 규정될 수 있다고 하더라도, 그것은 단지 추상일 뿐이다. 그러한 추상에서 출발하여 이루어지는 분석은 단지 보편성(그것이 진짜 보편성인지는 의심스럽지만)의 확인에 지나지 않을 것이다. 그러한 보편성의 확인이 갖는 효과는 무엇일까. 우리의 모더니즘(그런 것이 있다면)은 결국 보편성을 획득하겠지만, 그러나 그 보편성의 확인이란, 식민지에서 출발한 우리의 근대에서는 단지 따라잡기의 논의에 지나지 않는다. 거꾸로 우리 모더니즘 문학의 독자성, 소위 '조선적 특수성'을 말한다고 해도, 결과는 별로 달라지지 않는다. 따라잡기 논의의 반대 편향에 불과하다. 보편성의 확인도, 그렇다고 특수성의 주장도 아닌 지점, 어쩌면 이러한 보편성, 특수성 논의를 벗어난 지점에 우리는 서 있어야 할지도 모른다. 보편성을 전제하는 것도, 그렇다고 그와는 다른 개별성 혹은 특수성을 주장하는 것도 아닌 지점에서 우리는 출발하지 않으면 안 된다. 미리 보편성이나 특수성을 가정함이 없이, 보편적 모더니즘의 가정 없이 말이다. 먼저 확인하는 것, 새로움이 존재했다면 그 새로움의 지점을 확인하는 것, 그것이 우리가 해야 할 일일 것이다.

어쩌면 모더니즘이란 미리 존재하는 것이 아니라, 사후에 구성된 것일지도 모른다. 이를 '구성된 것으로서의 모더니즘'이라 불러도 될 듯하다.[2] 물론 이 구성된 것으로서의 모더니즘이 실재했던 어떤 기획(그것이 무엇이건 간에)을 전제로 하고 있음은 물론이다. 그러나 그러한 기획 자체가 스스로 자신을 드러내 밝히는 경우란 없다. 언제나 그것은 발견되어야 하는 것이고, 또한 모든 '발견'은 대부분 구성되는 것이 아니겠는가? 그렇다면 문제는 단지 어떠한 현상이 존재하였는가가 아니라, '누가' 발견하고, 구성하는가에 놓일 것이다. 누가 어떤 위치에서 어떤 기획 속에서 모더니즘을 발견하는 것일까?

그렇다고 한다면 중요한 것은 바로 모더니즘 기획에 대해 반성하는 지금-여기의 우리이다. 우리는 '왜' 모더니즘에 대해 반성하지 않으면 안 되는가? 이는 역사적 정리 이상을 뜻할 수밖에 없다. 최근 인문학계에서 논의되고 있는 포스트모더니즘, 해체주의에 대한 논의, 그리고 국문학계 한편에서 논의되고 있는 근대/탈근대 논의, 이러한 것들은 지금 우리가 어떤 위치에 있는가를 말해 주고 있다. 그 결론이 어떻게 나건 간에, 이러한 논의 자체는 바로 우리의 근대 자체에 대한 반성

---

2) '구성된 것으로서의 모더니즘'이라는 생각은 대체로 해체주의의 영향 아래 사유된 것이다. 그러나 해체주의가 실재의 존재를 부정하지 않듯이, 그리고 실재에 대한 인식을 부정하지 않듯이, 이 '구성된 것으로서의 모더니즘' 또한 인식의 측면을 부정하는 것은 아니다. 또 하나 이 생각에 시사점을 던진 것은 프로이트이다. 프로이트가 남긴 가장 큰 유산은 아마도 무의식의 발견, 그리고 리비도의 발견일 것이다. 그러나 프로이트는 실상 이러한 무의식이나 리비도를 본 것은 아니다. 무의식이나 리비도는 가정된 것이고, 사후적으로 구성된 것이다. 이러한 무의식의 발견/구성이 곧바로 모더니즘과 같은 개념에도 적용될 수 있는 것은 아니지만, 그럼에도 '사후에 구성된 것으로서의 모더니즘'은 생산적일 수 있다고 본다.

행위이다. 또한 이러한 반성이 초미의 관심사로 떠오르고 있는 것은 지금 우리가 위기에 처해 있다는 사실을 보여준다. 비록 이 '반성'이 유행가라고 하더라도 말이다. 위기란 곧 기회이다. 그리고 비평이 몫을 발휘할 때이다. 모든 비평은 기본적으로 위기의 담론이기 때문이다. 무엇인가 새로운 기획이 필요할 때, 위기 의식을 느낄 때, 비로소 비평은 자신의 기능을 행하기 때문이다. 이 위기의 담론은 언제나 새로운 내일을 꿈꾸는 것이다. 그리고 새로운 내일을 꿈꾸면서, 지금 우리의 위치에 대한 자의식을 갖는 것이다.3) 물론 여기서 전혀 다른 입장에 설 수 있다. 새로운 내일을 꿈꾸면서 지금 우리의 정체성을 찾아나가는 모든 담론들은 근본적으로는 근대적 기획에 포섭되는 것이기 때문에, 그리고 근대적 기획이란, 언제나 억압을 낳기 때문에 근본적으로 근대적 기획 자체를 부정하는 것이 필요하다는 논의도 가능하다. 그러나 그러한 근대의 끝은 어디일까?

이 지점에서 우리는 고백해야 한다. 지금 나는 혹은 우리는 어떤 위기에 봉착해 있다고 생각하는가? 과연 진실로 우리의 위기는 무엇인가? 이 위기가 개인적인 차원이건 혹은 집단적인 차원이건 간에 말이다.

바로 이러한 점에서 이 글은 위기 의식의 소산이다. 이 위기 의식이 무엇인지는 아직도 불명확하다. 위기 의식 또한 사후에, 이 글의 끝에서나 어느 정도 드러날 수 있을지 모르겠다. 그러나 시작해 볼 필요는 있지 않은가? 과거를 확인하기 위해서가 아닐, 과거에 존재하였던 어

---

3) 바로 이런 점에서 비평은 기본적으로 근대적인 산물이다. 왜냐하면 근대적인 의식이란 자신의 시대가 획기적인 시기라고 느끼는, 자기 시대에 대한 자의식이며, 또한 자기 시대의 정체성에 대한 의식, 혹은 정체성 확보에 대한 노력이기 때문이다. 그런 점에서 포스트모더니즘조차 근본적으로는 근대적인 담론이라고 할 수 있다. 적어도 그것이 모더니즘으로부터 스스로를 분리시키고자 하는 한에서는 말이다.

떤 기획에 모더니즘의 이름을 붙이기 위해서가 아닐, 지금 우리가 처해 있는 상황에 대한 인식으로 나아가기 위해서, 우리가 지닌(지니고 있을지도 모르는) 위기 의식을 확인하기 위해서. 그리고 그런 점에서 이 논의의 끝은 실천적 기획을 향해 있을 것이다. 위기 의식에 기반한 비평의 끝은, 위기의 담론의 끝은 어쩔 수 없이 현실적인 기획이기 때문이다.

모든 위기의 담론은 반성적 형태를 띤다. 지금의 위치에서 되돌아보기, 자신이 현재 처한 위치를 규정하기. 이 모든 것은 반성적 행위이다. 이 반성적 행위, 비판이 또한 근대의 핵심이기도 하다. 그런 점에서 본다면, 비판과 반성은 철저한 근대적 의식의 행위이다.[4] 그리고 그것은 지금은 자기에게는 낯선 것, 자신의 행위의 산물이면서도 자신에게는 낯선 것으로 느껴지는 타자에 대한 인식이고, 그러한 타자를 자기 속에 귀환시키는 행위이다. 그러나 이러한 반성은 헤겔이 말하는 것처럼, 황혼에 날기 시작하는 것만은 아니다. 헤겔이 미네르바의 올빼미가 황혼이 되어서야 날기 시작한다고 한 말을 부정적으로만 받아들일 필요는 없다. 그것은 인간의 모든 정신적 활동 가운데서 최후의 형식이다. 그러나 그럼으로써, 비로소 역사는 종언을 고하는 것이다. 그리고 이제 역사가 존재하는 것이 아니라, 반성이 없는 자기동일성의 반복만이 행해지게 된다. 하지만 '황혼'이 아니라 '새벽'일 수도 있지

---

4) 반성을 철학적으로 체계화시킨 사람이 헤겔이다. 헤겔은 반성을 단지 되돌아봄에서 규정하는 것이 아니라, 나에게 낯선 타자를 자기화하는 것으로 이해하고 있다. 그럼으로써 자신에게 낯선 타자 속에서 자기를 인식하는 것이고, 그리고 근본적으로 그 타자가 바로 자신임을, 자신의 본질임을 인식함으로써, 타자와의 차이를 소멸시키는 것이다. 자신과의 낯선 타자의 소멸, 그리고 낯선 타자를 통한 자기로의 귀환을 헤겔은 변증법이라고 말하였다. 그러므로 헤겔의 변증법은 자기동일성 획득을 위한 방법이다. 그러나 문제는 이러한 타자가 어디에서 어떤 이유로 발생하는가에 대해서 헤겔은 묻지 않는다는 데 있다. 타자의 발생적 근거를 따지지 않기. 그렇기 때문에 자기에게로의 귀환이란, 그리고 플라톤의 이데아에 이르기란 사변적인 행위이다.

않은가? 황혼은 또 다른 새벽이 아닌가?

모더니즘 또한 근본적으로는 이러한 위기의 담론의 문학적 형태이다. 이처럼 모더니즘을 위기의 담론의 문학적 형태로 보는 것은, 혹은 보고자 하는 것은, 사태를 전면적으로 인식하고자 하는 노력이 아닐, 기본적으로 현재의 관점에서 과거를 재구성해내고자 하는 의지이다. 하지만 이러한 위기의 담론이 문학적 모더니즘의 발생 근거라고 보는 것만으로는 충분하지 않다. 모더니즘이 위기에 어떻게 대응하는가를 살피는 것 못지 않게 그 위기가 어떻게 나타나는가를 살피는 것 역시 중요하기 때문이다. 그리고 이러한 위기의 발생 양태의 차이가 곧 모더니즘과 다른 문학적 양식들을 구분시켜 주는 것일 수 있지 않을까?

그런 의미에서 1930년대라는 시간으로 논의를 한정하자. 그 이후, 모더니즘이 존재하지 않았다는 의미가 아니다. 다만 1930년대라는 시간과 공간이 우리의 모더니즘이 갖는 의미를, 그리고 모더니즘의 위기 의식을 가장 잘 보여주기 때문이다. 적어도 그것은 가능성에서 그러하다. 그 이후의 모더니즘은 역사를 갖지 않는지도 모른다. 1930년대의 '모더니즘'이 그 이후의 '모더니즘'과 다르지 않다는 뜻이 아니다. 우리의 근대 문학을 하나의 큰 단위로 생각할 때, 우리 근대 문학은 그 내부에 역사를 갖지 않는다는 뜻이다. 다만 그 안에서 차이를 발견할 수 있을 뿐이다.

그리고 여기서 어떤 본질을 발견하고자 하는 노력은 하지 않으려고 한다. 본질이 문제가 아니기 때문이다. 어쩌면 본질이란 존재하지 않는지도 모른다. 마치 모더니즘이 구성되는 것처럼 말이다. 본질도 마찬가지로 구성되는 것이리라. 본질이라는 이름만이 남아 자신의 권력을 행사하는 그런 지경에 이르러서는 안 된다. 식민지 시대의 모더니즘을 특수성으로 해명하고자 하는 모든 기획이 갖는 위험성이 이 본질론에 놓여 있다. 식민지 시대의 모더니즘(이런 말이 가능하다면)은 식민지 자본주의를 전제로 한다. 곧 식민지의 근대를 전제로 한다는 말이다. 그리고 식민지 모더니즘에 대한 모든 논의의 바탕에는, 그것이 보편성 론이건 아니면 특수성론이건 자본주의의 정상적 발전을 염두에 두고 있다. 조금 더 일반적으로 말하자면 정상적인 근대 발전을 염두에 두고 있는 것이다. 그리고 이러한 정상적인 근대 발전이라는 전제에서 파행적 자본주의, 왜곡된 근대 논의가 나오게 된다. 파행성이나 왜곡이라는 말을 통해서 기획하고자 하는 바가 무엇인가는 명확하다. 그러나 파행적인 자본주의가 존재하는가? 그렇지 않다. 파행적인 자본주의는 존재하지 않는다. 자본주의 일반이라는 추상이 가능하겠지만, 그렇다고 해서 파행적 자본주의가 성립되는 것은 아니다.[5]

사정은 모더니즘이나 리얼리즘의 경우에도 마찬가지이다. 대부분의 모더니즘 논의가 이루어지는 방식이 그렇다. '모더니즘이란 무엇인가?' 라는 본질론을 전제로 하고, 그리고 그 모더니즘의 본질을 엘리어트나, 조이스나, 혹은 카프카나 이런 사람들에게서, 혹은 모더니즘 이론을 아도르노에게서 찾아내고, 그리고 그렇게 찾아진 모더니즘의 '본질'에 맞추어 우리를 해석하는 그러한 모든 시도란 감추어진 형이상학이다. 그렇기 때문에 우리가 그러한 모더니즘 논의 속에서 발견할 수 있는 것은, 조이스에 미치지 못하는 심리 소설, 덜떨어진 모더니즘밖에 없는 것이다. 이를 조선적 특수성이라고 해도 마찬가지이다. 왜 조선의 모더

---

5) 이런 면에서 볼 때, 최근에 논의되고 있는 한국 자본주의 논쟁, 내재적 발전론과 그에 대한 비판은 논의의 핵심을 잘못 잡고 있는 것이 아닐까? 내재적 발전론이나 그에 대한 비판, 외부로부터의 자본주의의 이식, 그 어느 것도 궁극적으로 자본주의의 정상적 발전을 전제로 하고 있는 것이다. 논쟁의 핵심은 정상인가 비정상인가에 놓여서는 안 된다. 또한 우리에게 자본주의적 맹아가 있었건 없었건 그것이 크게 중요한 것도 아니다. 있었으면 어떻고 또 없었으면 어떤가? 일본의 제국주의적 침략은 제국주의 자체, 아니 자본주의 자체가 지닌 속성의 결과가 아니겠는가? '일본의 침략이 없었다면'이라는 가정은 아무런 의미가 없는 것이다. 역사에 가정이란 무의미하다. 그것이 역사를 '올바로' 인식하기 위한 것이라는 목적을 가지고 있다고 하더라도 말이다.

니즘만이 특수하겠는가? 모든 개별적인 존재는 특수한 것이다. 그러한 특수성에 놓고 서구의 일반성과 조선의 특수성을 논하는 모든 논의는 제국주의적인 것이다.6) 다만 존재하는 것은 추상된 것으로서의 모더니즘 일반이 존재할 뿐이다. 그 추상이 지니는 일반성과 보편성을 전제로 한다면, 모든 현존하는, 현존했던 모더니즘이란 개별적인 것들이다.

2

1930년대 '모더니스트'였던 박태원을 보자. 박태원을 보는 이유는 박태원이 단지 모더니스트'였기' 때문만은 아니다. 이상이 아니라 박태원을 보는 이유는 이상과는 달리 박태원은 살아 남았고, 그리고 월북을 했고, 죽기 전에 『갑오농민전쟁』이라는 대하 소설을 썼기 때문이다. 그렇기 때문에 우리는 이미 규정된 모더니즘에서 출발하자는 것이다. 모더니즘에서 출발하여 모더니즘을 벗어나고, 그리고 모더니즘과 리얼리즘을 벗어나자는 것이다.

박태원의 작품 가운데 모더니즘 작품으로 꼽히는 것은 「소설가 구보씨의 일일」이다. 「소설가 구보씨의 일일」이 모더니즘 작품으로 인식되는 이유는 무엇일까? 또 다른 대표작, 『천변풍경』과 구분되는 지점은 어디일까? 박태원을 모더니스트라고 규정하는 여러 연구들도 『천변풍경』에 와서는 망설인다. 「소설가 구보씨의 일일」이 모더니즘이고,

---

6) 이광수의 민족 개조론은 그런 면에서 가장 근대적인 사유의 하나, 혹은 근대적인 사유의 결과이다. 이 속에서 단지 우리 민족에 대한 비판만을 보고, 그리고 이광수의 행위의 결과만을 보고 그를 민족 반역자로 모는 것은 또 다른 민족 개조론, 어떤 면에서 보자면 내재적 발전론과 동일한 지점에 있는, 그런 민족 개조론에 이를 뿐이다. 우리가 필요로 하는 것은 비판의 비판이고, 비판의 전제에 대한 비판이며, 비판하는 자신이 가지고 있는 전제에 대한 비판이다.

『천변풍경』이 아니라면, 두 작품이 갈라지는 지점은 어디일까?

　『천변풍경』에는 개별적 사건들과 삶을 그 자체로 묶어주는 객관적 관계가 존재한다. 그러나 「소설가 구보씨의 일일」에는 그러한 객관적 관계는 존재하지 않는다. 소설 속에 삶의 행적이 존재하는 것이 아니다. 바로 이 점이 가장 큰 차이일 것이다. 그리고 또한 「소설가 구보씨의 일일」을 모더니즘 소설로 인식하게 하는 이유일 것이다. 근대적인 소설의 근간은 시간에 놓여 있다. 근대적 소설의 시간은 고전 소설에서의 원환적 시간이 아니다. 기본적으로 근대적 시간은 선조적이고, 시간에 따른 변화를 전제한다. 시간은 변화를 갖는 것이 아니라, 변화가 시간을 낳는 것이다. 모더니즘은 이 시간이, 변화를 가져오는 계기들의 연속으로서의 시간이 정지할 때, 바로 그 때 생긴다.

　「소설가 구보씨의 일일」에서의 시간은 하루이다. 하루가 문제가 아닐, 그 하루가 달라지지 않는 하루라는 점이 문제이다. 바로 이 점에서 「소설가 구보씨의 일일」의 결말의 불충분함이 있다. 「소설가 구보씨의 일일」에서의 시간은 흐르지 않는다. 물리적인 시간, 그리고 자연적인 시간만이 존재한다. 시간에 따라 달라지는 것이 아니라, 다만 다른 시간들이 중첩되어 있을 뿐이다. 이처럼 「소설가 구보씨의 일일」에는 시간이 없다. 「소설가 구보씨의 일일」의 결말이 불충분한 이유는, 결말이 낯선 이유는 바로 구보가 소설의 끝에서 이러한 변화하지 않는 시간, 정지되어 있는 시간을 끝내려고 하고 있기 때문이다. 구보는 어머니에게로 돌아간다. 그리고, 그리고 생각한다. "결혼을 하리라." 또 "좋은 소설을 쓰겠소."라고 말한다. 이러한 결혼에 대한 욕망은 그리고 좋은 소설을 쓰겠다는 결심은 소설의 시간 의식을 변화시킨다. 이제까지 정지되어 있던 시간에 흐름을 부여하는 것이다. 그리고 이러한 흐름이 부여되는 것은 바로 구보의 욕망에 의해서이다. 무엇을 향한 욕망인가? 변화를 향한 욕망이다. 변화하기 위한 것, 그리고 그럼으로써, 정지되어 있는 시간을 흐르게 하는 것이다. 이제 시간은 소설 안에서 주어지는 것이 아니라 소설 밖에서, 소설이 끝난 시점에서 주어지게 된다. 이러한 시간의 부여에 비하면, 다른 기술적인 문제들은 사소한 것에 불과하다.

변화가 소설 속에 존재하지 않고, 따라서 시간이 흐르지 않음에 비해, 소설 밖에서 소설이 끝난 시점에서 시간이 존재하고, 그리고 소설의 끝에서 그 시간의 존재가 암시된다는 점에서 「소설가 구보씨의 일일」은 본래의 욕망을 드러낸다. 소설 속에 구성되어 있는 불투명한 무시간의 삶. 삶의 외부에서 하나의 형식으로 주어지는 시간은 있지만, 그러나 소설 내적인 시간이 존재하지 않는다는 점, 그리고 소설 밖에 시간이 존재하고 있다는 점은 박태원의 욕망의 표출이다. 그 욕망이란 시간을 흐르게 하는 것이고, 자신의 삶을 변화시키는 것이며, 그렇게 함으로써 시간을 '사는(生)' 것이다. 이러한 '시간-삶'의 욕망이 박태원의 욕망이다. 그렇다고 한다면 소설 속에서 아무런 직접적인 언급이 존재하지 않는다고 하더라도 「소설가 구보씨의 일일」은 반성적인 행위이다. 박태원은 「소설가 구보씨의 일일」을 통해서 '반성'을 한다. 단지 소설 안에서 "과거의 그 여자를 잡았다면…"이라고 가정되는 그러한 반성이 아니라, 시간성이 배제된 삶에 대한 반성이 행해지는 것이다.

여기에 또 하나의 시간이 덧붙여진다. 바로 구보의 의식 내의 시간이다. 이 의식 내의 시간은 단 한 군데서 나타난다. 과거 일본에서 사귀었던 여인의 추억. 이렇게 시간은 주인공의 의식 내부에서 과거의 시간이 갑작스럽게 되살아남으로써 흐르게 된다. 그러나 이러한 흐름이란 물론 의식 외부의 시간과는 무관하다. 그 시간은 촉발되는 것이고, 촉발되어 되돌아오는 것이다. 이 시간이 촉발되는 것은 물론 현재 구보의 존재 조건에 따른 것이다. 그러나 이러한 시간은 소설의 시간으로 구성되기에는 불충분하다. 왜냐하면 소설의 시간으로 구성되기 위해서는 소설이 의식 내의 시간으로 충만해야 하기 때문이다. 하지만 「소설가 구보씨의 일일」에는 이 충만함을 구성하기에는 지나치게 많은 외적 사건이 존재한다. 그러나 그렇다고 해서 이 사건 자체가 하나의 이야기를 구성하고 있는 것도 아니다. 그러기에는 이 사건들은 산만하게 존재한다. 이제 이러한 시간이 배제된 외적 사건들, 그리고 의식 내의 시간들을 접합하기 위한 하나의 방식이 존재한다. 그것은 소설 내부에, 주인공의 의식 가운데, 하나의 지향점을 설정하는 방식이다. 이 지향점이 바로 행복이라는 추상적 관념으로 나타난다. 소설 속에서 구보의 행위를 규정하는, 그리고 사고를 규정하는 것은 바로 이 행복이라는 관념이다.7)

이 소설에서 중요한 점은 추억, 회상으로 이끌어내지는 과거의 시간이 현재의 구보를 규정하고 있는 시간이 아니라는 점이다. 이렇게 회상으로 이끌어내지는 시간이 중요한 것은, 외적으로 강제되는 시간, 외적인 규준으로서의 시간, 그리고 인간의 의식과 행위를 분할하여 조정하는 시간8)에 대한 저항, 다시 말하자면, 규율화된 관리 체계에 대한

---

7) 이에 대해서는 「1934년, 경성, 행복 찾기」(『민족문학사연구』 10, 민족문학사연구소, 1997)에서 간략하게 기술한 바 있다.

8) 인간은 이러한 시간의 분할에 자신을 맞추지 않을 수 없다. 물론 과거에도 시간의 분할에 자신을 맞추기는 마찬가지이다. 하지만 그러한 시간의 분할이란 자연적인 것이었다는 점, 그리고 또 한 가지, 그것은 노동의 분할, 그리고 그에 따른 신체의 분할이 아니었다는 점에서 근대적인 시간 관리와는 다르다. 근대에 들어와서 작업 시간은 시간 단위가 아니라 이제 초 단위까지 계산된다. 이러한 시간 관리에 대한 싸움은 노동 대 재생산의 시간의 대립으로 나타난다. 이 때 노동은 노동 일반이 되고 추상적인 노동 개념으로 되지만, 이러한 노동은 과거의 노동과는 같지 않다. 왜냐하면 이제 노동은 분할된, 그리고 계량 가능한 노동이기 때문이다. 계량화는 모든 것을 양적인 것으로 환원시키고 그리고 질적인 차이를 없앤다. 최근에 강조되는 대량화에서 소량화의 추세, 그리고 창의성의 발양이 가치 생산(정확하게는 이윤 생산)에 중요한 것으로 되어 가고 있다고는 하지만, 이러한 소량화가 근대적 성격을 띠고 있지 않은 것은 아니다. 그렇다면 이제 남는 영역은 노동의 의미에서 탈락된 '장인'만이 남는다. 소설이 하나의 가능성을 갖는다면, 이 소설이 아직까지는 분할되지 않는

저항으로서의 기능일 터인데, 이러한 저항은 소설의 전면에 걸쳐 이루어지지 않는다. 이 저항이 불가능해지는 지점은 어디일까? 그것은 바로 이 소설의 지향이 '행복'에 있다는 점, 다시 말하자면 일상의 시간, 체계화되고 관리되는, 또한 개인들에게는 무의미한, 개인의 '자유로운 삶'을 억압하는 관리되는 시간 속에서의 가치, 그들의 행복을 꿈꾸고 있다는 점일 터이다.9) 결국 「소설가 구보씨의 일일」은 소설 자체가 추구하고 있는 가치와 소설 속에서 추구되는 가치 사이에 존재하는 차이를 보여준다.

정리해 보자. 「소설가 구보씨의 일일」의 새로움은 기존의 소설 쓰기의 관습에서 벗어나고 있다는 점이다. 이 새로움이란 소설 속의 시간의 재배치, 그리고 소설을 묶어 주는 것으로서의 의식이라는 점에 있다. 그렇다면, 이 두 가지 사항을 모더니즘이라고 말할 수 있을 것인가 하는 문제가 나오겠지만, 그 또한 지금 해야 할 일은 아니다. 지금 물어야 할 것은 도대체 그 두 가지 사항이 어떤 의미를 가지고 있는가 하는 점이다. 객관적 시간과 주관적 시간의 대립이라고 일단 말해 보자. 기존의 소설들(통칭 리얼리즘 작품이라고 일컬어지는)이 객관적인 시간과 객관적인 연관을 소설의 구성 방법으로 사용하고 있음에 비해,

---

노동이라는 점에서이다. 소설이 이러한 자본주의적 분업 관계 속에 아직 편입되지 않았다는 점은 자본주의적 분업과 그에 따른 소외로부터 벗어날 수 있는 하나의 가능성을 열어 준다. 그러나 이러한 가능성이란, 이제 다른 신화를 낳는다. 그 신화란 '예술가'의 신화이다. 예술가는 스스로 소외됨으로써, 아니 적당하게 세상으로부터 소외됨으로써 자신의 자본적 가치를 높인다. 세상의 삶의 방식에 철저하게 자신을 맞춘다면 그러한 맞춤으로 인해 소설은 상품으로서의 가치를 잃게 될 것이기 때문이다.

9) 이러한 가치, 혹은 행복 자체의 의미 있음 혹은 없음을 논하는 것, 다시 말하자면 과연 구보가 찾아 나서는 행복이라는 것이 어떤 의미를 지니고 있는가에 대한 논의는 추후로 미루기로 한다. 여기서 추구하는 것은 소설의 '가치' 혹은 소설가의 지향이 아니기 때문이다. 문제는 텍스트로서의 「소설가 구보씨의 일일」이다.

「소설가 구보씨의 일일」에서는 더 이상 객관적인 연관을 발견할 수 없다. 그리고 그 연관은 객체에 있는 것이 아니라, 그에 반응하는 주관에 있다. 결국 「소설가 구보씨의 일일」의 새로움이란 이러한 주관의 강조에 있을 터인데, 이것이 말하고 있는 바는 무엇일까?

근대에 대한 논의로 되돌아가 보자. 근대가 데카르트에 의해 최후의 근거로서 '사유하는 주체'를 발견하였다는 점은 잘 알려져 있다. 그리고 그러한 인식 주체가 성립됨으로 해서, 비로소 객체가 발견된다. 문제는 이러한 객체가 어떠한 의미를 갖는가 하는 점일 터인데, 객체는 우선적으로는 인식의 대상과 행위의 대상으로 나타나고, 그리고 두 번째로는 주체를 억압하는 요소로서 드러난다. 「소설가 구보씨의 일일」이 소설의 구성 원리로서의 객관적 연관 관계를 부정하고, 주인공의 내면에 의해, 혹은 주인공 자신에 의해 제반 사건들을 묶어주고 있다고 한다면, 그리고 그 가운데 있는 것이 그 내용이야 어떠한 것이건, 주체의 욕망이라고 한다면, 이는 우선은 무엇보다도 문학이라는 것이 객관적 연관 관계의 발견이 아니라 그에 대한 반응에 있다는 사실을 드러내 주는 것이다. 그리고 이제 객관적인 시간, 혹은 계기로서 변화를 가져오는 시간은 그 자체로 고립된 것이 아니라, 언제나 주체에 의해 인식되는 것으로서만 주어지게 된다.

그러나 따지고 보면 모든 소설이 그렇지 아니한가? 리얼리즘 소설이 객관적인 시간과 객관적인 사물의 연관 관계에 대한 기술이라고 하더라도 그것은 이미 선택되고 관리되는 시간이기 때문이다. 어떠한 소설 속에서도 객관적인 시간은 모두 기술되지 않는다. 객관적인 시간의 모든 기술이란 아무런 의미가 없는 것이다. 다만 의미 있는 시간만이 '선택'된다. 문제는 이 선택의 원리가 무엇인가 하는 점이다. 이 선택의 원리가 주관에 있는가 아니면 객관에 있는가 하는 점이 핵심인 셈이다.

「소설가 구보씨의 일일」은 먼저 그러한 객관적인 시간성을 부정함으로써 시간을 주관화한다. 시간의 주관화야말로, 아니 언제나 주관적일 수밖에 없는 시간이야말로 「소설가 구보씨의 일일」의 핵심이라고 할 수 있다. 이러한 주관적인 시간성, 혹은 시간 감각이 그 자체로는 의미가 없음은 물론이다. 그 시간 뒤에 놓여 있는 것은 객관적인 시간이다 철저하게 관리되는 시간. 그것은 기자 노릇을 하고 있는 자들의 시간이며, 또한 노동의 시간이기도 하다. 이러한 노동의 시간을, 그리고 관리되는 시간을 「소설가 구보씨의 일일」은 부정한다. 그리고 그러한 관리되는 노동의 시간 밖에서 두 개의 시간을 발견하는 것이다. 하나는 주관적인 시간이고, 또 하나는 물리적인 시간이다. 그저 해가 뜨고 지는 것과 같은 시간. 그러나 또한 구보의 행위를 마지막으로 규정하는 것은 이 물리적인 시간이다. 이 시간에 맞추어 그는 '집'으로 돌아가는 것이다.

근대가 한편으로 객관을 발견하였다면, 그리고 그 발견 속에서 리얼리즘이 발생하였다면, 그리고 리얼리즘이란 곧 과학과 같은 것이었다고 한다면, 이제 그에 대립되는 것으로서의 「소설가 구보씨의 일일」은 그러한 발견을 거부한다. 발견의 거부와 반응의 강조. 세계는 발견되는 것이 아니라 반응되는 것이다. 그러나 그 반응하는 세계는 이미 존재하는 세계일 수밖에 없다. 바로 이 점이 중요하다. 「소설가 구보씨의 일일」에서는 세계가 바뀌는 것이 아니다. 주관적인 세계만의 존재를 말하는 것도 아니다. 다만 이미 세계가 존재하고 있음을 말하는 것이다. 그리고 그렇게 함으로써 세계 존재의 강고함이 드러난다. 그 세계의 존재는 주인공으로서는 어떻게 할 수 있는 곳이 아니다. 주인공이 할 수 있는 것이란 다만 그 세계의 외부로 떠도는 것이다. 세계의 힘을(행복이라는 이름으로, 그리고 친구의 금시계와 예쁜 애인으로) 힘으로 느끼면서 그 속에 편입되지 않고자 하는 것이다. 그렇다면 「소설가 구보씨의 일일」은 세계에 대한 거부이기는 하지만, 그러한 거부는 세계로부터 물러남에 의해 비로소 성립하는 것이다. 이렇게 함으로써, 주관적 시간의 전제가 되는 강고한 움직일 수 없는 세계의 시간이 성립한다.

그러나 다시 한 번 보자. 「소설가 구보씨의 일일」에서의 세계의 시간은 또 어떠한가? 그것은 관리되는 시간이다. 철저하게 관리되는 시간. 그러나 그 시간 역시 「소설가 구보씨의 일일」에 앞선 소설들의 시간과는 다르다. 「소설가 구보씨의 일일」에서의 세계의 시간은 멈추어져 있다. 아니 끊임없이 제자리로 되돌아오는 시간이다. 하루라는 시간은 이제 단지 물리적인 시간이 아니라 세계에서는 노동과 휴식이 반복되는 시간이다. 그리고 그 때문에 그 속에서는 계기란 존재하지 않는다. 계기가 없는 시간이기 때문에 흐르는 시간이 아니다. 그 시간은 변화를 갖지 않는다. 그래서 멈추어져 있는 시간이다. 주관이 유동하는 시간을 강조하기 위한 방편으로서의 멈추어져 있는 시간이라기보다는 이미 그러한 시간으로 존재하는 시간이기 때문에 그에 대한 저항은 유동하는 의식의 시간으로 나타나는 것이다. 박태원은 그러한 시간의 엄존을 부정하지 못한다. 유동하는 의식의 시간은 그 자신이 진리임을, 그리고 오직 단 하나임을 주장하는 것이 아니다. 그는 그렇게 하지 못하고 있다. 그래서 세계의 시간은 이제 두 개의 시간으로 쪼개지기는 하지만, 그 두 개의 시간 모두 멈추어져 있는 것이다. 시간은 시간적인 흐름을 갖지 못하고 공간 속에 배치된다. 거리와 카페와 술집으로 배분되는 시간일 뿐이다.10)

---

10) 박태원이 이러한 시간 의식에 대해 얼마나 자의식적이었는지는 알 수 없다. 아마도 그리 크게 의식하지는 않았을 것이다. 몽타주에 대한 그의 인식을 보아 그러하다. 박태원은 「소설가 구보씨의 일일」에 나오는 몽타주에 대해 그것이 영화에서 빌어 온 기법임을 말하고 있다. 그리고 그 기법은 이미 조이스가 썼던 것이며, 자신이 제일 먼저 한국 소설에서 실험한 것임을 밝히고

박태원이 부정하고 있는 것은 명확하다. 그것은 자본주의의 세계이다. 서정시인마저도 황금광이 되는 시대. 매일의 노동에 지쳐 돌아오는 샐러리맨의 시대. 그리고 시인이 살인 기사를 써야만 하는 시대. 그 시대가 부정하고 있는 것은 무엇일까? 그것은 가치 있는 삶이다. 그리고 그 가치 있는 삶은 적어도 소외된 노동에 대한 부정이라고 할 수 있다. 그러나 이러한 소외된 노동에 대한 부정은 어디에 도달하는 것일까? 그가 도달하는 곳은 소설이고, 그리고 예술가라는 존재이다. 이 예술가라는 존재, 아니 소설이라는 존재, 그 자체가 자족적으로 의미를 갖는 세계가 된다.

박태원에게서 드러나는 위기라고 할 수 있다면, 그것은 아무래도 근대 사회 속에서의 예술가라는 존재의 위기이다. 그가 추구하는 예술이 어떤 형태이든 간에 그는 소비 사회 속에서의 예술이라는 존재의 위치, 그리고 예술가의 위치에 대해 위기를 느끼고 있다. 서정 시인이 황금광이 되는 시대라는 규정에서 보아 알 수 있듯이, 그는 예술가의 존재는 일상적인 존재와는 구별되어야 하는 것으로 보고 있다. 그 이유는 소설 속에서는 명확하지 않다. 다만, 그러한 소설, 혹은 문학이 일상적인 삶의 가치와는 다른 가치를 지니고 있어야 하며, 또한 예술의 독자성 혹은 고유함이란 바로 그러함으로써만 가능하다고 보고 있는 것이다. 따라서 예술가의 존재 또한 그러한 예술에 걸맞는 위치를 차지하지 않으면 안 되는 것이다.11) 그러나 이러한 예술가로서의 위치란

___

있다. 이러한 몽타주 기법이란 시간 의식의 핵심을 드러내 보여주는 것이다. 몽타주란 기본적으로 비동시적인 것의 동시성을 드러내기 위한 것이다. 그러나 영화에서의 이중 노출, 그리고 박태원이 소설에서 사용한 이중 노출의 기법의 수용은 사실 이러한 비동시성의 동시성을 획득하기 위해서는 그리 큰 역할을 하지 않는다. 박태원은 이 기법을 회상의 장면에서 사용하고 있다. 회상이란 과거의 것을 현재화하는 행위라고 할 수 있다. 그리고 그 되살림이란, 그 행위 자체가 다른 세계를 구성하는 것이어야 한다. 그러나 박태원의 이중 노출에서 그 되살림이 갖는 의미는 매우 약화되어 있다.

자본주의 사회 속에서 언제나 불안정할 수밖에 없다. 그 이유 하나는 물론 세상이 돈을 중심으로 돌아가고 있기 때문. 곧 교환 가치가 지배하는 사회이기 때문이다. 그는 자신이 쓰는 소설을 '돈'으로 바꾸지 않으면 안 되는 것이다. 다른 하나의 이유는 그 자신 세속적인 가치로부터 벗어날 수 없기 때문이다. 그렇기 때문에 「소설가 구보씨의 일일」은 자본주의 사회 속에서 예술가의 존재에 대한 고민으로 읽힐 수 있는 것이다. 바로 이 점에서 이 소설은 이전의 다른 소설들과는 다르다.12)

그런데 이 예술가와 소설의 가치는 이미 규정된 가치이다. 다시 말하자면 그것은 존재자를 통해 가치를 확정하는 것이라기보다는 이미 가치가 부여된 존재이고, 그리고 현존하는 존재자를 통해서 자신을 드러내는 것이다. 문제는 이 이미 규정된 가치가 무엇인가 하는 점이다. 이 가치는 어디로부터 오는가? 예술가로서 고고하게 만들고, 그리고 돈과 타인을 경멸하게 만드는 그 가치는 어디로부터 오는가? 이 가치의 근원과 내용은 소설 속에서는 찾을 수 없다. 그리고 그것은 어쩌면 당연한 것인지도 모른다. 자신의 존재에 대해 말하는 소설이 아니라면

---

11) 박태원이 지니고 있는 예술가로서의 자존심은 「수염」을 보아도 잘 알 수 있다. 이 작품은 수염 기르기의 과정을 그린 아주 작은 작품에 지나지 않는다. 그러나 박태원은 이 소설을 자신의 데뷔작으로 꼽고 있다. 그 이전에 「적멸」이라는 작품을 발표하였음에도 불구하고 말이다. 먼저 「적멸」이 소설로서의 구성을 아직 갖추지 못한, 단지 주관적인 생각의 토로를 벗어나지 못한다는 점에서 스스로 데뷔작으로 인정하고 싶지 않았을 것이라고 판단이 가능하다. 그러나 이와는 달리 「수염」이라는 작품에 대해 애착을 가지고 있기 때문이라고 판단할 수도 있다. 자신이 예술가이고, 이 예술가라는 존재는 그가 쓰는 작품 이전에 존재한다. 그렇기 때문에 자신이 겪은 아주 사소한 이야기가 한 편의 소설로서 성립될 수 있는 것이다. 이러한 「수염」과 같은 작품을 낸다는 것, 그것도 아주 당당한 모습으로 자기 작품임을 말하는 것은 예술가로서의 자기 규정이 먼저 존재함으로써만 가능한 것이다.

12) 이후 이처럼 작가 자신의 모습을 그리는 소설, 혹은 예술가의 존재 인식, 혹은 존재 조건에 대한 소설들은 '사소설'의 이형태로 존재하게 된다.

말이다. 그러나 그럼에도 불구하고 이 가치는 끊임없이 내용이 드러나지 않은 채로 환기된다. 그것은 소설 밖에 존재하면서 소설에 끊임없이 자신의 빛을 던지는 아우라와 같다. 이 아우라가 오는 곳, 그곳은 어디일까? 그것은 서구에서는 종교로부터 분리된 예술의 독자적인 가치, 곧 '미'의 영역이 아닐까? 그러나 우리의 경우 어디로부터 분화된 것일까? 문제는 바로 우리에게 이러한 미의 독자성의 영역, 예술의 독자성의 영역이 자체 내의 분화를 통해서 형성된 것이 아니라, 이미 분화된 채로 외부로부터 받아들여졌다는 점이다. 이광수는 「문학이란 하오?」에서 이러한 분화에 대해 하등의 의심도 갖지 않고 소개하고 있다.13)

결국 「소설가 구보씨의 일일」을 감싸고 있는, 구보의 행위와 그의 의식을 감싸고 있는 휘황찬란한 예술이라는 광휘는 의심되지 않는 것으로 전제되는 것이다.14) 물론 이는 단지 박태원에게만 해당하지는 않을 것이다 이미 이러한 예술의 독자성, 자족적 가치에 대한 생각은 훨씬 앞서 생각된 것이다. 그러나 그럼에도 「소설가 구보씨의 일일」이 문제적이라면, 바로 이 점을 드러내놓고 문제삼고 있기 때문이다. 뿐만 아니라, 앞서 말한 이 작품의 지향 내부의 모순에서처럼, 이 독자성 또

---

13) 서구 근대의 특징 가운데 하나가 이러한 분화이다. 진, 선, 미의 영역이 각기 다른 영역으로 분화되고, 또한 정치, 경제, 문화가 구분되는 것이 근대의 한 현상이다. 후설은 『현상학과 유럽 학문의 위기』에서 이러한 분화의 부정성에 대해 언급하고 있다. 이광수의 「문학이란 하오?」는 이렇게 분화된 영역을 지, 정, 의로 세분하고 있다. 지, 정, 의는 각각 학문과 예술과 윤리의 영역을 의미한다. 그리고 그 각각의 영역에서 추구되는 것이 진, 선, 미이다.

14) 박태원에게서 전제되는 예술의 찬란한 광휘란 벤야민이 말하는 아우라와 같은 것이다. 벤야민은 근대 세계에 들어오면서 이전 종교적인 맥락에서 존재하던 아우라가 상실된다고 말한다. 그러나 이제 그러한 아우라는 현실적으로 존재하는 것이라기보다는 다시 말해서 종교적 맥락에 의해서 미리 전제되는 것이라기보다는 이제 예술 자체가 지니고 있는 것, 다시 말해서 예술에 부가되는 것이 아닌 예술 자체의 속성이 된다고 할 수 있다.

한 모순으로 나타나기 때문이다. 예술가의 존재 자체가 갖는 사회적 위기 의식, 그 자신이 고유한 존재이고 독자적인 존재이며 스스로 가치 부여된 존재임에도 불구하고, 그것은 항상 사회 속에, 교환가치의 형태로 존재할 수밖에 없다는 위기 의식이 이 소설이 드러내고 있는 위기 의식이라고 한다면, 이 위기 의식에서 벗어나는 방식은 좋은 소설과 생활을 동시에 추구하는, 세계로 편입되면서도 좋은 소설을 쓰겠다는 다짐으로 나타날 수밖에 없다. 좋은 소설과 어머니의 세계. 그러나 이 세계가 불안한 세계임은 누구나 알 수 있다. 생활에의 편입과 좋은 소설 사이에는 이미 넘을 수 없는 간극이 존재하기 때문이다. 박태원은 이러한 이중적인 시선을 끊임없이 세계에 대해 보낸다.

바로 박태원이 보내는 이 이중적인 시선은 근대인의 이중적인 시선이다. 보들레르가 그러하였듯이, 박태원도 동일한 이중적인 시선을 보낸다. 세계에 대한 매혹과 불안이라고 이름할 수 있을 만한 이중적인 시선. 그러나 박태원은 이전의 소설들로부터 완전히 자유롭지 못하다. 그 자유롭지 못함이란 바로 리얼리즘의 규율과 계몽의 규율에서 벗어나고 있지 않다는 점이다. 새로운 시간 인식 안에서도 그는 순간순간 끊임없이 리얼리즘과 계몽의 규율로 돌아간다. 대표적인 부분이 여급을 모집하는 광고를 보는 여자의 이야기, 그리고 조카 아이들과의 관계가 서술되는 부분이다. 이 곳에서 박태원은 계몽의 인식으로 되돌아간다. 그들이 자신과는 관련이 없음을 확인하고 돌아서는 한편, 그리고 단지 그들을 통해, 자신에게 있었을지도 모르는 또 하나의 현재를 확인하는 한편, 그는 다시 그들에 대한 계몽의 시선을 드러내고 있는 것이다.15) 바로 이러한 계몽의 시선이 존재한다는 것이 박태원 소설의

---

15) 박태원이 「표현·묘사·기교」에서 소설의 구성에 대해 말하면서, 결말의 반전에 눈을 돌리고 있음은, 그가 소설의 '구성'에 매우 깊은 관심을 가지고 있다는 사실을 보여 준다. 그러나 그는 이 소설의 구성을 완전히 구성으로서만 사고하지 않는다. 「목걸이」의 예를 들면서 그 여인의 10년간의 고통에 대해서는

이중성을 드러내고 있다. 그리고 바로 이 이중성이 1930년대 후반의 박태원의 소설을 규정하고 있는지도 모른다. 이 이중적인 시선 가운데 어떠한 시선이 더 우세한가 하는 점 말이다. 또한 이러한 계몽적인 시선 자체는 박태원에게 가해지는 '전통'의 압력, 다시 말하자면, 박태원 이전에 존재했던 소설들의 압력이라고 해야 할 것이다.

문제는 이 이중적인 시선이 어떻게 형성되었는가가 아니라 박태원을 통해서 이 이중적인 시선의 문학사적 의미가 어떠한 방식으로 드러나는가일 터이다. 그리고 그것이 박태원과 이전의 리얼리즘적이고, 또 계몽적인 작가들의 차이를 드러내 줄 것이다. 이 이중적인 시선에 전제가 되는 것은 바로 개인과 세계의 대립이라는 이원론이다. 여기서 세계는 개인을 매혹시키기도 하고 또 개인에 대립하기도 한다. 이 점에서 이전의 소설들과 박태원의 소설은 차이가 없다. 굳이 루카치의 말을 빌어 소설을 '부르주아 시대의 서사시'라 규정하지 않더라도 말이다. 차이가 나는 점은 이 세계에 대한 대립의 방식, 혹은 세계를 대하는 방식의 차이일 터인데, 앞에서 말한 바대로 이전 작가들에게서 세계는 그 자체가 내적인 연관을 지니고 있는 것으로 드러나고 또한 세계에 대한 주체의 반응은 세계에 대한 인식의 형태로 나타난다. 세계는 발견되고 인식되는 것이고, 그러한 세계 속에서 주체는 한 개인으로서 자신의 운명을 만들어 나가는 것이다. 결국 낯선 세계, 자신에게 대립하는 세계에 대한 대응의 방식은 발견과 인식이라고 할 것이다. 그리고 그럼으로써 발견된 것으로서의 세계를 그려나가는 것이다. 이때 세계를 움직이는 방식은 세계 자체에 내재해 있게 될 수밖에 없다. 바로 이 점에서 리얼리즘 소설이 근대 자연과학의 발전과 함께 형성된 것임을 확인하게 되는 것이다.

─────────────────────────

어떻게 대응할 것인가를 묻기 때문이다. 물론 이러한 물음은 글 속에서는 사족처럼 느껴진다. 그러나 박태원 소설의 이후의 발전 과정을 본다면, 이러한 관심은 오히려 초기의 표현에 대한 관심을 넘어선다고 할 수 있다.

　그러나 박태원에게서 그려지는 세계는 완결된 세계일 뿐만 아니라, 추상으로 환원될 수 있는 세계이다. 그렇기 때문에 박태원에게서의 세계, 「소설가 구보씨의 일일」에서의 세계는 어떤 추상적 설명적 형식을 띠고 나타난다. 「소설가 구보씨의 일일」에서 등장하는 인물들이란 그 자체로 살아 있는 인물16)들이라기보다는 어떤 다른 무엇의 표상에 불과하다. 이처럼 박태원에게서의 세계는 주체가 뚫고 들어갈 수 없는 완결된 구조를 지닌 세계이면서 또한 그 자체로 존재하는 세계가 아니라, 다른 무엇의 대리물인 세계이다. 이 차이는 결정적인 차이라고 보인다. 적어도 박태원의 「소설가 구보씨의 일일」이 조선에서의 모더니즘 소설이라고 한다면, 이 차이가 핵심적인 차이일 것이기 때문이다. 박태원에게서의 세계는 그러므로 발견으로서의 세계가 아니다. 구보가 돌아다니면서 '본다'는 행위는 마치 그것이 발견인 것처럼 여겨지게 만들지만, 실상은 발견이 아니라 일종의 예증일 뿐이다. 이러한 예증으로서의 세계를 그리는 예술이라고 한다면, 사실 종교 예술과 다름이 없다. 신의 권위와 은총을 드러내고 예증해 주는 것으로서의 종교 예술처럼 박태원의 「소설가 구보씨의 일일」 또한 하나의 예증이기 때문이다. 다른 점은 이 예증되어야 할 항목에 신 대신에 자본이 들어서 있다는 점이다. 바로 이렇게 신의 자리에 자본/돈이 들어감으로써, 돈은 이제 신의 위치를 대신한다. 돈이 신의 위치를 대신한다는 것, 그것은 물신화(物神化)라 할 수 있는데, 박태원은 결국 물신화된 세계에 대한 반응을 세계의 자체의 물신화를 드러내는 것으로 대신하고자 하는 것이다.17)

---

16) 리얼리즘 소설에서 등장하는 이러한 '살아 있는' 인물은 어쩌면 객관성이라는 가상을 창출하는 묘사의 효과일 수도 있다. 리얼리즘이 객관성의 객관적 표현인가, 아니면 개관성이라는 가상이 낳는 효과인가는 대단히 중요한 미학적 문제이다. 그리고 이 문제에 대한 해결이 리얼리즘론을 한 단계 높이 끌어올리게 될 것이다.

그러나 아직 「소설가 구보씨의 일일」은 세계를 주관화하지는 않고 있다. 또한 자신의 경험이 보편성을 띤다는 그런 생각 또한 가지고 있지 않다. 그러나 그는 세계의 발견보다는 세계에 대한 반응으로서의 소설을 생각하고 있는 것이다. 바로 이 점에서 다시 말해서 소설이라는 것이 세계에 대한 반응이라는 점에서 「소설가 구보씨의 일일」이 드러내는 '모데르노로지오' 곧 고현학이 소설의 핵심적인 내용이자 방식일 수 있는 것이다.18) 이제 우리는 박태원의 「소설가 구보씨의 일일」을 통해서 그 작품이 드러내는 근대성을 문제삼을 수 있는 위치에 왔다. 박태원의 소설을 근대 소설로 그리고 모더니즘으로 규정할 수 있는 바탕이 되는 근대성이란, 곧 박태원이 대응하고자 하는 세계의 근대성이며, 또한 박태원의 대응 방식의 근대성이라고 해야 할 것이다. 적어도 모더니즘이 근대 내부에 존재하는 반근대의 기획이라고 하면 말이다. 그러나 근대성이란 무엇인가?

---

17) 루카치의 모더니즘 비판은 바로 이 점에 향해 있다. 루카치는 리얼리즘 소설들과는 달리 모더니즘 소설은 물신화된 세계, 뒤틀린 세계를 뒤틀린 세계 그대로 반영한다고 하고 있다. 따라서 그 반영이란 왜곡된 반영이라고 말할 수밖에 없다는 것이다. 곧 물신화된 세계를 물신화된 방식으로 반영한다는 것이다. 그러므로 그 속에서 물신화된 세계에 대한 부정은 볼 수 있지만, 그 부정은 절망에 이를 수밖에 없는 부정이다. 이러한 루카치의 비판은 잘 알려져 있다시피, 세계의 총체성을 전제로 하고 있는 비판인데, 문제는 이 총체성이 어떻게 선험적인 것이 아니라 객관적인 것으로 확증될 수 있는가 하는 점이다. 이에 대해서는 표현주의 논쟁을 참고할 수 있다. 또한 「토마스 만이냐, 카프카냐」도 참고할 수 있다. 루카치에 대한 비판은 아이스테인손의 『모더니즘 문학론』에 잘 정리되어 있다.

18) 이를 모더니즘 소설의 일반적 성격의 하나인 자기 반영성으로 설명할 수도 있다. 하지만 여기에는 유보가 따른다. 유진 런이 말하는 바 모더니즘 소설의 자기 반영성은 소설 속에 소설의 창작 과정이 들어가는 것 이상을 뜻하기 때문이다. 유진 런에게서의 자기 반영성은 오히려 이보다 훨씬 큰 의미로 파악되어야 한다. 그것은 글쓰기에 대한 자의식이며, 그러한 자의식 자체의 대상화이다.

[3]

　근대성에 대한 합의는 사실상 없다. 근대성 또한 일련의 복합적인 현상이지만, 그러나 또한 그러한 근대성이란 이미 존재한 것이라기보다는 사후에 구성되는 것이기 때문이다. 사후에 구성되는 것으로서의 근대성, 그것은 근대에 대한 자의식이 가능한 시기에 구성될 수 있다. 그렇다면 구성된 것으로서의 근대성, 혹은 논란이 적은 방식으로 말하자면, 인식된 근대성이란 근대 그 자체에 대한 부정 혹은 근대에 대한 비판이 성립되고 나서 비로소 가능한 것인지도 모른다. 근대 철학의 아비지라 말하는 데카르트가 그 스스로 자신을 근대적인 사유자라고 생각했겠는가? 그렇지 않다. 그는 독실한 신자였고, 그리고 그가 쓴 글들, 예컨대 『방법 서설』이나 『성찰』이란 신의 존재를 증명하기 위한 하나의 방법이었기 때문이다. 그 스스로는 전혀 근대주의자가 아니면서, 그리고 그럴 수 없으면서 근대주의자였다고 한다면, 그가 근대주의자가 된 것은 사실상 그 이후의 일이라고 할 것이다.

　여하간 근대성이란 사후에 구성되는 것이다. 이 점을 특히 강조하지 않으면 안 된다. 사후에 구성하는 것이란, 사후의 조건에 종속되어 있는 것이기 때문이다.[19] 그렇기 때문에 하나의 근대성, 혹은 하나로 환원될 수 있는 근대성이 존재하는 것이 아니라, 다수의, 복수의 근대성이 존재한다. 이 복수의 근대성, 그리고 때로는 서로 충돌하기도 하는 근대성이 여기서의 핵심이다.

---

19) 앞에서도 말한 것처럼 이 사후에 구성됨이란 프로이트적인 것이다. 무의식의 존재는 그 자체로서 인식되는 것이 아니라, 언제나 우회적으로만 인식되는 것이다. 그렇다고 해서 근대적인 것이 우회적으로만 인식된다는 의미는 아니다. 그러나 무엇이 근대의 핵심인가 하는 문제로 들어가게 되면 실상 근대성은 사후에, 사후의 조건에 근거하면서 구성되는 것이다.

그렇기 때문에 근대성은 하나로 규정될 수 없다. 근대성이란 다양하게 구성될 수 있다. 다만 서구를 근거로 한다면, 적어도 중세라는 세계관상의 통일된 시기를 생각한다면, 근대성의 출발점에서 '고립된 개인의 인식'을 발견할 수 있을 것이다. 타자에 의존하지 않는 존재로서의 자기 자신, 그리고 그러한 점에서의 평등.[20] 문제는 이러한 고립된 개인으로서의 의식이라는 것이 어떻게 가능하였는가 하는 점일 터인데, 궁극적으로 모더니티를 보는 관점, 혹은 모더니즘을 보는 관점이 갈라지는 지점이 바로 여기이다.

베버는 말한다. 근대적인 의식이 먼저 존재하고, 그리고 나서 근대적 개인이 가능해진다. 혹은 근대적 의식과 근대적 삶은 선후 관계가 아니라 동시적인 관계이다. 반면 마르크스는 분명히 말한다. 근대적 개인이 가능한 것, 자유로운 개인이라는 의식, 혹은 표상이 가능한 것은 새로운 경제적 관계에 근거하고 있는 것이라는 사실을 말이다. 어느 쪽이 옳은가? 최소한 이 지점에서만 본다면 어느 쪽이 절대적 타당성을 지니지 않을 것이다. 앞에서 근대성이란 사후에 규정되는 것, 혹은 구성되는 것이라고 말한 이유가 여기에 있다. 근대를 살아가는 자가 자기 당대에 대한 인식으로부터 출발하여 비로소 근대성을 규정할 수 있는 것이다.

---

20) 개신교에서 이러한 평등의 사상은 "모든 사람은 신과 같은 거리만큼 떨어져 있다."는 명제로 요약된다. 교회의 권위, 그리고 사제의 존재 이유를 부정하는 것이다. 그럼으로써 이제 신에게 다가가는 것은 교회를 통해서가 아니라, 그리고 사제를 통해서가 아니라, 성경을 통해서 가능하게 된다. 신의 말씀인 성서를 통해서 모두가 신에게 접근할 수 있으며 또한 신이 사제나 교회를 통해서 자신의 말을 들려주는 것이 아니라, 성서를 통해서 자신의 말을 들려주게 된다. 근대에 들어와서, 혹은 근대와 동시에 성서의 번역이 행해지는 것도 이 때문이다. 이제 성서는 특수한 존재만이 읽을 수 있는 말씀이 아니라, 누구나 읽을 수 있는 말씀이 된다. 이 때 중요한 것은 신의 권위를 부정하고, 신으로부터의 출발을 부정하는 것이 아니며, 곧 하느님의 창조를 부정하는 것이 아니라는 사실이다. 따라서 종교 개혁은, 하나의 현상 형태이다.

근대적인 개인, 고립된 개인의 모색이 근대의 기획이라면, 그 기획의 내용은 계몽과 해방이다.[21] 계몽이란 무엇인가? 칸트의 말을 빌어보자. 계몽이란 자신의 이성을 타인의 도움 없이 스스로 사용할 수 있는 용기이다. 이 때 물론 이 이성의 무제한적인 사용이란 곧 공적인 영역에서의 사용이다. 주지하다시피 여기서 주목되는 것은 누구에게나 존재하는 이성이다. 이러한 칸트적인 계몽이 내적인 방식으로 실현될 때, 그것은 자기의 이성의 계발과 이성을 사용하고자 하는 용기일 터이다. 그리고 이 칸트적인 계몽이 외적으로 실현될 때, 교육이라는 구조를 갖는다. 그러나 이러한 칸트의 계몽에는 인식 주체, 이성을 가진 주체만이 있을 뿐, 아직 그 인식의 내용은 갖추고 있지 않다. 단지 이렇게 말하고 있을 뿐이다. "앎이 너희를 자유롭게 하리라!" 계몽의 핵심을 선명하게 드러내는 이 선언은 인식된 내용의 체계화의 문제가 아니다. 그렇기 때문에 이러한 이성의 사용은 곧바로 언제나 도구적 이

---

21) 물론 이 또한 우리에 근거해서 성립된 것은 아니라고 하겠다. 우리에게 모더니티가 어떠한 방식으로 성립되어 왔는가에 대해서는 과문인 탓인지는 모르지만 많은 연구가 되어 있지 않다. 더욱이 모더니티가 단지 철학상의 모더니티만으로 한정할 수 없고, 생활 문화로서의 모더니티까지 생각한다면 더욱 그러하다. 근래에 나온 『서울에 딴스홀을 허하라』(김진송) 정도가 일상에서 발견할 수 있는 모더니티를 검색하고 있다는 점에 주목할 수 있을 뿐, 그 외에는 거의 없는 듯하다. 이러한 일상의 모더니티는 두 가지 면에서 중요하다. 하나는 모더니티란 단지 철학적인 것이 아니라는 점이다. 인식상의 혹은 철학상의 모더니티란 일상의 모더니티 이후에 오는 것이다. 우리에게 모더니티는 어떤 방식으로 다가오는가? 김남천의 『대하』를 통해 풍속상의 모더니티가 어떤 방식으로 나타나는가를 볼 수 있다. 『대하』에 따른다면 모더니티란 성냥이고, 석유 등잔이고, 그리고 가죽 양말이며, 국자보시이다. 또한 단발이며, 체육회이다. 또한 창가이기도 하다. 이런 풍속으로서의 모더니티를 제외한다면 모더니티에 대한 논의는 모두 헛된 것이기 쉽다. 그러나 여기에 또한 식민지에서의 모더니티 특유의 문제가 개입한다. 모더니티가 자체로 발생하는 것이라기보다는 수입되는 것이라는 사실 말이다. 이 수입 때문에 문화 속에 비동시성의 동시성이 존재한다. 이를 어떻게 처리하는가가 우리 근대에 대한 연구의 한 핵심일 터이다.

성으로 화할 수 있는 가능성을 갖는다. 해방으로서의 이성이 도구적 이성으로 화함으로써 곧바로 억압적인 이성이 된다는 것, 바로 이것이 계몽의 탈계몽, 재신화화일 것이다.[22]

그러나 모든 일반적인 논의는 항상 사실을 배반할 수밖에 없다. 해체주의자들이 말하듯이 언어는 언어 자체가 가지고 있는 기본적 성격 때문에 항상 구체성을 벗어날 수밖에 없다. 구체적인 것의 언어적 표현은 불가능하다. 항상 언어와 대상 사이에는 불일치가 존재한다. 그렇다고 한다면 언어를 사용하는 모든 행위는 항상 새롭게 구성하는 것이다. 그리고 그 구성에는 언어에 매달려 있는, 아니 언어의 본질이라고 할 수 있는 역사성이 개재하는 것이다. 이 언어의 역사성은 한편으로 억압으로 작동한다. 왜냐하면 이미 역사적인 언어를 가지고 새로운 것을 드러낼 수는 없기 때문이다. 그렇기 때문에 새로운 것을 드러내기 위해 가능한 방법은 새로운 언어를 창출하는 것이거나, 그렇지 않으면 언어의 역사성으로부터 벗어나기 위해 언어를 탈역사화하는 것이다. 그러나 언어의 탈역사화, 그리고 재문맥화는 언제나 새로운 억압으로 전화될 수 있다. 다시 말하자면 더 이상 소통되지 않는 언어로 남게 되거나, 그럼에도 불구하고 여전히 역사적인 압력에 밀리게 되는 것이다. 언어가 적어도 소통의 도구이자 형식이라면 말이다.

우리에게 모더니즘/근대주의[23]는 한편으로 근대의 추진으로서, 또

---

22) 이에 대해서는 아도르노와 호르크하이머의 『계몽의 변증법』을 참고하였다.

23) 근대주의란 모더니즘의 번역이다. 사실 모더니즘을 근대주의라 번역하는 경우는 없다. 왜 그럴까? 아마도 근대주의라는 말이 근대화를 추진하고자 하는 사람들에게 붙여지는 명칭이기 때문이리라. 그러나 그런 의미에서 여전히 모더니즘 또한 근대의 추진이 아닌가? 논란의 여지가 있다. 모더니즘을 근대의 추진이라기보다는 근대에 대한 반성과 부정이라고 보는 생각이 지배적이기 때문이다. 그러나 모더니즘을 근대의 추진, 근대 안에서 근대 밖을 사유하기라고 보지 않으면, 다시 말하자면, 모더니즘을 미완의 근대 기획, 지배적인 기획과는 다른 새로운 근대의 기획이라고 보지 않으면, 우리는 모더니즘 밖을 생각할 수 없게 된다. 그리고 이렇게 함으로써, 리얼리즘과 모더니즘의 극

한편으로는 근대에 대한 반성으로서 다가온다. 그 반성의 양태란 어떤 것일까? 반성을 근대의 핵심적인 계기로 삼은 사람은 헤겔이다. 헤겔은 자기 시대에 와서 비로소 반성이 가능해졌다고 말하고 있을 뿐만 아니라, 반성을(물론 그 반성이란 자기에게로의 귀환이다. 그리고 이 귀환을 놓고 근대를 부정하는 사람들은 자기동일성의 확보라고 말한 바 있다) 근대주의의 핵심에 놓고 있다. 헤겔과는 전혀 다른 의미에서의 반성을 근대의 핵심에 놓고 있는, 아니 핵심에 놓고자 하는, 그럼으로써 몰락해 가는 근대를 되살리고자 하는 사람들이 있다. 이 또한 근대주의자라 하지 않을 수 없다. 소위 성찰적 근대성. 근대성 속에서 자기 반성을 발견하는 것, 혹은 근대성 속에 자기 반성을 도입하자는 것. 이 성찰적 근대성이야말로 바람직한 근대성일 뿐만 아니라, 또한 근대의 미래라는 것이다. 그러나, 그러나 말이다. 이 반성이라는 범주, 계기를 어떻게 이해할 것인가? 반성은 누구에게서 행해지는가? 실상 우리의 모든 논의는 이 반성을 계기로 하지 않는가? 이 기회조차 20세기에 대한 반성으로 행해지는 것이 아닌가? 이렇게 해서 우리는 다시 근대주의의 처음으로 되돌아간다.

개인의 계몽과 사회적인 해방. 근대에 대한 모든 논의는 이 개인과 사회라는 두 단어에 합축될 수 있을 것이다. 이것은 '사실'이다. 하지만 이는 진실인가? 진실이 단지 있는 사실만을 적시함으로써 밝혀지는 것이 아니라고 한다면, 과연 이는 사실인가? 개인과 사회의 관계, 갈등, 모순, 조화 등등 그 어떤 말로 이루어지건 이런 말들로 행해지는 모든 담론이란 궁극적으로는 '근대' 그 자체에 속해 있는 것이다. 근대 자체

한적인 대립을 넘을 수 있다. 모더니즘과 리얼리즘의 대립은 사실 지금까지 너무 체계화되어 있다. 그리고 그런 한에서 그 둘은 모두 억압적인 면모를 드러낸다. 그러나 그래도 문제는 남아 있다. 근대 밖을 어떻게 사유할 것인가? 근대 밖을 사유하기 위해서는 근대적인 조건을 얼마간 뛰어넘지 않으면 안 되는 것이 아닌가? 아직까지 내 생각은 여기서 막혀 있다.

에 속해 있는 말로써 근대를 규정하는 것으로는 결코 근대를 빠져나갈 수 없는 것이다. 그렇다면 가능한 것은 무엇인가? 근대 안에서건, 근대 밖에서건 가릴 것 없이(아마 가리지 못할 것이다) 근대에 대해 반성하기, 그것만이 가능할 것이다.

그러나 근대 안에서 근대 밖을 사유하는 것이 가능할까? 사실상 많은 논의들이 근대 안에서 사유하는 근대 '밖'일 것이다. 그리고 어떤 의미에서이건 근대에 관해 사유하는 자는 스스로를 근대로서 사유하기보다는 근대 밖에 놓여 있는 존재로서 사유하지 않을 수 없다. 그러나 문제는 이러한 근대 밖이 존재하는가이다. 아니 근대 밖으로 나갈 수 있는가가 문제이다. 근대의 이성 중심적 체제, 혹은 주체 중심적 사유, 그리고 주체를 사유함으로써 어쩔 수 없이 주체에 대립하는 대상을 사유할 수밖에 없었던 사유, 그리하여 주체와 객체를 비록 '변증법'이라 이름 붙이고, 둘 사이에 밀접한, 끊을 수 없는 연관을 지우면서도 여전히 객체와 분리된 주체를 사유할 수밖에 없었던, 그리고 이제 주체를 인식 주체와 행위 주체로 분열시킬 수밖에 없었던 근대적인 사유[24]를 넘어설 수 있을까? 어떻게 우리는 이미 확립된 사유와 행위의 주체로서의 주체에서 벗어날 수 있을까?

논의를 조금 돌려 보자. 근대는 막스 베버가 말한 바, 'iron cage' 곧 쇠창살이 아니다. 근대를 필연적인 쇠창살로 보는 한 우리는 근대로부터 벗어날 수 없다. 모든 기획은 근대 안에 포섭된다.[25] 이 근대 안에

---

24) 이는 나의 말이 아니다. 근대에 대해 비판적으로 사유하고자 하는 포스트모더니스트, 혹은 해체주의자들의 사유가 그러하다. 이에 대해서는 마이클 라이언의 『해체주의와 변증법』 외에 『포스트모더니즘이란 무엇인가』 등등의 서적을 참고하였다.

25) 모든 것을 포섭해 들이는 것이야말로 자본주의의 핵심이다. 자본주의 앞에서는 어떠한 것도 자본으로 환원되지 않는 것이 없다. 자본은 모든 것을 동일화한다. 교환가치. 모든 것을 계량화하고, 계량될 수 없는 것 또한 없다. 이 동일성의 욕망이라는 자본주의적 욕망 혹은 기제 안에서 벗어날 수 있는 방

포획되기를 거부하는 행위의 하나가 근대주의/모더니즘이다. 그렇다면 근대주의/모더니즘은 탈근대의 기획이다.

　다시 논의를 되돌리자. 우리는 근대 안에서 근대 밖을 볼 수 있는가, 기획할 수 있는가를 물었고, 그리고 근대에 대해 반성하기 위해, 아니 궁극적으로 베버의 쇠창살을 벗어나기 위해, 근대 밖으로 나갈 수 있는가를 물었다. 그리고 이러한 논의는 결국 절망론으로 빠질 수밖에 없을지도 모른다. 왜냐하면 이 때 사유된 근대는(주의하자, '사유된' 근대이다) 빠져나갈 틈이 없는, 외부가 없는 존재이기 때문이다. 모든 행위는 그 안에서 이루어진다. 그러나 그 안에서 벗어날 수 없다고 생각하게끔 만드는 것이 바로 근대가 아닐까? 그렇다면 우리는 근대에 속고 있는 것은 아닐까. 근대가 이미 준 틀 안에서 사유하고 행위하는 것은 아닐까. 그렇다면 우리는 근대의 전략에 말려들고 있는 것이다. 근대 안에서 근대 밖을 사유한다는 그 생각 자체가 이미 근대의 기획 속에 포획되어 있는 것이고, 그 전략에 말려 들어가는 것이다. 문제는 근대는 그렇게 모든 것을 일괄적으로 포획할 수 있는 그런 존재가 아닐 수도 있다는 사실이다. 근대는 마치 그런 것럼 보이게 만들고 그럼으로써 우리로 하여금 그 안에서 벗어나지 못하게 하는 것이다.

법은 무엇일까? 그것은 아마도 비교를 불가능하게 하는 어떤 지점을 찾는 것이리라. 비교 불가능성. 이를 아도르노는 개체성이라 말한 바 있다. 그리고 이런 개체성은 아리스토텔레스가 말한 바 제1기체라고 할 것이다. 이 제1기체는 그렇기 때문에 유일무이하다. 이 제1기체를 무엇인가로 규정하는 행위 자체가 이를 다른 것으로 변화시킨다. 말로 이루어지는 모든 논의는 근본적으로 이에서 벗어날 수 없다. 언어 자체가 이미 동질성을 바탕으로 하고 있는 것이기 때문이다. 그렇다면 이제 언어로 가능하자면 그것은 그 언어는 이러한 동일화 경향에 대립하는 단 하나의 말, 곧 고유명사만이 존재할 뿐이다. 그러나 고유명사는 전달될 가능성이 없다. 이 전달될 수 없는 것을 전달하고자 하는 욕망, 그것이 상징주의의 욕망이 아니었던가. 다만 상징주의는 이러한 전달될 수 없는 것을 지금 여기서 찾는 것이 아니고, 제1기체에서 찾는 것이 아니라, 그것을 이념화한다. 말로 할 수 없는 이념으로 돌리는 것이다. 이렇게 함으로써 모든 존재는 이제 존재자이기를 그치고 이념으로 화한다.

그렇다면 우리가 해야 할 일은 근대 안에서, 근대의 전일성을 부정하면서, 그러면서 근대 안에 있는 근대의 부정성을 생각해야 하는 것이다. 근대에는 안도 없고 그렇기 때문에 밖도 없다. 안과 밖을 나누는 사유 자체가 단절을 전제한다. 그런 단절은 없다. 근대성이 구성되는 것이라면, 그것은 언제나 지금 여기의 문제에 의해 제한되어 있을 수밖에 없는 것이다. 그리고 그러한 제한 속에서만 우리는 근대성에 대해, 그리고 근대주의에 대해 생각할 수 있는 것이다.

나는 여기서 계속 근대주의라고 말하고 있다. 모더니티가 근대성이라면, 모더니즘은 근대주의가 아니겠는가? 물론 이는 역사적인 모더니즘을 부정하는 것일 수도 있다. 아니 역사적인 모더니즘을 해체하는 것이기도 하다. 모더니즘이 틀림없이 리얼리즘과 대립되는 하나의 현상으로 나타났음에도 그것은 결코 리얼리즘과 전적으로 대립되는 것은 아니기 때문이다. 우리가 박태원을 굳이 살폈던 것도 이 때문이다. 박태원이 보인 모습을 모더니즘이라고 규정할 수도 있겠지만, 그렇게 해서 우리들에게 남는 것은 무엇일까? 모더니즘이(리얼리즘도 마찬가지이지만) 사후에 구성되는 것이라고 했을 때, 이는 철저하게 기능주의적인 사고이다. 우리에게 필요한 것은 다시 말하건대 모더니즘의 '정의'가 아니다. 또한 모더니즘과 리얼리즘의 '경계'도 아니다.

모더니즘이 아닌, 모더니즘을 포괄하는 근대주의는 근대에 대한 믿음과 근대의 기획을 포괄하는 것이다. 그리고 이는 모더니즘을 근대기획의 하나로서 규정하기 위한 것이다. 그리고 또 이렇게 하는 이유는 지금 우리에게 필요한 것이 근대 기획이라고 판단하기 때문이다. 아니 근대의 기획이 근대 그 자체를 넘어설 수 있게 하는 기획이다.

근대의 기획이 근대 자체를 넘어서게 하는 것, 이를 근대의 급진적 기획 혹은 급진적 근대 기획이라고 말하고자 한다. 급진적인 근대 기획이란 근대적인 기획을 철저하게, 끝까지 밀고 나감으로써 근대를 넘어설 수 있게 하는 것이다. 근대의 이념이, 프랑스 혁명에서 나타난 바, 자유와 평등으로 요약될 수 있다면, 그리고 계몽과 해방이란 바로 이러한 자유와 평등의 이념의 실현이라고 한다면, 자유와 평등의 이념을 궁극적으로 현실화시키고자 하는 기획, 근대의 기획일 수밖에 없는 바로 이 기획만이 근대를 넘어설 수 있는 기획이라고 판단하기 때문이다. 그것의 이름이 공산주의일 수도 있고, 또 새로운 사회주의일 수도 있다. 혹은 다른 이름일 수도 있다. 중요한 것은 그 상을 그리는 것이 아니다. 그 상을 그릴 때 우리는 이미 근대, 부정되어야 할 것에 포섭되기 때문이다. 중요한 것은 새로운 상이 아니라 기획이고 운동이다. 마르크스가 말한 바 공산주의란 근본적으로 근대의 기획을 철저하게 밀고 나감으로써, 근대를 넘어서고자 하는 근대 기획이다. 우리는 이제 공산주의를 현실적인 공산주의 혹은 현실 사회주의로 판단해서는 안 된다. 현실 사회주의의 실패가 곧 사회주의 이념의 실패는 아니다. 아니 사회주의 이념의 실패이기는 하지만, 그렇다고 해서 그 속에 간직되어 있던, 혹은 처음의 기획, 초발심이었던 근대의 기획 자체를 부정하는 것일 수는 없다.

4

이 글에 주어진 주제는 '20세기 한국 문학과 모더니즘'이었다. 한 세기의 문학을 전면적으로 재검토하는 한 과정으로서 모더니즘을 한국 문학 가운데 적절하게 위치지우려는 기획이었다. 따라서 도대체 우리 문학에서 모더니즘은 어떠한 모습으로 나타나는가를 살피는 일이 이 글의 과제였을 것이다. 하지만, 지금 이 시점에 우리 문학에서의 모더니즘의 위치를 객관적으로 규정한다는 것은 불가능한 일이다. 왜냐하

면 그 작업은 실상 우리가 지금 어느 지점에 와 있는가라는 질문에 대
답하는 것이었기 때문이다. 물론 이러한 말이 앞에서 한 논의의 불충
분함에 대한 변명은 되지 못할 것이다. 1930년대, 1960년대 식으로 정
리할 수 없는 것도 아니다. 그러나 그러한 작업이 도대체 무슨 의미가
있겠는가? 지금 우리의 삶이 문제가 되지 않는다면 말이다.

　지금 우리는 어디에 와 있는가? 과연 우리는 지금 근대의 종말을 바
라보고 있는가? 근대의 종말은, 후기 근대는 지금 우리 앞에 있는가?
그럴지도 모른다. 사이버 세계와 실생활의 분리, 주체의 분열, 어쩔 수
없는 분열이 아니라 스스로 분열시키는 것, 자신의 정체성에 혼란을
도입하는 일. 이러한 것들은 더 이상 근대적인 담론으로 설명되지 않
을 수도 있다. 그리고 그러한 삶의 방식은 틀림없이 지금 우리의 삶의
방식일지도 모른다. 굳이 사이버 세계에서의 영웅과 현실의 비참함을
대비시킬 필요는 없다. 그것이야말로 적극적으로 사이버 세계에 몰입
하는 지금 이 사람들을 인정하고 싶지 않아 하는, 여전히 현실 세계에
서 욕망이 실현된다고 생각하는 사람들의 편견일지도 모른다. 사이버
중독은 인정할 수 있는 일이지만, 모든 네티즌들을 그렇게 몰아붙일
이유는 아무 것도 없다. 사이버 공간을 대리 충족의 공간으로 생각하
는 것이야말로, 욕망을 버리지 못한 근대인의 시각일 수도 있다. 사이
버 공간은 그 또한 현실적인 공간일 수도 있다. 정보가 존재하고, 그리
고 또한 정부도 존재하는 공간이다. 물리적 속성을 지니지 않는다고
해서 현실성을 갖지 않는 것이 아니지 않은가? 게다가 사이버 세계를
통해, 현실 세계에 적극적으로 개입하는 일 또한 가능하고, 실제로 행
해지고 있는 현 상황에서는 그야말로 선명한 가르기란 무의미하다. 문
제는 사이버 공간 자체가 아니다. 사이버 공간 자체를, 그 가능성과 힘
을 인정하지 않으려고 하는 사람들은 현실 속에서 일종의 권력을 갖고
있는 사람들이기 때문이다. 그들은 자신의 지배를 벗어나는 사람들을,

그리고 철저한 지배를 불가능하게 하는 사람들, 자신의 정체성에 혼란을 적극적으로 끌어들이는 사람들을 용인하지 못한다. 예전의 방식이 아니면 모든 것은 불온하다. 어떤 공간도 말이다.

그러나 그렇다고 해서 사이버 세계가 가지고 있는 새로운 가능성이 저절로 열리는 것은 아니다. 또한 지금 사이버 공간 자체가 혁명적인 공간인 것도 아니다. 사이버 공간은 어떤 면에서는 현실 세계 그 자체의 반영이다. 싸움이 존재하고, 그리고 그 싸움에 적극적으로 뛰어드는 사람들이 있다. 그리고 또 한편으로 현실의 권력으로 이 공간을 막는 사람들도 존재한다.

문제는 정체성의 위기가 아니다. 지금 이야기되는 정체성의 위기란, 아주 단순화된 정체성의 위기이기 때문이다. 다시 말하건대 문제는 정체성의 위기가 아니다. 어쩌면 정체성을 지고의 지표로 삼는 사람들의 위기일지도 모른다. 끝없이 변해 가는 그리고 다층적이고 다중적인 자신을 하나의 모습으로 단일화하고자 하는, 그리고 그 속에서 안주하고자 하는 지배의 욕망이며, 또한 스스로 피지배의 한가운데 서고자 하는 욕망의 위기일지도 모른다.

아무리 보아도 우리는 여전히 모더니티의 세계에 사는 듯하다. 그리고 이 모더니티의 세계는 물론 부정하고 싶은 세계이다. 그러나 이 모더니티의 세계에 대한 부정이 마치 다른 공간에 의해서 곧바로 대체될 수 있을 것처럼 여기는 것은, 그리고 공간을 대체하지 않고, 자신의 존재를 이전하고, 다른 존재를 망각하는 일은 바람직하지 않다. 여전히 우리는 모더니티의 세계에 산다.

여전히 우리가 모더니티의 세계에 사는 한 모더니즘은 필연적인 현상일지도 모른다. 도구화된 이성의 지배가 행해지는 사회. 여전히 우리는 모더니티의 세계에 살고, 그런 의미에서 모더니즘이란 아마도 필연적인 현상이리라. 도구화된 이성의 지배가 합리성이라는 이름으로 강요되는 한편 그러한 도구적 이성의 작동 근거에는 합리성으로 설명할 수 없는 욕망이 존재한다. 우리는 이 욕망의 근거를 파헤치지 않으면 안 된다. 그러므로 궁극적으로 모더니즘은, 아니 모더니즘의 위치는 규정지을 수 없다. 이제까지의 모더니즘 논의에 주어진 가장 큰 한계는 모더니즘을 그 자체로 규정하고자 하는 것이었다. 그렇기 때문에 모더니즘은 추상화되고 현실성을 상실하게 된다. 모더니즘이 도대체 우리에게 무엇인가? 그리고 무엇일 수 있는가? 모더니즘의 기획이 부정적인 것만은 아니라면, 그 부분은 무엇인가, 그리고 왜 1930년대에 모더니즘은 해방의 기능을 하지 못하였는가를 물어야 한다. 그리고 결국 이 물음은 "너는 지금 어디에 있는가?"라는 물음, 자신의 역사적 존재에 대한 물음일 것이다. 20세기 모더니즘을 '과거'로 하기 위해서 적어도 우리는 모더니즘, 그리고 근대의 경계에 있지 않으면 안 된다. 그리고 이것이 바로 모더니즘의 급진화, 근대주의의 기획일 수 있는 것이다. 항상 새롭게 구성되는 '모더니즘' 속에서, 그 기획을 급진화하는 것, 그리고 그 속에 자신을 포함시키는 일일 것이다.

소설의 위기와 「소설의 운명」

1

　지금 1999년, 소설의 위기가 논의되고 있다. 아니 소설만이 아니라 문학의 위기다. 얼마 전에 있은 <21세기를 여는 청년 작가 포럼>에서의 주제는 '21세기 문학이란 무엇인가?'였다. 작가란 무엇인가부터 시작해, 다양한 주제로 논의되었지만, 그 핵심은 문학의 위기였다. 다시 말해서 문학은 21세기에도 살아남을 것인가, 살아남아 '자신의 몫'을 행할 수 있을까? 이 질문에 대한 대답은 모두 긍정적이었다. 그러나 사실 그 이면을 살펴보면 문학이 죽을 수도 있다는 위기 의식이 바탕에 깔려 있다. 그렇기 때문에 모든 발표가 그랬던 것은 아니지만, 그 전체가 마치 21세기에도 문학은 어떻게 해서라도 살아남아야 한다는 목소리로 들렸다.

　과연 문학은 살아남을 것인가? 이에 대해서는 이미 이 포럼에서 지금으로서는 만족할 만큼은 논의되었기 때문에 더 이상 언급할 필요는 없을 듯하다. 사실 말을 더 덧붙일 만큼 그렇게 많은 지식을 갖추고 있지도 못하다. 뿐만 아니라 미래를 예측하는 일은 자칫 공소한 논의로 이끌어지기 십상이다. 어차피 미래를 이야기한다는 것은 지금을 이야기하는 것이 아니겠는가. '문학'을 빌어 살아나가는 비평가나 연구자 같은 사람들에게나, 아니면 문학에 생명을 거는 사람들에게나 문학이 살아남지 않으면 안 되는 것이 아니겠는가.

소설에 관한 논의를 보다 보니 먼 과거에 있었던 텍스트 하나가 떠오른다. 1940년대 초에 발표된 「소설의 운명」, 좌익 평론가 김남천의 글이다. 그러고 보니, 김남천이 「소설의 운명」을 쓴 상황과 지금 문학의 위기가 논의되는 상황에 묘한 일치점이 보인다. 이 글 또한 거창하게 '소설의 운명'이라는 제목을 붙이기는 하였지만, 사실은 이 두 텍스트(『21세기 문학이란 무엇인가?』와 「소설의 운명」)를 빌미로 소설의 위기론에 대해 몇 가지 생각나는 대로 적어보기로 한다.

2

소설의 위기라고 해도 소설이 읽히지 않는다는 이야기는 아니다. 소설은 여전히 읽히고 있다. 신문을 펴면 신문 하단에 '통광고'로 소설 광고가 난다. 소설은 여전히 팔리고, 또 읽히고 있다는 말일게다. 소설은 여전히 자신의 위세를 잃지 않은 듯하다. 한 판타지 소설은 몇 백만 부가 팔렸다고 한다. '시대의 총아', 현 시기 대중 문화의 주도자로 일컬어지는 영화도 관객 100만을 넘는 작품이 흔하지 않은 것을 감안한다면, 결코 소설이 읽히지 않는다고는 말할 수 없다. 물론 이전 시기에 비해서 상대적으로 덜 읽힌다고는 말할 수 있겠지만 말이다.

그렇다면 위기를 달리 어떻게 생각할 수 있을까? 아마도 소설의 위기는 소설이라는 장르의 헤게모니의 위기라고는 말할 수 있을까? 사람들이 소설을 예전보다 덜 읽는다면, 그리고 예전에 소설에서 찾을 수 있었던, 혹은 충족할 수 있었던 어떤 욕망들을 소설이 아닌 다른 곳에서 찾을 수 있는 것이라고 한다면, 그러면 소설의 위기는(문학의 위기도 마찬가지이지만) 아마도 문화 공간에서 소설이 차지하고 있었던 헤게모니의 위기라고 말할 수 있지 않겠는가?

예전에 소설에서 찾을 수 있었던 '이야기에 대한 욕망의 충족'은 이제 소설이 아니어도 된다. 영화에서, 그리고 TV 드라마에서 충분히 찾을 수 있기 때문이다. 소설에서의 내러티브는 이제는 완전히 영화와 드라마로 넘어가 버리고 말았다. 그런데 만일 그렇다고 한다면, 다시 말해서 소설이 헤게모니를 상실했다는 것을 가지고 소설의 위기라고 한다면 참 참담한 일이 아닐 수 없다. 소설을 쓰는 것이 무슨 대단한 권력 투쟁 같은 것도 아니고, 위세를 자랑해야 할 만한 것도 아닐 터.

그러나 그럼에도 불구하고 소설의 위기를 말할 수 있다면, 그것은 아마도 다른 이유일 터이다. 소설의 위기가 소설이 읽히지 않는다거나 아니면 헤게모니를 상실했다거나 하는 것을 뜻하지 않는다면, 소설의 위기는 곧 '소설성'의 위기일 것이다. 소설성의 위기. 소설이 많이 나오고 또 소설이 계속 읽힌다고 하더라도, 그 소설들이 더 이상 소설성을 갖추고 있지 못하다면, 그리고 또 갖추기 힘들어한다면, 그렇다면 소설의 위기는 소설성의 위기라고 말해야 할 것이다.

그렇다면 소설성이 위기란 무엇일까. 소설성이 위기를 맞기 위해서는 이미 소설성이라는 것이 주어져 있어야 하는 것인데, 그런데 도대체 소설성이 무엇일까? 또 소설이 근대에 들어서면서부터 출발하였고 또 그렇기 때문에 가장 근대적이며 또한 가장 큰 영향력을 지닌 문학 양식이었다고 한다면 소설의 위기는 곧 문학의 위기이고, 소설성의 위기는 문학성의 위기라고도 말할 수 있는 것이다. 그렇다면 또 "문학성이란 무엇일까?"

그런데 이러한 질문, 곧 "문학성이란 무엇일까?" 혹은 "소설성이란 무엇일까?"라는 질문은 난처한 질문이 아닐 수 없다. 이렇게 묻는다면, 어쩔 수 없이 어떤 속성, 소설을 소설답게 하는, 그리고 문학을 문학답게 하는 종별성(種別性)을 묻는 것일 터, 이 때 이 소설성은 이미 존재하고 있지 않으면 안 된다. 하지만 이 이미 존재하는, 그래서 마치 본질과도 같은 어떤 속성--본질적 속성--이 있을까? 당연히 부정될 수밖에 없는 질문이다. 예전의 문학이 지금과 다르고, 또 소설도 존재하지 않았다는 사실만으로도 선재(先在)하는 어떤 본질적인 속성이 있다고 말할 수는 없기 때문이다. 그런데 만일 그렇다고 한다면, 소설이나 문학이 그다울 수 있는 속성을 가지고 있는 것이 아니라고 한다면, 그렇다면 소설의 위기니 혹은 문학의 위기니 하고 말하는 것은 또 이상하지 않은가? 문학을 업으로 하거나, 문학으로 먹고사는 사람들, 작가나 비평가, 그리고 연구자가 아닌 다음에야 사실 소설의 위기, 혹은 문학의 위기는 그리 중요한 것이 아닐지도 모른다. 그들에게만 문학의 위기가 생존의 문제일 수 있을 뿐이다.

　하지만 그렇다고 해도 아직도 소설의 위기를 논할 수 있다면, 이제 문제는 다르게 제시되어야 할 것이다. 소설에 어떤 고유한 속성, 혹은 본질적인 속성을 부여하는 것이 아니라, 그것이 역사적인 것이고, 그렇기 때문에 소멸할 수도 있는 것이라는 점을 염두에 두면서, 소설이 지금까지 행했던 역사적 '기능'과 그 기능의 변화를 생각해 보는 것이 생산적일 듯하다. 소설이 21세기에도 살아남는다면, 그 역시 시대에 적합한 양식으로 변화한 상태일 것이기 때문이다.

3

　김남천이 「소설의 운명」과 「소설의 장래와 인간성 문제」를 쓴 것은

1940년대 초이다. 일련의 발자크 연구를 통해 관찰문학론에 이른 김남천은 루카치의 소설론 「부르주아 시대의 서사시로서의 장편 소설」을 축약하면서 여기에 「소설의 운명」이라는 이름을 붙인다. 그리고 근대의 종언이 논의되는 시점에서, 근대가 지속될 수 없음은, 또한 근대의 넘어섬은 필연적인 것이지만, 그러나 아직 근대 그 이후를 알지 못할 때 필요한 것은 근대 개인주의 비판이며, 그리고 그것이 소설의 일이라는 것을 「소설의 장래와 인간성 문제」에서 이야기하고 있다.

이 두 평론에서 김남천은 소설의 운명을 근대의 운명과 연관시키고 있다. 김남천에게 소설은 루카치에게 그랬던 것처럼 근대적인 양식이고, 그리고 근대의 종언을 바라보고 있는 시기에 소설의 운명이란 곧 근대의 운명과 함께 하는 것이기 때문이다. 김남천은 루카치의 논문 「부르주아 시대의 서사시로서의 장편소설」을 거의 그대로 베끼다시피 하고 있다. 하지만 김남천이 루카치를 얼마나 올바르게 이해했는가를 묻는 일은 중요하지 않다. 오히려 김남천은 루카치를 통해, 그리고 루카치가 말한 소설의 '역사성' 혹은 역사적 가변성을 통해 당대를 넘어서고자 했다는 점이 주목되어야 한다. 그리고 그 끝에는 물론 '사회주의 리얼리즘' 소설이 있었다.

물론 김남천은 이러한 새로운 소설 형식을 그대로 수용할 수는 없었다. 그것은 당대 조선에서는 아직은 가능성에 지나지 않는 것이었기 때문이다. 무엇보다도 큰 것은 사회주의라는 전망을 드러낼 수 없었던 데 있었다. 사회주의적 전망을 가질 수 없을 때, 혹은 가지고 있다고 하더라도 그것을 표면화시킬 수 없을 때, 가능했던 것은 바로 루카치가 말하는 '내재적 당파성' 곧 발자크, 톨스토이와 같은 고전적인 소설가들에게서 발견되는 사회의 발전 경향으로서의 당파성이었고, 그리고 이를 가능하게 하는 단 하나의 방법이 바로 리얼리즘이었던 것이다.

김남천에게 소설의 운명은 근대적 주체의 위기와도 관련된 것이었다. 그러나 주의하지 않으면 안 되는 것은 김남천에게 근대적 주체의 위기란 근대인의 위기가 아니라 근대 부르주아 개인으로서의 주체의 위기라는 사실이다(「소설의 장래와 인간성 문제」). 근대를 이끌어 온, 그리고 근대의 양면성을 낳은 개인주의를 넘어서지 못하고서는 소설의 위기를 넘어설 수 없을 것이라 판단하였던 것이다. 다시 말해서 다른 주체의 가능성을 여전히 염두에 두고 있었던 것인데, 이 암묵적으로 가정되었던 주체는 확인되지 않는다.

그러나 물론 이러한 김남천의 생각에는 커다란 난점이 존재한다. 실상 김남천이 부르주아 개인주의의 극복을 생각하고 있었고, 그리고 그로부터 자유로울 수 없었던 자신의 한계를 넘어서기 위하여 객관적 현실의 충분한 반영(관찰문학론)으로서의 리얼리즘이라는 방법을 제시하기는 하였지만, 그가 설정한 이 충실한 반영이 가능하기 위해서는 주체의 위치를 그가 존재하는 사회 밖에 설정하지 않으면 안되었고, 그리고 이렇게 사회 밖에 존재하는 보편성으로서의 주체란 그 자신의 이름을 지우면서 '보편적 인간'으로 신화화하는 부르주아 개인 주체의 이데올로기에 다름 아닌 것이기 때문이다. 그렇기 때문에 실상 김남천이 객관적 반영으로서의 리얼리즘을 내세운다고 하더라도, 그리고 그를 통해 근대 자본주의와 개인주의를 청산하고자 하더라도, 그가 내세운 리얼리즘이 이런 신화화된 보편적 주체를 전제하고 있는 한 결국에는 그가 청산하고자 하고 있는 것을 재생산할 수밖에 없게 된다. 물론 이러한 재생산이란 그의 탓만은 아니리라.

4

소설의 위기는 주체의 위기이다. 소설이란 언제나 주체의 형식이었다. 이 때 주체란 근대적 주체이며, 부르주아 개인이다. 루카치에 따르면 소설은 '여행'이다. '자기'를 찾아나가는 여행. 누가 자신을 찾아나가는가? 바로 근대적인 개인이다. 근대적인 개인, 홀로 남겨진 근대적인 개인이 자신을 찾아나가는 모험의 형식, 그것이 소설이다. 그리고 이 여행은 길이 없는 '길 찾기' 여행이다. 길이 미리 주어져 있지 않을 때, "하늘의 별이/성좌가 가야할 길을 알려주지 않을 때" 그럼에도 불구하고 자기를 찾아 나선 '나-그'의 여행. 길은 새롭게 만들어져야 하고, 그렇게 만들어지는 길 가운데서 자신의 영혼을 시험하며, 또 찾는다. 그리고 길이 찾아졌을 때, 소설은 끝난다. "길이 시작되자 여행이 끝났다." 혹은 "여행이 끝나자 길이 시작되었다." 이를 루카치는 '아이러니'라고 말한다. 모든 소설은 그것이 근대적인 소설인 한 아이러니로 끝날 수밖에 없다고 한다. 길을 찾으면, 그 길은 이미 그가 살아가고 있는 이 세상의 것이 아니기 때문이다. 그렇기 때문에 여행은 끝날 수밖에 없다.

또 루카치의 명제를 발전시켜, 골드만은 말한다. "소설이란 타락한 사회에서 타락한 방식으로 진정한 가치를 추구하는 방식이다." 진정한 가치를 추구하는데, 타락한 방식으로만 가능하다는 것, 따라서 그 진정한 가치 또한 진정성을 의심받을 수밖에 없다는 것, 이것이 골드만이 말한 소설의 핵심이다. 골드만은 르네 지라르의 욕망의 삼각형 이론을 빌어 온다. 근대 사회에서는 욕망을 직접적으로 추구할 수 없다는 것, 욕망은 간접화되고, 타인이 욕망을 욕망함으로써 욕망을 추구할 수밖에 없다는 것이다. 그리고 이러한 욕망의 간접화야말로, 교환가치에 의해 지배당하는 근대 사회의 핵심이기도 한 것이다.

굳이 루카치나 골드만의 이야기를 빌지 않아도 좋다. 우리가 익히 알고 있는 소설들을 둘러 보라. 꼭 그것이 고전적인 명작 소설이 아니라도 상관이 없다. 우리가 손쉽게 접할 수 있는 대중 소설에서도 마찬가지로 이 논리는 작동한다. 소설의 주인공은 개인이다. 그에게 그를 둘러싸고 있는 것들은 그의 가치를 실현하는 것을 방해한다. 아니 그가 실현하고자 하는 가치가, 그가 살고 있는 사회 속에서는 존재할 수 없는 가치이고, 혹은 존재한다고 하더라도 직접적으로는 획득할 수 없는 가치이다.

'통속 소설'은 이러한 소설의 진리를 잘 보여준다. 물론 통속화된 형태로 말이다. 통속 소설 속에서도 진정한 가치는 직접적으로 주어지지 않는다. 진정한 사랑이란 현실을 초월했을 때에만 가능한 것이다. 대중 소설의 문법이라고 할 수 있는 이러한 구성이란 실상 낭만주의적인 것이다. 근대 초기의 낙관적 낭만주의가 아니라 비관적 낭만주의, 현실 속에서 가치의 실현이 불가능하다고 느껴지고, 그럼에도 불구하고 자신이 추구하는 가치를 버리지 못하고, 죽음으로 이끌어지는 비극적 낭만주의가 현대 속에서는 통속 소설의 형식으로 재현된다. 여전히 이러한 낭만주의가 살아 있는 것은 현대의 조건이 근본적으로는 근대의 조건과 다름이 없기 때문이다.

그러나 이제 이러한 낭만주의는 대중 소설에 와서는 초점을 변화시킨다. 이미 진정한 가치의 실현이 불가능하다는 것은 세상이 다 아는 일이다. 다만 그 결과에 이르는 과정의 문제이다. 가치의 실현을 불가능하게 하는 것(다시 말해서 사랑을 이루지 못하게 하는 것)은 화폐이고, 그리고 명예이며, 권력이다. 화폐와 명예와 권력이 진정한 가치의 실현을 방해한다. 결과가 어느 쪽이든 상관이 없다. 해피엔딩이어도 좋고 또한 '비극적'인 것이어도 좋다. 다만 그 과정의 문제일 뿐이다. 어떻게 고통받는가. 얼마나 방해받는가. 통속 소설이 통속 소설일 수 있는 것은 그것이 대중의 인식 지평을 벗어나지 않기 때문이다. 통속 소설은 대중의 상식을 한 걸음도 벗어나지 않는다. 벗어날 필요가 없다. 대중은 그 소설이 어떤 식으로 결말날지 훤히 알고 있다. 그러나 그럼에도 불구하고, 통속 소설 역시 소설의 형식을 벗어나지 않는다. 여전히 한 개인의 모험이다. 이는 소설이 근대적 개인(그냥 개인이라고 해도 상관없다. 개인이 등장한 것은 근대 이후이기 때문이다)을 출발점으로 삼는 한 불가피한 것이다.

사람들은 이제 말한다. 주체란 없다. 주체는 없고, 단지 스스로를 주체라고 믿는, 그러나 결코 주체일 수 없는 그런 '호명된'(알뛰세) 개인만이 존재한다. 그렇기 때문에 그는 주체도 아니고 객체도 아니다. 결코 주체가 아님에도 불구하고 그 스스로 주체라고 생각하고 행한다면, 이는 희극적인 것에 지나지 않는다. 이제 주체는 없다. 주체가 있는 것이 아니라, 무수한 관계의 겹침--중층/과잉 결정--으로서의 한 개인--더 이상 개인이라고 말할 수도 없는 그러한 인간만이 존재한다. 그러므로 개인의 자율성이란 환상이다. 그의 무의식은 '언어'처럼 구조화되어 있고, 끊임없이 규정의 순간이 늦추어지는 '언어상에서의 주어'라는 가장에 의해 규정되는 불확정적 존재일 뿐이다. 개인도 없고, 주체도 없고, 개인의 자율성도 없다. SF 소설에서의 디스토피아는 이런 더 이상 주체가 아닌 개인의 이야기이다. 그 스스로 인간임을 확인할 수 없는, 따라서 자신의 자율성도 확인할 수 없는 존재. '블레이드 러너'. "너의 생각은 너의 생각이 아니고, 또한 너의 행동은 너의 행동이 아니다!" 너의 기억은 이식된 기억이고, 기억이 너를 구성한다면, 너의 개인됨을 구성한다면, 그 개인됨이란 결국은 아무 것도 아닌 것이다.

주체가 위기라면, 아니 주체가 존재하지 않는다면, 그리고 주체가 자신을 주체라고 생각하는 것 자체가 이데올로기의 효과(알뛰세)라고 한다면, 이제 주체가 스스로를 주체라고 생각하고 하는 모든 행위는 실상은 주체의 것이 아니라, 구조의 효과이거나, 아니면 담론의 효과일 뿐이다.

이러한 주체에 관한 부정은 근대적 주체에 대한, 스스로 생각하고,

행위하고, 또한 책임을 지는, 모든 행위의 근원이자 의미의 원천이며, 또한 이성적 주체인 근대적 주체에 대한 부정이다. 그리고 바로 그러한 한에서 의미를 갖는다. 그러나 이는 이미, 마르크스, 프로이트, 니체에 의해 이미 부정된 주체가 아닌가.

그러나 기억해 두어야 할 점은 이 부르주아적 주체의 이념, 근대적 개인의 이념이란, 근본적으로는 소시민, 자영업자, 소농민의 이데올로기이고, 그리고 장인(匠人)의 이데올로기이라는 사실이다. 그리고 이러한 이데올로기의 효과는 기본적으로는 노동의 소외에 대한 거부이다. 노동의 소외에 대한 거부는 노동의 소외를 전제로 한다. 그리고 노동의 소외란 맑스에 따른다면, 사회적 생산과 사적 수취의 모순의 발현이다. 사회적 생산과 사적 수취, 그리고 노동의 소외로부터 벗어나고자 하는 열망, 그리고 그러한 세계를 꿈꾸기가 기본적으로 소설이다. 소설이 기본적으로 부르주아 이데올로기의 재생산이면서도 또한 끊임없이 근대적 현실에 대해 부정적일 수 있는 이유는 바로 이 때문이다. 심지어 통속 소설에서조차 그러하다.

5

김남천의 리얼리즘론, 그리고 소설론에는 유물론적인 반영론이 근저에 깔려 있었고, 현실을 소설적으로 반영해내고, 그리고 그 반영 속에서 내재적 당파성(루카치)가 드러나고, 그러한 당파성=역사적 법칙이 다시 소설만이 아니라 인간의 운명을 드러내 주기를 바랐던 것이다. 그리고 이는 리얼리즘이라는 방법을 통한 소설적 인식의 진리성을 확신하는 것이기도 하였다.

1930년대 김남천이 여전히 반영의 진리성을 믿고 있었다고 한다면,

1990년대에는 이 반영의 진리성, 혹은 진리의 인식 가능성이라는 것이 거의 부정되기에 이른다. 그리고 그것은 바로 리얼리즘에 대한 부정이기도 하다. 사실 리얼리즘이라는 것이 하나의 방법으로서 자리를 잡는 순간, 그리고 그 방법의 핵심으로서의 당파성, 민중 연대성, 전형성이것이 확립되는 순간, 그것은 또한 소설 쓰기를 억압하는 규정이 될 수도 있는 것이고, 그런 의미에서 리얼리즘에 제약되는 것은 사실 소설의 가능성을 제한하는 것인지도 모른다. 그렇다면 위기는 '진리'의 문제에 걸려 있는 셈이다. 김남천이 여전히 진리의 존재를 믿고 있었고, 그리고 그 방법으로서의 '자립화된' 리얼리즘을 택했다면, 1990년대에는 진리를 믿지 않는다. 진리의 인식 가능성만이 아니라 존재 가능성까지도 믿지 않는다. 단지 진리는 '담론의 효과'에 지나지 않는 것으로 된다. 이처럼 진리만이 아니라 모든 것이 담론으로 치환되고, 진리의 주장은 감추어진 억압의 욕망, 권력에의 의지로 읽힌다. 그러므로 부정되어야 한다. 더 이상 근대 계몽주의의 모토인 "진리가 너희를 자유케 하리라!"가 설 자리는 없다.

모든 것은 담론의 효과라고 주장하는 것마저 또한 담론의 효과라고 말하는 것은 치사한 반론이다. 그러나 이런 질문은 던질 수 있지 않을까 : 모든 것이, 진리가 담론의 효과로 환원될 수 있다면, 담론은 어떻게 형성되는가, 혹은 담론은 어떻게 역사를 가지게 되는가? 담론이 역사를 가진다면, 그리고 그 역사가 다시 담론으로 치환되지 않으려면 그렇다면 담론은 필연적으로 자신의 부정성을 산출할 수밖에 없다. 이 또한 부정의 부정이라는 자기 동일성의 형이상학이 아닌가. 적어도 담론 이론이 자기 모순으로부터 벗어나자면 말이다.

담론이 자신의 부정성을 자체 내에서 산출할 수 없다면, 담론의 부정은 담론의 외부에서 와야 하는 것이고, 단지 담론의 외부에서 오는 것일 뿐만 아니라, 존재하는 담론을 흔들어 놓지 않으면 안된다 그러나 이렇게 해서 담론이 흔들린다는 것은, 결국 담론으로 환원될 수 없는 어떤 것이 존재한다는 이야기가 아닐까. 이 때 담론으로 환원되지 않는 것은 무엇일까. 그것이 바로 실재가 아닐까. 그렇다면 이 실재는 어떻게 인식될 수 있는가. 담론 이론이 자신의 막다른 골목에서 끌어 들이는 것은 여전히 실재이고, 이 전적으로 환원될 수 없는 실재의 존재는 이제 담론을 현실에 의지하는 것, 실재에 기반한 것으로 볼 수밖에 없게 한다. 결국 모든 것은 담론이라고 치환하였다가 여전히 그 내부의 모순으로 말미암아 다시 실재를 참조하게 되는 것, 이것은 데리다가 부정한 형이상학의 운명이 아닌가?

또 담론의 역사가 가능하다면, 그리고 담론에 관한 담론이 또 존재하여야 한다면, 그러한 담론은 어떻게 구성될 수 있을까? 또 역사조차도 담론의 역사로 치환되고 말 때, 그 변화는 어디에서 오는가? 담론이란 시간성을 공간성으로 치환하는 것은 아닐까? 게다가 담론의 역사를 말할 수 있는 자는 어디에 서 있는가? 역시 담론의 밖, 아르키메데스의 점이 아닌가. 이 또한 형이상학적 가정이 아닌가?

6

소설이 역사적인 양식이고, 그리고 근대 개인주의에 바탕을 두고 있다면, 소설은 근대 개인주의의 희망과 절망을 모두 안고 있는 양식이라고 할 수 있다. 근대는 한 개인이 자신의 힘을 과시하고 또 실현할 수 있는 꿈의 공간임과 동시에 또한 그러한 꿈이 좌절되고, 조직화된 사회 속에서의 한 소모품으로 존재할 수밖에 없는 공간이라고 한다면, 바로 그 사실 때문에 소설의 위기는 한편으로 근대의 위기이며 또 한편으로는 새로운 가능성일 수 있는 것이다.

그런 점에서 소설의 위기를 넘어설 가능성은 두 방향에서 점 쳐질 수 있을 터인데, 하나는 이러한 근대 개인주의를 밀고 나가는 것이라고 한다면, 또 다른 한 방향은 근대 이후의 가능성을 전망하는 일일 것이다. 이 두 가지 가능성 가운데 어떠한 가능성을 우리의 가능성으로 취할 것인가. 혹은 그 어느 것도 지금으로서는 가능하지 않다면, 그러면 우리는 다시 김남천의 위치로 되돌아가는 것이다. 근대 이후를 전망하지 못하면서, 그럼에도 불구하고 더 이상 근대를 끌어가고 싶지 않은 자리, 그 자리 말이다.

그렇다면 어떻게 할 것인가? 먼저 우리는 문학이 대단한 존재라는 논의를 배격하지 않으면 안 된다. 소설이, 문학이 반드시 살아남을 이유가 있는 것일까. 이야기가 여전히 살아 있듯이, 살아서 소설의 형식으로만이 아니라 영화의 형식으로 그리고 게임의 형식으로도 살아남는 것처럼 소설도 그렇게 살아남을지 모른다. 그러나 모든 정신의 형식이라는 것은 변화하기 마련인 것 아닌가. 소설의 발생 시기에 소설이라는 것이 문학의 타락 혹은 문학의 위기의 징조였고, 그리고 그 때문에 새로운 장르 형식을 부정하였던 것이 사실이라고 한다면, 지금 문학의 위기를 논하는 것은 어쩌면 가장 보수적인, 모든 변화를 두려워하고 부정하는 논의에 빠질 수도 있는 것이다. 소설이 살아남을 가치가 있건 없건 그러하다. 그렇기 때문에 문학에 대해서 그리고 역사적인 형식인 소설에 대해서 좀더 가볍게 대할 필요가 있다.

굳이 살릴 필요가 없는 것을 살릴 이유는 없다. 사라지면 사라지는 대로 둘 뿐이다. 소설을 살리지 않으면 안 된다고 하는 사람들은, 소설에 지나친 무게를 두기 때문이다. 이 문학주의의 모토는 "문학은 문학이다."이다. 문학을 문학 아닌 다른 것으로 대체하려 하지 말라. 이것이 문학주의이다. 이 문학주의에 가장 대립해 있는 것은 "문학은 무기이다."이다. 문학을 무기로 보는 것은 결국 모든 것을 도구화하는 이성의 작용이며 그렇기 때문에 결국은 도구적 이성의 수중에 놓여 있는 것이라고 한다면, 문학은 문학일 뿐이라고 말하는 것은, 문학이라는 것을 이성으로서 접근할 수 없는 어떤 것으로 만드는 것이고, 그리고 문학을 문학이게끔 하는 것을 절대화하는 것이며, 문학과 비-문학을 가르는 담론의 권력을 그리고 출판사, 잡지, 신문과 같은 물질화된 권력을 부정하는 것이다. 문학이 문학이라고 하는 것은, 또한 철저히 문학을 상품으로 설정하면서도 자신이 상품이 아니라고 주장하는 것이다.

굳이 '본래'를, 혹은 '기원'을 따진다면, 소설이란 본래 잡종이다(바흐친). 이 잡종을 잡종 그대로 순종인 것으로 만들고자 하는 노력은 모두 허사일 뿐이다. 오히려 소설을 살리자면 이 잡종성을 강화할 필요가 있다. 스스로 잡종이고자 하는 방법밖에는 없지 않은가. 아니 그 방법만이 있는 것이 아니라, 그 방법이 가장 좋은 방법일지도 모른다. 이에 대해 기원과 효과는 다르다고 말할 사람이 있을지도 모른다. 물론 기원과 효과는 다르다. 그리고 기원을 찾는 사람들에게 말할 수 있다. 기원을 찾으려 하는 모든 노력은 결국은 관념론으로 빠지는 것이며, 현전의 형이상학에 빠지는 것이며, 결국은 세계의 억압을 재생산하는 것이라고 말이다. 그러나 소설의 기원으로 향하는 여행이란, 소설의 기원 그 자체가 그렇듯이 즐거워야 할 일이다. 엄숙함을 버리고, 즐겁게, 비딱하게, 사선으로, (요즘 사람들이 좋아하는 말투를 빌면) 가로질러, 그렇게 기원으로 향해야 할 일이다.

사람들이 소설에 기대하는 것은 무엇일까. 그것은 잃어버린 잡종성이 아닐까? 소설은 여전히 상업적이어야 하고, 대중적이어야 하고, 그리고 그 이전에 그러했듯이 권위를 조롱하였듯이 지금도 권위를 조롱하며, 권위를 전복하며, 겉으로 드러나는 위선 속에 어떤 추잡한 모습이 감추어져 있는가를 폭로하는 일이 소설에게 남아 있다. 이는 소설의 기원으로 되돌아가는 것이고, 소설의 본래의 모습(굳이 그런 것을 이야기하자면)을 찾아가는 것이다.

또한 소설은, 문학은 리얼리티를 버리지 않으면 안 된다. 이미 완성되어 있는, 정형화된 형태로 존재하는 리얼리티란 없다. 리얼리티란 언제나 생성이라고 해야 할 것이기 때문이다. "리얼리티가 존재하는가, 그렇지 않은가." 이런 질문만큼 무의미한 것은 없다. 하이젠베르크가 말하는 불확정성의 원리, 그리고 카오스 이론에서의 나비 효과라는 것을 끌어들여, 세상의 불확정성을 말하고자 하는 것이야말로, 또 다시 자연 과학에 몸을 기대는 무책임한 짓이다. 전자의 위치와 속도를 동시에 측정할 수 없다는 것, 측정 기구에 따른 영향이 존재하기 때문에 정확한 값을 알 수 없다는 것이 왜 존재의 불확정성으로까지 이어져야 하는가. 또한 카오스 이론의 수용 또한 그러하다. 리얼리티의 불확정성, 혹은 객관적 법칙의 존재에 대한 부정, 순수한 우연으로서의 세계를 꿈꾸고 싶다면 그냥 꿈꾸는 것이 정직하지 않은가. 카오스 이론이란 본래 기상학에서 나온 것, 100퍼센트 정확한 예측이라는 것은 불가능한 것이고, 확률적 진리치만 갖는다는 것이 혼돈이라고 하지만, 따라서, 이러한 혼돈 이론이 기계적 인과론을 부정하는 것임에는 틀림이 없지만, 지금 또 누가 기계적 인과론을 신봉하는가. 기계적 인과론이 부정된 것은, 그리고 소설 속에서 불투명성, 불안정성이 드러난 것은 이미 오래이지만, 왜 지금 1999년에 카오스이론을 끌어들이는가. 저의는 무엇인가.

실상 카오스 이론에서는 위상학적인 진리를 말하고 있다. 다시 말하자면, 지금 이 순간 다음에 무슨 일이 일어날지는 아무도 모르지만, 다시 말해서 북경의 나비의 날개짓이 영국에 폭풍을 몰고 올지, 아니면 아무런 효과도 낳지 않고 그저 나비의 날개짓, 약간의 움직임만을 낳을지는 아무도 모르지만, 폭풍이 일어난다고 해서 나비의 날개짓이 폭풍의 제1원인이라고 말하는 것은 아니다. 다만 초기의 미세한 차이가 나중에 커다란 차이를 낳을 수 있다는 것, 그리고 폭풍이라는 결과의 원인을 찾는 것이 거의 불가능하다는 것을 말할 뿐이다. 그렇다고 해서, 폭풍의 발생 확률까지 말할 수 없는 것은 아니다. 위상 수학적으로 해석하였을 때, 실상 이러한 나비 효과는 법칙의 부재, 철저한 우연성의 지배를 말하는 것이 아니라, 그러한 카오스의 모습 속에서도 법칙이 존재한다는 것을 말하는 것이다. 결국 카오스 이론은 카오스를 말하는 것이 아니라, 카오스처럼 보이는 현상 속에서의 코스모스를 말하고 있는 것이다.

한 인간의 행위를 규정하는 것 또한 그렇지 않은가. 순간적인 실수가 전쟁을 낳을 수는 있다. 그리고 그 인간이 순간적인 실수를 하지 않았다고 한다면 전쟁은 일어나지 않을 수도 있다. 또 순간적인 실수를 하였다고 하더라도 전쟁은 일어나지 않을 수도 있다. 이를 불확정성이라고 말해서는 곤란하지 않은가. 오히려 한 인간의 순간적인 실수가 전쟁을 낳을 수 있는 정도로 전쟁 위기가 성숙해 있다는 것이 진실, 리얼리티가 아니겠는가. 소설이란 우연성 속에서, 지극히 우연적인 한 인간의 삶을 통해서 인간의 운명을 그리는 것이다. 그리고 그러하다고 한다면, 소설이 추구해야 할 리얼리티란, 기계적 인과론의 리얼리티가 아니라 우연의 필연성, 혹은 필연성이 관철되는 우연성일 것이다. 그리고, 1999년에 한편에서는 다시 종말론의 기치가 높이 올라가고 있는 시점에 소설의 일이란, 이 우연의 필연성을 찾으려는 노력이리라. 그리고 그 우연의 필연성이란 필시, 우리네 사는 모습 그 가운데 있을 것이고, 그리고 그 속에서 언제나 만들어지는 것이리라. 주어진 틀에 의해 주조된 리얼리티가 아니라, 언제나 새롭게 형성되는 리얼리티.

그렇다고 한다면, 소설은 리얼리티를 버리고 다시 리얼리티를 추구하는 행위이고, 그리고 바로 그것이 소설의 운명일 것이다. 만일 소설이 필연적으로 괴멸될 운명이라면, 그냥 그대로 놓아두자. 죽을 운명을 되살리는 것은 우리들의 몫이 아니기 때문이다. 그냥 놓아두되, 소설로 그저 소설 그대로의 모습으로 살아가게 하는 것, 그리고 죽음을 맞이하게 하는 것이 우리들의 할 일이 아닐까.

그리고 남은 또 하나의 가능성. 그것은 이제까지 소설이 지녔던 역사성을, 그리고 역사적인 형식을 최대한으로 활용하는 방식이다. 소설의 역사 속에서 소설의 운명을 보는 것, 그리고 그 운명을 인간의 운명에 연결시키는 일이다. 물론 이는 김남천과는 다르다. 이는 소설의 지향점을 미리 설정하는 목적론적인 사고가 아니기 때문이다. 소설이 도달해야 할 곳은 없다. 도달해야 할 곳이 없기 때문에 소설은 자유로울 수 있다. 기원으로 되돌아갈 수도 있고, 혹은 전혀 새로운 것으로 바뀔 수도 있다. 오히려 이러한 사고란 가장 철저하게 도구적인 사고이다. 한 때, 소설이 혁명의 도구로 파악된 적이 있듯이 말이다. 사실 소설의 위기 혹은 소설의 철폐를 논할 수 있다면, 이는 바로 이 도구적인 사고에 의해서만 가능하지 않을까. 철저하게 도구적으로 사고할 때만, '소설'이 아니라 '인간'을 논의할 때만, 그리고 인간에 대한 소설의 봉사를 논할 때만 가능하지 않을까. 도구적인 사고만이 문학의 자립성에서, 그리고 스스로 가정한 죽음을 앞에 놓고 끙끙대는 그 투정에서 벗어날 수 있을 것이다. 어쩌면 실패로 끝난 1930년대의 프로 소설과 1980년대의 사회주의 소설은 바로 이 점에서 의미가 있을지도 모른다.

소설 읽기, 삶 읽기

이호철 소설에서의 상황성과 역사성
●「무너앉는 소리」 연작

1.「무너앉는 소리」 연작 : 문제의 확인

이호철은 60년대 한국문학의 한 꼭지점이다. 다른 한 꼭지점이 김승옥이라면, 또 하나의 꼭지점은 최인훈이다. 김승옥의 60년대적 감각 혹은 감수성, 그리고 이호철의 역사의식, 마지막으로 최인훈이 보여주는 그 깊은 관념성이 60년대 우리 소설을 구성하는 삼각형이라고 할 것이다. 이 세 사람이 그리고 있는 삼각형이란, 60년대 우리 소설을 보는 일종의 지도, 혹은 프리즘과 같은 것이라고 할 수 있다. 이를 통해 작가들의 위치를 찾아볼 수 있고, 또 작가들이 갖고 있는 색채를 확인할 수 있기 때문이다.

그러나 이러한 삼각형의 구도란 어쩔 수 없이 정적이다. 그렇기 때문에 이 삼각형으로는 변화와 시간성을 잡아내지 못한다. 변화가 미세할 경우는, 그럼에도 그 변화가 중요할 경우에는 더욱 더 문제가 된다. 그렇다면 이 삼각형의 틀에 시간성을 부여하지 않으면 안 된다. 그런데 그 시간성을 부여해야만 하는 작가가 삼각형의 한 꼭지점을 이루고 있는 경우라면 어떻게 해야 할까. 지금까지의 대체적인 연구는 바로 이 지점에서 머뭇거리고 있다.

여기에 또 한 가지의 어려움이 있다. 그것은 문학사의 문제, 문학사가 성립되기 위한 거리의 문제이다. 문학사를 위한 거리가 과연 확보될 수 있을까. 다시 말하자면 60년대를 역사적인 시기로서, 60년대를 현재의 '전사'로서 바라볼 수 있을 만큼의 거리가 주어져 있는가.[1] 이 거리의 확보와 미확보 사이에 60년대 문학 연구가 걸쳐 있을 것이다.

이호철의 소설들 가운데 많은 소설들은 60년대적인 소설로 읽히기보다는 동시대적인 소설로 읽힌다. 또 60년대에 발표한 많은 소설들은 리얼리즘적으로 읽히지 않는다. 리얼리즘의 주요한 표지, 곧 시대적 규정성과 그를 드러내주는 디테일이 드러나 있지 않기 때문이다. 그렇기 때문에 '무드의 미학'이니, 혹은 '분위기의 미학'이니, '상황성'의 작품이니 하는 평가가 내려질 수밖에 없다. 그리고 이러한 소설들은 바로 그 동시대적 표지의 부재, 혹은 약화 때문에 동시대를 떠나 자신의 보편성을 주장하고 나선다. 이러한 보편성은 때로는 특정한 시대를 넘어서는 보편성으로 읽힐 수 있기는 하지만, 때로는 바로 그 때문에 탈역사적으로 읽히기도 하는 것이다.

이 글에서는 「무너앉는 소리」 연작[2]을 중심으로 다루려고 한다. 특히 이 연작 가운데 「닳아지는 살들」은 이호철 초기 소설의 대표작 가

---

[1] 새삼스럽게 60년대에 대한 거리를 말하는 이유는 어떤 측면에서는 지금 우리 시대를 규정하고 있는 많은 부분들이 1960년대에 이미 시작되었기 때문이다. 1990년대를 거쳐 2000년대에 들어서면서 많은 것들이 변하였고, 그리고 이제 더 이상 60년대를, 아니 80년대조차도 동시대로 인식하고 있지 않는 사람들이 많지만, 그럼에도 불구하고 60년대 시작된 경제 개발, 그리고 성장의 신화는 아직도 우리의 삶을 규정하고 있는 것이 아닐까. 90년대 세대들의 앞서가기, 그리고 그 이전 세대의 뒤처짐. 이 사이에 우리 문학 연구가 있을 것이다.

[2] 「무너앉는 소리」 연작은 「닳아지는 살들」(62.7), 「무너앉는 소리」(63.7), 「마지막 향연」(63.11) 세 편으로 이루어져 있다. 여기서 저본으로 사용한 것은 1988년에 청계연구소에서 발간한 이호철 전집 3권 『무너앉는 소리』이다.

운데 하나이며, 이호철 초기 소설의 양대 축 가운데 하나이다.3) 그리고 이 소설로 이호철은 동인문학상을 수상한 바 있다. 「닳아지는 살들」과 그 연작이 중요한 이유는 이 작품이 단지 이호철의 대표작일 뿐만 아니라, 이호철 소설의 주요한 특징이라고 일컬어지는 '분위기의 미학'과 또 한 축인 역사성, 혹은 분단의식이 이 소설 속에서 결합되어 나타나기 때문이다. 이를 일단 '상황성4)과 역사성의 결합'이라고 해 두자. 이 글에서는 이 두 가지 요소가 어떻게 이 소설 속에서 관계를 맺고 있는가를 살펴보고자 한다.

이호철의 「무너앉는 소리」 연작에 대해 처음 주목한 비평가는 천이두이다. 「닳아지는 살들」에 대한 본격적인 작품론이라고 할 수 있는 「피해자의 문학과 이방인의 문학」에서 천이두는 이호철의 소설들을, 세계 속에서 이방인일 수밖에 없는 존재와 세계 사이의 관계. 곧 "<나>와 세계 사이의 부조리의 대응관계"의 문제를 다루는 작품, 곧 "<나>의 실존적 의미는 무엇인가, <나>를 에워싼 상황과의 관계의 의미는 무엇인가"를 구명하려고 하는 '이방인의 문학'으로 규정한다.5) 이런 전제 아래 천이두는 「닳아지는 살들」에서의 쇠붙이 소리는 현대 메카니즘의 상징이라고 규정한다.

> 이 <응접실>의 숙명적인 몰락을 예언하는 듯한 불길한 운명의 촉수는 다름 아닌 현대 메카니즘이 파생하는 독소적 분위기였다. (중략) 현대 사회는 개성으로서의, 자유로서의 인간을 용허하지 않는다. 오히려 그 개성과 자유의 말살을 요구한다.6)

---

3) 다른 한 축은 물론 「판문점」이다. 「닳아지는 살들」과 「판문점」을 김윤식은 각기 예술가적인 소설과 소설가적인 소설로 구분한 바 있다. 김윤식, 「소설가와 예술가의 갈등」, 『무너앉는 소리 : 이호철 전집 3』, 청계, 1988 참조.
4) 이는 권영민이 「닫힘과 열림의 변증법」(『문학사상』, 1989.5)에서 사용한 용어이다.
5) 천이두, 「피해자의 문학, 이방인의 문학」, 『현대문학』, 1963. 10-11, 147쪽.

결국 「닳아지는 살들」은 가해자로서의 집단=메커니즘, 피해자로서의 개체=영희의 자의식의 대응관계로 이루어져 있는 소설이라는 것이다. 개인과 사회의 대립이라는 이분법을 전제로 하는 이러한 판단은 여러 가지 점에서 문제를 가지고 있다. 물론 가장 큰 문제는 과연 밖에서 들리는 쇠붙이 소리를 메커니즘이라고 볼 수 있는가 하는 점이다. 후에 살펴보겠지만, 사실 이 소설 속에서는 이를 뒷받침할 만한 대목이 없다. 오히려 천이두의 글에서 주목할 만한 점은 이 소리를 듣는 인물이 영희라는 사실을 지목한 점이다. 이는 소리의 실체를 밝힘에 대단히 중요한 의미를 갖기 때문이다.

천이두는 이후 이호철 초기 소설을 전반적으로 다루면서 이호철 소설의 특징을 '무드의 미학'으로 규정하고, 「닳아지는 살들」에 대해서는 조금 다른 평가를 내리고 있다.7)

> 이 작품들은 넓은 의미에서 일종의 가족사라고 할 수 있는 성질의 것이다. (중략) 말하자면 영희 일가의 몰락은 어제오늘의 우연적 사실에서 비롯하는 게 아니라, 오랜 세월 사이의 필연적 인과율에서 비롯하고 있는 것이다.
>
> 이리하여 작자는 의식적이든 무의식적이든, 인간 및 그 상호의 역학 관계의 의미를 명백한 역사의식을 가지고 인식하기 시작했다고 할 수 있다.8)

---

6) 「피해자의 문학, 이방인의 문학」, 152-3쪽.
7) 김치수는 「관조자의 세계 : 이호철론」(『현대한국문학의 이론』, 민음사, 1972)에서 천이두가 말한 '무드의 미학'을 이호철의 관조적 입장으로 해석하면서 부정적으로 평가하고 있다. 곧 이호철의 초기 소설이 비참하고 잔혹한 현실을 대상으로 하고 있으면서도 서정적 아름다움을 느끼게 해 주는 이유가 바로 '관조적 입장' 때문인데, 바로 그 때문에 이호철의 초기 소설에는 주인공들의 존재론적 고민이 없다고 말하면서 부정적으로 평가하고 있다.
8) 천이두, 「묵계와 배신」, 『문학춘추』, 1965.2, 72쪽.

천이두는 이 소설들에서 가족사, 그리고 역사의식을 발견하고 있다. 물론 이러한 가족사 자체가 곧바로 역사의식의 증거가 될 수 있는가에는 의문의 여지가 있지만, 이 소설을 역사적 기록으로 볼 수 있는 단서를 마련해 준다는 점에서 중요한 기술이다.

권영민도 이호철 소설의 전체에서 '분단의 어두운 그림자'를 발견할 수 있다고 한다. 그리고 겉보기에는 그렇지 않아 보이는 「닳아지는 살들」과 같은 상황성의 작품에서도 이 그림자가 엄밀하게 자리잡고 있다고 보고 있다.9) 「무너앉는 소리」 연작은 상황성의 인식에 관심이 집중되어 있는 소설로 "이들 작품은 모두 소설적 무대와 시간의 폭을 제약함으로써 소설 양식의 내면적 공간의 확대를 꾀하고 있으며, 그 결과로 상황성의 의미를 강조할 수 있도록 고안되어 있"10)다고 보고, 바로 이 연작이 보이고 있는 "역사에 대한 전망이 부재하는 현실은 하나의 단절된 공간"11) 이 오히려 역사성을 지닌다는 것이다. 하지만 바로 이러한 점 때문에 「무너앉는 소리」 연작은 한계를 갖는다고 본다.

> 이호철의 소설에는 근대적인 리얼리즘의 소설에서 맛볼 수 있는 적나라한 인생과 그 운명적인 전개과정을 만날 수가 없다. 그의 소설에는 영웅적인 주인공도 없고, 파동 치는 역사의 과정도 없다. 삶의 총체적인 의미를 구현하고자 하는 소설적 전망도 확인하기 어렵다. 그는 치밀한 묘사와 구도를 통해 상황성의 의미를 극적으로 표출하고 있을 뿐이다.12)

---

9) 권영민, 105쪽.
10) 권영민, 108쪽. 이러한 해석은 천이두의 해석과 상통한다. 천이두는 이 작품을 장막극의 최종막과 같은 느낌을 주는 소설이라고 한 바 있다. 시간과 공간의 제약이라는 연극적 규범을 철저하게 지켜나가고 있으면서, 갈등이 정점에 달해 해소로 치닫는 소설이라는 것이다. 천이두, 「피해자의 문학, 이방인의 문학」, 149쪽 참조.
11) 권영민, 110쪽.
12) 권영민, 109-110쪽.

권영민이 「무너앉는 소리」 연작에 깔려 있는 분단의 그림자를 인정하면서도 이 작품에 대해 비판적인 이유는 바로 이 작품의 닫힌 공간 때문이다. 이러한 평가는 이 소설의 특징을 잘 드러내고 있으면서도 또한 아주 중요한 질문을 던지고 있다. 한 작품을 어떻게 해석할 것인가, 그리고 한 작품의 상징성을 어떻게 이해할 것인가 하는 질문 말이다.

이호규는 「무너앉는 소리」 연작을 "당대 남한 사회의 답답함과 권태로움이 연극적인 상황과 상징적인 소리를 매개로 제시되고 있는 작품"으로 규정하고, 그 속에서 "당대 남한 사회의 현재와 미래에 대한 묵시록적인 작가의 시각"을 발견한다.[13]

> 이 집안의 절망적인 가족 관계와 분위기는 곧 작가가 바라보는 60년대 한국 사회의 모습이다. 인간 관계는 친밀성을 잃어버리고, 사람들은 각자 이해 못하는 자기들만의 이해관계 속에서 서로를 바라보고, 자기의 내면을 결코 겉으로 드러내지 않는다. 그러한 사회는 전망이 없는, 몰락으로 치달을 뿐이다. 60년대 초반 이호철이 보았던 남한 사회는 그렇게 전망이 없는, 허물어져 가는 한 집안과도 같았던 것이다. 그러한 작가 인식은 제목에서 극명하게 드러난다. '살이 닳아지고', 그래서 '무너앉고', 마침내는 '최후의 만찬'을 차릴 수밖에 없다는 절망적 인식.[14]

바로 이렇게 허물어져 가는 집안을 상징적으로 나타내고 있는 것이 소리라는 것이다.[15] 천이두가 집안을 무너뜨리는 것이 바로 '밖'이라고 말할 수 있는 현대 사회의 메카니즘이라고 했다면, 반대로 이호규는 현대 사회는 '밖'이 아니라 '안'이라고 말하고 있는 것이다. 이호규는

---

13) 이호규, 「1960년대 소설의 주체 생산 연구」, 연세대 박사학위 논문, 40쪽.
14) 이호규, 41쪽.
15) 이호규, 42쪽.

이 작품에서 선재라는 인물에 주목한다. 선재는 "자신의 순수성을 지켜 나가기에는 그 집안 곧 당대 사회의 부정성이 너무나 강력"하지만 그래도 "남한 사회의 탁한 물결 속에 아직 잠기지 않은 순수성을 지니고 있"으며, 그 때문에 새로운 주체로의 가능성을 지니고 있는 인물이라는 것이다.16)

> … 새로운 주체를 가능하게 하는 힘이란 '자신을 견지하는 것'이다. 그 자신이란 '건강함과 풋풋함'이다. 애초에 자신의 본질을 이루는 그 건강함과 풋풋함을 끝내 지켜내는 것, 그것이 새로운 주체를 가능하게 하는 힘인 것이다.17)

이상 간략하게 살펴본 여러 논의를 통해서 이 「무너앉는 소리」 연작의 해석에서 논란이 되고 있는 사항들을 확인할 수 있다.

제일 먼저 문제가 되는 것은 도대체 '소리'가 무엇을 의미하는가 이다. 그 소리는, 메카니즘의 상징, 분열과 해체의 상징, 때로는 작가 자신의 말처럼, 당시의 북쪽의 소리로 규정되고 있었다. 어떻게 소리를 규정하는가에 따라 이 집안에 대한 규정도 달라지게 되는데, 한편으로 이 집안을 현대사회의 메카니즘에 의해 점령되어 가는 존재로 보는 입장에서부터18) 현대 자본주의에 의해 규정되고 있는 남한 사회라는 입장19), 혹은 남한 사회가 아니라, 남한 사회에서의 한 특수한 집단으로 보는 입장20)까지 상당히 넓은 폭으로 자리하고 있다. 실상 이 집안을

---

16) 이호규, 60쪽.

17) 이호규, 65쪽.

18) 이렇게 보는 경우, 이 집안은 때로는 '전근대적' 혹은 현대 이전의 사회를 의미하게 된다. 이 집안의 몰락이란, 결국 현대사회의 메카니즘의 전일화를 뜻하게 된다.

19) 이렇게 본다면, 이 집안의 밖(곧 소리가 들려 오는 곳)은 곧 남한 사회의 '밖'이 된다. 이 밖에 대해, 이호철은 '북'이라고 직접적으로 말한 바 있다.

20) 이렇게 본다면, 이 집안의 밖은 소시민이라는 특수한 집단을 벗어난 다른

어떻게 규정하는가에 따라 이 소설 속에서 부정되는 것, 그리고 암묵적으로 긍정되는 것이 달라지게 된다.

이러한 집안과 소리의 규정은 이 소설 속에 나오는 인물에 대한 규정에도 영향을 미치게 되는데, 가장 문제적인 인물이 월남민인 '선재'이다. 이 선재를 한편에서는 메커니즘의 대변인으로 보기도 하고, 그 반대 입장에서는 이 소설 속에서 가능성을 지닌(물론 그 가능성 또한 상황 속에서 사라지게 되지만) 인물로 평가하게 되는 것이다.

마지막 문제는 이 연작에 어떤 방식으로든지, 당대 사회가 연관되어 있을 터인데, 이 당대 사회의 연관성, 나아가서는 '분단'의 연관성을 어떤 방식으로 이해할 것인가 이다. '닫힌 공간'이라는 상징으로 읽을 수도 있을 것이고, 곧바로 분단의 피해자를 그린 소설로 읽을 수도 있는 것이다.

바로 「무너앉는 소리」 연작이 의미를 지니는 것은 이 소설 자체가 이러한 다양한 해석을 용인하고 있다는 점이다. 미리 말하자면, 이러한 해석의 다양성은 이 소설의 가장 큰 장치이고, 바로 이 점 때문에 이 소설은 언제나 새롭게 읽힐 수 있는 것이다. 더 나아가서 우리와 같은 존재의 삶이라는 것이 단일한 해석을 용인하지 않고 있음을, 우리가 맞닥뜨리고 있는 그리고 살아가고 있는 현실이라는 것이 그렇게 녹녹치 않은 것임을 거꾸로 보여주고 있는 작품이기도 하다. 그렇기 때문에 우리는 이 작품에서 어떤 일관된 해석을 끌어낼 수 없을지도 모른다. 작품이 다양한 해석을 허용할 뿐만 아니라, 그 속에서도 서로 상충되는 부분들을 지니고 있기 때문이다. 어쩌면 한편의 소설이 처음부터 끝까지 일관성을 지니고 있어야 한다는 것은 소설 혹은 문학에 대한 하나의 이데올로기일지도 모른다. 소설 한편의 완결성이란, 소설을 하나의 우주, 단일한 유기체로 생각하는 것이다. 이러한 단일한 유기체로

집단을 상정하게 된다.

서의 문학, 그리고 더 나아가면 완결성을 지닌 개체로서 생각하는 사고 방식이란, 때에 따라서는 소설의 외부를 인정하지 않는 견해로 나아갈 수·있는 것이다. 그렇다면 소설의 외부를 얼마만큼 인정할까가 다시 문제가 될 터이지만, 이 논의는 다른 자리로 넘기기로 하고, 여기서는 우선 소설이 드러내고 있는 모습을 따라가 보기로 하자.

2. 「무너앉는 소리」 연작의 '소리', 파국의 징조

「무너앉는 소리」 연작에서 소리는 도대체 어떠한 의미를 지니고 있는 것일까.21) 「무너앉는 소리」 연작에서는 각기 다른, 그러나 엄밀히

---

21) 사실 조금더 근본적인 문제, 하지만 여기서는 해결하기 곤란한 문제는 소설미학적인 문제이다. 왜 소리를 해석하지 않으면 안되는가 하는 문제. 그것은 이 소설에서 소리는 단순한 소리, 다시 말하자면, 어떤 물질적인 소리, 현실에 존재하는 하나의 현상으로서의 소리로만 해석될 수 없기 때문일 터인데, 어떻게 이러한 가능성이 생기는가의 문제이다. 이 소리는 이 소설 내부에 존재하는 다른 사물이나 인물 혹은 현상과는 구분된다. 밖에 비가 온다거나, 아니면 집안이 어떠한 구조로 생겼다거나 하는 것과는 질적으로 차이가 나기 때문이다. 왜 차이가 나는가. 작가가 끊임없이 소설 속에서 이 소설이 어떤 의미, 단순한 현상 이상의 의미, 곧 하나의 상징적인 현상으로서 이해해주기를 요구하고 있기 때문이다. 이 소리의 단순한 물리적 실체는 그저 쇠붙이 두드리는 소리, 혹은 단 쇠를 쇠망치로 두드리는 소리에 지나지 않는다. 여하간 「닳아지는 살들」은 어떤 면으로 볼 때, 지나치게 많은 정보와 지나치게 적은 정보를 동시에 주고 있다고 할 수 있다. 작품의 해석이라는 것이 한 편으로는 외적인 정보를 바탕으로 하면서도 기본적으로는 작품 속에 주어진 정보의 일정한 재배열이라고 할 때 그렇다는 말이다. 「닳아지는 살들」은 어떤 단일한 코드로 해석해내기에는 지나치게 많은 정보를 주어, 정보끼리 서로 충돌하고 있는 반면, 또 각각의 코드에 관해서는 지나치게 적은 정보를 주고 있는 것이다. 앞서 말한 평자와 연구자들의 상반된 평가도 기본적으로는 이 때문인 것으로 보인다. 게다가 작가의 말 또한 이 해석의 어려움을 한층 더 높이고 있다. 「닳아지는 살들」에서의 쇠붙이 소리란, 1961년도 당시의 북쪽의 소리라는

연관되어 있는 두 가지 소리가 나온다. 하나는 「닳아지는 살들」에서 반복적으로 나오고 있는, 그래서 이 소설의 진정한 주체라고까지 말해지는 "꽝 당 꽝 당" 하는 소리이다. 이 소리 자체에 대한 정보는 지나치게 제한되어 있다. 그 소리는 "여운이 긴 쇠붙이 뚜드리는 소리", "벌겋게 단 쇠를 쇠망치로 뚜드리는 소리", "그 쇠붙이에 쇠망치 부딪치는 소리", "쇠붙이 소리"라고만 되어 있다.

이 소리에 대한 다른 언급이란, 이 소리 자체에 대한 언급이 아니라, 그에 대한 추정, 혹은 그 소리가 집안의 사람들에게 미치는 영향의 기술에 지나지 않는다. 소리 자체에 대한 정보의 부재는 소리에 대한 의문을 낳는다. 그리고 마지막까지도 이 소리에 대한 더 이상의 정보가 주어지지 않음으로 해서, 다시 말해 이 소리가 무슨 소리인지 작가 자신이 밝히고 있지 않기 때문에 소리에 대한 의문은 더욱 커진다. 이 소리에 대한 의문의 증폭이 사실 이 소설을 끝까지 긴장 속에서 이끌어 가는 요소가 되는 것이다.[22]

그렇다면 왜 굳이 쇳소리여야 하는가와 이 쇳소리가 소설의 인물들에게 어떠한 반응을 낳는가에 대해 대답하지 않으면 안될 터이다. 그런데 천이두의 말대로 이 쇳소리가 어떤 메카니즘을 상징한다고 보기는 힘들다. 메카니즘을 상징하기 위해서는 이 소리는 쇳소리보다는 기계소리인 편이 더 나았을 터이니까 말이다. 쇳소리를 택한 것은 그것이 자연의 소리가 아니고, 그 때문에 소리가 신경에 거슬린다는 점 때

___

것이다. 이 불투명한 말은 해석을 더욱 더 어렵게 하고 있다.

22) "이 작품에 일관하는 극적 긴장감은 어디서 오는가? 멀리서 들려오는 <꽝, 당, 꽝, 당> 하는 쇠붙이 소리에서 비롯하고 있다."(천이두, 「피해자의 문학, 이방인의 문학」, 151쪽). ; "이 작품을 구성하고 있는 기본 원리이자 육체는 물을 것도 없이 이 쇠붙이 뚜드리는 소리이며, (중략) 기묘하게도 이 환청은 실체이기도 하다. 곧 환청이 그대로 물체, 물질적인 존재로 군림하고 있는 형국이다."(김윤식, 「소설가와 예술가의 갈등」, 『무너앉는 소리 : 이호철 전집3』, 청계, 1988, 458쪽).

문이라고 보는 것이 조금 더 타당하지 않을까. 메커니즘으로 보기에는 이에 대한 정보가 부족하다.

결국 남는 문제는 이 소리가 가져오는 반응일 터, 누가 이 소리에 신경을 곤두세우고 있는가가 중요한 점이다. 이 소리에 신경을 곤두세우는 사람은 영희이다. 그렇기 때문에 영희의 존재를 떠나서는 이 소리의 정체, 의미를 해명할 수 없다.

소설의 첫머리에서 사실상 이 소리의 존재, 혹은 의미는 거의 직접적으로 드러나고 있다.

> 꽝 당 꽝 당.
> 먼 어느 곳에서는 이따금 여운이 긴 쇠붙이 뚜드리는 소리가 들려왔다. 밑 거리의 철공소나 대장간에서 벌겋게 단 쇠를 쇠망치로 뚜드리는 소리 같았다.
> 근처에 그런 곳은 없을 것이었다. 그렇다면 굉장히 먼 곳일 것이었다. 굉장히 굉장히 먼 곳일 것이었다.
> 꽝 당 꽝 당.
> 단조로운 소리이면서 송곳처럼 쑤시는 구석이 있는, 밤중에 간헐적으로 들려 오는 그 소리는 이상하게 신경을 자극했다.
> (중략)
> 꽝 당 꽝 당.
> 그 쇠붙이에 쇠망치 부딪치는 소리는 여전히 간헐적으로 이어지고 있었다. 밤 내 이어질 모양이었다. 자세히 그 소리만 듣고 있으려니까 바깥의 선들대는 늙은 나무들도 초 여름밤의 바람에 불려서 그런 것이 아니라 저 소리의 여운에 울려 흔들리고 있었다. 저 소리는 이 방안의 벽 틈서리를 쪼개고도 있었다. 형광등 바로 위의 천장에 비수가 잠겨 있을 것이었다. 초록빛 벽 틈서리에서 어머니는 편안하시다. 돌아가서 편안하시다. 형편없이 되어가는 집안 꼴을 감당하지 않아서 편안하시다.
> 꽝 당 꽝 당.

저 소리는 기어이 이 집을 주저앉게 하고야 말 것이다. 집지기 구렁이도 눈을 뜨고 슬금슬금 나타날 때가 되었을 것이다. 그리고 향연이다. 마지막 향연이다. 유감없이 이별을 고해야 할 것이다. 모두 유감없이 이별을 고해야 할 것이다.23)

이 대목은 영희의 시점으로 기술되고 있다.24) 영희는 먼저 이 소리가 방안의 벽 틈서리를 쪼갠다고 생각한다. 방안의 벽 틈서리를 쪼갠다면, 이 소리에 의해서 집이 균열을 일으킨다는 것이다. 그뿐만이 아니라, 사실 존재하는 모든 것, 심지어 바람에 흔들리는 나뭇가지까지 이 소리에 의해 움직이는 것으로 느껴진다. 그런데 정애는 이를 그리 크게 염두에 두지 않는다. 영희에게만 그렇게 느껴지는 것이다. 영희가 이 소리가 집에 틈을 만들뿐만 아니라, 존재하는 틈을 벌려 놓는다고 느낄 수 있는 것은 영희가 이 집의 틈을 '먼저' 발견하고 있기 때문이다. 영희는 집안에서 틈을 발견하였고, 그리고 그 때문에 불안에 차 있다. 언젠가는 무너질지 모르는 집안에서 그는 자신이 할 바를 알지 못하는 것이다.

소리는 여기서는 행위의 주체이다. 집을 '주저앉게 하고야 말' 소리

---

23) 이호철, 『무너앉는 소리 : 이호철 전집3』, 청계, 1988, 1-2쪽. 사실 이 대목으로 본다면, 「무너앉는 소리」와 「마지막 향연」은 이미 예고되고 있는 셈이다. 이 예고된 결말을 그려 낸 것이 「무너앉는 소리」와 「마지막 향연」이라면, 김윤식이 말한 것처럼 뒤의 두 작품은 췌언에 지나지 않을 수도 있다. 물론 이러한 췌언을 쓰는 것이 바로 소설가이기는 하지만 말이다.

24) 「무너앉는 소리」 연작에서 시점의 변화는 대단히 불투명하다. 「닳아지는 살들」은 대체로 영희의 시점으로 그리고 「무너앉는 소리」와 「마지막 향연」은 정애의 시점으로 그려진다. 하지만 이는 정확하게 지켜지고 있지 않다. 정확하게 지켜지고 있는 것이 아니라 오히려 의도적으로 혼동하고 있는 듯한 느낌도 든다. 이러한 혼동, 작가의 시점과 인물의 시점과의 의도적인 혼합은 이 소설의 한 특징이라고 할 수 있다. 이렇게 함으로써, 등장인물이 느끼는 감정은 등장인물의 것으로서가 아니라, 바로 소설 전체의 것으로 느껴진다.

인 것이다. 이렇게 주저앉게 하는 소리로 느껴지는 것은, 소리가 집을
무너뜨릴 것 같은 영희의 예감이란, 실상 사태에 처해서 아무런 행위
도 할 수 없는 자신의 존재, 스스로 문제 해결의 주체로 나서지 못하
는 자신에 대한 불안감에서 나오는 것이다. 그러므로 이제 소리는 물
리적인 실체이기는 하지만, 그러나 또한 그만큼 심리적인 실체이기도
하다.

　이 소리가 어떻게 변하는지 확인해 보자. "서른 네 살. 낯색이 해말
갛구. 긴 다리가 바싹 여위구. 낮이나 밤이나 파자마 차림. 음악을 공
부한다고 하다가 대학은 미술대학을 나오구. 미국을 두어 번 다녀온
뒤론 취직을 할 염도 않구. 그렇다구 딱히 할 일두 없구. 막연하게 작
곡가를 꿈꾸고 있"25)는 오빠에 대한 진술 이후 소리는 살아난다. 집안
에 대해, 집안의 미래에 대해 아무런 준비도 하지 않고, 그저 관조하고
있는 존재, 집안을 꾸려나가기에는 너무나 무력한 존재인 오빠를 보고
난 이후, 이 소리는 더욱 커지는 것이다. 이 소리의 커짐이 집안 몰락
의 기운과 이어져 있는 것은 이로써 명확하다. 그리고 그것이 심리적
인 존재라는 것은 바로 그 다음의 문장이 말해주고 있다. '카바이드 냄
새' 그 알싸하고 가슴을 헤집는 듯한 그 낯선 냄새는 바로 광물성의
소리가 가져다주는 느낌이고, 영희가 자신과 집안에 대해 느끼는 느낌
인 것이다.

　하지만 소리는 항상 이와 같은 모습을 띠고 있지는 않다.

> 꽝 당 꽝 당.
> 쇠붙이에 쇠망치 부딪치는 소리는 여전히 계속되고 있었다. 바깥에
> 나와서 이렇게 술이 취한 선재와 마주 서 있어서 그 쇠붙이 소리는 훨
> 씬 자극성이 덜해져 있었다. 차라리 싱그러운 초 여름밤의 가락을 띠
> 고 있었다.26)

---

25) 『무너앉는 소리』, 5쪽.

꽝 당 꽝 당.

쇠붙이 소리는 어느덧 평범하게 멀어져 있었다. 근육이 좋은 사내가 앉아서, 혹은 서서 뚜드리고 있을 것이었다. 불꽃이 튀기도 할 것이다. 그 근처 뜰에는 사람들이 둘러앉아서 이 거리의 이야기를 하고 있을 것이다. 5월 밤이 익으면 저녁밥도 적당히 삭아지고, 모여 앉아서 얘기하기가 좋을 것이었다. 담뱃불이 두 서넛 발갛게 타고 있을 것이었다.[27]

영희가 선재와 집 밖 골목에서 서 있을 때, 그리고 영희가 선재가 토하는 것을 도와주면서 "감미가 곁들인 기묘한 서글픔이 전신으로 퍼"질 때, 그리고 동시에 "결국은 이렇게 낙착되고 있구나, 이렇게 되는구나 하고 생각했"[28]을 때, 쇠붙이 소리는 평범하게 멀어진다. 왜냐하면, 집밖이고, 그리고 선재와 함께 있고, 그리고 선재 때문에, 그와 함께 있기 때문에, 누군가랑 함께 있기 때문이다.

그러므로 소리가 날카롭고 신경을 파고드는 소리가 되기 위해서는 두 가지의 조건을 갖추어야 한다. 먼저 영희의 신경이 주위에 대해, 그리고 자신에 대해 날서 있어야 하며, 또한 집안과 집밖이 완강하게 대립되어 있어야 한다. 이 두 조건이 사라질 때, 소리는 더 이상 날카로운 것이 아니다. 그리고 소리는 '거리'의 소리, '집안'과는 대립되는 거리의 소리이라고 보아야 한다. 그리고 그것은 대장간의 소리이면서, 생활의 소리이고, "근육이 좋은 사내"가 보이는 건장함, 그리고 그에 묻어 나오는 건강함의 소리로 느껴진다. 결국 집밖에는 생활이 존재함에 비해 집안에는 생활이 존재하지 않는다는 결론이다. 쇠붙이 소리가 여기서 말하고 있는 것처럼, 생활의, 노동의 건강함의 소리라고 했을 때,

---

26) 『무너앉는 소리』, 9쪽.
27) 『무너앉는 소리』, 10쪽.
28) 『무너앉는 소리』, 10쪽.

그것이 집안에서 날카롭게 느껴지는 것은, 그리고 집안의 몰락을 가져
올 것으로 느껴지는 것은, 게다가 아무 것도 하지 않고 "안경알만 반
짝이는" 오빠를 생각할 때면 더욱 자심해지는 이유는 그것이 건강한
생활의 소리이기 때문이다. 그러므로 소리는 물리적인 실체이기 이전
에 심리적인 실체이다. 그 소리는 누구에게나 들릴 수 있지만 아무나
들을 수 있는 소리는 아니며, 또한 누구에게나 "뾰족뾰족한" 소리는
아닌 것이다. 그것을 자극적인 소리로 느끼는 것은 오히려 그것을 듣
는 주체인 것이다.

> 꽝 당 꽝 당.
> 그 소리는 퍽 가까이서 들리고 있었다. 뚫린 창문은 흡사 그렇게 안
> 개 낀 밤을 향해 뚫려진 구멍 같았다. 뚫린 구멍 저편으로 습기에 찬
> 초 여름밤이 쾌적하게 기분에 좋았다.[29]

　영회가 선재의 방으로 올라와서 선재에게 안겼을 때, 밖에서 들리던
소리는 이제 퍽 가까이서 들리지만, 그럼에도 불구하고 신경을 자극하
지 않는다. 오히려 창이 열려 있음으로 해서, 초 여름밤이 쾌적하게 느
껴진다. 선재와 함께 있으면서, 선재와 심리적 거리를 좁혀 가는 대목
에서 소리는 아무런 역할을 하지 않고 있는 것이다. 이 밖에서 들리는
소리는 집을 무너뜨릴 것이라고 했다. 틈새를 넓힘으로써 말이다. 틈새
는 벽의 틈새이고 물리적인 틈새이지만, 또한 가족들간의 거리, 의사
소통이 이루어지지 않는 단절이기도 하다. 그러므로 소리는 이 단절을
확인해주는 것이다. 단절을 확인해주면서, 바로 단절의 확인 때문에 신
경이 쓰이는 것이다. 그러므로 이 소리는 심리적 거리의 심리적 상관
물이라고 할 수 있는 것이다. 이 틈새가 완전히 벌어지면 이제 모두가

---

29) 『무너앉는 소리』, 12쪽.

각자도생 하든지 아니면 모두 그대로 죽는 일만 남을 것이다. 거구로 인물간의 심리적 거리가 줄어들 때 소리는 약화된다.

이 소리가 심리적인 실체라는 사실은 다음 작품인 「무너앉는 소리」에서 확실해진다. 「무너앉는 소리」에서는 이 소리가 안으로 들어와 있다. 그러나 안으로 들어오면서 이 소리는 더 이상 이전에 들리던 소리는 아니다. 소리의 질도, 소리를 느끼는 주체도 달라진다. 무엇이 달라지는가.

> 부엌 쪽에서는 찜찌름한 마늘장아찌 같은 내음새가 풍겨오고 밭은 칼도마 소리가 들려왔다. 그 칼도마 소리 사이사이 이따금 온 집채가 울 듯이 쿵쿵하고 속 깊이 울리는 소리가 나곤 했다. 허한 기운이 도는, 그러나 여운이 깊숙한 울림소리였다. 집채 어느 근처에서 나는 소리인지 알 수 없었다. 환청 같기도 하고, 분명한 소리는 아니었으나 (중략) 쿵 쿵, 그렇다, 그 그늘진 둔탁한 소리는 두 달 전, 5월 어느 날 저녁의 꽝 당 꽝 당하던 그 먼 쇠붙이 소리가 어느새 슬금슬금 이 집채 안으로 기어 들어와 있는 것인지도 몰랐다. 이상한 일이지만 그 쇠붙이 소리는 그날 밤 하루 밤뿐이었다. 이튿날 저녁부터는 부신 듯이 없어져 있었다. 반짝반짝한 초조로움과 일정한 거리감을 더불고 있던 그 5월 밤의 쇠붙이 소리는 어느덧 이렇게 끈끈하고 그늘진 부피를 더해 이 집채 안으로 수울 들어와 있었다. '집이 울면 집안이 망한다던데'하고 문득 정애는 생각하였다.[30]

지난날의 밖의 소음은 이제 안으로 들어와 있다. 그리고 그 소리를 느끼는 주체는 영희가 아니라 정애이다. 왜 영희가 아니라 정애인가. 영희가 느끼지 못하는 이유는 그가 결혼을 했기 때문이다. 그리고 이제 그 결혼에 자신의 삶을 묶어가고 있기 때문이다. 영희와 선재가 서로 사랑을 하건 말건[31] 그들은 그 관계 속으로 걸어 들어간다. 그것이

---

30) 『무너앉는 소리』, 21쪽.

최선이 아님을 알고 있음에도 불구하고 그것이 최악의 선택이 아니라
는 이유로 그들은 그 관계를 받아들이는 것이다. 그들의 말대로 종국
에는 그렇게 낙착된 것이다.

그렇기 때문에 이제 영희의 삶은 더 이상 집을 중심으로 이루어지지
않는다. 집의 해체에 불안해하던 영희가 이제는 집을 해체하는 적극적
인 주체로 나서고 있기 때문이다. 비록 허깨비 같은 존재이기는 하지
만, 그래도 아버지가 있는 집이 삶의 중심이 아니라, 선재가 삶의 중심
이 되는 것이다. 집의 몰락이란 예정된 파국이다. 그리고 그러므로 이
제 집을 무너뜨릴 것 같은 소리는 그에게는 들리지 않는다. 그렇기 때
문에 어떤 점에서 「무너앉는 소리」와 「마지막 향연」은 후일담, 췌사에
지나지 않을 것이다. 후일담을 확인하는 것, 그 확인하고자 하는 욕망
이 바로 소설가의 욕망이다. 지긋지긋하더라도 뒤를 확인하는 것. 그것
이 소설가 아닐까. 시인이라면, 그 파국의 자리에서 멈출 것이다. 파국

---

31) 실제로 두 사람 사이의 관계는 사랑이라고 이름붙일 만한 것은 아니다.
오히려 절망의 끝에서 이루어진 어쩔 수 없는 선택, 각자가 서로 그렇게
원치는 않지만, 그러나 어쩔 수 없이 "그렇게 낙착"되고만 결혼이다. 영희
가 바라고 있었던, 그리고 선재와 '약혼'한 지금도 바라고 있는 남자의 모
습은 오빠의 모습이다. 햐얀 피부에 가느다란 손. 그런 귀공자를 꿈꾸고
있는 것이다. 선재는 그와는 완연히 다르다. 그러나 그럼에도 불구하고 선
재와 약혼을 하고 끝내는 집까지 얻어 나가기로 하는 것이다. 선재 또한
마찬가지이다. 집 밖에 다소는 멍해보이는, 영희와는 달리 신경이 '무딘'
그런 여자, 선재의 아이를 가진 지 5개월이나 되는 여인이 있는 것이다.
그러나 결국은 영희와 함께 살게 되는 것이다. 이 어쩔 수 없는 선택, 혹
은 낙착이 이 소설에서 중요한 대목이다. 이는 주어진 삶에 대한 어떤 긍
정과는 다르다. 오히려 절망 끝에 절망을 조금이나마 완화하기 위해서 혹
은 그 스스로를 몰아가기 위해서 취하는 행위에 불과하다. 영희와 선재가
그럼에도 불구하고 집을 얻고, 또 자신이 집안의 주인인 것처럼 행세하는
것은 이제 그 관계 속에 자신을 완전히 집어 넣겠다는 의지의 표현이라고
할 수 있다. 그러나 그러한 모습은 아름다워 보이지는 않는다. 아니 아름
다워보이지 않는 것으로 기술되어 있다. 그것은 사실 바른 방향은 아닌
것이라고 작가는 말하고 있는 것이다.

의 예고로 끝내는 것이 시인이라면, 소설가들은 그 파국을 따라가지 않으면 안 된다. 그것이 아무리 시시한 것이라고 하더라도 말이다. 소설가는 말한다. 이들이 대단히 새로운, 혹은 무게 있는 어떤 것을 갖고 있는 것처럼 보이지만 사실은 아무 것도 아니라는 것을.

소리의 차이는 소리의 질적인 차이고, 그리고 또한 소리를 느끼는 주체의 차이이다. 이제 소리는 '무너앉는 소리'이다. 그것은 행위자가 아니다. 단지 효과음일 뿐이다. 영희가 쇠붙이 소리를 틈새를 벌리는 소리로 들은 것은, 그 소리에 자신의 욕망을 투사하기 때문이다. 이제 완전히 갈라서자는 것. 그 욕망을 전적으로 받아들이지는 못하겠지만, 그래도 그것은 그의 욕망이다. 그리고 그것은 살부(殺父)의 욕망이기도 하다.

> "언니, 정말 빨리 이 집 내놓구 이사합시다. 교외에다가 조그만 집이나 사서… 전셋집들을 다 내놓아 정리하구. 아버진 하루빨리 세상 떠나시도록 하구. 올켄 이혼을 하구…"32)

살부의 욕망이란, 스스로 주체가 되고자 하는 욕망이다. 하지만 정애는 다르다. 정애는 틈을 벌리고 싶어하지 않기 때문이다. 오히려 정애는 틈이 벌어지는 것을 두려워한다. 틈이 벌어지면, 자신의 존재 자체가 위험에 빠지는 것이다. 이제까지 자신을 지탱해온 공간이 사라지기 때문이다. 시아버지의 '그늘' 아래서만, 다시 말하자면 '며느리'로서만 의미를 지니고 있는 정애에게 집의 몰락과 무너짐은 자신의 존재 이유 자체의 사라짐과 동일하다. 정애가 「닳아지는 살들」에서 끊임없이 늙은 시아버지의 곁에 있는 것, 그의 팔짱을 끼고 있는 것도 바로 그 때문이다. 심리적 일체감, 혹은 자신의 존재 조건의 확인이다.

---

32) 『무너앉는 소리』, 7쪽.

  그렇기 때문에 정애에게는 소리는 이제 틈을 '벌리는' 소리가 아니라 '무너앉는'로 바뀌어 나타난다. 이 무너앉는 소리는 물론 집안의 몰락에 대한 불안이라는 심리의 투사이다. 선재와 결혼을 하고 이미 집을 떠나기로 작정한 영희는 이 집안의 몰락에 대해 더 이상의 두려움이 없다. 그것은 빨리 해치우지 않으면 안될 일인 것이다. 그렇기 때문에 영희는 아무런 소리도 듣지 못한다. 당연한 일이다.

  갑자기 정애가 놀라며 영희의 두 손을 다시 힘주어 잡았다. 새파랗게 질리면서,
  (중략)
  "집에서 무슨 소리가 나요."
  (중략)
  "아씨는 안 들리우?"
  정애가 속삭였다.
  "난 모르겠어요."
  영희가 말했다.
  (중략)
  쿵 쿵.
  "저거, 저거 또 들려요,."
  정애가 또 자지러지듯이 속삭였다.
  "아이, 소리가 무슨 소리유?"
  영희가 신경질적으로 큰 소리로 말했다.
  "정말 안 들리우?"
  "난 안 들려요."
  순간 전등이 꺼졌다.[33]

  정애는 집안이 무너지는 소리를 듣고 자지러지지만, 영희는 소리를

---

[33] 『무너앉는 소리』, 34쪽.

느끼지 못한다. 어쩌면 듣기를 거부하는 것인지도 모른다. "난 안 들려요."라고 영희는 말한다. 영희로서는 듣고 싶지 않고 들을 필요가 없기 때문에 듣기를 거부하는 것이다.

그러나 소리가 집밖에서 집안으로 들어오고, 그리고 소리를 느끼는 주체가 영희가 아니라 정애가 됨으로써, 「무너앉는 소리」는 「닳아지는 살들」에 비해 현저하게 긴장감이 떨어진다. 이제 갈등을 일으키는 주체가 제거되어 있기 때문이다. 이미 몰락은 확실해진 것이다. 「닳아지는 살들」의 경우, 더 이상 유지될 아무런 이유가 없는 집안을, 오히려 썩어 가고 내려앉아 가고 있는 집안을 벗어나고자 하는 영희와, 그럼에도 불구하고 실질적인 아무런 행위도 할 수 없는 영희 사이의 갈등, 그리고 그 갈등을 선명하게 드러내 주는 쇠붙이 소리의 반복이 긴장을 자아내고 있었다고 한다면, 「무너앉는 소리」에서는 이러한 긴장은 사라진다. 그리고 남는 것은 오직 어떻게 이 집안이 흘러갈 것인가 하는 점일 뿐이다. 실상 정애는 영희의 변화를 통해서 자신의 자리를 찾아 나가고자 한다. 하지만 그 노력은 현실적인 행위로 연결되지 않음으로 해서, 소설 속에서는 기껏 남편에게 던져보는 말 이상의 것은 되지 않고 마는 것이다.

김윤식의 말처럼 「닳아지는 살들」에서는 이 소리가 단순한 '환청'이 아님으로 해서, 이 소설이 알레고리에서 벗어날 수는 있었지만, 「무너앉는 소리」에서는 이 소리를 어쩔 수 없이 알레고리적으로 밖에는 읽을 수 없도록 되어 있는 것이다. 결국 「닳아지는 살들」의 소리가 「무너앉는 소리」의 소리와 동질적인 것이라고 한다면, 이 심리적 실체 혹은 환청을 실재하는 것으로 그려낸 「닳아지는 살들」은 기법상으로는 놀랄 만한 것이기는 하지만, 그러나 그럼에도 불구하고 그 외의 다른 것으로 읽어낼 수 없다는 점에서 제한되고 있는 것이다. 다른 방식으로 말하자면, 「닳아지는 살들」 이후에 쓰여진 「무너앉는 소리」와 「마

지막 향연」은 바로 이 점에서는 오히려 「닳아지는 살들」의 열려 있는
해석의 가능성을 좁히고 있다고 할 것이다.

3. 이호철 소설의 상황성과 역사성

　이호철 초기 소설의 특징을 가장 잘 짚어낸 사람은 천이두이다. 천
이두는 「묵계와 배신」에서 이호철 소설의 특징을 '무드의 미학'이라고
말하고 있다. 그리고 이 점에 대해서는 대체로 합의가 이루어져 있는
것 같다. 권영민도 "그의 초기 소설은 단편 소설의 양식이 추구하는
상황성의 의미를 극대화하는 데에 성공하고 있다는 점에서, 무드의 미
학을 연출하는 스타일리스트로서의 성격을 그에게 부여하도록 한다
."34)고 지적하고 있다.
　이들이 지적한 것처럼 이호철의 초기 소설의 특징 가운데 하나는 소
설이 행위에 의해 지배되지 않고 상황이 주는 분위기에 의해 지배된다
는 점이다. 이러한 상황성은 소설에서 서사를 배제한다. 서사란 행위에
의해 지배되는 것이다. 사건이 존재하고 그 사건의 전후를 기술함으로
써 비로소 서사가 이루어진다고 한다면, 그런 의미에서라면 이호철의
소설 속에는 서사가 없다. 이처럼 분위기를 구성하고, 상황을 구성하는
데에서 서사는 커다란 중요성을 갖지 않는다. 단지 분위기를 형성하는
데 도움을 주는 요소이거나, 아니면 객관성의 환상을 불러일으키는 일
종의 장치로서만 작동하게 된다.
　그러나 이호철 소설 특유의 분위기를 가능하게 하는 것은, 바로 부
차적인 것으로 놓여 있는 서사라고 보인다. 그리고 이 서사란, 또한 그
아래 역사를 깔고 있다. 다시 말하자면, 이호철 소설에서의 분위기는,

---

34) 권영민, 103-4쪽.

감추어진 서사＝역사에 의해서만 가능해진다는 것이다. 이렇게 됨으로써 이호철의 초기 소설, 특히 「무너앉는 소리」 연작, 그 가운데서도 「닳아지는 살들」은, 자신이 추방한 것에 의해서만 자신을 규정할 수 있다는 역설이 성립한다.

「닳아지는 살들」의 상황은 이렇다 : 늙은 아버지를 중심으로 식구들이 모여 있다. 아들은 안경을 쓰고 있고, 파자마 차림으로 신문을 읽으면서 코카콜라를 마신다. 이미 오래 전부터 집에 존재하고 있지 않는 맏딸이 밤 12시에 돌아온다고 한다. 그리고 계속 쇠붙이 소리가 들린다.

이것이 전부이다. 이러한 상황은 한 편의 부조리극과 같다. 그야말로 앞뒤도 없고, 밑도 끝도 없는 일종의 부조리극과 같은 상황이다.35) 왜 맏딸을 기다리는지, 또 아버지를 제외한 모든 사람들이 맏딸이 오지 못할 것이라고 생각하면서도 끊임없이 기다리는지는 알 수 없다. 또 왜 굳이 12시인지도 알 수 없다. 밖으로부터, 효과음처럼 소리가 계속적으로 들려 오는데, 그 소리가 무슨 소리인지 알 수도 없다. 그저 맏딸이 온다고 하고, 사람들은 끔찍해하면서도 기다리고, 소리는 사이를 두고, 그러나 계속해서 들린다.

이러한 기본적인 상황 설정에는 어떠한 서사도 없다. 이 소설 속에서의 시간이란 인물의 행위에 의해서 규정되는 것도 아니고, 그렇다고

---

35) 이 작품을 놓고 안톤 체홉의 『벚꽃 동산』과 비교하는 논의는 여럿 있다. 안톤 체홉과 비교되는 것은 이 두 작품이 배경으로 깔고 있는 서사 때문이다. 『벚꽃 동산』이 구러시아의 몰락을 한 귀족 가문의 몰락에서 찾고 있는 것처럼, 「닳아지는 살들」 또한 은행장 가족의 몰락을 그리고 있기 때문이다. 물론 이 두 소설 사이에는 많은 차이가 있다. 그러나 그럼에도 불구하고 함께 이야기될 수 있는 까닭은 그것이 한 집안의 몰락, 그것도 역사적인 것처럼 보이는 몰락을 그리고 있기 때문이다. 그러나 이와 같이 정리를 해 놓고 본다면 이 소설은 『벚꽃 동산』이 아니라 오히려 베케트의 『고도를 기다리며』와 같은 부조리극과 더 가까운 모습을 보이지 않을까.

해서 역사적 시간에 의해 규정되는 것도 아니다. 소설 속에 진술되어 있듯이, 흐르는 시간은 이 속에서 정지한다. 오로지 흐르는 시간이란, 시계의 시침 이외의 것은 아니다. 그럼에도 「닳아지는 살들」이 긴장감을 유지할 수 있었던 것은 바로 알 수 없는 기다림과 끊임없이 들리는 '소리'에 의해서 가능한 것이다. 이 기다림과 소리만으로도 충분한 내적 긴장이 가능해진다. 오히려 그 기다림과 소리가 불투명한 것이기 때문에 긴장은 더욱 팽팽해진다고 할 수 있다. 그러나 이러한 긴장이란, 순전히 형식적인 것이라고 할 수 있다. 이렇게 긴장이 형식적인 것에 의해서 가능한 것일 때, 그것은 그 자체로 어떤 의미를 지니기보다는 하나의 상징, 혹은 알레고리로서 의미를 지니게 된다. 그리고 그만큼 추상화된다.

이러한 면모는 이보다 앞선 소설 「짙은 노을」(58.9)에서도 확인할 수 있다. 이 소설을 간략히 보자 : 삼일 국민학교 뒤에 야산이 있다. 이 야산에 하릴없이 올라오는 경구라는 사람이 있다. 어느 날 남자아이들과 여자아이들이 서로 말다툼하는 것을 본다. 남자아이는 죽여버린다고 말하고 여자아이들은 죽여보라고 말한다. 그리고 경구가 웃으며 남자아이에게 말한다. 마지막까지 해보라고. 그리고 사내아이는 여자아이 하나를 따라가서 그 아이를 죽인다. 그리고 그 말을 듣는 나는 "가벼운 귀염성스러움과 뭔가 시원스러움을" 느낀다. 경구라는 사내는 이 사건과는 아무런 관련이 없는 것처럼 되었고, 그 말을 하면서 익살맞은 미소를 띠었는데, 그 미소가 섬뜩하게 느껴진다는 이야기이다.

이것이 이 소설 속에서 주어지는 모든 정보이다. 이 밖의 다른 정보는 주어지지 않는다. 이 소설 속에서 고유명사가 나오기는 하지만(삼일초등학교, 경구 등), 이러한 고유명사는 결코 리얼리즘 소설에서의 고유명사, 혹은 엄밀한 의미의 리얼리즘 소설이 아니라고 하더라도, 적어도 실제라는 환상을 불러일으킬 수 있을 만한 그런 표지는 아니다.

그렇기 때문에 이 소설 속에서 고유명사는 아무런 의미도 없다. 이처럼 소설 속에 그려진 대상이 자신의 고유한 속성을 잃어버릴 때, 소설은 이제 보편적인 '무엇'을 대체하는 것으로 읽히게 된다. 그리고 그만큼 탈역사적 혹은 탈시간적 보편성으로서 읽히는 것이다.

또한 「짙은 노을」에서는 행위도 큰 의미를 지니지 않는다. 행위와 사건이 서사를 구성한다고 했을 때, 이 소설의 서사는 살인의 교사와 그에 의해 이루어지는 살인이지만, 그 살인보다 중요한 것은, 살인을 둘러싼 대립, 의도되지 않은 살인 교사, 그리고 그에 의해 어린아이에게서 이루어지는 살인이 이끌어내는 분위기이다. 그리고 이 분위기는, 살인교사자인 경구, 그리고 그 소리를 들은 나의 반응에 의해 더욱 강화된다. 「짙은 노을」에서의 살인이란, 뫼르쏘의 살인이 강한 햇빛이 비치는 백사장에서 짧은 햇빛의 번쩍거림에 의해 이루어지듯이 그렇게 이루어지는 것이다.

이렇게 상황이 주는 느낌이 강조되면서, 그리고 짙어 가는 노을과 무위한 청년과 아이들의 살인이 엮어내는 분위기가 강조되면서, 실상 '살인'이라는 그 위험스러운 행위는 그야말로 사소한 것으로 떨어져버리고 마는 것이다.

이렇게 소설의 배경을 지우면서 소설은 제 연관성을 상실한다. 연관성을 상실한 상황이란, 보편적인 상황으로 인식되기 십상이다. 그러나 그럼에도 이 소설에서 아름다움을 느낄 수 있다면, 그것은 어린아이의 살인과, 그것을 사주하고 바라보고, 그리고 아무렇지 않게 말하는 자의 '익살스러운' 미소와의 병치에서 오는 것이리라. 이를 상황의 미학이라고 할 수 있을지도 모른다. 그러나 이러한 미학이란 아무리해도 탈역사성, 혹은 탈사회성, 이러한 말이 상투적이라면, 지극히 미학적인 것은 아닐까. 그러한 미학 속에서 발견해내는 아름다움이란 또 무엇이겠는가. 이를 예술가적인 면모라고 말할 수 있겠지만, 미학적인 구도 속에서 세상을 바라보고 구성해 내고, 그리고 그 틀 안에서 세상을 이해하는, 또 하게 하는 그러한 자세란 곧 미학주의라 이름 붙일 만한 것이 아니겠는가. 이러한 미학주의, 삶의 미학화라는 것이 갖는 위험성을 우리는 이미 역사에서 보아오지 않았는가.

「닳아지는 삶들」의 경우에서도 우리는 이러한 위험성을 발견한다. 사람들의 삶이 갖는 아름다움이 아니라, 그 삶을 처리하는 방식의 아름다움을 강조하고 있기 때문이고, 그리고 특정한 삶의 방식, 삶의 고통 혹은 즐거움을, 형식 속에서 보편화하는 경향이 있기 때문이다.

그러나 「닳아지는 삶들」은 「짙은 노을」과는 다르다. 「닳아지는 삶들」의 미학, 혹은 상황성을 살려내고 있는 것은 실상 그 상황성이 부차적인 것으로 놓고 있는 역사성이기 때문이다. 다시 말하자면, 이 상황성이란 오로지 그것이 부차화시킨 역사, 혹은 서사에 의해서만 규정되고 있다는 점이다. 그러나 그렇다고 해서 이 소설 속에 역사가 존재하는 것은 아니다. 단지 역사의 그림자만이 존재한다. 그 그림자는 인식되기에는 너무 작은 부분을, 그리고 그냥 지워버리기에는 너무 큰 부분을 차지한다.

「무너앉는 소리」 연작의 시간적 배경은 언제인가. 소설 속에서 언급되는 시간은 5월 하순의 어느 날이다. 그 해가 어느 해인지는 모르지만, 그 5월은 1962년의 5월이거나, 아니면 작가가 말하고 있듯이 1961년의 5월일 것이다.36) 만일 작가의 발언이 믿을 만한 것이라고 한다면, 그 시점은 5·16 군사 쿠데타 직후이다. 소설 속에서는 5월이 마치 지나가는 말투로 기술이 되고 있다.

집안 전체를 통어해 나가는 줄이 끊어지면서 식모는 훨씬 자유스러

---

36) 이는 이호철이 「닳아지는 삶들」의 소리에 대해, "1961년 당시 이 남쪽 세상에서 느끼는 '북쪽'의 소리"라고 하고 있는 것으로도 알 수 있다.

워지고 활발해지고 뻔뻔해졌다. (중략) 부석부석하게 부은 듯한 약간
얽은 얼굴에 짙은 화장을 하고 얼룩덜룩한 원피스 차림으로 외출이 잦
았다. 4·19 데모나 5·16 때는 하루종일밖에 나가 있었다. 설마 데모에는
가담 안 했을 터이지만 저자를 보아 가지고 들어설 때는 넓은 터전의
냄새를 거칠게 풍기고 있었다.37)

　　그러나 이 지나가는 말로 언급하는 밖의 시간이란 실상은 대단히 중
요하다. 식모는 '넓은 터전의 냄새를 거칠게 풍기고 있었다.' 넓은 터전
의 냄새, 4·19, 5·16이 휩쓸고 지나가는 밖은 집안의 냄새, 혹은 공기와
는 완전히 다른, 혹은 대립되고 있다. 이 밖의 냄새가 소설 속으로 들
어온다. 사실 이 밖의 냄새란 밖에서 들리는 쇳소리와 다름이 없다.
4·19, 5·16으로 이어지는 역사적 소용돌이가 집밖에서 용솟음치고 있는
것이다.

　　집안의 고요함과 무위함은 바로 이러한 역사적 시간과 연결됨으로
써 비로소 좀더 구체적인 자리로 내려오게 된다. 이 집안이란, 단지 고
요함과 무위함을 지닌 공간이 아니라, 거리의 역사로부터 고립된 채
존재하는 집인 것이다. 이 점이 「무너앉는 소리」 가운데에서는 좀더
명확하게 제시되고 있다.

　　　　바깥은 바람이 세고 노상 소용돌이가 친다. 그러나 시간은 이 집채
　　에 닿아서는 서서히 굼벵이 걸음을 걷다가 무참히도 정지되어 물큰물
　　큰한 열기를 뿜는다. 시간은 그렇게 살이 찌고 부어오르고, 그리고 이
　　집안 사람들은 지치고, 어떤 사소한 일이건 무겁게 무겁게 감당을 해
　　야 한다.38)

　　"바람이 세고 노상 소용돌이가" 치는 바깥이란, 실상 앞에서 말한

---

37) 『무너앉는 소리』, 6쪽.
38) 『무너앉는 소리』, 21쪽.

것처럼 바로 1960년대인 것이다. 집안은 이러한 집밖에 의해서만 규정되고 있는 것이다. 이러한 역사적 소용돌이, 거친 밖의 냄새는 집안의 사람들에게는 낯설고, 또 어느 정도는 불유쾌하다. 하지만 이러한 소용돌이, 냄새는 또한 매혹적이기도 하다. 누구에게 매혹적인가. 바로 이 집을 해체하기를 원하는 영희의 입장에서 그러하다. 영희는 집안에서 집밖을 꿈꾼다. 그 집 밖을 꿈꾸기란 물론 긍정적인 방식으로 이루어지기보다는 집에 대한 부정이라는 부정적인 방식으로만 이루어진다. 그러나 그럼에도 불구하고 영희는 이 집 사람들 가운데 가장 능동적인 인물이기도 하다. 그의 능동적인 행위가 단지 선재와 실질적 '결혼'을 하는 것으로 제한되어 있다고 하더라도 말이다. 영희를 제외하고는 이 집 사람들 가운데 밖의 존재는 없다.

이 집은 이 집안 사람들에게는 유일한 세계이다. 이 집안이 외부로부터 고립되고 유폐된 공간일 수 있었던 이유는 이 집안 사람들이 외부와 연관을 갖지 않을 수 있었고, 또 가질 필요가 없었기 때문이다. 철저하게 유폐된 공간, 세계로부터 단절된 공간으로서의 집. 이러한 유폐가 가능했던 이유는 무엇일까.

여기서 비로소 아버지의 존재가 드러난다. 아버지는 일선에서 물러난 은행장이다. 이 집이 철저하게 유폐된 공간일 수 있었던 것, 아니 집안 사람들이 세계로부터 물러나 집안에 칩거하고 살아갈 수 있었던 것은 바로 아버지가 갖는 힘, 경제적 힘에 의해서이다. 아버지가 지닌 경제적 힘과 권위가 무너지기 시작하였을 때, 이 집안의 붕괴도 시작된다. 그 붕괴를 막고 있는 것은 최소한으로 남아 있는 아버지라는 존재이기 때문이다. 「닳아지는 살들」에서 아버지가 끊임없이 여전히 '주인'으로서 그려지고 있는 것도 그 때문이다. 그리고 그 아버지의 단 하나의 존재이유처럼 그려지고 있는 '기다림'을 모두 마치 자신의 기다림처럼 가지고 있는 것이다. 맏딸이 돌아올 수 없음을 알면서도 여전히 아버지를 따라 맏딸을 기다리는 것은, 가족의 해체, 아니 철저하게 고립된 왕국으로서의 집의 해체를 두려워하고 있기 때문이다. 그러므로 아버지를 제외한 다른 가족들의 기다림의 자세란, 실상은 집안의 몰락을, 그리고 이제 스스로 주체가 되지 않으면 안 되는 가족 개개인들이 자신들의 행위를 유예하는 것에 지나지 않는다.

이러한 기다림을 견디지 못하는 존재, 스스로 주체로 서고자 하는 존재가 바로 영희이다. 영희는 한편으로 집안의 몰락을 두려워하면서도 또 한편으로는 집밖에 대해 매혹적인 시선을 던지고 있는 것이다. 물론 영희가 할 수 있는 일이란, 스스로 자신의 밖을 찾는 것이 아니라, 가장 가까운 곳에서 그 가능성을 찾는 것이었고, 그리고 그것은 선재와의 실질적인 결혼이었다.

하지만 영희의 이러한 시도는 어느 새인가 실패로 돌아가게 된다. 밖의 냄새를 어느 정도 유지하고 있는 선재의 변화 때문이다. 선재는 어느 순간에서부터인가 이 집의 분위기에 적응하기 시작을 하고, 그리고 그 순간부터는 더 이상 '풋풋함'을 가지고 있는 존재가 아니라 집안의 분위기에 싸여 자신도 모르게 집안 사람들과 닮아 가는, 더 이상 구분이 되지 않는 존재가 된다. 이 밖의 냄새는 밖에서 들려오는 소리와 일정한 연관이 있다. 밖의 소리가 안의 소리로 변하였을 때, 그리고 안의 냄새가 더 이상 밖의 냄새로부터 방어될 수 없을 때, 영희가 알지 못하는 사이에 선재와 결혼하고, 그리고 선재를 따라, 밖의 기준에 따라 행동하기 시작했을 때 그 때 소설은 끝이 난다 .아니 결말로 향하여 급속도로 진전되기 시작한다.

그렇다면 아버지의 기다림은 또 어떤 것인가. 「닳아지는 살들」에서 맏딸이 북으로 시집을 갔다는 것은 중요한 사실이다. 북으로 시집간 딸이 돌아오기 위해서는 분단되어 있는 남북이 다시 합치는 방법밖에 없다. 바로 이 점에서 이 소설은 분단 소설로 읽힌다. 그러나 분단의 상처를 그리고 있는 것은 아니다. 오히려 일상 속에 개재되어 있는 분단을 그리고 있는 것이다. 이 분단은 이들의 삶 전체를 지배하고 있다. 일상에 개재한 분단이라고 말할 수 있을까. 이 기다림이 그냥 막연한 기다림이 아니라 구체적인 기다림이라는 점, 그리고 그 기다림을 야기한 것이 바로 분단이라는 역사적 사건이라는 점에서 이 소설에 다시 역사성이 개입하게 된다.

이 기다림은 또한 '아버지'의 기다림이다. 다른 사람들은 이 기다림의 포즈만을 취하고 있을 뿐이다. 아버지가 기다림의 주인이라면, 다른 사람들은 그의 조연일 뿐이다. 그렇기 때문에 이 기다림은 이중적인 성격을 띠게 된다. 아버지의 기다림은 세상으로부터 절연된 사람의 기다림이고, 그리고 세상으로부터 한 발 물러선 사람의 기다림이다. 아버지는 세상에서 은퇴하였고, 그리고 귀를 먹었다. 그는 「닳아지는 살들」에서는 여전히 주인이지만, 「무너앉는 소리」 이후에서는 더 이상 주인의 위치를 갖지 않는다.39) 아버지의 기다림은 분단에서 오지만, 그 기다림, 분단의 영향이라는 것은 이제 더 이상 커다란 의미를 갖지 않게 되고 만다. 분단은 서서히 매일의 삶에서 물러나고 있는 것이다. 그 다음의 세대란 더 이상 기다림을 갖지 않는 세대이고, 그리고 분단에서 자유롭고자 하는 세대이다. 그렇다면 이 소설 연작은 어떻게 분단이 일상 속에서 자신을 드러내는가, 그리고 어떻게 일상에서 물러나는가를 보여주는 소설이라고 할 수 있다. 그리고 일상에서 분단의 그림자

---

39) 바로 이 때문에 「닳아지는 살들」과 「무너앉는 소리」(그리고 「마지막 향연」)는 연작이기는 하지만, 사실은 다른 소설이기도 하다. 두 소설은 같은 상황을 배경으로 하고 있지만, 두 소설의 갈등은 서로 다른 것이기 때문이다. 「무너앉는 소리」 이후에서는 더 이상 아버지의 기다림이란 의미를 갖지 않는다. 그것은 영희가 선재와 결혼하여 집안의 주도권을 행사함으로써 끝나고 만다. 이제 기다림은 더 이상 중요한 것이 아니다. 단지 기다림이 아니라, 기다림의 주인에게 매달려 있던 정애의 존재 정립이 문제가 될 뿐이다.

가 사라지는 이러한 양상은 월남민인 작가에게는 고통스러운 것일지도 모른다.[40]

이 지점에까지 이르러서야 선재라는 인물이 부차적인 인물에서 주요한 인물로 떠오른다. 월남민 선재. 선재는 또한 「소시민」의 주인공이기도 하다. 월남민이란 이중적인 존재이고 그리고 경계인이다. 그들은 북에서 자발적으로 밀려난 인물들이지만, 그렇다고 해서 남쪽에 쉽사리 정착할 수 있는 인물도 아니다. 그들은 이 사회에서 이방인으로 존재한다. 이 이방인으로서의 월남민은 남과 북을 동시에 비추어 줄 수 있는 인물이다. 그들에게서 어떤 새로운 가능성을 찾을 수 있는가가 문제가 아니라 그들이 이방인으로서 존재한다는 것 자체가 바로 분단을 말해준다고 할 것이다.

월남민으로서의 선재는 현대 사회의 메커니즘에 철저하게 귀속된 인물이라고 할 수는 없다. 그는 끊임없이 자신의 존재에 대해 부정할 수밖에 없는 존재이고, 또한 경계인이기 때문이다. 그러나 그렇다고 해서 현대 사회/남한 사회의 부정성을 벗어버릴 수 있는 새로운 주체의 성격을 지니고 있는 것도 아니다. 오히려 문제는 이 '선재'가 실상 소설 속에서는 그리 커다란 위치를 가지고 있지 않다는 데 있다. 선재는 주동적인 인물이 아니라 이 소설 속에서는 하나의 배경에 지나지 않는다. 그러나 그가 존재함으로써 비로소 이 소설은 의미를 갖게 되는 것이다. 선재는 아버지의 기다림과 동일한 선상에 있는 것이다. 아버지의 기다림이 없다면 선재는 소설 속에서 아무런 위치를 지니지 않는다. 선재가 월남민이라는 사실 그 자체가 선재를 이 집안에 있게 만드는 조건이다. 그리고 선재는 이들 모두를 비추어주는 거울로서의 역할을 하고 있다.

---

40) 이호철에게서 분단이 다시 문제가 되는 것은 이후 소설에서는 아주 다른 방식으로이다. 「문」이 그 대표적인 작품이라고 할 수 있다.

그리고 그는 끊임없이 이 소설 속에서 안과 밖의 경계를 무너뜨리는 사람이다. 영희가 선재에게 끌린 것이 선재가 바깥의 사람이라는 점이라고 한다면, 선재는 거꾸로 자신의 안정된 삶, 남한에서의 정착을 위해서 영희와 관계를 갖는다. 둘 다 철저하게 계산된 것은 아니기는 하지만, 그렇다고 해서 그들의 결합을 상대에 대한 순수한 애정은 아니기 때문이다. 오히려 곳곳에서 이 두 인물은 자신의 선택이 어쩔 수 없는 것이라고 변명하고 있다. 그들의 최선의 선택이 아니라, 차악(次惡)의 선택이라는 것이다. 안에서 경계를 뚫고 밖으로 나가고자 하는 영희의 욕망과 자리잡고자 하는 선재의 욕망이 만나서 얽히는 것이다. 이 두 욕망은 서로 얽혀서 적당한 지점에서 멈춘다. 그리고 그것은 하나의 독립된 가정을 꾸리는 것이면서 동시에 집안을 해체하는 것이다.

그런데 이 집안의 해체란 이중적일 수밖에 없다. 하나는 유폐된 공간에서의 삶, 세상과 절연된 삶이 더 이상 불가능해졌다는 것이고, 이제 그들이 어떠한 방식으로든 남한의 세계 속에서 그 시민으로 살아갈 수밖에 없어졌다는 것이다. 그리고 그것은 또 한편으로는 아버지 세대가 가지고 있는 그 기다림이 더 이상 불가능해졌을 뿐만 아니라, 그로부터 지탱되어오던 가족의 관계가 해체된다는 것이다. 그리고 그것은 그들을 규정짓고 있던 분단 상황으로부터 스스로 떨어져 나오는 것이다. 그러나 이러한 분리란, 실상은 영희가 꿈꾸고 있는 모습과는 전혀 다른 것이기도 하다. 영희는 소리를 통해서 집안의 균열을 감지하고 있었고, 그리고 집안의 분열은 그 안에 가족간의 관계의 해체를 의미하는 것이었다. 서로가 서로에게 아무런 의미도 없는 존재로서 단지 한 집안에서 살아가는 것은 무의미한 것으로 느껴졌던 것이다. 그렇기 때문에 선재와 관계를 갖는 것이지만, 그러나 이로써 결과된 것은 결국은 가족의 철저한 해체에 다름 아닌 것이다. 그렇기 때문에 이 집안을 유지하는 것, 아니면 이 집안을 해체하고 각자 자신의 살길을 도모

하는 것 모두 긍정성을 띠고 있지 못하게 된다. 그것은 결국은 그 기다림으로 부정할 수 있었던 현실을 긍정하는 것에 지나지 않기 때문이다.

이처럼 「무너앉는 소리」 연작에서의 '분위기의 미학'이란 실상은 철저하게 역사적인 것에 의해서 규정되고 있는 것이다. 이 소설 속에서 메카니즘을 읽어낼 수 있었던 것도, 그리고 분단의식의 그림자를 읽어낼 수 있었던 것도 모두 이 작품이 드러내고 있는 역사성과 상황성의 결합, 아니 역사성에 의해서 비로소 가능해지는 상황성 때문이라고 할 수 있을 것이다. 그리고 이 점이 이호철 소설이 지니는 고유함이라고 해야 할 것이다.

4. 새로운 가능성 혹은 관념성

이호철의 「무너앉는 소리」 연작에는 다양한 대립항들이 존재한다. 그것은 안과 밖과 같은 형식적인 대립항이기도 하고, 또 역사성을 띠고 있는 대립항이기도 하다. 어떤 점에서는 이 작품 자체가 상황성과 역사성의 대립을 드러내고 있기도 하다. 그리고 이러한 모습이 이호철이라는 작가를, 아니 「무너앉는 소리」 연작을 우리 문학사에서 특이한 존재로 남게 만드는 것인지도 모른다.

그러나 우리가 좀더 살펴보아야 할 것은 이 소설 속에서 이러한 다양한 대립항들이 전적으로 고정되어 있지 않다는 점이다. 영희의 날섬, 소리를 날카로운 쇳소리로 받아들였던 '날 섬'은, 무위하게 오직 만딸을 기다림으로써만 생명을 부지해 가는 아버지, 무력하게 콜라나 마시고 신문이나 보는 그러한 오빠에 대한 거부감, 왠지 모르게 오빠에 대해 짓찧어놓고 싶은 심정에서 오는 것이지만, 곧 그와 대립되는 생활, 건강한 남성의 쉿소리, 건강한 노동에 대한 열망에서 오는 것이기는 하지만, 그가 선재와 함께 그 생활 속으로 들어갔을 때, 그 생활이라는 것은 그렇게 건강한 것도 아니었고, 또 그가 부정했던 부서져 있는 집안을 묶어주는 것도 아니었다는 사실이다. 그리고 그렇기 때문에 오히려 더욱 더 악착해지고, 그리고 주인인양 행세하고, 쓸데없는 경쟁심만 생기는 것이다. 그가 바랐던 생활을 하게 되었을 때, 그는 그가 원하였던 방식으로 살아나가는 것은 아니다. 전자를 관념으로서의 생활이라고 한다면, 후자는 아마도 자본주의 남한에서의 생활이라고 할 수 있을지 모르겠다. 그렇기 때문에 이러한 영희의 변화라는 것은 여전히 가족이라는 것을 하나의 은신처, 보호처, 그리고 유지되어야 할 것이라고 생각하는 정애로부터 비판받는 것이 아닐까. 선재와 함께 하나의 가정과 생활을 만들면서, 그리고 그들만의 집을 만들면서 영희가 보이는 모습이란 결코 바람직한 것으로 소설 속에 나타나지 않기 때문이다.

바로 이 점에 이 연작의 마지막 대목이 지니는 문제성이 있다. 이 소설의 마지막에서 이제까지 거의 아무런 역할도 하지 않던 존재가 가장 큰 힘을 발휘한다. 바로 식모이다. 그는 이 소설 속에서 아무런 역할을 하지 않으면서 그럼에도 소설 곳곳에서 이들을 바라보고 평가하는 존재이다. 이 집안의 단 하나의 예외적인 존재, 결코 이 집안 식구일 수 없는 존재인 식모는 이들을 끊임없이 평가하고 바라본다. 식모는 독자가 이들의 삶과 생각과 느낌 속으로 빨려들지 못하게 하는, 이들로부터 거리를 갖게 만드는 존재이다. 식모를 통해서 이들과의 거리가 비로소 형성된다. 그리고 「무너앉는 소리」 연작은 결국 이 식모에 의해서, 그리고 그와 동일한 외부의 존재에 의해서 결말 맺어진다.

시뻘겋게, 건장하게 생긴 인부들 중의 한 사람이 문패를 확인하고

초인종을 눌렀다. (중략)

"저 어디서 오셨어요?"

"쓰레기 치러 왔소. 쓰레기 치는 사람이오."

하고 인부 가운데 한 사람이 익살로 말하였다. 그러자 문이 열리고 식모가 내다보고 반색을 하며 웃었다.

"이사짐 나를 사람이에요?"

하고 물었다.

"쓰레기 치러 왔다니까."

인부들은 문 앞에 선 채 모두 건강하게 웃고 있었다.

10월의 하얀 볕이 뜰에 내려 붓고 있었고, 집안은 고요했다. 모두 아직 잠이 들어 있는 것이었다.

어느새 인부들은 바지가랑이들을 걷어올리고 집안으로 들어가고 있었다.[41]

소설 「마지막 향연」의 마지막이다. 그리고 연작의 마지막이기도 하다. 「닳아지는 살들」에서 시작하여 「무너앉는 소리」를 거쳐 「마지막 향연」에 이른 일련의 이야기의 끝이기도 하다. 이 끝에서는 선명한 대비로 시작된다. 먼저 향연을 끝내고 아침까지 잠들어 있는 집안 사람들. 그들이 잠들어 있는 것은 죽은 것과 마찬가지이다. 그들은 어제부로 죽은 것이다. 그런데 반면 인부들은 시뻘겋고 건장하게 생겼다. 그들에게는 건강함이 있고, 밝음이 있고, 그리고 '익살'이 있다. 이 익살의 존재는 대단히 중요하다. 왜냐하면 이 소설 속에서 집안에 있는 인물들은 모두 웃음을 잃어버린 존재이기 때문이다. 웃음을 웃는 사람은 '식모'밖에 없다. 그러나 식모는 안의 사람이 아니라 밖의 존재이다. 이 죽어 있는 집에 이제 마지막으로 건장한 인부들이 시뻘겋게 그을린 얼굴로 웃으면서 식모와 말을 나눈다. 그들은 '쓰레기'를 치우러 왔다고 한다. 물론 이는 '익살'이다. 그러나 이 익살은 인부들에게는 익살일지

---

41) 『무너앉는 소리』, 53쪽.

모르나 소설을 읽는 독자에게는 섬뜩한 말이다. 왜냐하면 이제 어제의 향연의 여파로 아직 자고 있는 사람들은 모두 '쓰레기'이기 때문이다. 그들이 이 세상에서 할 역할은 모두 끝났다. 하나의 가족이 더 이상 아닌 것이다. 그렇기 때문에 그들은 이제 인부들에 의해 치워질지 모른다. 그들이 치워지건 그렇지 않건 그들이 쓰레기로 규정되는 것은 마찬가지이지만 말이다. 이는 사실 이제까지의 모든 행위, 모든 갈등이 사실은 아무런 의미도 없다고 선언하는 것이다.

이러한 선언이 도대체 무엇을 의미하는가는 이 소설의 내부로부터는 해석될 수 없다. 그것을 노동의 건강함이라든가, 아니면 지식인의 허위의식에 대한 비판이라든가, 더 나아가 건강한 '민중'으로부터의 비판이라고 말하는 것은 지나친 해석일 것이다. 이제까지의 지나치게 어둡고 음습한 닫힌 공간, 그리고 저녁 이후의 어두운 공간과 대립되는 지나치게 밝고 '건강한' 공간의 의미를 따져보는 것은 작품론의 한계를 넘어선다. 왜냐하면 그것은 작가론의 영역이기 때문이다. 다만 덧붙일 수 있다면, 이 소설 속에서 이 지나치게 밝고, 건강한 공간이란, 소설 전반을 지배하던 어둡고 음습하고 불건강한 공간만큼은 현실성을 갖고 있지 않다는 정도일 것이다. 이 집안을 지배하던 어둠과 음습함과 불건강성과 그리고 몰락의 느낌이라는 것은, 적어도 1960년대 초의 우리 역사의 한 풍경일 수 있지만, 그에 비해 식모와 이삿짐 일꾼들의 건강함이란 결코 실체를 갖고 있는 것이 아니기 때문이다. 그들은 이 소설 속에서 바깥의 존재가 아니다. 이 소설 속에서 밖이란 바람이 불고 또한 소용돌이치는 공간이기 때문이다. 이들이 밖의 존재이기에는 이들은 그 소용돌이의 냄새를 풍기고 있지 않다. 그렇기 때문에 이들은 소설 속에서 안도 아니고 바깥도 아니고 그렇다고 경계에 있지도 않은 그러한 존재이고, 그만큼 관념적인 존재이다. 이 관념적인 존재의 실체를 어떻게 확인하고 그려내는가는 이호철에게 부과된 아니 우리 문학사에 부과된 과제일지도 모른다. 그 한 실험이었던 80년대의 문학이 실패한 지점에서는 더욱 그러하다. 80년대의 문학 속에서도 여전히 그들은 관념이었기 때문이다.

사에 부과된 과제일지도 모른다. 그 한 실험이었던 80년대의 문학이

「무진기행」과 소설의 가능성

1. 들어가며

사실 김승옥에 대해서는 이미 많은 평가가 내려져 있다. 유종호가 말한 '감수성의 혁명'이란 이미 지나치게 낡은 평가일지도 모른다. '반속물주의', '역유토피아', '도시화된 삶에서의 고독' 등등이 김승옥의 작품을 규정하는 언어인 듯하다. '감수성의 혁명'이 이전 세대와의 대비에서, 다시 말해서, 1950년대 작가들이 보여주는 엄숙주의와의 대비에서 가능한 것이라면, 그리고 그것이, 때로는 발랄한 재기, 유희주의 따위를 언급하고 있는 것이라면, 반속물주의나 고독 따위의 규정은 김승옥을 '근대화'된 혹은 되고 있는 한국 사회 속에서 규정하고 있는 것이라고 하겠다. 그리고 이 점이 그를 1960년대를 대표하는 작가의 위치에 올려놓은 것이리라. 그러나 앞에서 말했듯이 김승옥이 그리고 있는 세계가 과연 1960년대만의 세계일까. 어쩌면 지금 우리가 살고 있는 세계의 한 모습일지도 모른다. 그리고 그렇다면 김승옥은 30여 년의 시간적인 차이를 넘어 여전히 동시대성을 지니고 있는 것이다.[1] 그렇다면 가능성과 한계는 바로 이 동시대성의 문제에 걸려 있을지도 모른다. 아니 이 동시대성이 문제가 아니라, 김승옥을 동시대적으로 읽는 우리의 한계.

이 점에서 출발해보자. "김승옥의 동시대성, 혹은 현대성이란 무엇을 뜻하는 것일까?" 김승옥이 그린 세계가, 삶이 우리의 삶과 다르지 않다고 느낀다면, 이는 김승옥 소설에 반영되고 있는 60년대 세계의 모습, 그 구체적인 세부 때문이 아니라 아마도 삶의 방식의 동일성 때문일 터이다. 1960년대 초와 1990년대 말의 삶의 방식의 동일성.

「무진기행」에서 출발하자. 이유는 여러 가지이다. 「무진기행」이 「서울, 1964년 겨울」과 더불어 가장 많이 알려져 있는 작품이며, 또한 김승옥 소설의 한 완성태, 혹은 정점이라고 일컬어지기 때문이다. 「무진기행」이 김승옥 소설의 정점이라는 비유를 그대로 따르자면, 그 이전의 소설들은 그 정점에 올라가는 도상에 있는 것이고, 그 이후의 작품은 그 수준의 유지이든가 아니면, 그보다 '아래'에 있다는 뜻이리라.[2] 그렇기 때문에 「무진기행」은 그 이전의 작품과 그 이후의 작품을 살펴볼 수 있는 근거를 마련해 줄 수 있을 것이다.

---

1) 개인적으로 '현대문학의 이해' '문학개론' 따위의 강의에서 김승옥의 「무진기행」을 읽힌 적이 있다. 그리고 황석영의 「객지」나 정화진의 「쇳물처럼」 같은 작품을 같이 읽히고 어느 작품이 더 나중의 작품인가를 물은 적이 있다. 꼼꼼하게 읽은 학생들 몇몇은, 작품 내에 존재하는 여러 시대적인 표지를 통해서 발표 순서대로 나열하였지만, 그렇지 않은 학생들의 경우, 다시 말해서 작품의 세부보다는 작품의 느낌에 치중하는 대부분의 학생들의 경우 -- 그리고 이러한 학생들이 대부분인 것이 현실이기도 하다 -- 「무진기행」을 가장 나중 발표된 작품으로 꼽았다. 사실 꼼꼼하게 읽은 학생들의 경우도, 작품내의 시대 표지 때문에 대답은 '바르게' 했지만, 느낌은 그와 다르다고 하는 학생들이 많았다. 이렇게 읽힌다는 것은 무엇을 뜻할까. 김승옥의 동시대성, 혹은 현대성을 말하는 것은 아닐까. 물론 1980년대 중·후반에 읽혔더라면 아마도 다른 대답이 나왔을는지도 모른다.
2) 이렇게 보고 있는 대표적인 평자가 한기이다. 한기, 「김승옥 소설의 문학사적 성격」, 『전환기의 사회와 문학』(문학과지성사, 1991) 참조.

2. 「무진기행」 : 경계에 대하여

2-1. 무진 : 경계의 불투명성

「무진기행」을 특징짓는 것은 안개이다. 안개만이 유일한 고장. 안개의 특징은 불투명성이다. 안개는 가까이 있는 것 외에는 보이지 않게 만든다. 사물의 영상을, 그리고 어쩌면 사물의 실체를 흐리게 만든다. 경계를 흐리면서, 경계를 무너뜨리고, 경계를 의심하게 한다. 또한 안개는 시계를 좁힌다. 시계를 좁히면서, 바로 앞에 있는 것에만 눈을 돌리게 한다. 멀리 있는 것은 존재하지 않는다. 아니 존재하더라도 그 존재는 아무런 영향도 미치지 못한다. 그렇기 때문에 멀리 있는 것은 직접적으로 다가들 수 있는 대상이 아니라, 호기심의 대상이며 동경의 대상이다. 안개는 어쩌면 가까이 있을 수도 있는 것을 멀게 만들고, 그리고 그것을 현실의 대상이 아니라 동경의 대상으로 만든다.

> 해가 떠오르고, 바람이 바다 쪽에서 방향을 바꾸어 불어오기 전에는 사람들의 힘으로써는 그것을 헤쳐버릴 수가 없었다. 손으로 잡을 수 없으면서도 그것은 뚜렷이 존재했고, 사람들을 둘러쌌고 먼 곳에 있는 것으로부터 사람들을 떼어놓았다.[3]

안개는 경계를 의심하게 한다. 그러나 안개는 또한 경계를 만든다. 사람과 사람 사이에. 안개는 사람과 사람 사이에서 각각의 사람들을 둘러싸고, 사람과 사람 사이를 넓히며, 사람들을 혼자 있게 만든다. 그렇기에 안개는 경계를 만든다. 무진의 안개는 사람과 사람을 떼어뜨릴

---

3) 김승옥, 「무진기행」, 『김승옥소설전집1 : 생명연습』(문학동네, 1995), 126쪽. 이하 인용의 경우는 인용문 다음에 인용 쪽수만 밝힌다.

뿐만 아니라 서울과 무진을 갈라놓기도 한다. 안개는 사람과 사람 사이의 경계이면서 또한 서울과 무진의 경계이다. 안개는 경계를 흐리면서 경계를 만든다. 이제 안개 속에 있는 것과 안개 밖에 있는 것이 구별된다. 「무진기행」은 이 안개 속에 있는 것과 안개 밖에 존재하는 것 사이의 차이이자 동일성이며, 구별이자 동일화이다.

안개는 사물의 경계를 문제삼을 뿐만 아니라 의식의 경계도 문제삼는다. 안개는 경계를 의심한다. 작가는 말한다. "무진에서는, 모든 것이 허용된다."

> 무진에 오기만 하면 내가 하는 생각이란 항상 그렇게 엉뚱한 공상들이었고 뒤죽박죽이었던 것이다. 다른 어느 곳에서도 하지 않았던 엉뚱한 생각을 나는 무진에서는 아무런 부끄럼 없이 거침없이 해내곤 했었던 것이다. 아니 무진에서는 내가 무엇을 생각하고 어쩌고 하는 것이 아니라 어떤 생각들이 나의 밖에서 제멋대로 이루어진 뒤 나의 머릿속으로 밀고 들어오는 듯했다.(127-8)

그렇게 말한다. 무진에서는 모든 것이 허용된다고. 모든 것이 허용되는 자리인 무진. 그런 점에서 무진은 감추어진 욕망을 스스럼없이 드러내는 자리이고, 그 스스럼 없음에 대해서 부끄러워하지 않아도 되는 자리이다. 감추어진 욕망이라고 말했다. 그렇다면 이 감추어진 욕망이 의미하는 바는 무엇일까. 위의 인용문 바로 앞에서, 윤희중의 입을 빌어 작가는 이 욕망의 정체를 말하고 있다. 그 욕망은 터무니없는 욕망, 엉뚱한 공상이다. 안개로 수면제를 만들어 팔고 싶다는 욕망. 이 욕망의 처음은 수면제를 만드는 것이다. 사람들을 편하게 쉴 수 있게끔 만드는 수면제. 사람들을 편하게 만들지 않는 공간에서, 편안하게 자고 싶다는 깨어 있음이 편안하지 않음을 의미하는 것이고, 그 깨어 있음의 불편함이 편안한 잠을 방해한다는 의미이다. 따라서 편안한 잠이란, 깨어 있어 그를 힘들게 하는, 사람들을 힘들게 하는 모든 것으로 부터의 '해방'을 의미한다. 이 해방에의 욕구는 잠재된 욕구이자, 또한 '본질적인' 욕구이다. 그리고 이는 모든 일상적인 생활, 먹고사는 삶에서의 해방을 의미한다. 이 해방을 안개가 가져다 줄 수 있는 까닭은, 안개의 속성이 경계 흐리기이기 때문이다. 모든 사물의 경계를 흐려지게 만들고, 사물의 경계를 흐림으로써 사물을 계량화할 수 없게 만든다. 그렇기 때문에 이 욕망은 '계량화'된 삶인 근대적인 삶으로부터 도피하고자 하는 욕망이다. 그리고 이 계량화야말로, '합리주의'의 바탕일 것이다. 수면제에 대한 욕망은 이 '합리주의'의 틀=경계 지우기로부터의 일탈의 욕망이다. 그리고 이 욕망은 여기서 멈추지 않는다. 이 욕망은 그러한 계량화의 거부를 넘어서서 계량화되는 대상 자체의 거부를 함축하고 있다. 따라서 이 욕망은 노동의 재조직, 삶의 재조직에 대한 욕망에 그치지 않는다. 이 그치지 않음을 가능성이라고 말할 수도 있고 또 한계라고도 말할 수 있다. 어떻게 말하는가는 말하는 자의 삶의 지향성의 차이일 것이다.

그러나 수면제를 팔고 싶다는 그 욕망은 또한, 제약회사 간부다운 욕망이이기도 하다. 중요한 것은 '−답다'이다. 그 수면제는 다시, '판매'의 대상이 된다. 판매의 대상이 되고, '히트'를 칠 수 있는 상품이 될 것이며, 히트는, 그에 상응하는 '돈'을 가져다 줄 것이다. 안개로 만든 수면제의 욕망은 윤희중의 감추어진 욕망이자, 윤희중으로 대표되는 그 계층의 욕망일 수 있다. 한편으로는 현재의 삶의 방식에 완벽하게 동화함으로써, 사회의 꼭대기까지 올라가고 싶어하면서도, 또 한편으로는 그 모든 것을 부정해버리려고 하는 욕망. 이 계층을 당대의 평자들은 '소시민'이라고 규정한 바 있다. 그렇게 김승옥은, 산업화된 삶에 대한 거부와 추종을 드러낸다. 그렇다면 실상, 소설의 말미에 나오는 '타협'은 이미 처음부터 예견된, 아니 준비되어 있는 것에 지나지 않는다.

2-2. 서울 : 욕망/거부의 대상

「무진기행」의 공간은 물론 '무진'이다. 그러나 무진은 그 자신 아무러한 특성을 가지지 못한다. 무진을 특징짓는 안개라는 것은, 그리고 그 안개가 만들어내는 경계 흐리기는, '서울'이라는 존재를 상정할 때만 의미가 있는 것이다. 따라서, 무진은 '서울-아닌' 공간이다. 만일 서울과 무진이 전혀 다름이 없는 공간이라면, 주인공 윤희중의 무진행은 아무런 의미를 갖지 못할 것이다. 따라서, 윤희중의 귀향인 무진행이 의미를 갖자면, 무진은 서울이 아닌 공간으로서의 의미를 지니지 않으면 안 된다. 그렇다면, 무진이 일차적으로 가질 수 있는 의미는 서울이 아닌 공간으로서의 의미이다. 윤희중의 친구 조에게는 서울이란, 바로 "돈 있고 빽 있는 마누라"를 얻을 수 있는 공간, 혹은 '출세의 공간'이며, 하인숙에게는 '동경'의 공간이다. 그런데 이 서울이란, 「서울, 1964년 겨울」에서 드러나고 있는 것처럼, 단순한, 특정한 지역 공간이 아니라, 산업화되는 사회의 대명사에 불과하다. 그 거리를 지배하고 있는 것은 무엇일까. 김승옥은 말한다.

> 우리들의 그 '생활'을 유지시켜주는 것을 구태여 찾자면, 우리의 일부에게는, 옛날 사람들은 그렇게도 낯설어했던 기독교적 정신 또는 합리주의가, 일부에게는 배금 사상이, 일부에게는 상업공부를 한 민족주의가 그것들이다. 생활하기에는 그만한 것들로써도 충분한 것이다.[4]

서울을, 아니 사회를 지배하고 있는 것은, 계량화되는 합리주의이며, 배금사상이며, 상업공부를 한 민족주의이다. 만일 '무진'에 어떤 의미가 있다면, 무진이 서울로부터 벗어나 있는 어떤 곳이기 때문이다. '반-서

---

4) 김승옥 창작집, 『생명연습』(창우사, 1966) 후기 중에서

울'로서의 무진과 서울의 대비, 대립. 그동안 많은 평자들에 의해 지적된, 그리고 작품을 읽자마자 떠올릴 수 있는 이러한 대립의 구도란 그러나 너무나 단순하다. 「무진기행」은 적어도 이러한 단순화된 대비를 허용하지 않는다. 왜냐하면 반-서울로서의 무진의 의미란 조금만 생각해보면 사실 아무 것도 아니기 때문이다. 무진은 서울이 아닌 공간이지만, 그러나 반-서울로서의 무진이란 사실은 또 다른 서울일 뿐이다. 윤희중이 무진에서 서울 아닌 곳을 찾았다면, 그것은, 의식 속에서의 일일 뿐이다. 따라서 무진 그 자체는 더 이상 서울 아닌 곳이 아니다. 실제로 윤희중이 만나는 무진이란, '아직' 서울이 아닌 곳, 서울에 미치지 못한 곳일 뿐이다. 그런 의미에서 무진이란, '저개발'된 근대의 공간일 뿐이다. 이 저개발된 근대의 공간 속에서는 아직 근대 아닌 어떤 것, 그리고 근대를 부정할 수 있는 어떤 것이 발견될 수도 있는 곳이지만, 그러나 그럼에도 불구하고 근본적으로는 '근대적'인 곳에 지나지 않는다. 그렇기 때문에 무진에서 가능한 동경이란, '근대화'에 대한 동경, 아니 근대화의 산물에 대한 동경이다. 마치 구분되는 듯한, 그리고 대립되는 듯한 무진과 서울이 결국은 동일한 공간일 뿐이라는 사실은 근대 자본주의의 편재성과 막강한 위력을 뜻한다. 어느 곳도 이 근대 자본주의의 손길에서 벗어날 수 있는 공간은 없다.

2-3. 기억으로서의 무진 : 무시간성의 공간

무진에는 시간이 없다. 무진의 안개는 시간의 경계를 무너뜨린다. 무진에는 시간이 없기에 무한한 '현재'만이 존재할 뿐이다. 그리고 그것은 '과거'에도 그랬고, 또 지금도 그렇다. 이 무진의 무시간성은 이중의 이미지를 띠고 있다.

내가 깨어 있을 때는 수없이 많은 시간의 대열이 멍하니 서 있는

나를 비웃으며 흘러가고 있었고, 내가 잠들어 있을 때는 긴긴 악몽들
이 거꾸러져 있는 나에게 혹독한 채찍질을 하였다.(128)

… 무엇보다도 시체가 썩어가는 듯한 무진의 그 냄새…(137)

무진은 시간에서 벗어나 있다. 적어도 윤희중에게는 무진이란 시간
성으로부터 이탈한 공간이기에 '도피'의 공간일 수 있다. 이 무진 속에
서 그는 과거와 만나고 과거와 다름없는 생활을 한다. 그리고 이 과거
와 다름없는 생활이란, 시간이 그를 남겨두고 곁을 흘러가는 시간일
뿐만 아니라, 그 자체 고여 썩어드는 시간이기도 하다. 이러한 무시간
성이 도피가 될 수 있는 것은, 도망쳐 나온 공간인 서울이, 바로 시간
에 의해 지배되는 공간이기 때문이다. 근대가 시간을 제압하면서, 아니
시간을 계량화하면서 발전했음은 다시 말할 것도 없는 사실이다. 제논
의 역설을 기억하는가. 아킬레스는 먼저 출발한 거북이를 결코 따라잡
을 수 없다는, 그리고 날아가는 화살은 정지해 있다는 제논의 역설. 이
제논의 역설이 시간의 분절화, 미시적인 분절화에 의해서 가능한 것임
은 물론이다. 이 제논의 역설이 더 이상 역설이 아닌 시대가 근대일
것이다. 뿐만 아니라, 근대의 모토는 발전이다. 발전이란 변화이며, 이
전보다 나은 변화이다. 무진은 이에 대해, 이전보다 나은 변화가 있는
가, 아니 변화가 있는가를 묻는다. 그런 점에서, 무진이라는 공간은 시
간의 분절화에 의해 지배되는 서울이라는 공간을 부정하는 공간이다.

그러나, 이 분절화된 시간에 지배되고 있는 서울을 부정하는 공간으
로서의 무진을, 김승옥은 또 썩어가고 있는 공간이라 말한다. 머무르며
썩어 가는 공간. 그것이 무진이 갖는 무시간성의 의미이다. 머무름은
'생산성'을 갖지 못한다. 윤희중은 서울이라는 자본주의적 공간의 계량
화된 시간성에서 벗어나고 싶어하지만, 그러나 그렇다고 이 '생산성'
없는 썩어 가는 공간을 감당하지도 못한다. 왜냐하면, 이미 윤희중은

'생산성'의 신화에 길들여져 있기 때문이다. 그가 돈으로 가치 규정되는 서울이라는 공간을 부정한다고 하더라도 그는 여전히 생산적으로 살지 않으면 안 된다는, 따라서 시간은 아끼지 않으면 안될 것이라는 '생산성'의 신화에 빠져 있다. "시간을 낭비하지 말라." 이것이야말로, 가장 근대적인 '명령'이 아닌가. 윤희중이 무진에서 만나는 과거란, 세상으로부터 유폐된 과거일 뿐이고, 죽음의 과거일 뿐이다.5) 문제는 서울과 무진 그 어느 쪽도 긍정성을 갖고 있지 못하다는 것이다. 시간의 세계도, 그렇다고 무시간의 세계도 긍정성을 갖지 못하고 있다.

　중요한 것은 이 두 가지의 세계 외에는 김승옥은 다른 세계의 가능성을 갖고 있지 못하다는 점이다. 서울과 서울 아닌 무진, 이 둘밖에는 아무런 가능성도 없다. 적어도 '살아남기 위해서'는 말이다. 그렇기 때문에, 윤희중은, 미친 여자를 긍정하고, 또 죽은 술집여자를 애도한다. 이 애도라는 것이 떠남의 의식이라고 한다면, 윤희중의 애도는 자신을 '대신한' 이 두 여인을 애도하고 조상함으로써, 세상으로부터 도피하려는 자신으로부터 도피한다. 이 애도의 기간의 무진에 머무르는 기간이다. 그렇다면 「무진기행」은 결국 세상에 편입하기 위해 쓴 애도사이다.

---

5) 그렇기 때문에 윤희중의 무진행을, 아니 「무진기행」 전체를 일종의 입사 의식으로 본 견해들은 단지 반만큼만 타당하다. 무진에서의 과거가, 죽음과의 만남이며, 또한 어머니의 자궁과 같은 골방으로의 유폐됨이라는 점에서는 그것은 일종의 '거짓 죽음', 가사(假死)이고, 이 '거짓 죽음'이라는 제의를 통해서, 윤희중은 새롭게 '태어날' 수 있을지도 모른다. 그러나 이 새로운 태어남이 의미를 갖자면, 그 태어나는 세상, 입사의식을 통해서 그가 포함될 세계가 입사의식 이전에 이미 받아들일 만한 세계여야만 한다. 그렇지 않다면, 입사의식이란 아무런 의미를 갖지 못하게 된다. 그러나 이 무진행이라는 입사의식을 통해 그가 들어가게 될 세계는 바람직한 곳인가. 그렇지 않음은 물론이다. 그 세계는 그가 들어가고 싶은 세계가 아니라, 그가 원치 않으면서도 '그냥' 살아가는 세계일 뿐이다. 그곳에 그가 가죽음을 통해서 참여한다는 것은 그 세계 속에 살아가는 사람들과 동일하게 된다는 것, 그 자신 속물이 된다는 것을 의미할 뿐이다. 그렇기 때문에 무진행은 '절반의 실패와 절반의 성공'으로서의 입사 의식이다.

「무진기행」은 세상의 끝으로 가는 여행이고, 세상의 끝과의 만남이다. 그 세상의 끝에 존재하는 것은, 광기와 죽음이다.[6] 광기와 죽음으로 넘어가는 경계에서, 윤희중의 발걸음은 멈춘다.[7] 멈추고 되돌아선다. "나는 미치지도 죽지도 않을 것이다." 그렇다면 무진은 다시 경계이다. 긍정적인 것과 부정적인 것 사이의, 그리고 근대와 반근대, 혹은 근대아님 사이의 경계일 뿐만 아니라, 정상과 비정상, 삶과 죽음의 경계이다. 그리고 「무진기행」은 그 경계에서 되돌아선 경험의 기록이다. 그 기록에 부끄러움이라는 이름을 달든 혹은 또 다른 이름을 달든 그것은 아무래도 좋은 것이다. 중요한 것은 이 경계의 경험이고, 이 경계의 경험이 다시 되풀이되지 않고 있다는 점이다. 그 점에서, 「무진기행」이 정점이라는 말은 긍정된다.

그렇기 때문에 「무진기행」은 알레고리로서 읽힌다. 삶의 구체성의 자리에 서 있을 때, 알레고리는 성립하지 않는다. 삶의 구체성에서 한 발 물러선 자리에서 볼 때, 비로소 알레고리가 성립한다. 만일 「무진기행」이 알레고리로서 읽힌다면, 아니 그렇게 읽힐 때에야만 비로소 「무

---

6) 그런데 왜 죽음과 광기에 이르는 것이 '여자'인가. 죽음과 광기에 맞서는 것이 현실 원칙이라고 할 때, 현실 원칙에 철저하게 지배되는 것은 남성이다. 그리고 그 현실원칙으로부터의 일탈은 남성의 몫이 아니라, 여성의 몫이다. 윤희중이 잠못 이루었던 밤. 그것이 마치 술집 여자의 죽음을 애도하고 있었던 것 같은 느낌을 받았다는 것은 당연한 일이다. 모든 떳떳하지 못한 욕망과 일탈은 '타자'의 몫이다. 여자는 광기이거나 죽음이거나, 아니면, 철저하게 속물일 뿐이다. 그리고 그것은 윤희중의 추구하는 모든 가치의 반-가치이다.

7) 김승옥은 광기와 죽음 앞에서 멈춘다. 광기와 죽음은 그가 생각하는 속악한 세계에서 벗어나기 위한 노력의 결과이지만, 그러나 그것은 여전히 이해할 수 있으되 받아들일 수는 없는 것, 들어가서는 안 될 영역으로 존재한다. 여기서 정상과 광기, 죽음과 삶의 경계에 대한 질문을 김승옥에게 던지는 것은 아직은 무리이다. 김승옥은 이 경계를 받아들인다. 그리고 그 경계에서 돌아서는 것이다. 그렇다면 어쩌면 윤희중이 자살한 술집 여자를 애도하는 것이라기보다는 오히려, 「무진기행」이 김승옥을 애도하는, 다시 말해서 자신을 애도하는 애도사일지도 모른다.

진기행」의 '동시대성'이 성립한다. 마치 1930년대 「비오는 길」이 알레고리로서 읽힐 때, 비로소 그 작품의 현대성이 드러나듯이 말이다.

2-4. 서울 : 여행의 끝

「무진기행」은 소설 밖에 존재하면서, 그럼에도 불구하고, 소설 전체에 개입하는 공간으로서의 서울에서 출발하여, 다시 서울로 되돌아가는 여행의 기록이다. 원점회귀의 구조라고 했던가. 이 원점회귀의 구조가 우리 소설에 처음 드러나는 것은 물론 「만세전」이다. 「만세전」이 식민지 조선의 발견과 아울러, 동경으로의 회귀라는 구조를 가진다면, 아니 바로 동경으로의 회귀 구조 때문에 식민지 조선을 발견할 수 있었고, 그리고 그 때 발견한 식민지 조선이란, 구체적이고 생생한 것이기는 하지만, 그러나 파편적인 것일 수밖에 없는 것이었다고 한다면, 「무진기행」 또한 이 범주에서 벗어나지 않는다. 그러나 「만세전」 비해 보았을 때, 「무진기행」은 훨씬 더, 작품 속에 드러나지 않는 공간인 '서울'에 의해 규정되어 있다. 무진이란 반-서울, 서울의 역상(逆像)에 지나지 않기 때문이다. 앞에서 말한 모든 논의는 실상 서울과 서울의 역상으로서의 무진의 대비에 지나지 않는다. 여기서 서울이란 물론 김승옥이 인식한 근대 자본주의다.

김승옥이 인식한 근대 자본주의란 속물성의 세계이다. 속물성이란 무엇일까. 김승옥은 간단하게 말하고 있다. 배금주의, 합리주의, 그리고 '상업공부'. 그가 말하는 것은 모두가 '화폐'에 의해서, 그리고, 그 화폐가 가져다주는, 혹은 그 화폐를 가져다주는 '권력'에 의해서 규정되고 있다. 이러한 속물성을 그는 근대의 본질이라고 보고 있었던 것은 아닐까. 그리고 그것이 근대의 본질일 뿐만 아니라, 그것은 인간의 본질이기도 한 것이다. 이 속물성에서 벗어나는 길은 없다. 있다면, 그것은 한낱 환상일 뿐이다. 김승옥의 소설이 철저하게 환상을 배제하고 있음은 주지하는 바이다. 김승옥은 꿈을 꾸지 않는다. 적어도 희망이라는 꿈을, 그리고, 근대적인—아니 속물적인 삶에서 벗어날 수 있는 가능성이라는 꿈을. 이러한 속물성에서 벗어날 수 있는 방법이란, 「생명연습」에서 보이는 치기와 위악적인 모습을 가장하는 것, 아니면 자살밖에는 없다. 이 속물성의 편재성, 이것이 그가 경험한 자본주의의 모습인 것이 아닐까. 「무진기행」에서 그가 이렇게 말하고 있는 것은 우연이 아니다.

> 무진에서는 누구나 그렇게 생각하는 것이다. 타인은 모두 속물이라고. 나 역시 그렇게 생각하는 것이다. 타인이 하는 모든 행위는 무위(無爲)와 똑같은 무게밖에 가지고 있지 않은 장난이라고.(138)

그렇다면 무진 밖에서는? 모두가 속물이 아니거나, 아니면 자신마저도 속물이다. 아니면 둘 다이다. 모두가 속물이 아니라고 하는 것은, '서울'에서 살아가는 어려움을 말하는 것이라면, 자신을 포함한 모두가 속물이라고 하는 것은, 그 스스로의 행위를 '무위'라고 말하는 것이다. 모두가 아무도 아니거나, 모두가 모든 것인 곳. 그렇기에 그 속에서 벗어난다는 것은 불가능한 일이다.

그러나 속물성이란 결과일 뿐이다. 속물성이란, 근대가 낳은 특정한 삶의 방식에 붙여진 이름일 뿐이다. 그것도, 근대 자본주의 발전에 자신의 몸을 싣지 못한 자들이 붙인 자기 위안적인 타자 규정이다. 아니면 주도권을 상실한 자의 '르상띠망' 곧 원한일지도 모른다. 속물이라는 규정에 들어 있는 교양 없음, 천박함, 지상 최대의 가치로서의 '돈', 돈에 관한 한 철저한 합리주의. 그것들은 근대의 결과이지만 근대의 출발은 아니며, 밖으로 드러난 모습이지 안은 아니다. 「무진기행」은 삶의 구체적인 양상이 아니라, 단지 삶의 방식을 문제삼고, 이 삶의 방식으로서의 '속물'을 보편으로 만든다.

　김승옥이 이 보편에서 벗어나지 못함은 무엇 때문일까. 그가 가지고 있는 발전의 환상 때문은 아닐까. '발전'이라는 환상 속에서, 아니 생성하는 '시간'의 장악이라는 욕망 때문에 그는 이 속물의 규정에서 벗어나지도, 그렇다고 능동적으로 속물 속에 묻히지도 못하고, 어정쩡하게 '타협'을 운운하는 것은 아닐까. 타협이란, 실상 타인과 다름이 없음을 인정하면서도, 또 한편으로는 자신은 타인과 다르다고 하는 말의 다른 표현에 지나지 않는 것은 아닐까. '타협'이라는 말을 씀으로써 얻는 자기 위안. 그렇다면, 진정한 대립은 서울과 무진 사이에 있는 것이 아니라, 서울과 무진이 아닌 다른 공간과의 대립에 있는 것이리라. 이 다른 공간이 어디일까. 우리는 물론 이 다른 공간의 가능성을 1980년대에 들어와서야 비로소 발견하게 된다. 그 가능성이 얼마마한 가능성을 가지고 있었는지, 그리고 그것이 실제의 가능성이었는지는 논란의 여지가 있으며, 그리고 그것은 아무래도 오랜 동안 또 논란의 대상이 될 것이겠지만 말이다. 그 가능성의 공간이란 바로 '노동'과 '실천'의 공간이다. 그러나 그것이 김승옥의 공간이 아님은 물론이다.

3. 「무진기행」에 이르는, 혹은 「무진기행」을 넘어서는 두 길 : 「건」과 「역사」

　김승옥에게 다른 길은 없었을까. 타협이라는 말로 간신히 자신의 '자존심'을 유지하면서, 서울로 그 속물성의 공간으로 돌아가는 길밖에는 다른 길은 없었을까. 「무진기행」이 정점이라면, 그리고 그 정점의 끝이 타협이라면, 그리고, 타협이라는 것이, 다른 가능성들에 대한 억압이고, 그리고 적절한 정도로 의식의 날카로움을 '마모시키는 것'이라고 한다면, 혹여 그 이전에, 정점에 이르기 이전에 어떤 가능성들이 놓여 있지는 않았을까. 그리고 그 가능성이 「무진기행」을 넘어서는 가능성으로 작동할 수는 없었을까. 이 점에서 유의하게 되는 작품이 「건(乾)」과 「역사(力士)」이다.

결론부터 말하자면, 「건」의 핵심은 미학주의이다. 미학주의란 단지 미학적 차원을 절대화한다는 의미가 아니다. 혹은 미학적 사유나 미학적 구도에 어떤 자율성과 절대성을 부여한다는 의미도 아니다. 오히려, 여기서 말하는 미학주의란, 미학적 구도가 세계를 구성하는 틀로서 작용하고 있다는 말이다.

> 내가 몸을 돌렸을 때 두어 발자국 저편에 벽돌이 쌓여 있는 더미의 강렬한 색깔이 나의 눈을 찔렀다. 엉뚱하게도 나는 거기에서야 비로소 무시무시한 의지(意志)를 보는 듯싶었다. … (중략) … 나는 고개를 얼른 돌려버렸다. 다시 시체가 있었다. 그리고 그 시체가 누운 거기에서 풀밭이 시작되었고 풀밭이 끝나는 곳에는 벽돌 만드는 흙을 파내오는 주황빛 언덕이 있었다. 그리고 그 언덕에서부터 까만색 레일이 잡초를 헤치고 뱀처럼 흐늘거리며 이쪽으로 뻗어 오고 있었다. 아무래도 설명할 수 없는 감정을 던져주는 구도였다.[8]

압도적인 미학적 구도의 세계, 그것이 「건」이다. 이 구도는 그 자체로서는 아무런 의미도 갖지 않는다.[9] 이 아무런 의미를 갖지 않는 세계가 현실의 세계에 대립되어 있으며, 이 틀에서만 어린아이의 행위가 이해된다. 이 구도는 어린아이가 바라보는 세계의 이름이기도 하다. 이 구도의 결과는 의미의 무화(無化)이다. 그것은 마치, 흰 벽 위에 흰 색

---

8) 김승옥, 「건」, 『김승옥소설전집1 : 생명연습』, 54쪽.
9) 이 구도를 김승옥이 말하는 대로, '의지'의 힘, 혹은 개인의 힘으로서는 어찌할 수 없는 '역사'의 힘, 운명으로서의 '역사'라고 말할 수도 있을 것이다. 그러나 그 힘이 자신을 드러내는 방식은 바로 '강렬한' 주황색의 구도, 주인공 아이를 무력하게 만드는 구도를 통해서이다. 그리고 이 구도란, 의지의 현상이 아니라, 의지가 몸을 맡기는 틀이라고 볼 수 있다.

크레용으로 그려진 꽃 그림과도 같은 것이다. 의미란 본래 있는 것인지 아닌지는 알 수 없지만, 모든 의미는 이 꽃 그림 속으로 사라진다.

아이가 형들의 요청에 적극적으로 가담하는 것은 무엇 때문일까. 이를 두고 '상실감'이나, 혹은 '세계에 대한 붕괴 의식'이라고 말하는 것으로는 부족하다. 무엇을 왜 상실했는가, 세계가 왜 붕괴되었는가를 묻지 않을 수 없기 때문이다. 어쩌면 김승옥이 보여주고 싶었던 것도 상실감이나 붕괴 의식이었을지 모르겠다. 그렇다면, 작가가 보여줄 생각이 없었음에도 보여주어 버린 것, 그것이 세계를 살아가는 방식으로서의 미학주의가 아니었을까.

이 미학주의의 끝이 폭력의 세계라는 것은 의미심장하다. 굳이 파시즘을 들먹이지 않더라도 그러하다. 미학주의의 끝은 폭력이며, 이 폭력의 세계, 혹은 세계의 폭력성 속으로 들어간다는 것은 세계의 폭력성을 내면화하는 것이며, 그리고 그것이 자라는 것이며, 또한 "하나를 따르기 위해 다른 여러 개 위에 먹칠을 해"버리는 것이라는 것. 그것이 이 소설이 말하는 바이다.

만일 그렇다고 한다면, 그것은 긍정과 부정의 가치 판단을 떠나서, 「무진기행」의 원환 구조를 벗어나는 하나의 길의 모색일 수 있다. 김승옥은 이렇게 말하는 것은 아닐까. "나는 세상을 그대로 볼 수 없다. 세상은 그대로 보기에는 너무나 무참하다. 그 세상을 그대로 볼 수가 없기에 나는 그 세계의 무참함을 벗어나는 혹은 비껴 가는 새로운 구도를 택한다. 그것이 미학주의이다." 그러나 아직 우리에게 이 길은 한 번도 자신의 가능성을 온전히 드러낸 적이 없다. 김승옥에게서뿐만 아니라 그 이후 어느 작가에게서도 말이다.

또 하나의 길이 있다면, 그것은 「역사」이다. 「역사」에는 표면적으로 두 개의 세계가 존재한다. 하나는 피아노가 있는 집의 세계, 또 하나는 창신동의 다가구주택의 세계. 이 두 세계 사이에는 무한한, 잴 수 없는 거리가 있다. 근대화란 이 무한한 거리를 좁히면서 다른 한편으로 재생산하는 방식의 다른 이름이다. 표백된 세계와 오염된 세계. 김승옥은 그가 부정하고 반란하지만, 그러나 그는 표백된 세계에서 나오지를 않는다. 이 표백된 세계란 시계에 의해 질서 지워진 공간이고, 그리고 근대화의 욕망이 실현되는 곳에 다름 아니다. 그것이 폭력적으로 실현되고 있음, 그에 대한 주인공의 반란과 진압, 그리고 아무 일도 없음은 당대 근대화의 과정에 대해 김승옥이 마련한 우화이다. 피아노가 있는 집이 우화라면, 창신동은 역사(歷史)이다.

「역사」에는 이렇게 우화와 역사(歷史)가 공존한다. 그리고 바로 이 우화와 역사의 공존에 새로운 가능성이 놓인다. 그리고 그 공존에서 뚫고 올라오는 가능성이 역사(力士) 서씨라고 할 수 있다. 그것은 '지금' 우화의 세계 속에서 거세된 어떤 힘의 가능성, 한 연구가가 말한 것처럼 역사는 거세되었지만, 그러나 결코 그 힘을 상실한 것은 아니라는, 그래서 자신의 힘을 어떠한 방식이고 기억하고 있고자 하는, 상징적 이중성에서 찾을 수 있을지도 모른다. 그러나 그러한 힘의 확인이란 결국 슬픈 것이다. 그의 힘이 진짜 힘으로서 드러나기 위해서는 다시 말해서 역사 서씨가 역사의 주인으로 자리잡기 위해서는 '전체'가 변하지 않으면 안되기 때문이다.

또 서씨의 힘은 정신노동과 육체노동이 분화되는, 그것도 육체노동에 대한 정신노동의 우위라는 형식으로 분화되는 자본주의 사회에서의 노동의 분화에 대한 부정일지도 모른다. "아들아, 너는 펜대를 굴리면서 살아야 한다"는 선대의 욕망에 대한 부정임과 동시에, 육체를 되살려 냄으로써 이 분화를 부정하는 것으로 읽힐 수도 있다. 그러나 이러한 부정이란, 결국은 단순한 뒤집기에 지나지 않는다. 그렇기 때문에 그것은 분화를 거부하는 것 아니며, 분화의 지속에 불과하다. 그리고 그것은 또 다른 신화일 뿐이다. 육체노동과 정신노동의 분화란 '기원'

도 출발도 아니기 때문이다. 따라서 결과에 대한 부정은 출발점을 찾아나가는 여행이 되든가, 아니면, 기원 혹은 출발을 부정함에 이르지 않고서는 의미를 갖지 못하는 것이다.[10) 서씨가 갖는 욕망이란 기실 관리된 욕망이며, 그의 '돌 옮기기'는 결국은 무의미한 행위일 뿐이다. 피아노 집의 우화의 세계 속에서, 주인공이 '홍분제'를 통해 집안 식구들의 욕망을 불러일으키려는 것과 같이 말이다.

4. 글을 맺으며

우리가 확인해 보고자 한 것이 무엇이었던가. 김승옥의 '동시대성'에서 우리는 출발하였다. 그 동시대성이란 삶의 내용의 동질성에 기반하고 있는 것이라기보다는 삶의 방식, 그것도, 속물성이라 불리는 겉으로 드러난 삶의 방식의 동질성, 마찬가지로 그에 부정하는 방식의 동질성에 지나지 않았다. 그렇다면 그 동시대성이란, 김승옥의 한계이며, 그렇게밖에 읽지 못하는 우리의 한계이다. 그리고, 「무진기행」을 거쳐 「무진기행」을 넘어서는 소설의 가능성을 「건」과 「역사」를 통해서 확인해보았다. 물론 그 가능성은 말 그대로 가능성이었을 뿐이다. 그러나 그 가능성으로만 남은 가능성은 김승옥만의 몫이었을까. 1980년대의 소설들도 그 가능성의 확인을 위한 작업들은 아니었던가. 그리고 그

---

10) 「역사」에서 역사 서씨의 돌나르기나, 주인공의 해프닝은 「야행」에서 반복되고 있다. 그러나 「야행」의 밤나들이가 서로의 얼굴을 보지 않음으로써만 이루어질 수 있는 것이며, 그것은 타인의 얼굴을 통해서 자신을 되돌아보지 않고서야, 타인과의 관계 속에서 행해지는 '부끄러움'의 억압을 벗어나고서야 이루어질 수 있는 것이다. 그리고 그것은 근본적으로 불가능한 욕망이다. 「서울, 1964년 겨울」은 이와는 달리 거세된 욕망의 기록이다. 욕망이 존재하되 그 욕망의 시작부터 규제된 욕망의 기록. 그리고 그것은 「야행」의 다른 이름이다.

작업들이 적어도 성공은 아니었음이 확인된 지금, 우리들에게 소설이
란 무엇일까.

소설이란 정녕 무엇일까. 적어도 소설 발생기의 소설이 아니라, 현
대의, 우리시대의 소설이란 어쩌면 경계의 담론이라고 말할 수 있을
것이다. 그리고 이 경계의 담론을 가능하게 하는 것은, 근대에 들어와
서 가능해진 개인의 자율성과 사회에 의한 철저한 규정 사이의 대립일
것이다. 이 둘 사이에서 어쩔 수 없이 살아가는 개인들의 이야기가 바
로 소설이다. 소설이 이 틈 사이에 있지 않다면, 다시 말해서 그 어느
한쪽으로 중심을 옮긴다면, 그 때는 이미 그것은 소설이 아니리라. 소
설이 아니라는 말이 결코 부정적인 의미는 아니다. 왜냐하면 그것이
부정적이기 위해서는 소설은 긍정적이지 않으면 안되기 때문이다. 그
러나 소설에 대해 우리가 긍정과 부정을 말하는 것은 아무런 의미도
없다.

또 이렇게 말할 수 있을지도 모른다. 소설은 징후의 기록이다. 무슨
징후인가. 병의 징후, 자본주의라는 병든 삶의 징후. 역사적 자본주의
라는 병의 징후의 기록이 곧 소설이다. 그렇다면 소설의 가능성은 어
디 있을까. 소설이 경계선에 서서 경계를 없애고자 함에도 불구하고
결국에는 그 경계를 인정하고 말거나 아니면 경계선에서 자신을 분열
시키거나, 스스로 파멸하는 개인의 이야기라면, 그렇기 때문에 루카치
가 말했듯이, 소설이란 길이 시작되자 끝나는 여행이라면, 우리는 소설
의 가능성을 소설에서는 찾을 수 없을 것이다. 소설 속에서 찾을 수
있는 것은 새로운 길의 가능성일 뿐. 그 가지 않은 길, 가지 못한 길,
그것에 대한 염원과 좌절이 소설이 아닌가.

자본주의 속에서 살아간다는 것, 그것은 이미 병적이다. 그에 적응
해서 살아가건 아니면 그 삶을 전적으로 부정하면서, ‘부정성’으로 살
아가건, 그것은 병적이다. 그 모두 다 병리적 징후를 드러낸다. 소설은,

아니 솔직하게 말하자면, 우리에게 어떤 느낌을 주는 소설들은 이 두 가지의 병 사이에 있다. 그러면서 소설은 그 둘 다가 병임을 보여준다. 그리고 그럼으로써 그 둘 다를 파괴하고자 한다. 물론 그 파괴는 일어나지 않는다. 기껏해야 자기 파멸의 모습만을 보여줄 뿐이다. 그리고 이 자기 파멸의 모습은, 어쩌면 자신의 부정성을 강화시키는 것이 아니라, 반대로 부정하는 대상의 힘을 인정하는 것인지도 모른다. 부정의 노력이 결국은 또 다른 형태의 긍정일 수밖에 없었던 것이, 김승옥 소설이 아닐까. 결국 김승옥은 '초월'의 길을 택한다. 소설의 세계를 대신하는 '간증'의 세계. 신의 임재(臨在)의 확인. 신의 영역 속에서 '소설'은 존재하지 않는다.

그렇다고 한다면 소설이 지닌 최대의 가능성은 무엇일까. 소설이 소설이라는 이름으로 가질 수 있는 최대한이란, 이 경계의 경계 지움과 가공할 만한 폭력성을 드러내는 것은 아닐까. 그리고 소설의 결과가 아니라 과정을 보는 것이 아닐까. 결과만 본다면, 결과는 이미 예정되어 있는 것이 아니겠는가. 좌절과 패배는 당연한 것이요, 승리한다면, 적어도 지금에서는 그 승리란 허위나 기만에 불과한 것이리라. 그리고 그 허위가 진실로 바뀌는 것은 적어도 소설에서는 아닐 것이다. 그 허위의 기록이 진실의 기록으로 바뀔 때, 그 이름은 아마도 소설은 아닐 것이다.

억압된 것의 귀환
● 최인호, 「타인의 방」

0. 시작하며

최인호는 70년대 작가이다. 그의 작품 속에서 우리는 70년대식의 삶을 찾아볼 수 있다. 1950년대 손창섭이 그러하였고, 1960년대 김승옥이 그러하였듯이, 최인호는 70년대를 대표할 수 있는 작가 가운데 하나이다. 이는 최인호에 대해 긍정적이든 아니면 부정적이든 마찬가지이다.

하지만 최인호를 단지 70년대 작가라고 할 수만은 없다. 왜냐하면, 그의 소설 속에 그려진 삶은 단지 70년대의 삶일 뿐만 아니라 또한 우리들의 삶이기도 하다. 그런 점에서 최인호의 몇몇 작품들은 시대를 뛰어넘는 보편성을 획득한다. 그의 소설을 지금 읽었을 때, 그것은 70년대 작품으로 읽히지는 않는다.

소설이 그 소설을 생산한 시대를 뛰어넘어 보편성을 획득하기 위해서는 여러 가지 요건이 필요하다. 당대의 삶을 그 근저에서부터 형상화해냄으로써 현재적 의의를 획득할 수 있다면, 다시 말하자면 리얼리즘의 규율을 철저하게 지켜낸다면 그 작품은 시대를 뛰어넘는 보편성을 가질 수 있다. 그 작품이 씌어진 시기나, 그 작품의 소재가 비록 지금으로부터 아주 멀리 떨어져 있다고 하더라도 그러하다. 또 하나, 시대적 규정성을 작품 속에서 삭제함으로써 가능할 수도 있다. 시대적 표지를 드러내지 않음으로써, 그것이 단지 특정한 시대의 반영으로서가 아니라 그 시대를 포함한 상당히 긴 시기의 삶의 보편적 특질을 형상화함으로써 그 작품이 시대적 한계를 넘어설 수 있는 것이다.

최인호의 「타인의 방」은 후자에 속한다. 「타인의 방」에서 우리는 시대적 표징을 읽어내기 어렵다. 물론 불가능한 것은 아니다. CD가 이미 보편화된 지금, 이제 MP3라는 낯선 매체까지 등장한 지금에 턴테이블에 레코드판을 '던지는' 것이나, 아니면 100% 과일주스가 널려 있는 시대에 쥬스 분말을 설탕과 함께 물에 푸는 모습이나, 그것들은 다 70년대의 표징이다. 그러나 이러한 점들은 작품을 읽는 데 아무런 의미를 갖지 않는다. 그보다는 그가 아파트에 산다는 점, 그리고 이웃과의 관계를 꺼리고 자신만의 영역을 확보하고자 한다는 점, 그리고 무엇보다도 그의 소설 속에 드러나는 '물화의 공포와 유혹'(황도경, 「물화의 공포와 유혹」, 『문학사상』, 99.3)이 「타인의 방」에서의 핵심이다. 그리고 이러한 삶의 방식이란 사실 지금, 2000년대로 들어선 지금의 삶의 방식과 다름이 없다. 따라서, 그가 그려낸 사물화의 환상은 지금 우리도 여전히 꿀 수 있는 악몽이기도 한 것이다. 그렇다. 최인호의 「타인의 방」은 우리 시대, 적어도 1960년대 후반에 시작하여 지금까지도 계속되고 있는—물론 어떤 사람들은 이미 우리가 후기 산업사회에 도달해 있다고는 하지만—산업화 시대를 살아가는 사람들의 악몽이다.

1. 나뉘어진 세계 —거리/방

「타인의 방」은 악몽이다. 주인공 '그'가 아내가 존재하지 않는 집에 들어오면서부터 맞게 되는 모든 상황은 악몽이다. 깨고 싶지만, 그러나 깰 수 없는 악몽. 「타인의 방」은 두 개의 세계로 구분된다. 거리와 방. 「타인의 방」의 거의 전부는 '방' 속에서의 이야기이지만, 그러나 이 '방'은 그에 대립되는 '거리'를 전제로 한다. 거리가 존재함으로써만 비로소 방이 가능한 것이다. 「타인의 방」은 이렇게 시작된다.

> 그는 방금 거리에서 돌아왔다. 너무 피로해서 쓰러져 버릴 것 같았다. 그는 아파트 계단을 천천히 올라서 자기 방까지 왔다. 그는 운수 좋게도 방까지 오는 동안 아무도 만나지 못했었고 아파트 복도에도 사람은 없었다.

그는 어디서 돌아오는가. 바로 '거리'이다. 주인공 그는 출장에서 돌아오는 길이다. 그러나 최인호는 '출장'이라고 말하지 않고, '거리'라고 말하고 있다. 이 거리란 사실 아무런 규정성을 지니지 않고 있다. 그것은 거리 일반이다. 그는 이 거리에서 '자신의 방'으로 돌아온다. 왜 집이 아니고 방일까. 두 가지 이유가 있지 않을까. 하나는 집이란 방에 비해 상대적으로 열린 공간이기 때문이다. 보통 마당을 가지고 있는 공간을 우리는 집이라고 한다. 그리고 집은 여러 가구가 혼재할 수 있는 공간이다. 하지만 방은 그렇지 않다. 철저히 폐쇄된 공간, 자신만의 공간이며, 그러므로 방해받지 않을 수 있는 공간이다. 방은 철저한 폐쇄성을 띤다. 70년대 경제 개발의 상징의 하나가 바로 60년대 말부터 지어진 아파트이다. 아파트란 집과는 달리 철저하게 폐쇄된 공간이면서 동시에 획일화된 공간이다. 동일한 모양의 집들이 위아래, 양옆으로 끊임없이 이어지는 구조가 바로 아파트 아닌가. 그러나 또 한편으로는 개인의 자유가 보장되는 공간이며, 소유의 확실함을 보장해주는 공간이 또한 아파트이기도 하다. 「타인의 방」에서 방이 문제가 된다면, 바로 그 방이 아파트라는 점이며, 아파트가 지니고 있는 상징성 때문이다. 그리고 이 점에서 「타인의 방」은 보편성을 지닐 수 있는 것이다.

그가 운수 좋게도 아무런 사람을 만나지 않을 수 있었다는 판단은 이 방이 가진 철저한 폐쇄성과 그리고 개인적인 소유에서 말미암는다. 이 방은 그리고 거리가 가진 피로와 대립하여 아늑한 공간, 안온한 공간으로서의 의미를 부여받는다. 피로한 거리/아늑한 방. 소설은 이 대립이 주인공의 의지와는 관계없이 깨어지면서 비로소 시작된다. 집에 돌아왔으나 아내는 외출중이다. 이 것이 이 소설의 핵심이다.

안온한 방을 가능하게 해 주는 조건은 바로 아내의 존재이다. 아내가 있음으로써, 방은 이제 가정이라는 의미를 부여받는다. 따뜻한 가정, 아내가 반갑게 맞아주며 더운 음식과 목욕물을 준비하여 줌으로써 거리의 피로를 풀 수 있는 공간으로서의 방. 아내가 없다면 방은 더 이상 방이 아니고, 가정이 아니다. 그것은 거리와는 다름없는 피로한 공간에 지나지 않을 것이다.

> 그는 어느 편이냐 하면 그런 면엔 엄격해서 소위 문을 열어주는 것은 아내된 도리이며, 적어도 아내가 문을 열어준 후에 들어가는 것이 남편의 권리가 아니겠냐는 생각을 고수하고 있는 편이었다.

그런데 거리가 타자의 공간이라면, 거리가 피로한 것은 타자와의 만남 때문이다. 그렇기 때문에 그는 타자와의 만남을 최소화하고자 한다. 어쩔 수 없는 타자와의 만남을 제외하고는 그는 타자와의 두려움을 두려워하고 불편해 한다. 그러나 그렇다면 아내는 누구인가. 거리에서 타자와의 만남을 불편해하는 주인공이 자신의 방에서 아늑하다면, 그것

은 아내가 타자가 아니라는 말이 된다. 아내는 타자가 아니다. 개인적
인 존재로서의 명칭이 아니라, 남편에 복속된 의미로서의 명칭이다. 그
러므로 아내는 타자가 아니라, 바로 자신이다. 그것을 그는 '남편의 권
리'라고 생각한다. 개별적인 존재가 아니라, 관계 속에서의 위치로서의
아내, 그렇기 때문에 그를 따뜻하게 맞아들이고, 그에게 더운 음식을
해 바치는 존재인 아내는 타자가 아니라 바로 자신이다. 자기 동일성
의 폭력. 이 자기 동일성의 폭력이 그가 방으로 들어서는 순간 무력화
된다. 아내의 부재. 아내는 외출중이다.

아내의 외출로 인해 그 순간부터 아내는 더 이상 아내가 아니라 타
자이다. 행복하고 따뜻한 가정이라는 꿈이 무참히 배반당한다. 아내로
서 억압되었던 아내는 타자로 귀환한다. 타자의 귀환이라는 악몽. 이것
이 악몽인 까닭은 그가 여전히 자기 동일성에 사로잡혀 있기 때문이
다.

3. 탈―일상의 공포 혹은 유혹?

아내가 없는 집은 낯선 공간이다. 이 낯섦은 그의 일상을 깨뜨린다.
일상의 깨어짐. 이 일상의 깨어짐은 그의 자기 동일성이 위협받는 이
유가 되면서 동시에 그의 의식을 깨우는 힘이 되기도 한다. 그는 이
깨어진 일상 속에서 끊임없이 일상을 회복하려 노력한다. 아내가 거울
에 붙여 놓은 껌을 씹는 행위도 아내의 부재를 대치하고자 하는 행위
이다. 껌은 아내를 대신하기 때문에 그는 위안을 받는다. "응고하고 수
축이 되어 마치 건포도 알 같"은 껌을 씹는 일은 아내와의 성행위를
대치한다.

그리고 그는 순간순간 지나간 시간을 되돌이켜 본다. 지나간 여름,

그리고 지나간 가을. 그 지나간 시간들을 돌이키면서 그는 그 때는 행복했다 말한다. 그러면서 고독해진다. 지나간 여름이나 지나간 가을, 그 시기가 어떠한 내용을 가지고 있었는지는 밝혀지지 않는다. 다만 그것은 아내의 외출 이전이고, 아내와 함께 하는 시기였으며, 그의 일상이 잘 보존되었던 시기이다. 그는 자신의 방에서 아늑하였고, 그리고 만족하였으며, 또한 행복하였다. 그러나 한 번 깨어진 일상은 되돌이켜지지 않는다. 아내의 부재가 아내가 말한 대로 어쩔 수 없는 이유에서가 아니기 때문이다. 아내의 부재는 이미 되돌이킬 수 없는 상황이다. 이 깨어진 일상 틈으로 타자가 침입한다.

> 그의 목소리는 목욕탕 속에서 웅장하였다. … 소리가 빠져 나갈 구멍이 없었으므로 종소리처럼 욕실을 맴돌았다. … 역시 집이란 즐겁고 아늑한 곳이군 하고 그는 중얼거렸다. 무심코 중얼거렸지만 그는 순간 그 소리를 타인의 소리처럼 느꼈으며 그래서 놀란 나머지 뒤를 돌아보았다. 그는 누군가의 인기척을 느꼈다. 그러나 개의치 않기로 하였다.

그는 '아늑하다'고 말한다. 그 아늑함은 그가 자신에게 부여하는 강제이다. 그는 아늑한 것이 아니라 아늑하고 싶다. 그 순간 그는 그 소리를 타인의 소리로 느낀다. 아늑하다고 말하는 소리는 타인의 소리이다. 그것은 방이기 때문에 아늑해야 한다고 말하는 타자이다. 즐거운 집이라는 환상/이데올로기를 강요하는 타자의 소리. 그 타자의 소리를 느끼는 것은 그가 그 환상으로부터 빠져 나올 수 있는 조건이다. 타자에게서 부과되는 이데올로기로부터 빠져나와 그가 진실을 인식할 수 있는 조건이 바로 자신의 소리를 타자의 소리로 느끼는 것이다. 이로부터 그의 인식과 저항이 시작된다.

사물의 깨어남이란 하나의 상징이다. 사물의 깨어남은 사물이 인간과의 관계 속에서 의미 부여되는 것이 아니라 독자적인 존재 이유를 갖고 있음을 말하는 것이다. 철저하게 그의 위치에서 의미 규정되던 사물들, 그러함으로써 그가 자기 동일성으로 끌어들였던 타자들이 이제 자신의 타자됨을 주장하고 나선다. 비록 그것이 어둠 속에서일망정 말이다. 이와 같은 타자의 타자로서의 주장은 두려운 것이다. 그는 이 주장을 억압하고자 한다. 그가 할 수 있는 방식이란 불을 켜는 것, 인공의 낮을 만드는 것이다. 이 인공의 낮 속에서만 타자들은 조용하다. 인공의 태양인 형광등을 밝힘으로써만 타자들은 제 자리로 돌아간다. 그러나 더 이상 그들은 이전의 타자가 아니다. 이제 그들은 자신의 시선을 갖는다.

> 샤우어의 모가지는 사형당한 사형수의 목처럼 꺾이어져 매우 진지하게 그를 **응시하고** 있었다.(강조는 인용자)

> 옷들은 쾌씸했지만 얌전하게 주머니를 **털어보인다.** …… 물건들은 잘 **참고** 세금 잘 무는 국민처럼 얌전하게 그의 요구에 **응해주었다.**(강조는 인용자)

그리고 사물들은 살아 오른다. 속삭이고, 중얼거리다 급기야는 그에게 말을 걸기도 한다. "잘 들어요. …… 오늘 밤 중대한 쿠데타가 있을 거예요. 겁나지 않으세요." 이 사물들의 살아 오름 속에서 그는 공포를 느낀다. 그리고 저항하고자 한다. 하지만 그의 저항을 그의 몸이 배반한다. 그의 몸은 이미 사물들처럼 되고자 하고 있기 때문이다. 그는 벽의 스위치를 올리려고 하지만, 그러나 몸이 말을 듣지 않는다. 이제 그는 굳어져 다른 것과 마찬가지의 사물이 되고 만다.

그러나 이 사물화는 공포일뿐만 아니라 그의 욕망이기도 하다. 물론 그의 욕망이란, 사물이 되고자 하는 것이 아니라, 일상화된 삶으로부터 벗어나고자 하는 욕망이다. 일상화된 삶과 안온한 가정이라는 환상 속에 묻혀 왔던 자신을 회복하고자 하는 욕망이다. 그리고 사물들을 철저하게 자신의 소유물로 만들기 이전에 사물이 가진 생명력을 회복하고자 하는 욕망이기도 하다. 사물화가 철저하게 자기동일성의 욕망에서 나오는 것이라고 한다면, 「타인의 방」에서의 사물화는 이중적이다. 그는 한편으로 일상적인 삶 속에서 무뎌진 자신을 회복하고자 하지만, 그러나 그 자신의 회복은 그 스스로 사물이 됨으로써만 가능한 것이기 때문이다. 다른 길이 존재하지 않는 데, 「타인의 방」의 문제가 있다. 그는 출구가 없는 것이다.

4. 억압된 것의 귀환

이러한 사물화의 이중성은 그가 사물로 굳어지는 모습에서 잘 나타난다.

그는 손을 뻗쳐 무거워진 다리, 그리고 더욱 더 굳어져 오는 다리를 끌고 스위치 있는 곳까지 가려고 안간힘을 썼다. 그러나 그는 채 못 미쳐 이미 온 몸이 굳어 오는 것을 발견하였다. 그래서 그는 숫제 체념해 버렸다. 참 이상한 일이라고 생각하면서 그는 조용히 다리를 모으고 직립하였다. **그는 마치 부활하는 것처럼 보였다.**(강조는 인용자)

그는 사물이 됨으로써 부활한다. 사물이 됨으로써 생명력을 회복하는 것이다. 생명력의 회복이 사물이 됨으로써만 가능하다는 것, 이것이 이중성이고, 그리고 「타인의 방」을 악몽이게 하는 것이다. 물론 이 악몽은 <그>의 악몽이 아니다. 그의 악몽이 아니라 그것을 보는 우리의 악몽이다. 악몽 속에서 귀환하는 것은 무엇일까. 그것은 억압된 것이다. 억압된 것은 악몽의 형태로 귀환하지 않으면 안된다.

어떤 의미에서는 모든 소설은 악몽일지도 모른다. 그것은 우리들의 삶에서 억압되어 있던 것들을 되살린다. 악몽의 귀결이 어떻게 될지는 아무도 모른다. 악몽은 끝이 없다. 단지 깨어나는 방법밖에는 없다. 그러나 악몽에서 깨어난다고 해서 악몽의 기억이 사라지는 것은 아니다. 사라지지 않는 악몽의 기억. 억압된 것의 일시적인 귀환. 억압된 것들을 일시적인 것으로나마 되돌림으로써, 소설은 우리가 잊고 지냈던 우리의 조건을 되살려 준다. 회피하고 싶고, 또 많은 경우 회피해버리는 진실을 소설은 되살린다. 진실이 악몽일 수밖에 없는 세상에서 말이다.

다시 「타인의 방」으로 되돌아가자. 그가 새로운 의식을 가졌을 때, '의식의 녹'이 벗겨졌을 때 사물들은 자신의 존재를 내보이면서 자신이 살아 있다고 외친다. 나는 네가 생각하는 내가 아니다. 그리고 그 또한 끊임없이 거부하면서도 하나의 사물로서 자리를 잡는다. 그는 이제 의식적인 노력을 회피하고 "체념해 버"린다. 그리고 부활한다. 그러나 무엇으로서? 사물로서!

이제 마지막 대목을 보자.

> 다음 다음 날 오후쯤 한 여인이 이 방에 들어왔다. 그녀는 방안에 누군가가 침입한 흔적을 발견했다. …… 그러나 그녀는 곧 잃어버린 것이 없는 대신 새로운 **물건**이 하나 놓여 있는 것을 발견했다.
>
> 그 **물건**은 그녀가 매우 좋아했던 것이었으므로 며칠 동안은 먼지도 털고 좀 뭣하긴 하지만 키스도 하긴 했었다. 하지만 나중엔 별 소용이 닿지 않는 **물건**임을 알아차렸고 싫증이 났으므로 그 **물건**을 다락 잡동사니 속에 처넣어 버렸다. 그리고 그녀는 다시 그 방을 떠나기로 작정을 했다. 그래서 그녀는 메모지를 찢어 달필로 다음과 같이 써서 화장대 위에 놓았다.(강조는 인용자)

그는 하나의 물건이 되었다. 이 물건은 어떤 물건일까? 직접적인 언급은 없지만, 아마도 남성의 성기였을 것이다. 그것도 발기한 모습의 성기. 그렇게 사물화된 남성의 형태로 그는 부활하였다. 그가 생각하기에 아내가 좋아하는 성기로 부활한 것이다. 바로 여기에 그의 환상이 있다. 그는 바로 그렇게 발기한 성기가 됨으로써 아내에게 버림받는다. 왜 그런가? 여기에 마지막 억압된 것의 귀환이 있다. 바로 아내, 아니 여인이다. 돌아온 것은 아내가 아니라 여인이다. 아내는 이제 그의 족쇄로부터 벗어난다. 더 이상 아내인 것은 아니다. 여인으로 돌아온 아내는 성기가 되어버린 남편을 버린다. 그것은 아내의 외출은 그가 생각하는 것처럼 혹은 독자가 생각하는 것처럼 성기를 찾아 나서는 외출, 곧 부정이 아니다. 아내가 찾아 나서는 것은 자신의 '아내됨'에서 벗어나는 외출이다. 아내라는 규정성을 벗어버리고 한 사람으로서 자신을 찾는 외출인 것이다. 이 아내가 여인으로서 귀환하는 것은 당연한 것이다. 그리고 그가 성기가 되는 것은 그가 행했던 바 그대로 자신에게 되돌아오는 복수인 것이다. 그에게 아내라는 존재는 하나의 성기에 지나지 않았기 때문이다.

> 그녀의 성기엔 작구가 달려 있다. 견고하고 질이 좋은 작구이다. 아내는 내가 보는 데서 발가벗고 그 작구를 오르내리게 하는 작업을 해 보이기 좋아한다. 아내의 하체에 작구가 달린 모습은 질 좋은 방한용 피륙을 느끼게 하고 굉장한 포용력을 암시한다.

그에게 안내는 한 인간이 아니라 성기로서만 받아들여진다. 그러한 아내에게 그가 성기로 되고, 또 버림받는 것이란, 사물의 반란이 아니라 인간의 반란인 것이다. 아내로, 성기로 억압되었던 여인, 사람의 반란.

이 소설이 악몽인 것은 바로 여기서이다. 이 악몽의 끝을 묻는 것은 무의미한 일이다. 다만 각자 스스로에게 질문을 던질 일만 남아 있을 뿐이다. 악몽의 끝이 없듯이 소설의 끝도 없기 때문이다. 더 이상 억압

되는 것이 없을 때, 악몽은 끝이 나고, 소설도 더 이상 쓰여지지 않을
것이다.

0. 다시 처음으로.

「타인의 방」은 그것이 하나의 악몽, 생생한 악몽으로서만 보편성을
획득할 수 있다. 하지만, 이 악몽은 제한되어 있는 악몽이다. 왜냐하면
제한되어 있기 때문이다. 소설의 처음에 주어졌던 거리와 방의 대립은
아직 해소되지 않았다. 거리와 방의 대립은 여전히 존재한다. 나만의
방이 더 이상 나만의 방이 아니라 「타인의 방」이 되었다고 해서, 거리
의 대립이 사라지지는 않는다. 오히려 그것이 「타인의 방」으로 규정됨
으로써, 여전히 자신의 방에 대한 욕망은 남아 있다. 대립의 해소가 아
니라, 대립이 감추어지는 것이다. 아내의 외출은 거리로의 외출이지만,
그것은 또다른 방을 향한 욕망의 표출일지도 모르기 때문이다. 여기에
대해 「타인의 방」에서는 아무런 언급도 남기지 않는다. 게다가 이 조
건은 자신을 보편화함으로써, 한편으로는 그 보편성을 강화하기도 한
다. 그런 점에서 이 소설에는 어떠한 출구, 아니 출구의 가능성도 보이
지 않는다. 이 소설은 「타인의 방」이라는 제목처럼 갖혀 있는 것이다.
　이 소설이 70년대라는 시간적인 조건을 넘어 보편성으로서 자신을
드러낼 때, 또 한편으로는 그렇게 보편화됨으로서, 그 존재조건을 시간
적인 것이 아니라 영구적인 것으로 만들어버린다. 그리고 그럼으로써
이로부터 벗어날 가능성도 제한된다. 그 가능성이란 한 가지, 자신의
내부로부터의 충일함, 그리고 낭만적 초월인 것이다. 그가 목욕탕에서
느끼는 생명력이란 욕망의 분출과 해소처럼, 자가성애적인 것에 지나
지 않는다. 최인호는 여기서 머뭇거리고 있다. 자가성애적 욕망, 타인

의 거부에서 오는 자가성애적 욕망과, 사물화된 성기 사이에서 머뭇거리고 있는 것이다. 그러나 그 어느 쪽에도 출구는 없다. 출구는 이 구조 밖에 있을지도 모르는 것이다.

「타인의 방」은 70년대 소설이면서 또한 우리 시대의 소설이기도 하다. 우리가 아직 최인호가 꾸고 있는 '타인의 방'이라는 악몽, 그리고 잃어버린 내 방 찾기라는 꿈을 계속 꾸고 있다면 말이다. 우리는 지금 어떤 꿈을 꾸고 있는가?

소설의 새로운 모색과 은유로서의 글쓰기

● 양귀자, 「숨은 꽃」

1. 현실의 위기와 「숨은 꽃」의 숨겨진 의미

근래 몇 년 간에 나온 소설들이 지니고 있는 특징적인 경향의 하나가 현실의 위기를 소설적 방식으로 극복하고자 하는 경향이다. 그 위기의 양상은 다양하게 규정되고 있고 따라서 그것을 극복하고자 하는 노력도 다양하게 이루어지고 있지만 일단 현실을 일종의 위기로 규정하고 있는 점에서는 동일하다. 그리고 그 위기의식이 소련과 동구의 현실 사회주의의 몰락이라는 역사적 사건에서 촉발된 것이라는 점 또한 공통적인 것이다. 여기서는 그 위기의 의식이 정당한 것인가를 문제삼고자 하지는 않는다. 다만, 현실의 위기를 문학의 위기 내지는 문학적 지형의 재편을 위한 계기로 생각하고 있는 일련의 소설들에 주목하여, 그 한 경향이 지니는 문학사적 의미를 파악하고, 그것이 우리 문학의 발전에 어떠한 방식으로 작용할 것인가를 검토하는 것으로 그치고자 한다.

현실의 위기와 그로 인한 문학의 위기에 대한 진맥과 그 처방은 두

가지 방식으로 나타나고 있다. 그 하나는 최근 젊은 작가들의 '포스트모더니즘'적인 대응방식으로 이인화의 『내가 누구인지 말할 수 있는 자는 누구인가』와 박일문의 『살아남은 자의 슬픔』이 대표적인 것이다. 그리고 또 하나는 양귀자의 「숨은 꽃」이 보이는 대응 방식이다.(정화진의 『양지를 찾아서』에서 『모정의 그늘』에 이르는 단편들, 그리고 방현석의 『또 하나의 선택』이나 이인화의 『문밖의 사람들』 또한 현실의 위기와 그로 인한 '노동소설'의 위기에 적극적으로 대응하는 하나의 방식이라고 할 수 있다. 그러나 그 소설들은 소설 쓰기의 문제를 직접적으로 제기하고 있지 않다는 점에서 여기서는 제외한다). 이들 중에서 양귀자의 「숨은 꽃」에서 나타나는 대응 방식과 그 의미를 검토하려는 것이 이 글의 직접적인 목표이다.

양귀자의 「숨은 꽃」이 지니는 문학사적 무게를 알기 위해서는 다른 한 경향의 소설들 즉, 최근의 젊은 작가들의 작품들을 살펴볼 필요가 있다. 이들 작품은 「숨은 꽃」과 마찬가지로 현실의 위기와 소설의 위기를 그리고, 소설 쓰기의 문제를 소설 속에서 해결하고자 하고 있다.

하지만 이들 작품이 다른 작품들과 달리 하나의 경향으로 묶어주고 있는 것은 그들 소설의 주인공이 80년대를 20대로 살아왔다던가, 아니면 소설 쓰기를 현실의 위기를 넘어서는 출발점으로 삼고 있다는 것에 한정되지 않는다. 또 그들이 새로운 경험을 통해서 소설 쓰기에 도달하고 있다는 것도 중요한 것은 아니다. 경험의 차별성이 소설적 인식의 차별성을 곧바로 가져오는 것은 아니기 때문이다. 오히려 그러한 것들은 근본적인 것이 아니다. 근본적인 것이 아니라는 것은 그러한 것들은 이미 다른 작가들에 의해 탐구된 영역이기 때문이다. 그렇다면 근본적인 지점은 어디인가. 근본적인 것은 그들이 세상을 보는 '방식'에 놓여 있는 것이 아닐까. 이인화의 작품과 박일문의 작품이 각기 고유함을 지니고 있음에도 불구하고, 하나로서 이야기될 수 있다는 것,

그리고 실제로 이야기된다는 것은 바로 이 '방식' 때문이 아닐까.

우리는 아직 이 방식을 명확하게 개념화하지 못한다. 그것을 '포스트 모더니즘적'이라고도 하고, 주체의 해체라고도 말하기도 하지만 그 내용성이 아직 명확하게 규정된 것은 아니다. 그럼에도 많은 오류의 가능성을 남겨둔 채 이들 소설의 특징적 양상을 규정한다면, 이들에게 문제되는 것은, 그들이 겪는 현실 속에서의 좌절이 아니라, 그리고 그들이 겪는 좌절이 무엇에서 연유하는가가 아니라, 그들에게 '현실'이 무엇을 의미하고 있는가 하는 점이다. 종래의 '방식'으로는 현실을 파악할 수 없는 것이 아니라, 종래의 방식으로 파악된 '현실' 그 자체가 문제가 되는 것이다.

『내가 누구인지 말할 수 있는 자는 누구인가』의 주인공의 입을 빌어 말하고 있듯이, '이미지'와 '실재'의 관계가 문제가 되는 것이고, 나아가서는 이미지와 실재라는 구분 자체의 정당성에 대하여 묻는 것이다. 세상에 '실재'하는 것은 '이미지'밖에 없는데 무슨 실재가 있다는 것인가. 그런 점에서 본다면 이들 소설 중에서 『내가 누구인지 말할 수 있는 자는 누구인가』가 가장 문제적인 이유는 그 소설이 가장 전통적인 방식으로, 혹은 정공법으로 이 문제를 제기하고 있기 때문이다. 자신이 부정하는 것으로 존재해야만 하는 것의 역설. 그 역설을 넘어선 자리에 하일지의 『경마장 가는 길』이 있다면 잘못된 것일까. 기법으로서의 페스티쉬(혼성모방)를 논하고, 또는 주체의 해체를 논하는 것은 이들에게는 이미 이들이 서 있는 자리와는 다른 자리가 아닐까. 이들이 의미를 가지고 있는 것은 바로 이들이 새로운 의미의 '현실'—어쩌면 현실이라고 말하는 것 자체가 무의미한지도 모르겠지만, 지금으로서는 이를 지시해줄 수 있는 엄밀한 개념이 없으므로 '현실'이라 칭한다—을 문제삼는다는 점이다. 결국 이들은 작품의 내용으로서가 아니라 작품 자체로서 문제를 제기한다. 이미지에 의한 실재의 무화(無化),

혹은 이미지의 존재성과 실재의 비존재성의 문제는 이미 리얼리즘의
문제를 넘어선다. 그러므로 리얼리즘이나 아니냐의 문제가 아니라 그
논의를 가능하게 하는 철학적 기반이 문제이며, 그것은 리얼리즘과 비
리얼리즘이라는 구분의 경계를 넘어서는 문제인 것이다.

　　양귀자의 「숨은 꽃」이 문제가 되는 것은 바로 이 자리, 이러한 관계
속에서일 것이다. 소설 속에서 소설 쓰기의 문제를 제기하면서도, 그리
고 '존재의 위기'에서 출발하면서도 앞서의 소설들과 갈라지는 자리,
또한 80년대를 풍미했던 '새로운 리얼리즘'의 경향과 달라지는 자리에
「숨은 꽃」의 '숨겨진' 의미가 있는 것은 아닐까. 그리고 「숨은 꽃」이
찾은 소설의 길은 일정한 한 경향—이를 70-80년대 문학주의의 문제
라고 지칭한 평론가도 있다—을 특징 지우는 것은 아닐까. 만일 그렇
다면, 우리는 「숨은 꽃」에 대해서 좀더 치밀하게 파고 들어갈 필요가
있다.

　　그것은 한편으로 「숨은 꽃」이 대변하고 있는 하나의 경향이 무엇인
가를 밝히는 것이고, 동시에 양귀자라는 한 작가가 보이는 최근의 여
러 모습들의 의미를 드러내는 것이다. 「숨은 꽃」은 이러한 작품과의
변별성 속에서, 그리고 비슷한 시기의 작가 자신의 다른 작품들과의
관계 속에 자리잡고 있는 것이다.

2. 현실의 위기, 소설의 위기 —작가의 길 찾기 여행

　「숨은 꽃」이 '문학의 위기'가 논해지고 있는 마당에 문학상 수상이
결정되었다는 것, —그것은 곧 하나의 경향의 인정, 그것도 적극적인
인정이다— 뿐만 아니라 진보적임을 자처하는 문학평론가에 의해 그
발전가능성이 고평되었다는 것(이성욱, 「'참을 수 없는' 최근 소설들

의 '가벼움'」, 『실천문학』, 1992 가을)은 「숨은 꽃」에 부과되는 문학사적 무게가 적지 않은 것임을 말해준다. 그 작가가 『원미동 사람들』과 『지구를 색칠하는 페인트공』의 작가이면서, 『희망』과 『나는 소망한다, 내게 금지된 것을』의 작가인 양귀자라는 점에서 더욱 그러하다.

「숨은 꽃」은 자기 고백적 소설이다. 그러나 동시에 「숨은 꽃」은 타인에 대한 이야기이기도 하다. 자기 고백과 타인에 대한 이야기가 한데 만나는, 그 기묘한 만남이 야기하는 긴장이 이 소설의 주는 감동의 한 원천이라고 할 수 있다. 여기에 한 가지를 더 추가할 수 있다. 단편이란 고백이나 기도와 같은 것이라는 작가의 믿음. 우리는 뒤에 이 고백이라는 방식이 이 소설에서 어떠한 의미를 지니고 있는가를 살펴보게 될 터이다.

「숨은 꽃」에서 가장 눈에 쉽게 띄는 것은, 이 소설이 '현실의 위기와 그에 연유한 소설의 위기에 직면한 작가의 길 찾기 여행'이라는 사실이다(이 여행은 실제로 귀신사(歸神寺)에 간다는 의미에서는 현실적인 것이지만, 또한 '소설을 찾아가는 여행'이라는 점에서는 상징적인 것이기도 하다). 그러므로 우선 그 여행의 과정에 들어가기 이전에 작가가 느끼고 있는 위기라는 것이 무엇을 의미하고 있는가, 그리고 그것이 어디에서 오는 것인가를 살펴볼 필요가 있다. 소설 자체가 문제의 해결의 과정이라는 형식을 띤다면, 우선 작가가 제기하고 있는 문제가 어떠한 것인가를 정확하게 규정할 필요가 있기 때문이다. 작가는 자신이 여행을 떠나지 않으면 안 되는 이유를 다음과 같이 말하고 있다.

(1) 지금 내 앞에 주어진 미로는 너무 교활하다. 지식과 열정을 지탱해주던 하나의 대안(代案)이 무너지는 것을 신호로 나의 출구도 봉쇄되었다. 나는 길 찾기를 멈추었으므로, 나는 내 소설의 새로운 주인공을 찾을 수 없게 되었다.

    (2) 작은 꿈, 작은 눈물, 그런 것들로 무찌르기에 이 세계는 너무나 거대하고 음흉하다. ……진실이나 희망이라는 말은 흙더미에 깔려 안장되었다.
    그 순간 나의 출구도 파묻혔다.(『숨은 꽃 : 이상문학상 수상 작품집』, 문학사상사, 1992, 81면. 이하 모든 인용면수는 특별한 경우가 아닌 한 이 책의 면수를 가리킨다.)

좌표의 상실로 말미암아 좌표가 놓이는 자리까지 상실했다고 느낄 수밖에 없는 미로 속의 고통, 미로의 교활함. '문학적' 소통의 봉쇄, 세계의 거대함과 음흉함, 길 찾기의 불가능함. 양귀자로 하여금 소설의 위기를 느끼게끔 하는 것들은 이러한 것들이다. 하지만 이러한 원인들이 모두 동일한 평면에 존재하는 것은 아니다.

(1)에서 말하고 있는 것은 사회주의에서 일정한 길을, 아니 길을 가르쳐주는 최소한의 지표를 찾으려 하였던 작가들에게 현실 사회주의의 몰락이 절망을 가져왔다는 것이다. 그렇다면 그 위기는 1980년대 말, 90년대 초에 나타났던 특정한 상황에서 연유하는 것이리라. 하지만 곧바로 우리는 (2)의 진술을 만난다. "작은 꿈, 작은 눈물" 같은 문학으로서는 도저히 어찌해 볼 수 없을 정도로 거대한 현실이 이제는 문학의 위기를 야기한다. 그렇다면, 이 위기는 단지 현실 사회주의의 몰락이라는 특정한 상황에서 연유하는 것이라고는 할 수 없다. 오히려 문학과 세계의 관계, 아니 그보다는 세계 속에서 문학인의 존재와 관련되는 것이다.

우리는 계속해서 질문을 던질 수가 있다. 그가 "시작과 끝을, 삶의 처음과 마지막을 그토록이나 성실하게 더듬어" 갔음에도 과연 그러한 것인가. 이전의 그의 글쓰기는 어떠했던가. 문학은 이전에는 그렇지 않았다는 말인가. 언제 세계는 거대하지 않았던 적이 있었던가. 양귀자의 위기는 이처럼 다른 두 평면에 놓여 있다. 전자의 것이 특정한 역사적 상황하에서 문학의 존재 방식에 관한 것이라고 한다면, 따라서 문제의 해결은 그 특정한 역사적 상황을 어떻게 넘어설 것인가에 놓여 있다고 한다면, 후자는 그 계기가 어떠한 것이든 간에 현실이 문학으로는 어찌 할 수 없는 거대한 것으로 다가온다는 것이고 그것은 문학이라는 존재 자체의, 특히는 후기 자본주의, 혹은 제국주의 시기에서의 문학의 존재 자체의 존립에 관한 문제로, 그것은 문학이 존재하는 방식 자체, 그것이 역사 속에서, 역사로서 존재하는 방식을 해명함으로써만 해결될 수 있는 문제이다.

하지만 그에게는 이처럼 다른 평면에 놓여 있는 두 문제가 구분되지 않는 상태로 제기된다. 아니 오히려 두 번째 문제가 작가의 의식의 표면에 명징하게 드러난 것이 아니어서, 두 번째 문제는 첫 번째 문제의 외피를 덮어쓴 채로 나타난다. 하지만 작가가 작품 속에서 은밀히 대답하고 있는 것은 바로 이 두 번째 문제에 대해서이다. 그러므로 「숨은 꽃」을 단순히 '현실의 위기에 직면한 한 작가의 길 찾기 여행'으로 규정할 수만은 없다. 각기 다른 차원의 질문과 대답이 한 곳에서 만나는 소설, 그것이 「숨은 꽃」이라고 할 수 있다. 그리고 그 만남이 지니고 있는 의미가 「숨은 꽃」이 '숨기고 있는' 의미의 하나일 것이다. 그 의미가 무엇인가는 뒤에 밝히기로 하자. 우리가 먼저 찾아보아야 할 것은 그 대답이 어떠한 것인가이다.

그렇다면, 이제 우리는 「숨은 꽃」의 '숨겨진' 꽃말을 찾아가야 한다. 이 숨겨진 꽃말을 찾아가는 데는 한가지 전제가 필요하다. 그것은 우리가 양귀자와 '함께' 꽃말을 찾아가는 것이 아니라는 점이다. 왜냐하면 양귀자는 이미 꽃말을 찾았기 때문이다. 그렇지 않고서는 이 소설은 끝날 수 없다. 작가 스스로 말한 것처럼 "내 속에 들어 있는 것의 정체를 알기 전에는 어떤 문장에도 안심하고 마침표를 찍을 수 없는 것"(19면)이라면 작가는 이미 자신 속에 들어 있는 것의 정체를 알고 있는 것이고, 우리는 작가가 작품 속에 남겨 놓은 단서를 통해서 '숨겨진 꽃말 찾기'라는 일종의 보물찾기를 하는 것이다. 그러므로 「숨은 꽃」은 표면상으로는 작가의 길 찾기 여행이 아닌 우리들의 여행인 것이다. 물론 그 때문에 작가가 비난받을 이유는 없다. 어떤 글쓰기가 그렇지 않겠는가. 다만, 작가가 그것을 자신의 길 찾기 과정이라는 형식을 빌어 드러내고 있다는 사실을 지적할 뿐이다. 작가는 우리가 마치 작가와 '함께' 꽃말 찾기를 하는 것처럼 느끼게 함으로써 하나의 길을 따라오도록 만들고 있기 때문이다. 모든 단서는 작가에 의해 치밀하게 배치되어 있고, 우리는 작품 속에서 주어지는 단서를 차근차근 작가가 보여주는 대로 따라가는 것이다. 다른 길은 마치 없는 것처럼. 이것이 또 하나의 '숨겨진' 의미라고 할 수 있다.

자 이제 우리들의 여행을 시작하자. 이 여행에는 단 하나의 방식만이 있다. 작가가 남겨 놓은 단서를 찾아가는 것이다. 그 단서는 두 가지 형태로 제기된다. 그 하나는 작가 자신이 자신의 여정과 자기고백으로 나타난다. 자신이 왜 귀신사(歸神寺)에 가지 않으면 안되었는지, 자신에게 소설 쓰기라는 것은 어떤 의미를 지니고 있고, 지금은 왜 쓸 수 없는지에 대해서 그리고 그것이 왜 귀신사가 아니면 안되었는지를 말하는 부분으로 이 부분은 작가의 '직접적' 자기 고백의 형식을 띠고 있다. 그리고 또 하나는 작가가 만난 김종구의 이야기와 그에 대한 회상, 그리고 여행의 과정에서 떠오른 몇몇 문인의 존재 방식에 대한 이야기의 형태로 나타난다. 그리고 이 두 번째 부분이 외면적으로는 소설의 중심으로 보인다. 손쉽게 말하자면, 작가의 자기 고백은 액자의 테두리이고, 김종구와 여타 다른 사람들은 그 액자의 그림이다. 계속 비유를 허락한다면, 중요한 것은 액자 속에 있는 그림이지 액자 자체가 아니다. 액자가 그림보다 중요할 수는 없는 것이기 때문이다. 하지만 이 비유가 한계를 지니는 것은 바로 이 지점에서이다. 액자가 그림을 규정하고 있는 것이 바로 이 소설이기 때문이다. 이 점은 바로 위에서 언급한 「숨은 꽃」이 '숨기고 있는' 의미와 연관이 되는 것이기 때문에 다음에 함께 언급하기로 하고 기억에 넣어두자. '숨겨진' 의미를 찾는 우리들의 여행은 어쩔 수 없이 이 지점으로 되돌아올 수밖에 없을 것이기 때문이다.

그렇다면 김종구는 어떤 인물인가를 살펴보는 일이 우선적이다. 왜냐하면 김종구는 액자 속의 가장 중요한 인물이며, 양귀자가 그리고자 하는 그림의 초벌 그림이기 때문이다. 양귀자는 김종구를 '바다와 같은 사람', 한 곳에 머물기를 거부하고 끊임없이 자유롭게 떠도는 사람으로 말하고 있다. "한군데에 붙잡아 둘 수 없는, 물결에 휩싸여 세상 곳곳을 다 굽이쳐 흘러야 하는 그런 운명의 생"(39-40면)을 지닌 사람이다. 그에게 있어 세상의 일반적인 행위의 방식이라는 것은 아무런 의미를 갖지 않는다. 왜냐하면 그는 일반적인 세상살이의 방식을 뛰어넘어있기 때문이다. 특히 지식으로서 세상을 재단하고자 하는 것은 그에게는 혐오의 대상이기도 하다. "넓은 세상 어디든 뛰어들어 북대기치다 보면 막힌 머리도 확 뚫리게 돼 있다구요. 그게 진짜예요. 살아 있는 거지요"(62면)라는 그의 말처럼 중요한 것은 '현실 속에서 부딪치기'이지, 작가 같은 '먹물' 따위의 생활이 아니다.

> "왜들 이 뻔한 사실을 잊고 있는지 모르겠소만, 사는 일이 가장 먼저란 말이오. 사는 일에 비하면 나머지는 다 하찮고 하찮은 것이라 이 말입니다."(43)

그러면서도 김종구는 귀신사를 덜 망치기 위해 귀신사의 보수(補修)에 참가하는, 그리고 그의 여자인 '황녀'의 단소 음률에 취해 눈물을 흘리는 그런 인물인 것이다. 이러한 김종구 같은 인물이 얼마나 현실적인 인물인가를 따지는 것은 여기서는 중요하지 않다. 작가도 그러한 인물이 존재하는 것을 믿기를 강요하지 않는다. 중요한 것은 이러한 인물을 대하는 작가의 태도가 아닐까. 작가에게는 김종구는 "생의 비밀을 엿본 자"이다. 모든 것은 바로 이 점으로 해석된다. 그가 떠돎이나, 그의 말투 그 모든 것이 그러하다.

> 만약 그렇다면 공사판을 떠도는 김종구의 지금 삶은 필연적인 것이리라. 삶의 비밀을 엿본 자에게 붙박이 삶이 가능하기나 할 것인가.(49면)

> 그의 말은 고해투의 어조나 자기 변론의 투와는 정반대의 느낌을 준다. 그는 어떤 일이고 다 자신이 개입했고 통합했으며 조종하고 있다는 어투로 말하고 있다.
> 그런 자한테 해서는 안 될 별말이 있을 리가 없다. 별말을 하더라도 이미 조절이 끝난 뒤다.(57면)

작가는 그것을 현실 그대로라고 믿기를 강요하지 않는다. 때로는 그것이 자신의 막막함과 새로움에 대한 희구 때문에 생긴 자기 최면에 의한 것일 수도 있음을 인정하기도 한다. 그리고 그것이 사실일 것이다. 그렇다면, 김종구는 하나의 은유일 뿐이다. 그리고 그의 '갈빗대'인 '황녀'도 김종구의 또 다른 은유일 뿐이다. 우리는 이 대목에서 아주 중요한 작가의 진술을 만난다.

> 나와 아주 다른 존재가 되고 싶다는 그 욕망 말고 다른 것으로 해명할 수 있는 진실이 세상에 어디 있단 말인가.(54면)

그 은유에 숨겨진 의미는 "나와 아주 다른 존재"이고, 그 은유를 가능하게 하는 것은 그런 "아주 다른 존재"가 되고 싶다는 욕망이다. 그리고 그것만이 '진실'인 것이다. 여기서 우리는 「숨은 꽃」의 '숨겨진'

의미를 찾을 수 있는 중요한 단서를 얻는다. 이 소설의 끝에서 우리는 양귀자가 작품 전체를 통해서 말하고 싶어했던 하나의 이름, 작가에 의해 발설된 하나의 이름을 발견한다. 그리고 그것은 작가가 욕망하는 다른 존재의 이름이기도 하다. 그 이름은 '거인'이다.

> 나는 아마도 한 거인을 그리려고 덤빌지도 모르겠다. 와해된 세계의 폐허 어딘가에 숨어 사는 거인, 결코 세상에 출몰하지 않는 거인의 초상, 그리고 숨어 있는 꽃들의 꽃말 찾기.
> 그러다 보면 언젠가는 이 세상살이가 돌아가는 이치의 끝자락이나마 만져 볼 수 있을지 모른다.(85면)

우리는 아주 손쉽게 '거인'이라는 이름을 발견할 수 있었다. 지나치게 작가가 친절했기 때문이다. 작가가 그 '거인'이라는 이름을 말할 수밖에 없었던 것은 작가의 조급함 때문이리라. 그러나 이 '거인'의 발견만으로 우리들의 여행은 끝날 수가 없다. 왜냐하면, 우리가 발견한 것은 여전히 하나의 은유에 불과한 것이기 때문이다. 작가가 던져 놓은 거인의 편린들로부터 우리는 최소한이나마 거인의 초상을 재구성해 내지 않으면 안 되고 이제는 그 초상의 현실성을 문제삼지 않으면 안 되는 것이다. 그것은 단지 양귀자라는 작가의 문제는 아니다. 양귀자가 근본적으로 던지고 있는 질문이 '소설 쓰기'의 문제라고 한다면, 우리가 찾아야 하는 것은 그 질문에 대한 대답이고, 그리고 그 대답이 올바른가를 우리는 면밀하게 검토하지 않으면 안 되기 때문이다. 뿐만 아니라, 우리는 그 속에서 우리 시대의 삶의 방식을 보아내어야 하기 때문이다. 이제 우리는 귀신사의 보수 공사로 인해 흙더미 속에 묻혀 버린 이름 모를 가을꽃의 꽃말이 아니라 「숨은 꽃」의 숨겨진 의미를 찾아야만 한다.

3. 타인을 통한 자기 고백과 작가의 맨 얼굴 드러내기의 만남

다시 작품으로 되돌아가기로 하자. 「숨은 꽃」의 숨겨진 의미를 찾아내기 위해서 첫 번째로 할 일은 '거인이 엿본 삶의 비밀이란 무엇인가?'라는 질문에 대한 양귀자의 답변을 찾아내는 일이다. 하지만 작가는 작품 어디서도 그 해답을 드러내 보이지 않는다. 다만 그것이 어떤 알 수 없는 '운명적인 것'이라는 답변만을 들을 수밖에 없다. 이 '운명적인 것'은 거인의 존재의 비밀이자 삶의 원리이기도 하다. 그가 삶 속에서 발견하는 것들은 이 알 수 없는 어떤 힘이다. 그는 도처에서 이 운명적인 힘을 만나고 그것에 수동적으로 따라가기도 하며, 그것으로 인해 존재의 무력감을 맛보기도 한다. 존재의 무력감은 그 힘이 어떤 것인지를 모르는 데서 온다. 그리고 그것은 그것이 무엇인지를 아는 한에서만 그로부터 자유로울 수 있는 그 무엇이다. 뜸부기 시인이 불행할 수밖에 없는 것이나, ("성장을 한 여자와 남자가 포크와 나이프를 들고 시인의 뜸부기를 먹어치울 때 시인은 홀로, 아무도 없이 그저 자기 홀로, 뜸북뜸북 뜸부기의 노래를 듣는다. 시인의 뜸부기는, 아니 뜸부기 시인은 아침 저녁으로 뜸북뜸북 노래를 한다. ……그리고 나는 전율한다. 이 전율은 시인을 향한 절망에서 발생하는 것이 결코 아니다. 나는 **이 거대한 모순의 슬프고도 기묘한 조화가 주는 경이** 때문에 전율하는 것이다." 23면. 강조는 인용자), 의사(醫師) 소설가가 산을 찾을 수밖에 없는 것("삐뚤비뚤 듬성듬성 지나가 버린, 자신이 남긴 환부의 실 자국을 보면 등에 식은땀이 난다고 했다. **드러나지 않는 이 힘, 그러나 분명히 작용하고 있는 이 힘**이 보여주고자 하는 뜻은 무엇인가. 그런 날에는 산에 가지 않고는 도저히 배길 수 없다는 것이 그의 고백이었다." 84면. 강조는 인용자)도 그 힘으로부터 자유롭지 못하기 때문이다. 거인이 자유로울 수 있는 것은 바로 그 힘이 무엇인가를 알고 있기 때문이다. 「숨은 꽃」 전체는 이 힘에 의해 지배되어 있다. "방을 달라는 내 말에 한 점의 의혹도 없이 앞장을 서는 여관 아주머니의 뒷모습"도 마치 "운명의 신호"(28면)로 받아들여지고, 돌아오는 길, 불과 간발의 차이로 갈라지는 좌석과 입석의 구분에서, 그는 운명의 알 수 없는 힘을 느끼기도 한다.

> 언제 어느 순간 내 앞에 선이 그어져 버릴지 아무도 모른다. 우 연희 행운이 왔다면 불행도 똑같은 모습으로 올 것이다. 우리는 선택할 수 없고, 마찬가지로 우리는 거부할 수도 없다. 어떤 것도 불확실하며, 어떤 것도 전혀 보장받을 수 없는 것이다.(76면)

그리고 그 운명의 '언어'야말로 양귀자가 그토록 알고 싶어하는 숨은 꽃의 꽃말인 것이다. 그 꽃말을 알아내는 것, 삶의 비밀을 엿보는 것만이 무력감에서 벗어나 자유로울 수 있는 단 하나의 방식인 것이다. 그렇다면, 「숨은 꽃」은 "꿈에서조차 삶의 다른 방식을 생각해 보지 못하는" 위인인 작가와 '운명', 삶의 비밀을 알고 있는 거인과의 만남이고, 그리고 '거인 되기를 꿈꾸기', '자유로의 비상의 욕망' 자체이다. 그리고 그것은 아직은 작가에게는 출발점에 불과하다. 양귀자가 「숨은 꽃」의 문장을 끝맺을 수 있었던 것은 출발점을 확인했기 때문이다. 우리는 양귀자가 그려 놓은 지도를 따라 이제 새로운 소설의 출발점에 선 것이다.

작가가 이제 출발점을 확인한 것이었다면, 「숨은 꽃」이 '타인을 통한 자기고백과 작가의 맨얼굴 드러내기의 만남'일 수밖에 없음이 확연해진다. 그리고 작가가 단편이란 '기도 같은 것'이거나 '고백 같은 것'이라고 말했던 것의 의미도 분명해진다. 기도가 언제나 '어떤 것에 대한 갈구'일 수밖에 없으며, 고백이라는 것이 자신의 갈구를 드러내는 것일 수밖에 없는 것이기 때문이다. 그렇다면, 「숨은 꽃」이야말로 그가 말하는 '단편'에 가장 적합한 소설이라고 할 수 있다. 앞에서 액자와 그림의 비유가 제한성을 갖는다고 말한 이유도, 그리고 어느 비평가가 김종구라는 인물의 삶의 내용에 작품의 중심이 놓여 있지 않다고 한 이유도 여기에 있다(진형준, 「'숨은 꽃'을 쓴 양귀자의 '숨은 얼굴'」, 『문학사상』, 1992. 9).

4. 인간의 역사적 존재성을 무화시킨 '꿈꾸기'

그러나 양귀자의 '꿈꾸기'는 아무래도 불안하다. 양귀자가 그리고자 하는 거인의 초상이 어느 정도 현실적인 의미를 갖고 있는 것인가가 의심스럽기 때문이다. 이를 작가의 '타자를 통한 자기고백과 작가의 맨얼굴 드러내기의 만남'이라는 「숨은 꽃」의 서술방식과 관련하여 살펴보자.

'자기고백'이라는 것이 진실성을 획득하기 위해서는 작가가 고백하고 있는 내용이 지니는 문제 의식과 그 해결의 방식이 현실적이어야만 하며, 또한 고백이 솔직한 것이어야만 함이 요구된다. 그 문제 의식의 현실성이야 우리가 검증할 수 있는 것이겠지만, 그 솔직함은 검증의 대상이 될 수 없다. 그것은 타인이 알 수 있는 영역을 벗어나기 때문이다. 그런 면에서 자기 고백은 언제나 소설의 진실성의 알리바이로 작용할 수 있다. 그것은 내가 그런 일을 경험했음만이 아니라, 내가 그것을 '그렇게' 경험했음을 말하는 것이다.

다른 사람이 아닌 '내'가 바로 '그렇게' 경험한 것이기 때문에 타인은 그 경험의 내용에 접근할 수 없다. 이점이 자기 고백이라는 소설의 방식이 가질 수 있는 가능성이자 한계인 것이다. 더욱이 「숨은 꽃」의 경우는 김종구와의 만남을 둘러싸고 있는 작가의 '맨얼굴'이 김종구와의 만남을 규정하고 있기 때문에 더욱 그러하다. 자기 고백이라는 진술방식을 갖는 설득력은 때로는 그 설득력으로 인해 그 문제 의식과 해결의 방식의 현실성을 아주 자연스럽게 강제할 수 있기 때문이다.

현실의 문제에 부딪힌 작가의 '솔직한' 자기 고백이 현실을 주관적으로 과장하거나 왜곡하지 않음은 작가로서는 대단한 미덕일 수 있다. "자기 몸체만큼의 능력과 깨달음의 무게만을 객관현실에 과감히, 그러나 정직하게 내던지는 것"은 최근에 나오는 자기 고백 소설들이 "묘사 대상에 대한 통어적 형상화"의 능력이 없어 자의식을 과장하고 현실을 비약시키는 것에 비해본다면 그것은 틀림없는 사실이다(이성욱, 「'참을 수 없는' 최근 소설들의 '가벼움'」,『실천문학』, 1992 가을, 161면 참조).

하지만 그러한 미덕이 작품이 지니고 있는 결정적인 위험성을 덮어버릴 수도 있는 것이다. 우리 시대의 작품이 지녀야 할 미덕은 작가의 정직성이기도 하지만 더욱 중요한 것은 그것이 어디로 향하고 있는가 하는 것이기 때문이다. 양귀자가 찾아낸 출발점이 우리의 출발점이 되어 거기서부터 우리가 출발할 수 있기 위해서는, 작가가 고백하고 있는 문제와 그 해결 방식의 현실성을 문제삼지 않을 수 없는 것이 우리의 현실이기 때문이다.

작가가 그려낸 '거인'의 편린이, 삶의 비밀을 엿보았기 때문에 붙박이 삶이 불가능한 것으로, 그리고 와해된 세상에 숨어살며, 결코 세상에 출몰하지 않는 것으로 나타나고 있음의 의미를 우리는 파악해 내지 않으면 안 된다. 세상에 매여 있고, 세상에 흡입되어 부서져버림을 느끼면서도 그로부터 벗어나는 것이 불가능하다고 느끼는 작가가(21면), 그리고 그 꿈꾸기의 핵심이 삶의 비밀을 알아냄으로써 거인이 되는 것이라고 한다면, 그리고 그 거인 앞에서 자신의 모든 역사적인 존재성이 무화되는 것이라고 한다면, 그 꿈꾸기, 현실 초월의 욕망, 한없는 자유로의 비상의 욕망은 어느 정도의 현실성을 지닐 수 있는 것일까.

작가는 자신을 '미로'에 빠뜨린 것이 세상의 변화라고 하지만, 그 변화라는 것이 세상의 본질적인 변화가 아니라고 한다면, 아니 최소한 80년대 전체와 구분될 수 있는 변화가 아니라고 한다면, 그 '변화'로부터 출발한 작가의 '미로에서의 출구 찾기'는 현실적으로 불가능할 것이고, 작가가 찾은 '출구'도 진짜 출구는 아닐 것이다.

현실의 본질적인 측면이 놓쳐지고 비본질적인 변화가 본질적인 변화처럼 인식될 때, 그 작가에게 현실이라는 것은 알 수 없는 어떤 힘, '운명의 힘'이 작용하는 혼돈된 현실일 뿐이다. 그리고 그 힘은 현실 자체의 힘이 아니라 현실을 지배하는 힘이다.

바로 우리가 「숨은 꽃」에서 발견해내어야 할 '숨겨진' 의미, 그 초월에의 욕망이란, 개개인의 주관적인 행위와는 무관하게, 아니 개인들이 지니고 있는 모든 이상과 꿈과 욕망에 바탕한 개별적인 행위로서 존재하는 세계의 본질, 객관적인 힘을 이제까지의 인간의 역사적 존재성을 무화시키는 어떤 신비스러운 것으로 인식하는 것이고, 그것은 소시민적 욕망의 뒤집혀진 형태에 불과할 뿐이라면, 바로 그 점에서만은 그것은 『원미동 사람들』에서 한 걸음도 더 나아가지 못한 것이다.

5. 은유로서의 소설 쓰기와 리얼리즘

이제 우리는 처음에 우리가 제기한 문제, 현실과 리얼리즘의 문제로 되돌아 갈 필요가 있다. 최근의 젊은 소설가들의 장편을 이야기하는 자리에서, 그들에게 있어서 중요한 것은 그들의 위기 극복의 방식이 새로운 현실의 인식과 맞물려 있다고 말한 바 있다.

그들은 80년대를 20대로 살아간 사람들이었고, 그들은 이른바 시대의 '위기'를 새로운 의미의 '현실'의 적극적인 인식으로 뚫고 나가고자 하였다. 그러한 현실은 더 이상 기존의 현실은 아니었다. 인식의 주체와 객체간의 구분이 사라진 양상, 이미지와 실재가 더 이상 분리되지 않고 하나가 되는, 리얼리즘과 비리얼리즘이 구분이 되지 않는 소설의 세계, 그들이 추구했던 것은 그러한 세계의 '현실'이었다고 할 수 있다. 소설의 존재근거, 그리고 삶의 존재 근거가 달라지는 마당에 그들에게 리얼리즘의 잣대를 들이댄다는 것은 무의미한 일이다.

그렇다면 필요한 것은 바로 그 존재 근거 자체를 둘러싼 싸움일 것이다. 그렇다. 그것은 화해할 수 없는 싸움이 될 것이다. 그 싸움은 '포스트' 증후군에 대한 싸움이겠지만, 그렇다고 해서, 그 온갖 '포스트'들이 '박래품'임을 논하는 것으로 싸움이 대치될 수는 없다. 어디 감히 본래의 '포스트'가 있을 것인가. 그렇다고 진정성의 문제일 수도 없는 것이다. '포스트'가 자신의 진정함을 역설한다면, 그 진정함이야말로 진짜 반'포스트'적인 것일 수도 있는 것이다. 이 싸움의 전장은 무엇보다도 소설 그 자체이다. 평론가가 할 수 있는 일이란, 이 소설의 싸움을 명확한 형식으로 드러내주는 일일 것이다. 평론가의 글쓰기는 우선 작가에게 향하는 것이 아니라 독자에게 향하는 것이기 때문이다.

그런 점에서 본다면, 양귀자의 「숨은 꽃」은 무엇일까. 「숨은 꽃」에 대해서도 리얼리즘의 잣대를 갖다댄다는 것은 무의미하다. 「숨은 꽃」조차도, 리얼리즘의 문제를 넘어서는, 아니 리얼리즘의 문제 이전에 있는 것이기 때문이다. 소설 그 자체가 하나의 거대한 은유인 것, 그것이 「숨은 꽃」이 아닐까. 은유에 대해 리얼리즘을 논할 수는 없는 것이다. 「숨은 꽃」이 문제가 될 수 있는 것이라면, 잠시 우리들의 눈앞에서 사라졌던, 그것이 '은유로서의 소설 쓰기' 회복이기 때문이다.

하지만 「숨은 꽃」 자체는 이 '은유로서의 소설 쓰기'가 얼마나 어려운 것인가를 보여준다. 「숨은 꽃」이 우리에게 감동적으로 다가올 수 있다면, 그것은 「숨은 꽃」이 세계에 대한 인식의 불가능성과 주관화된 영역 내에서만 존재하는 세계 사이에서의 대립이면서 동시에, 그 두 가지 세계로부터 작가가 끊임없이 그로부터 멀어져 객관적으로 존재하는 세계에 다다르려 하는 모순된 노력이기 때문이다.

그렇기 때문에 작가는 거대한 은유로서의 소설을 쓰면서도 그것을 자기고백이라는 방식을 통해 독자로 하여금 그것의 진실성을 진리성으로 믿게 하려 하는 것이다. 그런 점에서 작가의 의식이 지니는 모순이 곧바로 작품의 모순이 되고 있다고 할 수 있다. 작가가 그 대립되는 양 끝 가운데서 어느 쪽으로 끌려가게 될 것인지는 아직 알 수 없다. 그런 점에서 「숨은 꽃」은 '은유로서의 소설 쓰기'의. 회복이기는 하지만, 어떤 면에 있어서는 '은유로서의 소설 쓰기'의 종언을 보여주기도 한다. 은유는 어디까지나 은유일 뿐이다.

은유는 현실의 '숨은 본질'을 섬광과 같이 보여줄 수 있지만, 그 섬광은 잠깐 세계를 비추고는 사라지는 것이다. 우리가 은유보다는 현실의 뒤지기를 원하는 것은 우리에게 섬광도 필요하지만 더욱 필요한 것은 한줌의 불씨이기 때문이다. 그리고 바로 그 때문에 우리에게 리얼리즘이 필요한 것이다. 그 리얼리즘이 무엇인가를 대답하는 것은 지금으로서는 불필요하며, 위험하기조차 하다. 80년대의 모든 글쓰기가 가졌던 한계를 고스란히 반복할 위험이 있기 때문이다. 다만 우리에게 필요한 것은 '현실의 위기'와 '소설의 위기'를 극복하기 위한 수많은, 그리고 그 수만큼이나 다양한 노력들을 갈라보고, 그 의미를 확인하는 일이다. 그리고 그 속에 존재하는 새로운 문학을 위한 불씨를 발견하고, 그 불씨를 키우는 일일 것이다.

'보이지 않는 적'과의 싸움을 위하여

●공지영론

　　우리의 적은 늠름하지 않다/우리의 적은 카크 다글라스나 리챠드 위드마크 모양으로 사나웁지도 않다/그들은 조금도 사나운 악한이 아니다/그들은 선량하기까지도 하다/그들은 민주주의자들을 가장하고/자기들이 양민이라고도 하고/자기들이 선량이라고도 하고/자기들이 회사원이라고도 하고/전차를 타고 자동차를 타고/요리집엘 들어가고/술을 마시고 웃고 잡담하고/동정하고 진지한 얼굴을 하고/바쁘다고 서두르면서 일도 하고/원고도 쓰고 치부도 하며/시골에도 있고 해변가에도 있고/서울에도 있고 산보도 하고/영화관에도 가고/애교도 있다/그들은 말하자면 우리들의 곁에 있다
　　우리들의 전선은 눈에 보이지 않는다/그것이 우리들의 싸움을 어려운 것으로 만든다/우리들의 전선은 당게르크도 놀만디도 연희고지도 아니다/우리들의 전선은 지도책 속에는 없다/그것은 우리들의 집안 안인 경우도 있고/우리들의 직장인 경우도 있고/우리들의 직장인 경우도 있고/우리들의 동리인 경우도 있지만……/보이지는 않는다
　　　　　　　　　　— 김수영, 「하…… 그림자가 없다」 1, 2연.

1

한 작가의 소설 세계로 들어가는 길은 여러 가지일 것이다. 본래 소설이라는 것이(물론 소설만이 아니라 문학 일반, 더 나아가 예술 전체가 그러한 것이겠지만) 인간의 삶을 대상으로 하고 있는 것이고, 그 세계에는 논리의 성긴 그물로 미처 다 건어올리지 못하는 다양하고 섬세한 삶의 결들이 있어, 그물의 종류와 성긴 정도에 따라 소설의 각기 다른 부분을 건어올리게 되기 때문이겠지만, 또 한편으로는 작가의 소설세계가 그 자체로 완전하고 내적인 모순이 없는 완결된 세계가 아니라 그 또한 내적으로 각기 다른 논리가 충돌하고 있기 때문일 수도 있다. 더욱이 끊임없이 새로운 것을 찾아나가고, 어제의 것을 오늘 낡을 것으로 만드는 자본주의 사회에서, 모든 단단한 것을 녹여버리는 자본주의 사회에서 완결된 세계를 형성하려는 작가의 노력은 어쩌면 곧바로 패배할 수밖에 없는 것인지도 모른다. 그러나 이 내적인 모순이 곧 부정적인 것은 아니다. 왜냐하면 그것은 한 작가의 작품 세계를 변화하게 하는 힘이 될 수도 있기 때문이다. 물론 이는 작가 스스로 자기 소설 세계의 모순을 인식하는 한에서이며, 그리고 그 모순을 극복하기 위해 노력하는 한에서이다. 그렇지 못하다고 한다면, 즉 겉으로 부정하는 논리를 자신도 모르게 안으로 다시 끌어들이거나, 혹은 스스로 말하고자 하는 것과는 다른 것을 실상 말하고 있다면, 그 작가의 작품 세계는 끝내 변화하지 못하고 말 것이다. 그가 비록 다른 주제, 다른 삶의 영역을 다룬다고 하더라도 말이다. 물론 스스로 의식을 했다고 해서 곧바로 그로부터 벗어날 수 있는 것도 아니다. 그 모순을 극복하지 못하고 더 이상 작품을 쓰지 못할 수도 있으며, 혹은 자기 기만 속에서 지루하게 동일한 것을 반복할 수도 있을 것이다. 그렇다면 한 작가의 작품 세계로 들어가는 길 가운데 하나는 바로 이 내적인 모순이 어떠한 것인가를 짚어보는 길일 것이다. 이 글은 이러한 길을 따라 공지영의 세계로 들어가 보기로 한다. 굳이 이 길을 택하는 이유는 그의 소설을 읽으면서 느꼈던 무언가 석연치 않았던 점이 있기 때문이고, 이 석연치 않은 무엇이야말로 공지영의 작품 세계의 핵심, 그가 독자들에게 많이 읽히는 부분이면서 동시에, 그의 작품 세계를 제한하고 있는 부분일 수도 있을 것이라고 느껴지기 때문이다.

2

　공지영이 근래에 발표한 소설에 「인간에 대한 예의」라는 단편이 있다. 「꿈」과 더불어 공지영의 대표적 단편이라고 할 수 있는 작품이다. 여성 화자인 나는 변혁운동을 지향하는 모임에 가담한 적이 있다. 그러나 곧 그 모임으로부터 도망쳐 나와 지금은 여성지에서, 매달의 화제가 되는 책을 선정, 저자를 인터뷰하고 책의 내용을 소개하는 기사를 담당하고 있다. 본래 선정되어 있던 저자는 장기수로 복역하다 최근 출소한 권오규 선생이었다. 그런데 데스크의 요구로 명상가이자 화가인 이민자로 바뀐다. 흔히 예상할 수 있는 의식 있는 기자와 편집 데스크간의 갈등, 그리고 기자의 승리, 혹은 처절한 패배, 이런 방향으로 공지영은 길을 잡지 않는다. 오히려 갈등은 '나'의 내부에 있다. 1980년대에 고꾸라져 버린 여러 동료들의 얼굴이, 혼자만 살아왔다는 죄책감 속에 되살아나기도 하지만, 또 한편으로는 구원의 길이 하나이겠냐는 말이 입에서 흘러나오기도 한다. 자신이 한때 사랑했고, 자신이 도망쳐 나왔을 때는 죄책감을 느끼지 말라고 위로했던 선배가, 자신이 몽땅 넘겨준 월급 봉투 속에서 만 원짜리 몇 장만을 빼내갔던 선배가,

이제는 결혼 청첩장을 들고, 자신이 부정했던 세상 속에서 좋아진 얼굴로 나타나기도 한다. '나'는 우리에게 80년대가 무엇이었는가를 묻고, 80년대는 잊혀져도 좋은 것인가를 묻는다. 그리고 자신이 80년대의 아들딸이었음을, "어떠한 상황이라 하더라도 옳으면 승리한다는, 아아, 너무도 단순했지만 너무도 굳게, 결국은 정의가 승리한다는 믿음을 먹고 자란 사람들이었"음을, "누군가 작은 정의를 위해 싸우고 나면 뒤에 오는 이들은 좀더 큰 정의를 위해 싸울 수 있다는 신념, 우리들의 희생은 결코 헛되지 않을 것이라는 신념을 배웠던 사람들이었"음을 되새기고, 권오규의 기사를 싣기로 결정한다. 그것이 시대와 역사, 그리고 인간에 대해 예의를 지킨 사람, 권오규뿐만 아니라 80년대를 몸바쳐 살아갔던 사람들에 대한 나의 '예의'라는 것이다.

이 소설에는 공지영이라는 작가의 작품 세계의 한 부분, 그것도 가장 중요한 부분이 압축되어 있다. 한마디로 말한다면 '80년대의 의미 묻기'일 것이다. 그러나 중요한 것은 이 소설 속의 80년대, 작가 공지영이 말하는 80년대라는 것은 이미 지나가 버린 먼 아득한 기억 속의 과거일 뿐이라는 사실이다. 현재라는 시점에서 '나'라는 인물의 회상으로 처리되는 방식 때문이라던가, 아니면 초점이 현재의 나의 갈등에 맞추어져 있기 때문이라던가, 혹은 단편이라는 양식이 갖는 한계라던가 하는 것으로 이해될 수 있는 문제가 아니라, 이미 한 평론가에 의해서 지적된 바와 같이 공지영의 소설이 지니고 있는 시간성에 관계된 것이다(류보선, 「전망과 동경 사이, 혹은 아름다운 삶에의 지향—공지영론」, 『오늘의소설』, 1993년 하반기). 소설 속에 나타나는 어떠한 인물에 대해서도 작가는 그들이 보이는 간극만을 보여줄 뿐이지, 그 간극이 무엇 때문인지를 묻지 않는다. 이미 대답이 주어져 있기 때문인지도 모른다. 90년대와 80년대 사이에는 도저히 넘을 수 없는 깊은 틈이 있으며, 그 틈이 모든 것을 설명해준다. 세상은 이미 달라져 버렸고, 그런 달라진 세상에서 내가 갖고 있는 것은 80년대의 기억과 그에 대한 부채의식일 뿐이다. 그런 90년대에 기껏해야 내가 할 수 있는 일이라고는 죽어버린 옛 애인의 무덤을 찾아와 그에 대한 사랑을 회상해 보고 꽃을 바치는 일이다. 그것은 죽어버린 옛 사랑에 대한 예의일 수는 있지만 그것이 어떤 의미를 지닐 것인가. 그가 열무싹 같은 희망을 버리지 않고 있으며, 그 희망에 작은 거름 주기를 한다고 하더라도, 그리고 그 희망에 몸을 내맡긴다고 하더라도, 그가 세상의 변화를 불가항력적인 것으로 보고, 어쩔 수 없는 것이라고 해버린다면, 그러한 허무 속에서는 그 희망은 싹을 틔우지 못할 것이다.

그러나 그런 희망을 인정한다고 하더라도, 그리고 그 희망의 바탕이 되는 동시대 사람들에 대한 애정을 받아들인다고 하더라도, 우리는 다시 그 희망이란 무엇인가를 물어야 한다. 공지영은 동시대 사람들의 삶을 뒤틀려버린 삶이라고 보고 있는지도 모른다. 부채 의식에 시달리는 자신이나, 아니면 버젓이 ‘새로운’ 세상에서 잘 살아가고 있는 선배조차 그에게는 시대가 뒤틀어 놓은 삶인 것이다. 뒤틀려 있음은 뒤틀려 있지 않음을 전제로 하는 것이다. 하지만 그 뒤틀려 있지 않다는 것은 또 무엇을 의미하는가. 뒤틀려 있지 않은 삶에 대한 희망이란 무엇인가. 우리는 이 소설의 처음으로 되돌아갈 필요가 있다. 소설의 초두에 갈등이 있었고, 그 갈등은 이민자라는 명상가이자 화가와 비밀조직을 결성하기도 전에 붙잡혀 무기형을 받았던 장기수 사이에 놓인 것이었다. 화자인 ‘나’는 역사 속에서 살았던 권오규를 선택함으로써 개인의 구원을 향해 나아갔던 이민자를 ‘버렸던’ 것인가. 문제는 버리지 못했다는 데 있지는 않을까. 여전히 나의 속에는 이민자로 향하는 욕망이 내재해 있다면, 나는 언제든지 그 욕망에 몸을 맡길 수 있고, 그래서 나는 끊임없이 멀고 아득한 과거, 고통스러웠지만 그러나 그렇기 때문에 아름다웠던 80년대를 떠올려야 하고, 그 80년대의 광휘 속에서 결단을 해야 할지도 모른다. 뿐만 아니라 그 욕망을 더 이상 묻지 않고 덮어둠으로써, 80년대의 '나'와 지금의 나를, 한 조직의 핵심이었던 선배와 지금 청첩장을 들고 나타난 선배를, 그리고 80년대와 '새로운' 시대를 연결해주는 맥을 끊고 있는 것이다. 내가 모임을 이탈한 것도, 선배가 변한 것도 어쩌면 모두 이 '자유'로움을 향한 욕망에 근거하고 있는 것인지도 모르기 때문이다.

③

최근에 발표된 장편 『고등어』에서도 이와 같은 양상은 마찬가지로 되풀이될 뿐만 아니라 오히려 확대된다. 어떤 면에서 이 소설은 자신이 「후기」에서 말하고 있듯이 공지영이 자신의 80년대를 정리하는 소설이기도 하다. 한 때 넉넉한 바다를 헤엄쳤지만, 지금은 소금에 절여 누워있는 고등어들, 90년대에 패배를 자인하고 있는 사람들에게 80년대의 기억을 되돌려주려는 소설이다. 그 80년대의 기억은 한 때 투사였지만, 지금은 소설적 재능으로 남의 자서전이나 써주는 인물인 명우 앞에, 7년만에 나타난, 명우에게 버림받고 지금은 남의 아내가 되어 있지만, 여전히 명우를 사랑하고 있는 은림이라는 인물을 통해서 되살려지고 있다.

그런 80년대에 대한 기억이라는 것은 이전의 소설에서 이미 여러 번 다루어진 것이기 때문이다. 「인간에 대한 예의」나 「꿈」, 그리고 그 이전의 「무엇을 할 것인가」에서 대상화되었던 '변절자'가 이제 화자로 나서고 있기 때문이다. 명우에게 은림은 80년대의 기억임과 동시에, 자신이 버렸던, 그러나 사랑한 연인이다. 그 80년대의 기억 속에서, 그는 은림에 대한 사랑을 재확인한다. 이 기억이 여전히 이전의 소설과 마찬가지로 현실적인 역사가 아니라, 먼 과거의 기억임은 말할 나위도 없다. 은림에게조차 80년대는 현재 아무런 의미도 갖고 있지 않다. 다만 다른 점은 은림은 80년대를 살아왔던 방식으로 여전히 살아가고자 할 뿐이며, '패배했지만'의 절망의 냄새를 보이고 있지 않다는 점이다. 패배한 현실에 대한 과장된 절망이 현재의 자신을 합리화하는 한 방식일 수도 있다면, 그리고 그 바탕에 자신과 자신의 삶과 자신의 미래에 대한 무책임이 깔려 있는 것이라면, 이러한 은림의 설정은, 그 인물의 현실성을 차치하고서라도 의미가 있을 것이다.

그러나 문제는 다른 데 있다. 먼저 은림이 그야말로 자반 고등어가 되어 있는 명우에게 80년대의 등 푸른 고등어의 기억일 수 있기 위해서는, 그리고 그 80년대가 은림에 대한 사랑을 재확인함으로써 되찾을 수 있기 위해서는, 그것은 그 이전에 은림에 대한 사랑과 80년대가 동일한 것이어야만 한다. 그러나 두 가지가 같은 시기라는 점 이외에 이 둘을 묶어주는 어떤 것이 존재할까. 명우가 지금 갖고 있는 여경에 대한 사랑이 명우의 자각처럼 은림에 대한 기억이라면, 은림과 여경을 묶어주는 것은 또 무엇일까. 그것은 80년대와 90년대를 묶어주는 끈이기도 할 터인데, 그 끈이 단지 용모의 유사함이 아니라면, 그것은 그들의 생활 방식일 것이다. 그리고 그 생활 방식은 현실 속에서의 자신의 삶에 대한 충실성과 꿋꿋함일 터이다. 그러나 이렇게 놓고 보면, 문제의 80년대는 단지 삶에 대한 충실성, 혹은 은림이 말하는 '인간에 대한 신뢰'로 환원되고 만다. 지금은 잃어버린 기억, 되살려야만 하는 80년대가 삶의 방식과 구체적인 양상이 아닌 삶에 대한 태도라면, 그것은 두 시기의 역사적 차이를 단지 태도의 많고 적음으로 계량화하는 것에 불과하다. 이제 상황은 그 시대를 살아가는 인간의 주체적인 노력이 없이 절대적인 것으로 고정되고, 80년대와 90년대의 아들, 딸들은 각기 이미 주어져버린 시대에 규정 당할 수밖에 없게 된다. 대표적인 당찬 '신세대인' 명우의 동생 명희를 대하는 작가의 태도에서 우리는 위의 추론이 그리 잘못된 것이 아님을 알 수 있다. 강물의 아름다움을 아름답다고 말해서는 안 되는 시대였던 80년대가 아니라, 이제는 그렇게 말해도 되는 시대의 아이. 풍부한 가능성을 갖고 있는 아이. 이해가 되지는 않지만, 무엇인가 새로움을, 그것도 긍정적인 의미를 지니고 있는 새로움을 간직하고 있는 인물로 명희는 그려진다. 그 간극은 너무나 크고, 그 두 세대의 사이에서 그 두 세대를 함께 책임지는 어떤 인물도 등장하지 않는다.

이처럼 80년대, 90년대라는 시대가 고정이 되면서, 또 한편으로 사랑이 절대화된다. 남편 건섭에 대한 책임을 충실히 이행하고 있는 은림에게도, 그리고 미안하다는 말 한마디를 못해 고통받고 있었던 명우에게도, 서로에 대한 사랑은 절대적인 것이다. 죽음을 앞에 둔 은림과 그를 바라보아야만 하는 명우의 사랑은 숭고하게끔 느껴지기도 한다. 명우가 은림에게 느끼는 안타까움은 사랑했음에도 불구하고 무책임했던 자신이 남겨준 상처 때문이다. 그러나 그 상처를 아물리기 위해 은림에게 돌아가는 데는 또 다른 상처를 필요로 한다. 현재의 연인인 여경과 예전의 아내인 노동자 출신의 연숙에게 남겨지는 상처이다. 그러나 작가는 이 상처에 대해서는 아무런 언급도 하지 않는다. 특히 연숙에게는 그러하다. 작가의 말대로 은림을 버린 것이 80년대라는 시대의 이름으로 그리고 운동이라는 이름으로 행해진 것이었다면, 연숙과의 결혼은 또한 역시 80년대와 운동이라는 이름으로 행해진 것이 아니었던가. 은림에게 소중한 기억이고 버릴 수 없는 것이었던 80년대가, 연숙에게는 어찌 그렇지 않은 것인가. 모두가 80년대의 상처라면, 그 모두를 보듬어 안는 것이어야 하지 않는가. 그렇지 못한 것이었을 때, 은림에 대한 사랑은 절대화되어 버리고, 역사를 뛰어넘는 것이 되어버리고 만다.

4

　공지영은 『고등어』로 80년대를 마감하고자 하는 듯하다. 은림은 죽어버리고, 명우는 그 은림에게로 되돌아간다. 여경은 자신의 삶을 살아갈 것이고, 명희도 그러할 것이다. "80년대는 80년대로 하여금 장사지내게 하자. 그리고 새로운 가능성을 가진 90년대의 아이들은 80년대를 떠나서 자신의 삶을 살도록 하자." 공지영은 이렇게 말하는 듯하다. 은림과 명우의 가슴에 80년대를 묻고 그는 이제 새로운 삶의 영역으로 떠나보고자 한다.

　그러나 공지영은 과연 새로운 삶의 영역을 찾을 수 있을 것인가. 지금으로서는 그리 희망적이지 못하다. 이미 앞에서 지적했던 것처럼 그가 이민자를 향하는 자신의 욕망에 거리를 두지 못하고 덮어버리기 때문이고, 그에 못지 않은 강도로 사랑을 절대화하기 때문이다. 이 두 가지 모두 80년대를 90년대와는 단절된 어떤 시기, 그야말로 고통스러웠으나 아름다운 시기로 만들고 있는 것과 연관되어 있다. 어느 것이 우선하는 것일까. 이상과 현실과의 순간적인 일치를 바라본 이후 그 빛에 눈멀어 80년대를 이상화하고 그 이상화된 과거에 끊임없이 비참한 현실을 대조하는 데서 오는 낭만화, 그 아름다움에 대한 동경에서 오는 감상성이 우선한다고 할 수 있을 것이다. 그러나 매우 조심스럽게 말하건대 공지영 개인적인 면에서 본다면, 오히려 전자가 우선하는 것이 아닐까. 태어나면서부터 길들여진 자본주의 사회 내에서 욕망하는 방식, 그 방식 자체에 대해 칼날을 들이대지 못해서는 아닐까. 이민자식의 자유로움에 대한 열망이나 『고등어』에서의 사랑의 절대화는 그것이 비록 반자본주의적인 모습을 띄고 있다고 할지라도, 그리고 그렇기 때문에 현실에 대해 일정하게 비판적인 힘을 갖고 있다고 할지라도,

그 자체로는 여전히 자본주의적인 것이다. 명상을 통한 자유로움은 그러므로 단순히 권오규의 삶의 방식과의 사이에서 선택되지 않은 것이 아니라, 그 자체로 분석되어 파기되어야 할 것이다. 그리고 마찬가지로 그에 대한 열망 또한 덮어지는 것이 아니라 오히려 그 바닥까지 파헤쳐져야 하는 것이다. 사랑도 마찬가지이다. 지고한 사랑에 대한 열망이란 순수한 것일 수는 있지만, 그 순수함 또한 이미 규정된 순수함일 수 있는 것이다. 그가 창작집 『인간에 대한 예의』의 후기에서 말하고 있는 대로 "우리가 싸운 것은 알량한 이데올로기 때문이 아니라 이 시대의 구조가 안고 있는 모순 때문"이었고, "이념은 수정되거나 혹은 사라지지만 보다 나은 인간들의 삶을 위한 인간들의 순수한 열정은 결코 사라지지 않"을 것이며, 그러한 인간의 삶과 열정을 역사적 사회적 의미 한복판에서 그려내고자 한다면 더욱 더 그러하다.

현실의 변화가 지나치게 갑작스러운 것이고, 그래서 현실 속에서 나아갈 길을 찾지 못할 때, 과거로 돌아가는 것은 어쩌면 필연적인 과정일지도 모른다. 그리고 그 과거를 원근법적으로 조망해줄 어떤 지평, 새로운 삶의 지평이 마련되지 않았을 때 과거로 돌아가는 길이란 어쩔 수 없이 개인의 기억 속에 남아 있는 체험을 통하지 않을 수 없을 것이다. 그리고 역사 속의, 사회 속의 개인이 그 시대의 삶으로부터 어느 누구도 자유로울 수 없다는 것을 전제로 한다면, 한 개인의 체험과 기억의 무게는 그 시대의 역사 전체의 무게보다 결코 헐하지 않을 것이다. 그리고 그 체험과 체험의 기억은 그것을 떠맡고 있는 개인의 육체적 정신적 연속성으로 인해 바로 지금의 현실을 되비추어 주고, 기억된 과거로부터 지금 현실로의 이행을 도정을 가리켜 주며, 그러함으로써 지금 이 자리의 역사성을 회복시켜 줄 수 있을 것이다. 그러나 그에는 최소한의 전제가 요구된다. 체험을 절대화하지 않을 것. "나는 그렇게 살았어. 그리고 그것이 나에게 있어서는 진실이야"라고 말하지 않을 것. 그리고 그럼으로써 한 개인의 내면에 숨어 있는, 필연적으로 숨어 있을 수밖에 없는 모순과 착종, 그리고 그것의 역사성을 드러내주는 것.

　사실 이는 공지영에게만 해당하는 것이 아닐지도 모른다. 80년대를 되돌아보는 대부분의 소설들이 조금씩은 이러한 위험에 빠져 있는 듯하다. 김영현이 그렇고, 김하기가 그렇고, 그리고 심산이 그러하다. 그렇다면 공지영이 부닥치고 있는 벽이란 사실 공지영만의 벽이 아니며 그 벽을 넘어서는 것 또한 우리 소설 전체의 몫이라고 할 수 있을 것이다. 공지영의 작품 세계를 살펴본다는 명목하에 너무 급히 그리고 너무 멀리 왔는지도 모르겠다. 그러나 한 작가의 작가적 특성을 밝히는 일이 지금 우리 소설이 맞이하고 있는 위기라고 한다면 또 그렇게 올 수밖에 없는 것인지도 모른다. 굳이 글의 서두에서 김수영의 시를 다소 장황하게 맥락도 없이 인용한 것도 그 때문이다. 눈앞에 보이던 적이 갑자기 사라져버린 듯할 때, 그래서 모두가 일상 속으로 파묻혀버릴 때, 소설가가 할 일은 바로 개인의 일상 속에 숨어 있을, 그리고 어쩌면 자기 자신 속에 숨어서 웃고 있을 '보이지 않는 적'을 향한 싸움일 것이기 때문이다.

교수사회의 해부와 풍자
● 『교수들의 행진』과 『다다노 교수의 반란』

1. 대학, 그 참담한 현실
—형식의 권력

이번 겨울에도 예년과 다름없이 치열한 입시 경쟁이 벌어졌다. 거의 일년에 한 번 꼴로 대학 입시 방식이 바뀌어지고 있지만, 그리 나아지는 것 같지는 않다. 개성과 창의성을 위한 교육이 이야기되고 있고, 또 교육 개혁 위원회도 설치되었다지만 말이다.

그런데 그들이 그렇게 '참담한' 입시 경쟁을 거치면서 들어오고자 하는 대학은 과연 어떠한 곳인가. 대학이 '학문의 전당'이었던 시절은, 고고한 '상아탑'이었던 시절은 이미 사라졌는지 모른다. 어쩌면 더 이상 대학은 교육의 장이 아닐지도 모른다. 학생들에게 대학 수업은 졸업 학점을 따기 위한 하나의 과정에 지나지 않으며, 대학은 취직을 위한 '종잇장'인 졸업장을 주는 곳에 지나지 않는다. 대학은 들어가고, 졸업하는 곳이지, 그 무엇을 하는 곳은 아니다. 대학의 이념과 이상은 논술 고사 답안을 쓰기 위한 암기 사항에 불과할 것이다. 이 것이 전체는 아닐지도 모른다. 그러나 엄연한 현실이고 대세이다. 대학은 이념의 공간일 수는 없다. 대학은 또 하나의 현실이기 때문이다. 그 현실 속에는 현실의 법칙이 관철되고 있다. 사회에 횡행하기 때문에 어쩔 수 없이 대학에도 존재하는 현실을 무시하고는 아무런 이야기도 할 수 없다.

무릇 모든 관계는 권력 관계이다. 그 권력이 물리력에 의한 것이건 아니면 사회 구조에 의한 것이건 모든 사회에는 권력 관계가 존재한다. 이 자체가 문제는 아니다. 이 관계는 사회화를 위한 필수적인 조건이며, 또한 이런 관계의 파괴와 재수립이 사회의 발전 과정이기 때문이다.

문제는 이 관계가 언제나 자신을 지속하려는 성격을 가지고 있다는 점이다. 우리는 이를 보수성이라고 말한다. 이 관계의 지속은 이 관계 속에 있는 권력의 지속이기도 하다. 권력은 지속되면서 경직화된다. 그러면 관계의 원천과 내용은 사라지고 '관계'라는 형식만이 남는다. 이제 관계 속에서의 권력은 형식을 통해서만 존재한다. 이 관계라는 형식으로 남은 권력의 정점에 '돈/자본'이 있음을 안다. '돈/화폐'는 본래 다른 쓸모 있는 것을 교환하기 위한 매개 수단이며 가치가 이동하는 하나의 형식일 뿐이다.

그러나 지금 그것은 곧바로 그 자체가 하나의 목적이다. 이제 모든 일은 그것을 얻기 위한 수단에 지나지 않게 된다. 우리는 이를 물신주의라고 말한다. '돈'은 가장 강력한 것이기는 하자만, 하나의 예에 지나지 않는다. 이러한 물신성을 우리는 우리 사회 어디에서나 발견하게 된다. 권력은 형식화되고, 형식은 그 자체가 권력이 된다. 이 관계 속에서 기득권을 갖고 있는 사람들은 이 관계를 최대한으로 이용하면서 자신의 기득권도 유지하려 한다.

대학도 근본적으로는 여기서 벗어나지 않는다. 언제부터인가 대학의 중심은 더 이상 교수도 학생도 아니라는 말이 돌아다니고 있다. 대학의 중심은 이제 대학이라는 하나의 조직을 유지하는 형식적인 관계에 있다. 모든 것이 이 형식적인 관계 속으로 함몰되고 만다. 때로는 어쩔 수 없이, 또 때로는 적극적으로 이 형식에 자신을 맞추어 간다. 대학이라는 제도, 혹은 관계를 비판하기는 하지만, 그러나 그 속에서의 위치의 이동에만 초점을 둔다. 근본적으로 다른 사회와 하나도 다름이 없는 것이다. 그 어떠한 고매한 이상으로 치장하더라도 말이다.

2. '교수(敎授)/교수(狡獸)'의 세계
—세계의 부정성을 대하는 두 가지 방식

최근에 발간된 소설 두 권, 곧 일본 작가 쓰쓰이 야스타카의 소설 『다다노 교수의 반란(원제 : 文學部 水野敎授)』(문학사상사, 1996)과 민현기의 『교수들의 행진』(문학사상사, 1996)은 바로 이러한 대학 현실을 대상으로 하고 있다. 그 속에서 '교수'라는 위치가 혹은 그 위치에 있는 인간들이 고매한 외관 속에서 어떻게 현실의 법칙에 적극적으로 혹은 소극적으로 적응해 가는가를, 혹은 그 관계를 어떻게 자신의 개인적인 이득의 획득에 이용하고 있는가를 그리고 있다는 점에서, 그리고 그것도 풍자라는 형식을 통해서 비판하고 있다는 점에서 공통점을 갖고 있다.

이 두 소설 속에 나타나 있는 대학 교수의 세계는 보통 사람이 상상하는 그러한 세계가 아니다. 그 세계는 돈과 권력을 추구하고, 그 추구 자체를 공식화하는 세계이다. 학문적인 열정이나 삶의 참된 진리를 찾는 노력이나 혹은 한 인간의 교육에 대한 진지한 고민은 존재하지 않는다. 그런 것은 단지 권력을, 혹은 개인의 영달을 추구하기 위한 치장에 지나지 않는다. 이러한 '교수들의 행진'이란 그들이 치장하고 있는 깃발이 어떠한 것이건 돈과 권력을 향한 행진인 것이다.

『교수들의 행진』과 『다다노 교수의 반란』에는 이러한 그야말로 '꼴 같지 않은 작태(作態)'라고밖에 말할 수 없는 교수들의 생활이 적나라하게 그려져 있다. 그들에게는 고려해야 할 타인은 존재하지 않는다. 그들이 다른 사람을 고려할 때, 그 다른 사람들은 사람 자체라기보다는 관계 속의 어떤 위치이거나 그렇지 않으면 자신에게 돈을 가져다줄 수 있는 사람일 뿐이다. 그들은 교활하며 어리석고 오만하며 비굴하다. 또한 상식적이면서도 몰상식하다. 뿐만 아니라 그러한 자신의 모습에 대한 어떤 자의식도 보이지 않는다.

이런 이중적인 가치들의 공존이 그들을 일상인의 상식에 어긋난 사람들로 보이게 만들고, 그리고 그러한 어긋남이 이들을 우스꽝스럽게 만든다. 그러나 그럼에도 불구하고 그들은 여전히 관계 속에서 권력을 쥐고 있는 사람들이다. 바로 이 부분에서 풍자가 성립한다고 할 수 있다.

풍자의 핵심은 웃음과 공격성에 있을 것이다. 웃음은 기본적으로는 보는 이의 우월성을 전제로 한다. 그러나 이러한 웃음만으로는 풍자라고 할 수 없다. 풍자는 본래의 말뜻이 그러하듯이, 아래로부터 위로 향하는 것이기 때문이다. 이 아래로부터 위를 향하는 것이 곧 공격성이다. 풍자는 상대가 현실적으로 자신보다 우위에 서 있을 때에만 성립한다. 상대가 권력을 가지고 있고, 또한 현실적으로 그 권력에 복속할 수밖에 없는 것이 현실일 때, 그들을 자신보다 한 수 아래에 둠으로써 풍자가 성립한다. 한 수 아래로 두기 위해서는 풍자는 현재의 관계를 관계의 원천이 되는 이상적인 가치에 비춤으로써, 혹은 내용에 비하여 현실이 얼마나 뒤떨어져 있는가를 보여줌으로써, 다시 말해서 권력을 지닌 상대가 인간적으로는 하잘것없음을 보여줌으로써, 상대를 공격한다.

따라서 한편으로 풍자는 형식화된 관계, 그리고 그 형식이 갖는 권력의 진면목을 폭로함으로써 그 관계를 본래적인 관계로 회복시키려는 노력이기도 하면서 또 한편으로는 그러한 관계 자체에 대한 부정으로 나아가기도 한다. 『다다노 교수의 반란』이 후자에 가깝다고 한다면, 『교수들의 행진』은 전자에 가까운 것으로 보인다.

먼저 『다다노 교수의 반란』을 보자.

이 소설은 독특한 방식으로 진행된다. 하나는 소설의 서사축이라고 할 수 있는 것으로 다다노 교수와 그 주변에 있는 다른 교수 및 조교의 이야기이다. 또 다른 하나는 소설 각 장에 한 번씩 나타나는 다다노 교수의 문학 비평론 강의이다.

소설의 주인공은 문학 전공자인 다다노 교수이다. 이 소설 가운데서 가장 정상에 가까운 인물이 다다노 교수이다. 그의 시선을 통해서 다른 교수들의 행태가 비판된다. 그러나 다다노 교수 또한 풍자의 대상이기도 하다. 그는 문학이란 없다고 말하면서도, 그리고 문학 강의를 듣겠다고 강의에 들어오는 학생들에 대해서 머리가 텅 빈 녀석들이라고 경멸하면서도, 그럼에도 그는 문학 비평론 강의에서 문학이란 무엇인가를 가르칠 뿐만 아니라 그 자신이 익명으로 소설을 쓰는 작가이기도 하다.

또한 끊임없는 장광설과 요설의 주인공이기도 하다. 그의 이중적인 모습과 문학 비평론의 체계적인 지식, 그리고 그의 장광설과 요설을 통해서 작가가 묻는 것은 현대 사회에서 지식이 갖는 의미이다. 다다노는 끊임없이 무엇인가를 생각하고, 그리고 다른 누구보다도 책을 많이 구입하여 지식을 축적하여 가지만, 그러한 지식이란 자기 자신의 위급함을 모면하는 하나의 방편이거나, 아니면 자신의 권력을 유지하는 자기 합리화의 도구에 지나지 않는다. 그가 말하는 지식이란 그 대상이 아무런 가치도 갖고 있지 않기 때문에 무의미한 것이다.

이런 다다노 교수를 통해서, 그리고 장광설을 통해서 작가는 현대 사회에서 '지식'의 의미를 묻는다. 그 지식은 파편화된 지식이고 더 이상 현실에서 아무런 의미를 갖지 않는 지식일 뿐이다. 이 소설의 반 정도를 차지하는 문학 비평론 강의는 그 체계 때문에 그와 짝이 되는 '현실'의 허허로움을 비판하는 기능을 행하기도 하지만, 그러나 그 체계는 그 속에서 다다노가 말하고 있듯이 점차 문학 자신으로부터 그리고 역사적 현실로부터 벗어나고 있기 때문에 또한 공소한 것이기도 하다.

이런 다다노 교수의 눈에 비치는 대학 세계란 그야말로 난장판이다. 도대체 무슨 말을 하는지 알 수 없는 강의를 강의랍시고 내내 떠들고 있는 교수와 그것도 강의라고 들어와 있는 학생들, 학생들을 재시험을 치르게 하고 그 비용으로 양복을 해 입는 교수. 책을 팔기 위해서 시험에 책의 한 부분을 뜯어 붙이게 하는 교수. 에이즈에 걸린 교수, 그리고 교수가 되기 위해 그 교수에게 자신의 몸까지도 바치는 조교. 강사가 되지 못한 조교가 벌이는 피비린내 나는, 그러나 희극적인 참극. 결국 소설은 다다노 교수가 익명으로부터 벗어나 작가로서의 행복함을 느끼고 또 제자와의 새로운 사랑을 시작하는 것으로 맺어지지만, 이러한 결말은 그야말로 결말을 짓기 위한 결말에 불과하다. 제자와의 사랑을 통해서 그리고 소설가로서의 자신의 위치를 확인하면서 기대되는 새로운 삶의 가능성은 실상 아무 것도 없기 때문이다.

소설 속에서 모든 인물은 희화화되고 과장된다. 이러한 희화화와 과정은 물론 풍자에는 어느 정도 필요한 것이기는 하다. 그러나 지나친 희화화는 한편으로는 현실성을 잃어버릴 뿐만 아니라 또 한편으로는 그들을 존재하게 하는 권력관계를 약화시켜 개인에 대한 공격으로 나아가기도 한다. 그렇기 때문에 『다다노 교수의 반란』은 교수 사회에 대한, 그 관계에 대한 전면적인 비판이며 부정이기는 하지만, 어떠한 새로운 가능성도 갖고 있지 않다.

민현기의 『교수들의 행진』도 역시 관계 속에서 그 관계를 철저하게 이용하여 개인의 영달에 힘쓰는 교수들의 파렴치한 모습들을 보여주고 있다. 그러나 『다다노 교수의 반란』이 취하고 있는 희화화와 과장이라는 방식은, 『교수들의 행진』에서 나타나지 않는 것은 아니지만 부차화되어 있다. 대신 폭로가 주된 방식으로 나타난다.

『교수들의 행진』에 실려 있는 여덟 개의 단편에서 등장하는 교수들의 모습은 소설 속에서 말하고 있듯이 '교수(狡獸)' 곧 교활한 짐승의 모습이다. 이들에 가해지는 비판은 주로 그들의 타락상에 가해진다. 전공 서적을 읽을 때는 졸다가도 좋은 술집에만 가면 눈이 초롱초롱해진다거나, 교수라는 권력을 이용하여 어떻게 하면 좀더 많은 돈을 얻어낼 수 있는가를 고민하는 교수. 취직을 미끼로 돈을 받거나 유흥을 제공받는 교수. 학교 사회 내의 권력에 도달하기 위하여 권력에 맹종하는 교수. 자신의 권력의 유지에 위해를 가하는 다른 교수들을 치기 위한 음모를 꾸미는 교수. 그들의 머릿속에는 온통 권력과 돈(때때로 성)만이 자리하고 있다. 그러면서도 그들은 겉으로는 고상한 가치를 내세운다.

따라서 『교수들의 행진』을 보았을 때, 우리는 웃음과 아울러, 아니 웃음보다 더 깊은 비애를 맛본다. '적어도 교수만은'이라는 우리의 믿음, 아니 바람이 꺾여지는 데서 오는 비애인 것이고, 그들의 행태가 시정잡배와 다름이 없다는 데서 오는 슬픔이다. 그리고 이러한 슬픔과 비애의 바탕에는 어떤 긍정적인 세계에 대한 기대가 자리잡고 있다. 그렇기 때문에 우리는 쉽사리 한바탕 웃음으로 끝내지 못하는 것이다.

그러나 교수들이 갖고 있는 욕망이라는 것은 대학에서뿐만 아니라 현실 속에 엄존하는 것이라고 할 때, 그리고 대학 사회가 이러한 현실적인 욕망에서 자유롭지 못함을 보임으로써, 더 나아가 현실 자체의 구조에 대한 비판으로 나아간다. 대학 사회 내에서 교수들이 보이는 속악함과 비열함은 기본적으로 현실 속에서 욕망하는 가치들을 추구하고 있기 때문이고, 결국은 대학이 현실 사회의 이데올로기에 물들고 있기 때문이다. '돈'이라는 물신에 어떠한 곳도 자유로운 공간이 될 수 없음을 보여준다.

그러나 『교수들의 행진』에는 실낱 같은 희망이 남아 있다. 비록 부차적인 인물로서만 등장하고 있고, 또 그 존재가 부정적인 인물들에 의해 곧 파멸에 빠질 위험이 있기는 하지만, 그러나 그럼에도 불구하고 혼탁함에 머물지 않고 자신의 일을 묵묵히 하고 있는, 혹은 더 나아가 대학 사회를 개혁하고자 하는 존재들을 보여주기 때문이며, 또 한편으로 비판적인 지성이 여전히 살아 있음을 보여주고 있기 때문이다. 저자가 『교수들의 행진』의 앞머리에서 말하고 있듯이 그런 사람들의 존재, 그리고 비판적 지성의 존재가 희망을 가져다주고 있는 것이다. 『교수들의 행진』이 『다다노 교수의 반란』처럼 희화화와 과장이 주는 위험, 곧 전면적인 부정이나 한바탕 웃고 마는 데서 그치는 또 다른 우를 범하지 않음도 이 때문인 것이다.

3. 풍자 소설의 문학적 가치
—소설이 놓여지는 현실에서의 기능

이 두 편의 소설을 놓고 다음과 같은 질문이 나올 수 있을 것이다. 『다다노 교수의 반란』에 존재하는 과장과 희화화에서 오는 웃음과 『교수들의 행진』이 주는 씁쓸한 웃음 사이에 어떤 것이 더욱 풍자에 가까운 것인가. 그러나 이러한 물음은 의미가 없다. 어떤 것이 풍자에 가까운 것이라고 말하는 것은 우리가 어떤 이념형을 전제로 하고 있어서인데, 그러나 그러한 이념형은 존재하지 않으며, 그러한 이념형의 상정은 문학의 자유로움을 막는 또 하나의 권력이라고 보이기 때문이다. 어느 것이 풍자에 가까운가를 묻는 것이 아니라 그 각각이 우리의 현실에서 어떠한 기능을 하고 있는가를 물어야 할 것이다.

또 전혀 전망이 없어 보이는 『다다노 교수의 반란』과 그래도 실낱같은 희망을 갖고 있는 『교수들의 행진』 가운데 어떤 쪽이 올바른가를 묻는 것 또한 의미가 없다. 오히려 물어야 할 것은 부정의 질이고 전망의 내용이기 때문이다. 차라리 "지금의 대학은 개혁될 수 있는가?" 혹은 "대학이라는 제도 혹은 관계는 그 자체가 부정적인가 아니면 그렇지 않은가?" 아니면"대학 밖에 존재하는 현실의 질서로부터 자유로운 대학, 대학 본래의 기능을 갖는 대학이 존재할 수 있는가?" 하는 물음을 묻는 것이 더욱 올바른 물음이라는 생각이 든다.

언뜻 보아 서로 연관이 없어 보이는 이 물음은 그러나 서로 떨어져 있는 물음이 아니다. 풍자 문학이 근본적으로 파괴를 지향하고 있기는 하지만, 그러나 그 파괴가 또한 새로운 건설의 과정이라고 할 때 그러하다. 더욱이 우리에게 있어 풍자 문학이라는 전통은 그리 깊고 넓은 것이 아니지 않은가. 식민지 시대의 이기영과 채만식을 위시하여, 이호철, 이문구, 최일남 정도의 작가들, 그리고 김지하가 있을 뿐이다. 이들은 서로 다른 위치에서 각기 다른 대상을 향해 풍자라는 우회적 공격 방식을 택하였고, 그리고 그들의 질도 각기 다른 것이었다. 그리고 한참 후에 우리는 『교수들의 행진』이라는 풍자 소설을 갖는 것이다. 그것도 현직 교수가 자기 현존재의 바탕에 메스를 들이대는 소설을 말이다.

그렇기 때문에 이 소설이 갖는 의미는 소설 자체에 있기보다는 이 소설이 놓여지는 우리의 현실에, 그리고 이 소설을 받아들이는 우리 자신에게 있다고 할 것이다. 우리가 우리 자신이 지니고 있는 이데올로기에 눈멀어 있지 않을 때, 그리고 우리가 놓여 있는 권력화된 형식 속에서 우리 자신을 망실하여 버리지 않을 때, 비로소 우리는 『교수들의 행진』을 우리의 문학으로, 그리고 『교수들의 행진』을 가능하게 했던 비판적 지성을 우리의 것으로 할 수 있을 것이다. 그렇지 않다면, 풍자문학이, 아니 문학 자체가 우리에게 도대체 의미가 있을 것인가.

존재의 시원을 찾아가는 여행

1

　‘기시감(旣視感)’이라는 말이 있다. 분명히 처음 보는 사람임에 틀림이 없는데, 어디선가 본 듯하고, 이미 알고 있는 사람처럼 느껴지거나, 아니면 처음 가본 곳입에도 마치 이전에 이미 와본 듯한 곳이라고 느껴지는 경우를 말한다. 실상 우리는 종종 이러한 경험을 한다. 하지만, 이를 심각하게 생각하거나 이러한 경험을 그 자체로 파고 들어가보는 경우는 거의 없다. 기억할 수는 아마 어디선가 비슷한 사람, 혹은 장소를 가 보았을 것이라고, 그리고 같은 사람, 같은 장소이기 때문이 아니라 이미지의 동일성 때문에 그렇게 느낄 뿐이라고 생각하고 만다. 사실 그러할는지도 모른다. 또 때로는 반대로 낯익은 모든 것에 대해 낯설어질 때도 있다. 그래서 일상 가던 길도 허둥거리고, 평소에 거의 의식하지 않던 모든 행동들이 갑자기 부자연스러워곤 한다.

　이런 기시감의 순간, 혹은 갑자기 낯설어짐의 순간은 일상에서 일탈하는 낯선 시간이다. 우리는 이런 낯선 시간을 견디지 못한다. 그렇기 때문에 우리는 곧바로 다시 일상의 삶으로, 습관으로 되돌아온다. 그리고 되돌아오려고 노력한다. 왜그런지 생각해보아야 머리 아플 뿐이고, 사는 데 하나도 도움이 되지 않고, 그래서 머리 흔들어 떨쳐버리고 일상의 삶으로 복귀하는 것이다. 하지만, 바로 이런 '낯선 시간' 속에서 우리는 우리의 또 다른 존재를, 내면에 감추어져 있는 존재, 혹은 먼 과거의 기억할 수 없는 존재를 만나는 것은 아닐까. 아니면, 견디기 힘든, 무의미하고 단조로운 일상의 삶에서 벗어나고자 하는 무의식적 욕망이 표출되는 것일까.

최근 발표된 젊은 작가들의 장편, 그것도 실험성이 강한 작품을 발표했던 작가들의 장편이 이런 '낯선 시간'에서 출발한다는 사실은 흥미롭다. 우리가 일반적으로 보아온 장편소설과는 조금 다른, 그럼에도 재미있게 읽히는 이들 소설은 새로운 장편의 양식을 모색하고 있다고 보이기 때문이다. 구효서의 『낯선 여름』, 박상우의 『섬, 그리고 트라이앵글』 그리고 윤대녕의 『옛날 영화를 보러 갔다』가 바로 그것이다.

2

『낯선 여름』은 연애 소설이다. 삼십대 중반의 소설가, 지금까지 단 한 사람을 사랑했고, 그리고 결혼한 바로 그날 그 사람을 잃었고, 그 이후 7년간을 혼자 보낸 남자. 그리고 마음이 여리고 따뜻한 남자를 만나, 두 아이를 낳고, 행복한 생활을 누리고 있는 여자. 어느 여름, 이 두 사람의 우연한 만남, 뒤도 돌아보지 않는 사랑, 그리고 갑작스러운 헤어짐. 사실 이러한 인물의 설정과 구도는 삼류 통속 소설이나 멜로드라마와 크게 다르지 않음에도 불구하고 이 소설은 그렇게 읽히지 않는다. 무엇보다도 그 여자의 체험 때문이다. 남자를 만나고, 그리고 그 순간부터 여자는 자신의 삶에서 이탈한다. 단순히 남자에게 빠져드는 것이 아니라, 이전에 자기가 파묻혀 지냈던 삶 자체가 낯설어지는 것이다. 남편에 대해서, 그리고 아이들에 대해서 여전히 애정을 느끼고 있음에도 불구하고, 자신은 그와는 다른 세계에 있음을 느낀다. 바로 이 '낯선' 세계로의 빠져듦이 이 소설의 진짜 주제일 것이다. 이렇게 본다면, 소설가와의 만남은 하나의 계기에 지나지 않으며, 소설가에 빠져드는 것도 무엇인가 모르는 다른 세계로 이탈해 나가는 하나의 방법, 혹은 출구의 역할만을 의미할 것이다. 이 새로운 세계, 이제까지 자신이 몸담고 있던 세계가 낯설게 보이는 세계로의 출구. 하지만『낯선 여름』은 거기서 더이상 나아가지는 않는다. 그 새로운 세계가 어떠한 세계인지, 그리고 그 세계의 삶은 어떠한 삶인지 작가는 말하기를 그친다. 다만, 화자인 소설가에 의해 바라보여질 뿐이다. 다만 그것이 일상의 삶의 논리와는 다른 논리에 의해 지배되고 있다는 점만 느낄 수 있을 뿐이다.

3

『섬, 그리고 트라이앵글』도 구도 자체는 연애 소설의 구도이다. 그것도 삼각 관계의 연애. 하지만 박상우는 좀더 의식적으로 이 관계 자체를 추구해 들어간다. '낙원 그룹'이라는 거대한 조직체의 핵심부서에 속해 있으면서, 바로 그 조직체의 논리를 견디기 힘들어 하는 화자인 '나'가, 우연히 같은 부서에 속해있으면서도, 한번도 부딪친 일이 없는, 컴퓨터 단말기를 조직하는 두 여자를 만난다. 그리고 한 남자와 두 여자가 일종의 새로운 관계를 갖기 시작하는데, 그 관계가 정삼각형의 관계이다. 등변등각(等邊等角)의 도형, 그렇기 때문에 가장 안정된 도형인 정삼각형처럼, 일정한 거리를 유지하는 관계. 작가는『섬, 그리고 트라이앵글』에서 이 관계야말로 가장 안정된, 그리고 가장 인간적일 수 있는 관계라고 말한다. 이 소설은 이 삼각 관계가 어떻게 현실 속에서 깨어져버리고, 그리고 삼각 관계의 깨어짐이 어떻게 인간들을 불행으로 몰아가는가를 그리고 있다. 이 트라이앵글을 '이성의 사원'과 '감성의 블랙홀'로 각기 다르게 해석하는 두 여자와 맺는 불안정한 관계, 그리고 관계의 깨어짐, 그리고 그 참담한 결과. 또 그렇기 때문에 소설의 전부이다시피 한 삼각형에 대한 관념적 추구나, 인간관계의 해석도 이 소설에서는 중요하지 않다. 오히려 중요한 것은 삼각형으로 상징되고 있는 이 새로운 관계라는 것이, '반(反)-일상'의 의미를 지니고 있다는 점이다. 이 일상의 바탕에 놓여 있는 것은 돈의 논리, 조직의 논리이며, 그리고 가장 인간적인 것처럼 보이는 애정의 논리조차 결국은 소외된 논리에 불과하다.『섬, 그리고 트라이앵글』이 의미가 있다면, 이 반-일상의 추구에 있을 것이다. 그러나 그 반-일상의 세계는 어떠한가. 박상우 역시 그에 대한 대답은 하지 않고 있다. 오히려 소설의 끝에서 수학 선생인 화자의 아버지의 입을 빌어 그것은 야망일 뿐, 실현과는 멀리 떨어져 있는 것임을 고백함으로써, 이제까지의 모든 소설적 탐구의 의미를 '젊은 날의 꿈과 열정'으로 넘겨버리는 듯한 모습을 보인다.

4

『옛날 영화를 보러 갔다』는 구효서나 박상우의 소설과는 달리, 매우 접근하기 힘들다. 첫 창작집『은어 낚시 통신』에 실린 대부분의 소설들과 마찬가지로, 이 소설 또한 인간 존재의 시원적인 의미를 묻고 있기 때문만이 아니라, 그가 다루고 있는 소설적 삶 전체가 일상과는 아주 멀리 떨어져 있는 듯하게 보이고, 대화마저 일종의 선문답과 같은 모습을 하고 있기 때문이다. 구효서나 박상우가 일상의 삶에서 다른 세계로 나아가는 출구를 모색하고 있다면, 윤대녕은 이미 그 밖에 있다고 할 수 있다. 이 세계의 밖에서(윤대녕에게는 어쩌면 진정한 세계일지도 모르지만) 그 밖의 언어로 말하기 때문에 그의 소설의 핵심에 다가가기는 쉽지 않다. 과거를 되돌아봄이 없이 질주해온 삶을 살아온 화자가 어떤 계기로 잃어버린 과거를 찾아가는 과정을 그리고 있는 『옛날 영화를 보러갔다』의 진정한 주제는 '시간'이다. 그러나 그 시간은 일직선으로 흐르는 시간이 아니라, 자신의 꼬리를 물고 있는 뱀처럼 처음과 끝이 맞물려 있고, 그래서 처음도 끝도 없는 원의 시간이다. 이 소설은 두 개의 과정으로 이루어진다. 하나는 직선의 시간과 삶에서 원환적인 시간성을 인식하는 과정이다. 이 과정이 화자의 잃어버린 과거 찾기에 맞물려 있다. 그리고 그 과거는 실제로 현재의 자신을 구성하는 것이며, 자기 존재의 핵심이다. 또 하나의 과정은 그럼에도 불구하고, 과거가 현재이고, 현재가 과거이기는 하지만 그럼에도 불구하고 구별될 수밖에 없으며, 껴안고 살아가야 하는 것은 현재이며, 작가의 표현을 빌자면, '거기 있는 여기'와 '여기 있는 거기'가 같은 것이면서도 다를 수밖에 없다는 자각의 과정이다. 그리고 이 자각은 잃어버린 과거를 통해서만 획득할 수 있는 것이다. 결국 『옛날 영화를 보러갔다』는 일상으로부터의 일탈이라는 과정을 통해서 다시금 일상으로 되돌아오는 회귀의 구성을 지니고 있다고 할 수 있는데, 「은어」의 비유를 차용하자면, 자신의 시원으로 되돌아왔다가 다시 바다로 나가는 모습이라고 할 수 있을 것이다. 그러나 이러한 '바다로 다시 나가기'는 갑작스럽게 느껴진다. 한 여인과의 만남이 근거로 놓여 있기는 하지만, 소설의 거의 전부를 구성하고 있는 과거 찾기의 무게를 감당해내기는 부족해 보이기 때문이다.

5

　이들 소설이 보이는 양상은 이처럼 각기 다르다. 이 세 소설이 모두 '낯선 시간'에서 출발하고 있고, 그것은 반-일상, 혹은 비-일상을 의미하고 있지만, 그 추구하는 방식이 각기 다르기 때문이다. 우리가 일상적으로 사용하는 의미에서 '현실'에 가장 가깝게 있는 것이 『섬, 그리고 트라이앵글』이라면, 가장 멀리 있는 것은 『옛날 영화를 보러갔다』인 것처럼 보인다. 하지만 이들 세 소설 모두에 대해 떠오른 의문은 동일한 것이었다. 그 세계가 어떠한 세계인가, 그리고 그 세계가 진정한 존재의 세계라면, 지금의 일상은 어떤 의미를 가지는가 하는 의문이다. 그리고 세 소설 어디에서도 그 대답은 찾을 수 없었다. 사실 찾으려고 한다는 것이 잘못된 것일지도 모른다. 소설의 결말은 '소설'의 그것이지 '삶'의 그것은 아니기 때문이다. 다만 아쉬움이 남는다면, 그것은 아마도 그 '소설적 결말'의 타협, 혹은 안이함 때문일 것이다.

문학 속의 역사, 역사 속의 문학

역사와 소설이 만나는 네 가지 방식

●최근 발간된 동학관련 대하소설을 읽고

□1

　　동학 100주년을 맞는 올해 들어 이런 저런 방식으로 '1894년 동학' 과 관련을 갖고 있는 역사 대하 소설이라 할 만한 소설들이 발표되거나 혹은 완간되었다. 송기숙의 『녹두장군』(전 12권), 박경리의 『토지』 (전 16권)이 완간되었을 뿐만 아니라 한승원의 『동학제』(전 7권)가 발간되었고, 이병천의 『조선의 마지막 검 은명기』도 2부 3권이 발간되었다. 이 사실은 90년대 문학사에 기록될 만한 것이다. 비슷한 시기에 하나의 문제를 둘러싸고 소설들이, 그것도 상당한 분량을 지닌 소설들이 집중되어 발표되는 것은 80년대 중후반에 노동 소설이 발표되었던 것을 제외하면 그리 흔한 일이 아니기 때문이다. 사실 앞에서 말한 네 작품을 한 데 묶어서 다루어보겠다는 생각은 이 점을 염두에 둔 것이었다. 그런데 이 작업은 곧바로 주춤할 수밖에 없었다. 이들 소설들 모두 '동학'과 연관을 갖고 있기는 하지만 이들 소설들에서 어떤 공통점을 발견하기는 상당히 힘들었기 때문이다. 소설 속에서 동학이 어떤 방식으로 형상화되고 있는가를 살펴보겠다는 처음의 생각은 도대체 안이한 것이었다. 이 소설들은 그보다는 훨씬 커다란 문제, 곧 소설과 역사가 어떻게 연관되는가 하는 문제를 제출하고 있었다. 그래서 일단 이 글을 '역사와 소설이 만나는 네 가지 방식'이라 이름하였다. 사실 이러한 제목은 너무 버겁다. '동학'이 아니라 '역사'가 문제고, 그 역사가 어떻게 소설화되는가가 문제이기 때문이다. 한편으로는 여기서는 동학으로 일단 제한될 역사 자체의 무게와 아울러 우리 문학사에 남아 있는 역사소설의 무게를 감당해야 할 것이기 때문이다. 『임꺽정』이 있고, 『장길산』이 있고, 직접적으로는 박태원의 『갑오농민전쟁』이 있다. 이들 역사의 무게와 소설의 무게를 감히 감당할 수 있을지 모르겠다. 지나간 10년, 80년대의 무게조차 감당하기 힘든 상황에서 말이다. 그러나 어찌 이들 소설들을 맞대고, 역사를, 소설이란 장르를 생각하지 않을 수 있겠는가. 여하간 '역사와 소설이 만나는 네 가지 방식'이라 이름하였으니 그에 걸맞는 형태로 나아가 볼밖에 없다. 하지만 되도록이면 너무 무겁지 않게 나아가보려 한다. 마치 여행처럼. 차창에 지나치는 풍경처럼, 바라보고, 그리고 무엇인가를 떠올리고. 여행의 끝자리, 바로 처음 출발한 지점에서 그 떠오른 상념, 혹은 이미지들이 어떤 구체적인 형태를 지니고 나타난다면 그로써 족한 것이 아닌가. 바닥이 너무 얕은 절망과, 몸 가벼운 반성의 90년대에 말이다.

2

논의를 『녹두장군』에서부터 시작하기로 하자. 이 소설은 1894년의 동학 전체를 소설의 제재로 하고 있기 때문만이 아니라, 과거의 역사적 사실을, 그것도 직접적인 체험의 영역에서 벗어나 있어, 단지 제한된 자료로만 확인할 수 있는 역사적 사실을, 체험의 영역으로, 소설 속의 구체적인 형상의 영역으로 끌어올리고자 할 때 닥치는 거의 모든 문제를 포괄하고 있기 때문이다. 사실 이 소설은 '동학'을 둘러싸고 제기될 수 있는 거의 모든 질문에 대한 대답이라고 할 수 있다. 동학이라는 종교, 혹은 사상과 농민 봉기 사이의 관계, 동학 조직이 농민 봉기의 과정에서 했던 역할, 농민 봉기의 계급적 성격, 농민 봉기 이전에 있었던 임오군란이나 여러 민란들과의 관계 등 아직 역사학계에서 논의 중에 있고, 또 견해가 대립되어 있는 문제를 『녹두장군』은 모두 포괄한다.

전봉준을 중심으로 해서, 선운사 비결을 꺼내는 데서부터 시작해 농민 봉기의 마지막 싸움까지 그리고 있는 소설 『녹두장군』은 동학이란 무엇인가에 대한 대답이다. 이 소설은 곳곳에서 역사학계가 던지고 있는 질문들에 대해서 문학적인 형식으로 대답하고 있다. 『녹두장군』의 작가 송기숙이 고백하고 있듯이 아직 역사적으로 판단되지 않는 '동학'의 성격을 나름대로 판정한다는 것은 어려운 일이고 고통스러운 일일 수밖에 없다. 그러나 작가는 성실하게 이 물음에 대답한다. 이 점이 다른 소설들이 미처 갖지 못한 『녹두장군』만이 갖고 있는 독특한 점이다. 따라서 『녹두장군』의 주된 관심의 하나는 논란이 되고 있는 역사적 사실에 대한 판단에 놓여 있다. 예컨대, 전주화약의 필연성은 무엇이었는가, 김개남이라는 인물에 대해서는 어떻게 판단해야 하는가, '동학'의 기본적인 동력은 무엇인가 하는 문제가 초점이 되고 있다. 그리고 그에 대해서 나름대로 판단을 내리고 있다. 이러한 판단에 있어서 기본적인 입장이라 할 수 있는 것은, 반외세와 광범한 세력의 연대이다. 포악한 관료가 아닌 일반 지주들에 대해서 광범한 연대의 입장을 취하고 있다. 그리고 전봉준이 취하고 있는 이러한 전략적 연대가 농민의 직접적인 요구와 부딪치고 있음도 소설 속에서 드러내고 있다. 궁극적 목적인 왕정의 타도도 그러한 전략적인 연대의 요구 속에서 감추어질 수밖에 없었음도 드러낸다.

앞에서 역사적 판단이 개입할 수밖에 없다고 했는데, 그러나 실상 역사적 판단이라는 것은 당대의 것이 아니라 현재의 것이고, 그렇기 때문에 당대의 상황 속에서 그리고 그것도 당대인의 입장 속에서 그것을 그려낸다는 것은 쉽지 않은 일이다. 이를 작가는 적절한 인물 배치와 그들간의 대립을 통해서 그려내야만 하는 것이다. 작가가 이를 위해서 하고 있는 노력 가운데 가장 큰 것은 농민 봉기의 주력이었던 농민의 특성을 파악하려는 것이다. 구체적으로는 그들의 삶이 농토에 뿌리박고 있는 것이고, 또한 계절적인 순환에 그들의 행동이 구애받을 수밖에 없다는 사실의 인식은 농민의 분노를 조직하는 데에 있어서는 필수적인 것이며, 또 한편으로 농민의 일상적인 욕망들을 방기하지 않고, 그들의 동요성 또한 파악할 수 있는 바탕이 되기도 한다. 농민군이 모였다가 흩어지는 과정이 농사의 시기와 밀접하게 관련되어 있다는 사실 등은 이를 잘 보여준다. 그리고 이들이 구체적인 과정에 있어서 이미 동학이라는 종교적 한계를 넘어서고 있음도, 서울 복합상소의 과정에서 독자적으로 형성된 '민회'패를 통해서, 그리고, 싸움의 과정에서 「궁궁을을」이라는 부적을 찢어버리는 농민을 통해서 잘 보여주고 있다. 결국 동학은 이 소설에서는 기본적으로 농민들을 조직화하는 힘으로서 드러나고 있고, 또 농민의 상당수가 이러한 동학의 사상, 곧 인내천, 사람이 하늘이라는 사상에 기반하고 있음에도 불구하고, 오히려 농민의 삶의 욕구를 동학의 사상이 인내천으로 정리하고 있음을 알 수 있게 해주고, 종교로서의 틀을 벗어날 수밖에 없음을 드러내주고 있다. 물론 이러한 벗어남이 전면적인 것은 아니고, 또 처음부터 끝까지 동학 조직 속에서 이루어지고 있음에도 불구하고 말이다.

또 작가는 동학농민전쟁이 농민을 주축으로 한 것이기는 하지만 농민만의 힘이 아니라는 것을 보여주기 위해 다양한 세력들을 등장시키고 있다. 산속에 포진해 있는 화적패인 임군한, 임문한, 임진한이 그들인데, 이들은 임오군란의 실패 이후 산으로 들어간 사람들이다. 이들은 농민과는 독자적인 세력으로서 전국에 포진해 있는 포수들을 동원하기도 하고, 무력의 면에 있어서는 가장 강력한 세력이라고 할 수 있다. 그러나 이들의 전망은 농민들의 전망과는 전혀 다르다. 이들은 땅에 뿌리박고 있지 않은 만큼, 봉기 세력들 속에서도 가장 과격한 편이다. 또한 거상인 김덕호 같은 인물의 배치 등도 이러한 목적에 부합하는 것이라 할 수 있을 것이다.

그러나 문제는 이러저러한 다종의 인물들이 배치되어 있다는 사실이나, 아니면 농민의 특성을 올바르게 파악하고 있다는 사실이 아니다. 이들이 어떠한 삶을 어떻게 살아가고 있고, 그들의 구체적인 삶이 어떻게 역사적 과정과 맞물려 있는가 하는 것이다. 일반적으로 동학농민전쟁의 과정, 그리고 전봉준의 행적에 관한 역사적 기록, 일차적 자료를 넘어서서, 그것이 역사적임을 드러내기 위해서는 앞에서도 말한 바 있는 그 자료들 사이에 존재하는 공백들을, 삶의 양상들을 채워넣지 않으면 안 되기 때문이다. 소설 『녹두장군』이 결하고 있는 부분은 바로 이 부분이다. 송기숙은 이들 틈을 메꾸기 위해서 달주라는 인물을 설정하고, 또 감역댁을 설정하고, 또 수많은 농민들을 등장시키고 있다. 그러나 소설 속에서 풍부하게 형상화된 그들의 삶은 소설 속에서는 일회적인 것으로 그친다. 대부분의 소설 속의 농민들은 자신의 삶을 살아나가기보다는 일정한 상황에 투입되어 그 상황을 적절하게 전달하는 역할을 맡는 데에 역할이 한정되어, 실제로는 무수한 구체성의 나열을 넘어서지 못하고 있다. 달주라는 인물과 그가 갖고 있는 삶의 관계들 또한 녹두장군 전봉준의 삶과 결합하지 못한다. 달주라는 인물조차 전봉준의 곁에서, 전봉준이 미치지 못하고 있는 곳을 드러내주는 매개체로서 작용하는데, 이 두 삶의 설정이라는 것이 『녹두장군』의 통일성을 깨뜨리고 있다. 『녹두장군』이라는 제목이 지니는 상징적인 성격이 존재하고, 또 그 때문에 어쩔 수 없이 전봉준이 중심인물로 되고 있지만, 민중적인 영웅으로서의 전봉준의 설정은 그의 삶을 추상화시킬 위험이 있는데, 실지로 전봉준의 형상화는 이 추상화에서 벗어나고 있지 못하다. 반면 전봉준의 설정으로 인해 달주의 형상화는 약화되는데, 결국 두 중심인물의 약화로 말미암아 소설 전체는 인물의 중심을 잃고 있다. 또한 지나치게 많은 구체성에도 불구하고 그 구체성들을 묶어주는 삶의 논리는 빈약하다.

결국 문제는 소설 속에서 등장하는 개별적인 삶의 논리가 어떠한 것인가가 밝혀지지 않으면 안되는 것이고, 그러한 삶의 논리들 사이에 존재하는 모순된 힘들, 인물을 행위하게 하는 추동력과 역사적 한계들을 드러내야만 하는 것임에도 불구하고 그에 미치지 못하고 있다는 사실이다. 지주와 농민의 경우에도 그러하지만, 삶의 다른 영역들, 특히 당대에 있어서 중요한 세력이라고 할 수 있는 개화파의 논리, 그리고 수구파의 논리라는 것들이 전적으로 부차화되어 있다는 점이다. 개화파는 단지 두령들의 논의 속에서만 자리잡고 있을 뿐이다. 이는 김학진이라는 인물에게서도 찾아볼 수 있다. 전봉준과 화약을 맺고, 또 전봉준에게 정치를 맡긴 김학진이 어떠한 이유에서 그러한 행위를 했는가를 파악하기는 힘들다. 다만 그러하다는 사실만이 있을 뿐이고, 전봉준의 힘에의 굴복도 아니고 개인적인 감화도 아닌, 어정쩡한 수준에서 머물고 있을 뿐이다. 개인적인 삶의 파행성은 물론이고, 당대의 각 세력들이 보이고 있는 모순이나, 그들의 역사적 의미를 드러내지 못했을 때, 소설은 후반부에서 보이는 것처럼, 역사적 상황 그 차제를 따라가는 데 그치고 만다. 이제 삶의 논리가 아니라 역사적 사건의 전개가 자체가 중심이 되고 만다.

왜 『녹두장군』은 동학의 실패에서 끝났을까. 이것은 이 소설 자체에 대한 질문을 넘어서고 있을는지도 모른다. 이 소설에서 동학은 무엇인가. 그것은 역사적 판단을 요하는 질문이지만, 『녹두장군』은 나름대로 대답하고 있다. 그러나 제일 처음의 질문에 대한 대답은 하지 못하고 있다. 그것은 아무래도 동학 이후에까지 이어지지 않으면 안될 것이기 때문이다. 작가가 부기에 달아놓은 것은 이러한 과제에 대한 자신의 미진함일지도 모르겠다. 그리고 자료를 확인할 수 없음에 대한 안타까움의 표시일지도 모르겠다. 그러나 바로 그 지점에서 시작해야 하는 것이 문학이 아닐까.

3

한승원의 소설 『동학제』는 여러 면에서 『녹두장군』과 비교된다. 우선 두 소설이 모두 동학농민전쟁의 전 과정을 다루고 있기 때문이다. 그러나 『녹두장군』이 동학을 전면적으로 다루고자 하고 있고, 그렇기 때문에 동학농민전쟁의 사실들을 거의 다 포괄하려 하고 있음에 비해 『동학제』는 처음부터 이를 거부하고 있다. 『동학제』의 중심은 농민이 아니라 어민들이다. 장흥이라는 역말에서 어민들이 벌였던 투쟁이 이 소설의 중심이 되고 있다. 한승원은 동학 세력들이 철저하게 파괴되어 3.1봉기때 봉기가 일어나지 못하였던 지역인 장흥을 중심으로 해서, 전봉준과 농민들이 중심이 되었던 동학에 대한 일반적인 인식을 거부하고, 어민들의 독특한 삶의 양식을 그려내겠다고 하고 있다. 그리고 이는 자신의 고향의 역사를 그리는 것이기도 하다. 그렇다면 이 소설에서 동학은 무엇일까.

이 소설의 중심인물은 이바우, 이우암 형제이다. 이 둘은 동학을 둘러싸고 있는 두가지 삶의 방식을 대변하고 있다. 이들은 아버지 이마동에 대해서 상반된 이해를 지니고 있다. 아버지 이마동, 목자(牧者)의 자손으로 그러한 아버지의 삶을 거부하고 민란의 중심인물이었던 이마동에 대해, 그의 성격을 닮고 있는 이우암이 이마동을 추종하며, 반역적인 삶을 살아가려 하는 것과는 달리, 또 하나의 아들 이바우는 아버지로 인해 생긴 관재, 그리고 아우 이우암에 대한 아버지의 편애 때문에 철저하게 현실적인 삶을 살아간다. 이런 두 사람의 삶에 별님이라는 인물이 얽혀드는데, 별님이는 백정의 자손 지억보의 아내로 이우암과 통정한다. 지억보는 소금장수로 동학에 깊이 관여하고 있었으나, 별님이 때문에 간세꾼이 되고 만다. 한편 별님이는 본래 이인한 집의 종이었으나, 이인한이 자신의 아버지가 노비인 것을 알고, 자신의 본래의 모습을 찾고자 면천해주고, 별님의 언니 달님과 결혼한 상태이다. 별님이 본래 사랑하는 것은 이인한으로 이우암은 그의 대리역일 뿐이다. 이렇게 얽혀 있는 관계가 이 소설을 이끌어나가고 있는 중심이다. 이우암이 동학에 관여하게 되는 한편 이바우는 그 반대편에 선다. 그들 사이에 있는 애증, 그리고 별님을 둘러싼 지억보, 별님, 이우암의 관계가 동학의 와중에서 얽혀든다.

　이러한 인물들간의 관계에서 볼 수 있듯이 『동학제』에서 본질적인 것은 사람들 사이의 애증(愛憎)이다. 별님에 대한 우암과 지억보의 애정, 이인한에 대한 별님의 애정, 별님을 가운데 둔 우암과 지억보의 애정. 그리고 부모 형제간의 애증. 이러한 애증은 그 인물들이 살아가는 조건이 아니라, 바로 이유이다. 오히려 역사가 이들 애증의 조건일 뿐이다. 천해산이나 정만호나 백수인 수교 같은 인물들도 마찬가지이다. 실제 동학의 중심에 놓여 있던 인물들, 이마동이나 이방언, 이인한에게는 이러한 규정은 해당하지 않는다. 그들은 그러한 애증에서 일단 벗어나 있다. 그런데 문제는 이들의 삶과 행동이 소설의 중심에 서 있지 않다는 점이다. 소설의 중심에 서 있는 것은, 인간들 사이의 애증으로

끈끈하게 얽혀 있는 사람들이다. 그리고 그들의 삶이 이 소설을 소설다운 것으로 만들고 있다. 결국 가족, 혹은 사랑하는 사람에 대한 애정, 그것도 본능적인 애정이 인간 삶의 본질로서 나타나고 있는 것이다. 역사는 인간 본성이 발현되는 장소이며, 상황이다. 탐학한 계층에 대한 분노도 이 수준에서 벗어나지 않는다. 그렇기 때문에 이 소설에서 동학은 한편으로는 평등을 설파하는 사상으로서 그리고 또 한편으로는 신비한 주문을 가진 종교로서 나타난다. 비록 전봉준이 전술적인 차원에서 이 신비성을 강화하는 것이라고 하더라도, 그것은 설명 이상일 수 없다. 그리고 애증의 문제를 벗어나는 모든 것은 소설 속에서 부차화된다. 비록 전봉준과 이방언이 동학 운동의 궁극적인 목표에 대해서 의견의 대립을 보인다고 하더라도, 그러한 것은 이 소설의 본질적인 측면에는 전혀 닿아 있지 못하다. 따라서 전봉준이나 김개남 같은 인물들, 엄연히 동학 운동의 중심에 서 있던 인물들의 형상화는 단순화된다. 이는 단지 이 소설이 장흥 지방을 배경으로 하고 있고, 농민이 아니라 어민들의 삶이 터전으로 되고 있기 때문만은 아니다. 기실 이 소설에서 어민들이라는 것은 다른 모든 것과 마찬가지로 조건일 뿐이다. 이러한 조건은 그들의 행동반경을 제약하기는 하지만, 드리고 인물들의 직업을 규정하기는 하지만, 이러한 제약과 규정이 본질적으로 삶의 방식에 관여하고 있지는 못하기 때문이다. 작가가 『동학제』의 서문에서 밝힌 바는 단지 그의 의도에 그치고 말뿐이다. 뿐만 아니라 이 소설에 대해서 『녹두장군』에 요구했던 것과 같은 요구, 예컨대, 당대 사회에 존재했던 역사적 힘들이, 개화세력, 수구세력, 그리고 '동학'으로 분출되어 나왔던 민중들의 힘이 어떤 방식으로 대립하고 갈등하고 있는가, '동학'의 실패가 이후의 역사에 어떠한 영향을 미쳤는가 하는 것을 요구할 수는 없다. 『동학제』에는 역사가 있는 것이 아니라, 삶을 추동하는 보편적인 힘으로서의 인간 본능이 제시되고 있기 때문이다.

이러한 '인간'은 역사 속에서 행위하지 않는다. 아니 이들의 삶은 역사를 구성하지 않는다. 역사적 힘이라는 것이 인간 외적으로 존재하고, 이들은 그 역사의 힘에 이끌려 가는 수동적인 존재라는 의미가 아니라, 이들에게는 시간성이 존재하지 않는다는 의미에서이다.

4

이제 우리는 어떠한 방식으로든 '동학'이라는 사건으로부터 벗어나야 한다. 『녹두장군』이 멈추고 있는 그 지점에서 출발하지 않으면 안된다. 『조선의 마지막 검 은명기』나 『토지』는 동학이 끝난 시점에서 출발하고 있다.

『조선의 마지막 검 은명기』을 먼저 생각해보자.『은명기』는 김개남이 붙잡힌 데서부터 시작하고 있다. 김개남포에 속해 있으며, 손화중을 시위하는 은명기는 구식군 출신으로 임오군란이 끝난후 김개남포에 들었던 은명기가 김개남과 전봉준을 구하려는 과정이 그려지고 있다. 아직 갑오년이 끝나지 않았고, 동학의 남은 세력들이 여전히 저항을 하고 있기는 하지만, 이미 세는 기울었고, 전봉준과 김개남을 구하는 것도 실패로 돌아간다. 그리고 자신의 마지막 길이 의병으로 남는 것이라고 생각한다. 임오군란에서 동학을 거쳐 의병에 이르는 길. 이는 동학을 앞뒤로 하는 일련의 역사적 흐름이다. 이병천이 소설의 커다란 중심선으로 잡고 있는 것이 바로 이 흐름이다. 그런 점에서 『은명기』는『녹두장군』이 마치고 있는 바로 그 지점에서 시작한다. 이미 동학은 역사적 사실이고, 그에 대한 판단은 내려져 있는 상태이다. 동학은, 최대웅 같은 백정의 삶에서 보이듯이 천민으로서 억압되어 오면서 쌓인 한의 폭발이다. 이 폭발을 감싸안는 큰 울타리가 바로 동학이었다고 할 수 있다. 그러나 실상 이 소설에서 '동학'은 문제권 밖에 있다. 동학의 역사적인 의미라든가, 아니면 동학의 한계라든가, 본질이라든가 하는 문제는 제출되지 않는다. 왜 그럴까. 두 가지 대답을 생각할 수 있다. 하나는 동학에 대해서는 이미 밝혀져 있는 것이기에 반복할 필요가 없기 때문일 것이다. 그러나 또 하나의 가능성이 있는데, 이는 이 소설에서 '동학'이 커다란 의미를 지니고 있지 않기 때문이다. 동학이 의미가 없다는 것은 어떤 의미에서일까. 실상 이 소설을 지탱하는 힘은 은명기라는 개인도, 또 은명기라는 한 인물의 역사적 삶의 궤적도 아니다. 어떤 소설에도 갈등이 존재하고, 그 갈등이 소설을 이끌어가는 데 필수적일 뿐만 아니라, 그 갈등 속에서 한 시대의 역사적 힘의 본질이 드러나는 것이라고 한다면, 이 소설에서의 갈등은 그러한 역사와는 거리가 멀다 할 수 있다. 이 소설에서의 본질적인 갈등은 은명기와 무사시의 대결, 아니 본국검과 일본도의 대결이다. 이 대결의 첫 대립이 오이타 무사시와 은명기의 대결로 나타나고, 이 일차 대립은 은명기의 승리로 끝난다. 그렇다면 이 본국검과 일본도의 대립은 무엇일까. 이 대립은 우리 역사의 알레고리이다. 본국검의 생명에 조선 민족의 삶을 가탁하는 것이다. 알레고리의 위험성은 알레고리가 알레고리로서 끝나지 않고, 그것이 현실 자체로서 행위하는 데 있다. 알레고리가 현실로 될 때, 현실은 더이상 현실일 수가 없고 알레고리의 뒤편으로 사라지고 만다. 그러나 이 소설은 역사적 현실과 알레고리가 아직 서로를 제압하지 못하는 선에, 알레고리와 현실의 경계에 서 있는 것이다. 그런 까닭에 이 소설에서 동학이 무엇인가를 묻는 것은 적절하지 못한 질문이다. 소설 속에서 동학은 이미 끝난 것이고, 다만, 그와 관련되어 남아 있는 사람들만이 있기 때문이다. 은명기와 채월의 사랑도, 전봉준, 김개남, 손화중, 이사경 등의 죽음도, 박시철의 죽음도 다 조선검과 일본도의 대립에 눌려 있기는 하지만, 아직 자신의 존재를 완전히 잃어버리지 않은 상태이다. 역사에 한 발을 걸치고, 그 역사를 무화시키는 형국이라고나 할까.

그런데 『은명기』는 낯설지가 않다. 어디선가 본 듯하다. 어디서일까. 『객지』의 작가 황석영의 『장길산』이다. 장길산에서 이미 한번 우리는 조선 검법을 만난 적이 있다. 70년대의 『장길산』에서 이미 나왔던 것을 90년대에 와서 『은명기』에서 다시 보는 것이다. 『은명기』가 지금 우리 문학에서 문제가 된다면, 바로 이 『장길산』과의 연관 아래에서이다. 90년대에 다시 살아난 『장길산』은 그러나 이미 그때의 『장길산』이 아니다. 『장길산』이 너무 이른 시기에 등장했던 영웅의 비극이고, 조선의 검법이 그와 함께 하는 것이었다면, 그런 점에서 "내일이 아니어도 좋다"는 되뇌임으로 끝나는 「객지」에 닿아 있다고 한다면, 『은명기』는 그로부터 멀리 떨어져 있다. 아직 은명기는 그런 비극적 영웅의 풍모를 지니고 있지 못하고 있다. 왜냐하면 그런 비극적 영웅은 이미 이 소설에 앞서 모두 가버렸기 때문이다. 우리가 『장길산』을 그리고 「객지」를 황석영의 한계로서가 아니라, 당대의 한계로 파악한다면, 90년대의 『은명기』 또한 90년대 속에서 이해할 수 있어야만 할 것이다. 추측컨대 『은명기』는 의병으로서 살아갈 것이고, 그리고 의병으로서의 은명기의 죽음이 아마 본국검의 죽음이고, 그리고 그것이 곧 조선 역사의 한 장이 닫힘을 의미할 것이다. 그러나 은명기는 더이상 영웅일 수 없을 것이고, 은명기의 죽음은 영웅의 죽음에는 미치지 못할 것이다. 80년대가 그 사이를 가로막고 있기 때문이다. 80년대 이전에 존재했던 『장길산』이 그리고 「객지」가 막연하나마 힘찬 예감에 기대고 있었고, 그리고 그것이 비극적 낭만성을 지니고 있었다면, 이미 그러한 예감이 현실 속에서 어떤 형태로든 실현되었고, 또 이제 그것이 한갓 환상처럼 여겨지는 지금, 『은명기』가 보이는 낭만성은 『장길산』이 보여준, 다소는 신비화된 비극적 낭만성과는 같을 수 없는 것이다. 이제 본국검은『장길산』에서 희귀하게 결합되었던 영웅으로부터 떨어져서 그 자체로만 존립하게 된다.

비극적인 영웅으로부터 떨어져 자신의 생명을 은명기를 매개로 하고 있는 본국검. 우리는 이러한 본국검의 다른 모습을 바로 우리 가까운 데서 찾아볼 수 있다. 조심스럽긴 하지만 바로 어느 스포츠 신문에 연재되었던 방학기의 만화,『바람의 파이터』를 그것이라고 할 수 없을까. 극진 가라데의 창시자 최배달의 삶을 극화한 방학기의 만화는 다른 장르로 나타나는『은명기』가 아닐까. 예술적 경지에 이른 무예에 대한 예찬, 그리고 그 뒤에 깔려 있는 민족주의. 그리고 또 하나, 진검 대결의 일본 사무라이 미야모또 무사시. 이들과 은명기가 최소한의 변별성을 유지할 수 있는 것은, 그가 역사에 담고 있는 한 발이다. 그러나 그 것이 위험천만해 보이는 것도 사실이다.

5

우리는 우리 여행에서 거쳐야 할 마지막 정거장에 도착했다. 박경리의『토지』이다. 무려 20년 이상을, 작가가 혼신의 힘으로 매달려, 올해 들어서야 열 여섯권으로 완간된 소설이다. 그러나 이 소설은 앞서의 여행에 비추어보면 매우 낯설다. 앞서의 세 소설에서는, 어찌되었건 동학이라는 사건의 한 자락이 소설 속에 펼쳐져 있었다고 한다면,『토지』에서는 이제 동학은 그 실체를 감추고, 의병 활동, 독립군 운동, 학병을 피하기 위한 피신처, 그리고 새로운 조직 단초의 원형으로서만 자리를 잡고 있다.『토지』에서 동학은 오히려 하동 평사리 사람들의 삶에 간접적인, 그러나 지울 수 없는 흔적을 남긴 어떤 힘으로서 나타난다. 김개주에게 겁간을 당했던 윤씨부인, 그 아들 환, 씨다른 동생에게 자신의 아내를 빼앗긴 최치수, 광기어린 아버지 아래서 어미 없이 자라야 하는 최서희. 이들의 삶에 동학은 동학 자체로서가 아니라 내밀한 상처를 안겨준 그 무엇으로 나타난다. 그리고 이 상처는 그들에게 있어서는 '한'이며, 그들은 상처 입고 신음하는 짐승들이다. 사실 이는 『토지』의 창작 원리이다. 동학에, 독립군에, 사회주의에 평사리 사람들을 끊임없이 직접적으로든 간접적으로든 역사는 관여하게 하지만, 그럼에도 불구하고 그 실체는 한번도 전면적으로 드러나지 않는다. 환이, 관수, 석이가 관련된 동학 잔당의 일도, 길상이가 도와주고 있는 독립군의 일도 어느 하나 구체적으로 언급되지 않는다. 단지 그 관계의 끈만을 인물들을 통해서 살펴볼 수 있을 뿐이다. 『토지』에 있어 역사는 역사적 사실로서가 아니라, 하동의 평사리 사람들의 몇 대에 걸친 삶으로, 상처받은 사람들의 모습으로만 구체화된다. 최치수, 최서희, 용이, 월선이, 그리고 이상현, 조준구의 아들 조병수 등. 심지어 거복이 곧 김두수마저 상처받은 사람이다. 그들은 아무도 역사의 앞을 내다보지 못하고 있다. 그들에게 역사의 앞날에 존재하는 것은 알 수 없는 어떤 것이다. 또 어떠한 힘이 그들을 역사 속으로 밀어넣을 것이고, 그 속에서 그들은 또 부딪치고 상처받으며 살아갈 것이다.

바로 이 점에서 『토지』는 철저히 『녹두장군』과는 대립되는 지점에서 있다고 할 수 있다. 『녹두장군』은 역사적 사건 자체의 의미를 묻고 있는 반면에, 『토지』는 역사적 사건 그 자체의 의미는 감추어지고, 오직 그 속에 적극적으로든 소극적으로든 쓸려 들어갈 수밖에 없었던 인물들의 삶을 그리고 있기 때문이다. 이들 인물들을 묶어주는 것은 바로 하동 평사리이다. 이 하동 평사리는 단지 지역적인 개념, 대부분의 등장인물의 출생지로서의 의미가 아니라, 그들이 긴박되어 살 수밖에 없는 삶의 터전이고, 동시에 끊임없이 되돌아가야 할 고향으로서의 의미를 갖고 있다. 이 고향에의 긴박이 끊어지는 것은, 곧 삶의 터전을 잃는 것이요, 역사의 소용돌이 속에서 방황하는 것이다. 만주로 간 용이나, 관수의 아들 영광, 이동진의 아들 이상현이 그러했다. 뿐만 아니라, 다른 의미에서 고향을 등진 사람들도 마찬가지이다. 김두수, 김두만 모두 고향을 등진 사람들이고 이들이 방황하기는 마찬가지이다. 삶의 안정성을 지니는 사람들은 모두 바로 이 평사리에 계속 사는 사람들이거나 아니면 되돌아오는 사람들이다. 길상이 그러하고, 한복이 그러하다. 『토지』의 후반부에 가서 소설의 구성이 느슨해지고 있는 것은 바로 소설 속에서 살아가는 사람들을 묶어주었던 평사리가, 이제 더이상 인물들을 묶어주는 끈이 되지 못하고 있기 때문이다.

『토지』가 1945년 해방으로 끝맺고 있음은 어쩌면 우연이 아니다. 어느 지점에서인가 소설은 끝맺을 수밖에 없고, 소설의 끝맺음이 소설 속의 사건을, 갈등을 일단락짓는 것이라고 한다면, 『토지』에서 그러한 끝맺음은 불가능하기 때문이다. 소설 속의 인물들은 지나치게 널리 흩어져 있고, 그 어느 누구도 이 소설의 중심임을 얘기할 수 없는 지경에까지 와 있기 때문이다. 소설의 중심이었던 평사리가 와해된 마당에 무엇이 새로운 틀로 기능할 수 있을 것인가. 이런 점에서 『토지』는 소설 구성의 면에서는 매우 취약하다. 이러한 취약함에 전적으로 소설가에게 물을 것은 아니다. 어쩌면 바로 이 긴장의 약화 속에서 진정한 역사를 발견할 수 있을지도 모르기 때문이다. 평사리의 해체는 사회분화의 심화와 농촌 공동체의 해체라는 역사적 과정을 그대로 보여주고 있다고 할 수도 있다. 또 해방이라는 것이 『토지』에서처럼 갑작스러운 것이었는지도 모른다. 우리의 역사가 그러할진대, 소설 속에서 소설 구성의 요건 때문에 역사의 본래의 모습이 제한될 수는 없을 것이다. 물론 이것이 작가에 의해 의식된 것이었다고는 할 수 없다. 그렇다면, 작가에게 요구해야 할 것은 바로 이 사실을 의식해야만 한다는 것이리라. 평사리라는 공간이 시간적으로 와해되는 과정은 틀림없이 어떤 다른 과정과 맞물려 있는 것이고, 소설 구성의 요건을 충족시키기 위해서는, 다시말해 최소한의 소설다운 결말을 이루어내기 위해서는 평사리의 와해의 저변에 깔려 있을 또다른 과정, 그리고 틀림없이 평사리의 와해로 흩어져버리는 인물들을 묶어주는 또 다른 어떤 힘을 인식하지 않으면 안되기 때문이다.

6

요새 유행하는 우스개 가운데, 덩달이 시리즈가 있다. 발음이 같거나 유사한 말들을 사용해서, 진지한 질문에 엉뚱한 대답을 하는 것이다. 이 덩달이 시리즈가 TV 코미디 프로그램에 들어가고, 이제는 이것이 역사와도 결합해 '역사는 흐른다'라는 코너를 만들었다. 덩달이 시리즈의 핵심이 말장난을 통한 의미의 무화, 의도적인 회피, 가볍게 하기에 있다고 한다면, '역사는 흐른다'는 덩달이가 역사에 개입하여 역사적 사건의 의미를 무화시켜버리는 것이다. 역사적 수난이 아니라, 역사의 수난이라 할 만하다. 짧은 이 여행을 끝내는 자리에서 왜 갑자기 이 터무니 없는 코미디가 떠오른 것일까. 최근 문학이 이와 같은 류의 것이라고 무의식중에 생각하고 있기 때문은 아닐까. 삶의 깊숙한 곳까지 들어가기를 의도적으로 외면하고, 삶의 표면만을 겉돌며 떠돌아다니는 문학들은 이 코미디와 얼마만큼의 차이가 있을까.

그나마 진지한 모습을 보이는 문학 가운데 하나가 회고·기억의 문학이다. 분노와 열정과 희망의 시대, 그리고 과학의 시대였던 80년대가 독일의 통일과, 현실 사회주의의 몰락과 함께 지나가 버린 지금, 이미 과거가 된 삶들을 정리하는 것은 필요한 것이다. 문제는 그것들을 정리하는 방식이 회고나, 기억의 형식이라는 데 문제가 있다. 회고, 기억이라는 것은 현재, 더이상 <그것 아님>이라는 의미를 지니고 있다. 현재와 과거가 본질적으로 다름이 없는 것이라면, 아무도 과거를 되돌이킬 필요가 없을 것이기 때문이다. 그러나 또 현재와 과거가 본질적으로 다른 것이라면, 그 과거는 객관적인 거리를 두고 그려질 수 있을 것이다. 그러나 기억이나 회고라면, 그것도 개인적인 과거가 아니라, 운동, 이념 혹은 희망이라는 이름이 붙여진 과거라면, 그것은 현재가 과거와는 본질적으로 다르다는 점을 인정함에도 불구하고 자신이 지금과는 다른 과거에서 발을 빼고 있지 못하다는 것을, 상실된 것에 대한 그리움을 시인하는 것이다. 80년대를 그리는 대부분의 작품들이 바로 이 경계에 어정쩡하게 놓여 있는 것은 아닐까.

사실 이 글의 출발점에서부터 머릿속을 차지하고 있었던 것은 바로 이러한 문학의 문제였다. 그리고 어쩔 수 없이 이 자리로 되돌아올 수밖에 없다. 앞에서 보았던 것은 역사를 소설화하는 네 가지 방식이라고 말할 수 있을 만한 것이었다.『녹두장군』이 역사적 사건의 흐름을 해명하는 데 멈추어 있어, 그 역사 속에서 살았던 인간들의 삶의 논리를 흐트려 놓고 있을 뿐 아니라, 사건이 끝남과 동시에 소설도 끝나지 않을 수 없었다고 한다면,『동학제』에서는 역사는 인간의 본질적인 삶의 방식이라고 생각되는 사람 사이의 본능적인 애증에 중심이 놓여 역사는 그러한 인간들의 활동의 조건이자 배경으로서의 역할만을 하고 있었고,『조선의 마지막 검 은명기』는 역사가 끝난 자리에서, 그것을 대신할 수 있는 알레고리를 찾아냄으로써, 오히려 그것이 현실적인 삶을 덮어 누르는 모습이었다면,『토지』는 역사의 과정을 개별적인 인물들의 삶의 과정 속에 흐트려 버리고 말았다. 이 네 가지 방식은 기본적으로는 역사에 대한 시각의 차이에 기인하는 것이다. 그러나 역사적 시각의 차이가, 이 소설들의 소설적 차이를 설명해주지는 못한다.『동학제』와『조선의 마지막 검 은명기』가 지니고 있는 이야기의 완결성이

『녹두장군』과 『토지』에서 불가능했던 이유는 무엇일까. 역사를 소설화하는 데 있어 역사에 적절한 거리를 취하지 못했기 때문이 아닐까. 『녹두장군』이 역사를 너무 멀리 떨어뜨려 놓았다면,『토지』는 역사를 너무 가까이 놓은 것은 아닐까. 그렇다면, 사실 이 거리두기의 실패는 양상은 다르지만, 최근 소설에서 나타나는 기억, 회고의 모습과 동일한 것일지도 모른다. 그리고 이 소설들이 만일 80년대 중반에 종결되었다면, 어쩌면 다른 모습을 보였을지도 모를 것이다. 그러나 가상은 허용될 수 없는 것. 그렇다면 적어도 90년대 초반의 이 전망이 없는, 아니 어쩌면 전망이라는 것 자체가 존재하는지 안하는지도 의문인 삶을 그 한 원인으로 생각해볼 수 있을 터인데, 만일 이러한 생각이 어느 정도 진실성을 갖고 있는 것이라면, 역사소설을 비롯한 우리 문학의 출발은 바로 이 시대에 전망이 존재할 수 있는가를 묻는 일이 아닐까.

역사 속의 개인을 넘어 역사 그 자체로서의 인간을 찾아가는 여행
●이균영,『떠도는 것들의 영혼』

1. 들어가며

이균영은 중견 작가이다. 그가 「바람과 도시」라는 단편으로 『동아일보』 신춘문예에 당선된 것이 1977년이고, 「어두운 기억의 저편」으로 제8회 이상문학상을 받은 것이 1984년이니, 벌써 등단한 지 20년이 가까이 되었고, 이상문학상으로 이름을 알리기 시작한 지도 십수 년이다. 그동안 『바람과 도시』(문학사상사, 1985)와 『멀리 있는 빛』(정음사, 1986) 등 두 권의 창작집을 낸 바 있지만 그는 여전히 신인처럼 느껴진다. 아마도 약 10여 년간 작품 활동을 중단한 것이 가장 큰 이유일 것이다. 그러나 더욱 중요한 이유가 있지 않을까. 그의 소설에는 몇 가지 반복되는 모티브가 있다. 예컨대 밭을 팔아 아들을 공부시키는 아버지의 '보리'가 그러하다. 하지만, 그러한 반복이 그의 소설을 고정시키지는 않는다. 언뜻 비슷하게 보이는 그의 소설들이 사실 각기 다른 독자의 세계를 갖고 있음을 보면 쉽사리 알 수 있다. 그는 젊은 영혼의 황폐한 내면을 들여다보기도 하며, 또 때로는 「어두운 기억의 저편」에서와 같이 무의식 속에 침잠되어 있는 분단의 기억을 되살리기도 한다. 간단히 말한다면, 그는 머무르지 않는 작가이다. 머무르지 않고 떠돈다. 떠도는 것은 자기의 세계를 발견하지 못해서가 아니다. 오히려 머무를 수 없기 때문이다. 1990년대 중반에 들어 발표한 작품들도 여전히 어러한 떠돎을 거듭하고 있다. 1995년에 발표한 「자유에의 먼 길」이나 장편 『노자와 장자의 나라』, 그리고 이 작품 『떠도는 것들의 영혼』을 보더라도 그가 여전히 새로운 것들을 다양한 방식으로 모색하고 있음을 드러내준다.

떠돎은 자리잡지 못함이다. 이는 이균영의 소설적인 모색이 그러한 것과 마찬가지로 소설 세계도 그러하다. 소설 안의 세계에도 자리잡지 못하는 혹은 자리잡지 않는 영혼들이 있다. 이 자리잡지 못함 혹은 않음은 이성적인 틀로부터 벗어나는 것이고, 하나로 묶는 것을 거부하는 것이다. 이는 소설 자체의 운명이다. 계산하는 이성의 틀은 소설에는 맞지 않는다. 소설은 이성의 틈을 파고든다. 이균영의 소설 세계는 따라서 자유로워지고자 하는 영혼들의 세계이다. 그러나 이균영이 영원한 떠돎을 바라고 있지는 않다. 그의 소설 세계 안에서 인간들은 끊임없이 자기의 자리를 찾아 머무르려고 한다. 그러나 그들은 머물지 못한다. 이균영은 자유로움의 영역으로 완전히 들어가지 못하지만, 그렇다고 영원히 떠돌고 싶어하지도 않는다. 그의 소설은 모든 소설다운 소설이 그러하듯이 여전히 떠돎과 자리잡음 사이를 오간다.

하지만 이런 사전(事前)의 지식이란 어쩌면 아무 소용도 없는 것인지도 모른다. 소설 읽기가 일종의 대화라면 말이다. 소설 읽기가 대화라는 말은 아무에게도 강제되지 않는다. 단지 소설을 읽는 많은 방식 가운데 하나일 뿐이다. 나에게 있어서도 확고한 믿음의 수준으로 올라가 있는 것은 아니다. 하물며 그것을 본질적인 관계, 곧 독자와 작품과 작가 사이에 존재하는, 혹은 존재해야만 하는 어떤 본질적인 관계, 혹은 객관적인 관계라고 말할 수는 없으며, 그렇기 때문에 이러한 방식만이 타당한 방식이라고 말할 수는 없다. 그저 지금 나는 『떠도는 것들의 영혼』을 대하면서, 하나의 대화 속으로 들어간다고 생각하고 있을 뿐이다.

대화에서 상대방에 대한 지식은 '유용'한 것처럼 보인다. 어떤 점에서? 상대방, 대화의 상대방을 '보다 잘' 이해하기 위해서? 좋은 대답일 것이다. 아니 '정답'일지도 모른다. '정답'. 하지만 한 꺼풀을 들쳐보면? 그러면 어떨까? 때로는 보다 잘 이해하고자 하는 욕망이 올바른 이해를 그르치기도 한다. 그래서 나는 내가 아는 작가이자 개인적인 친분을 갖고 있는 이균영으로부터 떠난다. 그저 하나의 텍스트에 도달하기 위하여. 어쩌면 도달할 수 없는 곳일 수도 있겠지만. 그럼에도 내가 아는 이균영을 일단 떠나, 소설가이면서 서울에 있는 한 대학의 국사학과 교수이며, 또 한때, 잠깐동안이나마, 세미나를 같이 했던, 그러한 사람으로서의 이균영을 떠나, 그저 『떠도는 것들의 영혼』이라는 하나의 소설과의 대화 속으로 들어간다.

2. 여행이라는 틀의 의미

소설은 이렇게 시작한다.

> "중국 동삼성(東三省)을 강타한 폭우 때문이었다. 엄청난 폭우가 연번 지역 곳곳의 교통을 두절시켰다는 뉴스가 우리 여행단의 일정을 깨뜨렸다."

쉽사리 눈치챌 수 있도록 표지가 부여된다. 소설을 감싸는 틀로서 여행이라는 형식이 채택된다. 그런데 왜 여행일까? 아마도 작가는 백두산을 여행할 기회가 있었을 것이고, 그 과정에서 소설이 기획되었을 것이다. 하지만 여기서 묻고 있는 것은 그러한 것이 아니다. 모든 여행이 소설을 낳는 것도 아니고, 또한 굳이 여행의 형식을 띨 필요가 있는 것도 아니기 때문이다. 그렇다면 여행이라는 형식 자체가 가질 수 잇는 의미에 대하여 생각해 볼 필요가 있다.

여행은 일상으로부터의 벗어남이다. 짜여진 틀에서의 일탈. 일탈은 낯섦을 동반한다. 낯섦이 없다면, 여행은 더 이상 여행이 아니다. 떠나지 않음과 아무런 차이가 없기 때문이다. 따라서 여행은 낯섦을 대면하는 해방의 꿈꾸기이다. 그러나 제한된 조건 아래서이다. 여행이라는 틀은 돌아옴을 전제로 하기 때문이다. 어디론가 떠나지만, 그럼에도 불구하고 돌아올 것이다. 돌아온다는 것은 이미 자리잡혀 있음을 뜻한다. 자리잡고 있음을 전제로 한 떠남을 우리는 여행이라고 부르는 것이다. 자리잡고 있지 못할 때, 그 때, 그 움직임은 여행이 아니라 방랑, 혹은 방황일 것이다. 돌아올 곳이 전제되어 있는 떠남. 따라서 여행은 소설의 안정된 형식이 될 수 잇다. 이 여행이라는 특수성이 이 소설 전체를 감싸고 있다. 이 소설 속에서 등장하는 어떤 인물도 이 커다란 틀에서 벗어나지 못한다. 모두가 돌아오기 위해서 출발한다. 어느 날 김포공항에서 서로 알지 못하는 여덟 사람이 모인다. 그들은 각기 이 여행을 통해 해방을 꿈꾼다. 무엇으로부터의 해방? 앞에서 일상이라고 말했지만, 그러나 그 일상은 각기 다르다. 모두가 지금까지의 삶의 틀을 깨고 싶어한다. 하지만 여행을 통해서 삶의 틀이 깨어질 것인가? 전혀 다른 삶으로의 이행이 일어날 것인가? 사실 모두 꿈꾸지만, 아무도 믿지 않는다. 믿는다면, 그것은 여행이 아니고 모험일 것이기 때문이다.

그들은 출발한다. 각기 다른 사람으로 만나 일 주일 간을 같이 하는 여행. '나'가 말하고 있듯이 그들은 이 여행을 조용하게 끝내기를 바란다. 만주를 통해 백두산으로 가는 여행길에서 그들은 여전히 타인이기를 바라고, 또 타인으로 남기를 바란다. 여행의 의미는 개인에게만 놓여지며, 어느 누구도 자기의 병 속에서 나오고 싶어하지 않는다. 하지만, 이러한 여행이라면, 굳이 여덟 명이나 되는 사람들이 등장할 필요가 없다. 그보다 더 많더라도, 혹은 그저 단 한 사람이라도 아무런 차이가 없다. 어차피 혼자이기 때문이다. 그렇게 되었을 때는 아마도 소설은 철저히 내면의 여행으로 끝날 것이다.

뜻 맞는 사람들끼리의 여행이 아니기에 그들은 서로 낯설다. 폭우라는 우연이, 그래서 많은 사람이 취소하게 되었다는 사정이, 그들을 여덟 명만 남게 한다. 적절하게 계산된 배치. 서로 알지 못하는 사람들과의 갈등은 예비되어 있는 것이다. 갈등이 예비되어 있다면, 소설의 마무리는 이 갈등의 해소로 이어질 것이다. 해소가 되지 않더라도 아마 해소가 될 있는 가능성의 한 부분을 드러내주는 것으로 끝날 것이다. 따라서 소설에 대한 관심은 갈등과 그 해소에 놓인다. 물론 그와 아울러 그들 사이의 관계의 변화에도 관심을 두지 않을 수 없게 된다. 북에 고향을 두고 남하한 기독교인, 지금은 정년 퇴임한 사학과 교수인 성현직, 해방 50주년 기념호 사보를 제작하기 위하여 백두산 취재를 떠난 30대 초반의 나, 여상을 나와 지금은 회사에서 회계를 보고 있다는 안성희, 6·3세대로 지금은 작은 회사를 경영하고 있는 윤사장, 그리고 그의 동행인 정체가 불분명한 30대의 일본인 카타오카, 그리고 이념 동아리에서 같이 활동하는 대학 4년생인 김영석, 고동환, 이시연. 이렇게 여덟 사람이 함께 떠난다.

3. 서사적인 공간, 백두산

갈등은 여러 부분에서 형성된다.

아마도 가장 눈에 띄는 갈등은 성현직 교수와 두 대학생 사이에 있는 갈등일 것이다. 종교적인 억압을 피해 고향을 버리고 남하한 성교수와 소위 '엔엘파'에 속하는 고동환과 김영석 사이의 갈등은 현실 인식, 곧 1920-30년대 만주의 항일 혁명 운동에 대한 인식과 평가의 차이에서 오는 것이며, 또한 이는 기본적으로 이념의 차이에서 오는 것이지만 또 한편으로는 체험과 이념 사이의 갈등이기도 하다. 그리고 이러한 차이는 한반도 정권의 정통성의 문제로까지 이어진다.

이러한 논쟁은 아직 대중화되지 않은 역사적 사실에 대한 이해를 높이는 기능을 한다. 이들 사이의 논쟁과 대화를 통해서, 김일성의 활동을 비롯한 1920-30년대에 있었던 항일 무장 투쟁의 실상들이 알려진다. 그 활동들이 어떻게 평가될 수 있건 간에 역사적인 사실은 사실인 것이고, 이러한 역사적 사실의 확인은 아직 잘 알려져 있지 않은 역사적 실상에 대한 지식의 증대, 때로는 잘못 알려져 있는 역사적 사실에 대한 교정의 역할을 한다. 하지만 이러한 기능은 소설 속에서는 부차적인 것이 불과하다. 이들의 대립은 비록 상대의 평가에 동의하지는 않지만, 상대방이 지니고 있는 역사에 대한 관심과 열정을 이해하는 선에서 해소된다. 이를 불철저함이라고 말할 수는 없다. 앞에서 말했듯이 이 논쟁이 일어나고 있는 것은 여행이라는 틀 속에서이기 때문이다.

또 하나의 문제는 역사라는 커다란 흐름과 그 흐름 속에서의 개인의 문제이다. 지금 현재를 살아가는 우리에게 도대체 과거의 역사는 무엇인가, 또 거대한 역사의 흐름 속에서 도대체 개인이라는 존재는 어떠한 존재인가. '나'나 윤 사장이 말하고 있듯이 도대체 그것이 나에게 무슨 문제란 말인가. 도대체 지금 무얼 어떻게 할 수 있는 문제인가. 체험으로건 혹은 이념으로건 지나간 역사와 밀접히 관련되어 있는 사람들과 그렇지 못한 사람들의 문제. 그리고 기껏해야 7-80년을 사는 한 개인과, 그 개인이 속해 있는 시간의 방향의 문제. 아니 그보다도, 어쩌면 이는 일상적인 삶과 '역사'라고 불리는 커다란 힘의 문제인 것이다. 이 여행에 참여하고 있는 어느 누구도 이 문제에서 자유롭지 않다. 그러나 나는? 독자는? 이 대화에 참가하고 있는 불특정한 수많은 사람들은? 그들은 어떠한가? 자유로운가? 그들 역시 자유롭지 않을 것이다. 그 스스로 선택에 의해 무엇인가를 행하지는 않았음에도 불구하고, 결국은 그들이, 우리가 역사이기 때문이다. 역사적 존재로서의 개인의 책임을 묻는 것은 손쉽다. 그러나 화자인 '나'가 그러하듯이 작가는 망설인다. 손쉬운 '정답'을 만들어내지 않기 위하여.

소설의 중간 중간에서 펼쳐지던 각 개인의 삶은, 관찰자인 나를 제외한 다른 삶들은, 소설의 말미에서, 소설의 정상에서, 천지를 바라보면서 그 삶의 한 자락이 완전히 펼쳐진다. 그들의 삶의 한 자락이, 그것이 대학생들이 말하는 것처럼 삶의 이념이든, 혹은 성현직에게서 보이는 것처럼 현실이든, 완전히 펼쳐지고, 그 펼쳐진 삶은 한 군데로 모인다. 현실에서의 승리자가 아닌 패배자로서, 혹은 결손을 가진 자들로서, 그들은 백두산 정상에 서고, 그 백두산 정상에서 내려오면서 그들 사이에는 일순간 벽이 사라지고, '자연'의 모습을 얻는다. 그 자연의 모습에 동화되면서, 그들은 천진한 아이처럼 된다. 그리고 그 한가운데에 신화로서, 전설로서, 역사로서, 그리고 현실로서 백두산이 있다.

저쪽 일행들의 합창이다. 강용철과 나는 뛰었다. 구부러진 길을 돌자 윤우섭 사장, 카타오카, 한성희, 이시연, 고동환, 김영석이 둥글게 서 있었다. 서로 어깨를 감싸고 비틀거리며 지껄이며 놀을 배경으로 우리와 함께 사진을 찍기 위해 기다린 듯했다. 강용철이 카타오카로부터 카메라를 받아들었고 나는 김영석의 옆으로 가 섰다. 이시연이 모자를 벗어든 손을 치켜들고 "아, 잊을 수 없어! 영원히!"하고 외쳤다.

영원한 건 백두산, 우리 생애를 넘어 현실을 넘어 역사를 넘어 있다.

안성희가 "저 놀 좀 봐!"하고 덩달아 외쳤고 고동환, 김영석, 카타오카가 어린아이들처럼 깡충깡충 뛰어다녔다. 만주 자작나무 원시림의 어둠에 놀이 조금씩 빠져들고 있었다.

이들은 이처럼 낯선 사람으로 만나 백두산을 매개로, 아니 백두산에 얽혀 있는 자신의 과거들을 매개로 그들은 더 이상 낯설지 않게 된다. 끊임없이 작가가 그 화해가 아니고, 또 그들이 돌아간 뒤에는 또 자기 몫의 현실을 살아 나갈 것이고, 그 현실 속에서는 또 다른 혹은 순간의 화해로서는 해결할 수 없는 수많은 모순이 있을 것이라고, 고동환과 김영석과 이시연은 졸업을 하고 이제 각기 다른 삶 속에서, 김영석의 말을 빈다면, 경영자 수업에서, 그리고 유학생활 속에서, 그리고 돼지새끼 같은 동생들을 먹여 살리는 생활인으로서 살아갈 것이라고, 나 역시 그러할 것이라고, 끊임없이 깨우치고 싶어하지만, 그러나 그럼에도 그들은 백두산 천지라는 공간 속에서, 그 자연 속에서 혹은 신화와 설화 속에서, 하나가 된다.

앞에서 제기되었던 문제들과 갈등들이 해소되는 것은 하나됨을 통해서이다. 그리고 이러한 하나됨을 만들어주는 것이 백두산이라는 공간, 서사시적 공간이다. 이를 소설의 해결이라고 하는 것은 이 해결이 현실적인 해결은 아니기 때문이다. 역사적 정통성의 문제나, 아니면 이념의 문제, 또는 역사 속에서의 개인의 문제는 이 소설 속에서 해결되지 않은 채로, 소설 텍스트와 대화하는 독자의 문제로 남는다. 서사시적인 공간 속에서 해소되는 것은 인간의 문제이다. 이념의 문제로, 혹은 또 다른 개인적인 문제로 형성되었던 개인간의 갈등이 이 공간 속에서 해소되는 것이다.

이런 점에서 본다면, 안성희라는 인물의 존재가 다시금 해석될 수 있다. 돈 문제에 매섭게 파고드는, 어떤 점에서 집착한다고 볼 수 있는 면과 아울러 어린아이 같은 천진함을 함께 가지고 있는 안성희라는 존재는 소설의 끝 부분에 와서야 비로소 소설 속에서의 존재 의미가 온전하게 밝혀진다.

백두산 숲 속에서의 안성희의 특수한 체험, 환영 속에서 먼 옛날 일본과의 싸움 속에서 죽어갔던 할아버지의 목소리를 듣는 체험, 이 체험을 통해 그리고 이 체험을 공유함으로써 인간들 사이의 갈등은 해소된다. 여행의 처음부터 안성희라는 인물에게 부여되었던 끊임없는 관심은 실상 이를 예비하기 위한 것이다. 이름 없이 죽어 간 항일 유격대의 자손, 지금은 상고를 졸업하고 회사의 경리로 있는 평범한 한 여인으로 하여금 과거와 만나게 함으로써, 가장 일상적이고 평범한 한 여성을 통해서 과거가 지금에 미치고 있는 영향을 드러냄으로써, 그리고 그를 통해서, 항일 유격대와 그 자손을 만나게 함으로써 비로소 소설은 결말을 향해 나아갈 수 있는 전기를 마련하는 것이다.

하지만 이러한 서사시적 공간 속에서의 화해, 혹은 하나됨으로 소설이 맺어진다면, 이 소설은 소설 이전의 것이거나 아니면 소설 이후의 것이 될 것이다. 이 소설이 소설적 몸을 갖추는 것은 다른 지점에서이다. 이 갈등과 화해의 뒷면에 또 하나의 현실로서 존재하는 이가 있기 때문이다. 강용철이다. 이 소설은 소설의 끝에서야 비로소 자신의 존재를 드러내는 강용철을 통해서 처음부터 다시 읽힐 수 있다. 여행자 여덟 사람에게는 모두 과거의 역사적 현실인 것이 강용철에게는 바로 지금의 현실이기 때문이다. 여행자들의 갈등이 소설 속에서 쉽게 해소가 되는 것은 어쩌면 강용철이라는 존재가 있기 때문이다. 이름도 없이

죽어 간 항일 혁명 운동가의 자손이며, 사회주의 사회에서 대학 교수
인 사람, 사회주의의 개방 정책의 가운데 쓸려 들어온 돈의 물결 속에
가족이 흩어지고, 스스로도 돈 때문에 비열한 사기꾼으로 전락한 인간,
그러면서도 아니 그렇기 때문에 원시적 공동체, 원시적 공산주의의 한
상징인 '삼원사'에 가기를, 비록 그것이 종교와 같은 역할을 한다는 사
실을 알면서도 여전히 꿈꾸는 사람. 성교수와 대학생들 사이에 있었던
대화에서 드러났던 그 수많은 역사적 과거가 현재로 나타나는 사람,
조선족이면서도 남과 북 어디에도 속하지 못하고, 또 우리의 역사를
알지 못하면서도, 그 역사를 고통으로서, 몸으로 살고 있는 사람. 그가
강용철이다. 이러한 강용철의 존재는 소설의 끝에서 비로소 소설 전체
에 걸쳐 배면에 깔리게 되는, 또한 한 번도 여덟 사람의 논의에 참여
하지 않으면서도 항상 그 속에 존재하게 되는, 그리고 그럼으로써 여
덟 사람 사이의 논의와 그들의 화해, 그리고 그들의 삶을 비추는 거울
로서의 존재이다. 여행이라는 형식을 다시금 문제삼는다면, 강용철은
여행자가 아니며, 백두산 등정은 이 소설의 등장인물들이 그렇듯이 일
상으로부터의 벗어남이 아니라, 바로 일상, 먹고 삶이라는 점에서 여행
자들이 남쪽에 남겨 두고 온 삶 그 자체이다. '나'나 다른 사람에게는
강용철이 여행이라는 한 과정 속에서의 경험이지만, 그리고 그것은 새
로운 체험일 수 있지만, 강용철에게는 이들의 여행 자체가 일상, 매일
고통스러울 수밖에 없는 일상인 셈이다. 그런 점에서 강용철은 이들
여행자들에게는 이질적인 존재이지만, 그러나 그 역시 삼원사를 꿈꾼
다는 점에서, 그리고 그 꿈은 바로 찢겨진 일상에서의 벗어남이라는
점에서, 결국은 여행자들과 동질적인 셈이다.

4. 여행의 끝
—새로운 가능성

다시 우리의 출발점으로 되돌아가 보자. 이 글의 앞부분에서 여행이라는 형식이 갖는 의미를, 그리고 소설 속에서의 기능을 문제삼았다. 그리고 이 논의의 끝에서 다시 '여행'이 문제되는 지점에 와 있다. 이 여행이 형식이라는 점은 이 소설이 갖고 있는 아슬아슬한 균형의 지점일지도 모른다. 두 개의 다른 삶, 과거를 보는 것이건 아니면 새로운 어떤 삶을 준비하는 하나의 매듭이건 혹은 그저 색다른 경험이건 그 어떤 것이건 일상적인 삶으로부터의 잠깐의 벗어남으로서의 여행과, 그 '여행' 자체가 먹고사는 삶일 수밖에 없는 삶, 곧 여행자의 삶과 여행 안내자의 삶 둘 다를 묶어 내기 위해서는 여행이라는 형식을 통하지 않으면 안 되지만 또한 여행이라는 형식으로는 완전히 묶어낼 수 없기 때문이다. 이 소설이 중편의 형식이면서도 장편의 분량을 갖추고 있는 것도 이 때문이다. 이 소설은 여행이라는 형식으로 닫혀 있고, 또 그 여행이라는 형식이 이 소설에 잠재되어 있는 것들을, 여행의 안에 있으면서 또한 여행의 밖에 있는 강용철의 존재를 감당할 수 없기에 열려 있다.

이러한 점은 이 소설이 갖고 있는 제약, 아니 아쉬움이라고 말할 수 있을 것이다. 왜냐하면 이러한 여행이라는 틀을 생각하지 않는다면, 이 소설은 훨씬 더 풍부해질 수 있기 때문이다. 가장 아쉬운 점은 등장인물들의 삶의 다양성이 충분히 펼쳐지고 있지 않다는 점이다. 물론 소설 속에서 모든 인간들의 삶이 다 그려질 수는 없을 것이다. 하지만 소설의 초점이 역사적 사실을 대하는 인간에, 그리고 어쩔 수 없이 역사 그 자체인 인간에 놓여져 있다면, 역사가 개인의 삶과 만나는 지점이 좀더 풍부하게 그려질 필요가 있지 않을까. 상당히 많은 공을 들인 안성희라는 인물의 행동 사이의 연관성이 불분명하게만 드러나 있고, 특히 카타오카라는 인물의 경우, 상당히 간략하게만 처리되어 있어 이 소설의 끝에서도 여전히 소설 가운데서 '나'가 던졌던 의문, 곧 그가 어떠한 사람인가, 누구인가라는 의문에 대한 대답은 보이지 않는다. 그러나 무엇보다도 아쉬운 점은 여행이라는 형식의 완결성이 삶의 연속성, 다시 말해서, 여행 '이후', 특히 백두산 등정에 상당한 무게를 싣고 있었고, 또 안팎의 갈등을 예비하고 있는 세 대학생과 그들의 관계를 어림할 가능성이 제한되어 있다는 점이다.

하지만 우리가 이 작품 자체와의 대화에서 벗어나 그 밖으로 나온다면, 그래서 작가 이균영을 다시 만난다면, 이러한 아쉬움은 새로운 영역을 기대하게 해 주는 부분일 수도 있을 것이다. 왜냐하면 이균영이 개인의 내면 속에서, 혹은 가족이라는 틀 내에 한정되어 전개시켰던 '역사'의 문제가 보다 넓은 관계 속에서 펼쳐질 수 있을 것이라는 기대를 갖게 해 주기 때문이다. 그리고 그 속에서, 떠돎과 머묾이라는 그의 소설의 주제가 개인과 사회의 대립, 혹은 자아와 세계의 대립이라는 틀을 넘어 역사 그 자체인 인간의 형식을 띨 수 있을 것이기 때문이다.

기구한 삶과 역사적 운명 사이
●『여명의 눈동자』(김성종)의 윤여옥

　우리가 문학 작품을 읽는 이유는 여러 가지이다. 문학 작품을 통해서 타인의 삶을 간접으로 체험하기도 하고, 자신이 도저히 접하기 어려운 또 다른 운명을 만나기도 한다. 혹은 고통스러운 현실의 삶을 문학 작품의 주인공을 통해서 보상받기도 하고 타인의 생을 엿보고 즐거워하기도 한다. 그리고 그를 통해서, 감동을 얻고, 교훈을 얻으며, 또 '쾌락'을 얻기도 한다. 문학 작품을 읽는 이유가 어떠한 것이든 그리고 그로부터 얻는 즐거움이 어떠한 것이든, 우리는 문학 작품 속에서 만나는 것은 '인간'이다. 그 인간이 선하건 악하건 그것은 그리 중요하지 않다. 또한 주인공이 완전한 인물이기를 요구하지도 않는다. 우리가 문학 작품 속에서 보는 것은, 또 보고자 하는 것은 한 인간이 자신에게 부과된 운명에 어떠한 방식으로 대면하고 그 운명을 어떻게 헤쳐나가는가 하는 것이기 때문이다. 주인공과 운명 사이의 틈이 깊을수록, 다시 말해서 운명이 인간에게 도저히 피할 수 없는, 어찌할 수 없는 힘으로 다가올수록 인간 이해의 폭은 더욱 커질 것이다. 그 운명은 남녀의 사랑이라는 개인적인 모습으로 나타날 수도 있고, 역사적 필연이라는 이름으로 나타날 수도 있다. 그 운명이 여하한 것이건 운명과의 만남이 인간적 삶의 깊이를 보여줄 때 우리는 감동을 받는다. 인간의 고통, 인간의 기쁨, 절망, 곧 인간적 진실을 이해하는 것이다. 많은 문학 작품이 한계 상황 속에서의 인간의 모습을 그리는 것은 이 때문이라 할 수 있다. 한계 상황 속에서 인간적 진실이 가장 극적으로 표출되기 때문이다.

우리는 해방 이후 우리 문학사에 커다란 자취를 남긴 문학 작품들 속에서 '역사'라는 운명과 조우한 인간들을 만난다. 『광장』의 이명준, 『겨울 골짜기』의 여러 민중들, 『태백산맥』의 염상진 형제가 그러한 운명의 인간들이다. 그들은 어쩔 수 없이 이데올로기의 대립이라는 역사 속에 매몰되기도 하고, 역사 속으로 들어갔다가 이데올로기라는 '암초'에 걸려 헤어나지 못하기도 한다. 우리가 『여명의 눈동자』에서 만날 수 있는 인물, 윤여옥도 그러한 인물들 가운데 하나일지도 모른다. 식민지 시대 학도병으로 끌려갔다가 도망친 두 명의 남자의 사랑 사이에서, 그리고 남과 북 사이에서, 사랑을 찾아 나섰던 여인, 여옥. 『여명의 눈동자』는 그의 삶을 날실로 하여, 각기 다른 방식으로 여옥을 사랑하는 두 사람, 남과 북으로 갈라설 수밖에 없었던 하림과 대치의 삶을 씨실로 엮고 있다. 작가는 그들을 식민지 시대부터 한국 전쟁에 이르는 우리 민족의 수난사의 한가운데에 던져 넣고 있다. 우리의 관심을 끄는 것은 이들이 이 민족 수난의 역사를 어떻게 뚫고 나가는가 하는 것이다.

여옥의 삶은 이들 세 사람의 삶의 한가운데 있을 뿐만 아니라 정신대로 표상되는 식민지 여성의 수난의 한가운데, 그리고 남과 북의 대립 한가운데 놓여 있다. 그러나 그럼에도 불구하고 그의 삶은 철저하게 개인적인 것이다. 그가 정신대에 끌려갔었고, OSS대원으로 활동하고, 또 북의 첩보원으로 활동하였다는 것은 틀림없는 역사적인 사건이지만, 여옥에게는 외적인 것에 불과하다. 그를 살아 있게 만든 것은, 그리고 무엇인가를 선택하지 않으면 안되었을 때 그 선택의 기준은 생존의 욕구였고, 그리고 대치에 대한, 그리고 대치와의 사이에서 얻은 아이에 대한 사랑이었기 때문이다. 그는 자신에게 부과된 운명을 거부하지 않는다. 자신에게 부과된 운명에 충실하게 따라가는 것, 그것이 그의 삶이다. 그가 수많은 일을 하여도 여전히 그의 삶이 수동적으로 느껴지는 것은 그가 자신의 운명의 의미에 대해 되돌아 질문하지 않기 때문이다. 아니 질문을 하지 않는 것이 아니라 그 대답을 찾으려 하지 않는다. 오직 '사랑'이라는 이름으로 버텨나갈 뿐이다. 역사에 대해서, 아니 역사에도 불구하고 '순수한' 채로 남아 있는 이러한 여옥의 삶을 우리는 비역사적인 삶이라고 말할 수 있을 것이다. 역사 속에 있으면서도 철저히 비역사적이고자 한 인물이 바로 여옥이다. 그러나 우리는 여옥의 삶과 선택이 비역사적이라고 해서 그를 비난할 수는 없다. 개인이 지니고 있는 역사에 대한 의식이란 큰 것일 수도 있고, 때로는 개인적인 욕망보다 한없이 작은 것일 수도 있기 때문이다. 또한 우리는 그들이 자신의 운명에 대해 적극적이지 못하다고 해서 그들의 삶을 의미없는 것이라고 평가할 수는 없다. 운명에 대해 적극적이건 혹은 소극적이건 운명이란 피할 수 없는 것이기 때문이다. 그리고 작가가 말하고자 하는 것도 바로 이것, 외적인 고난에도 불구하고 여옥이라는 인간의 삶의 밑바닥에 다치지 않고 고스란히 유지되는 순수함일지도 모른다.

그러나 이제 우리가 눈을 여옥이라는 인간이 아니라 『여명의 눈동자』라는 문학작품으로 돌린다면 우리는 달리 생각해 보아야 한다. 우리는 작가 김성종의 노력을 대단히 높게 평가할 수 있고 또 평가해야 할 것이다. 다른 어떤 무엇보다도, 『일간스포츠』라는 지극히 대중적인 매체에 무려 5년이라는 시기에 걸쳐, 우리 민족사의 격동기의 삶을 집필했다는 점에서 그의 노력은 상찬받을 만하다. 그리고 그것이 TV드라마로 만들어져서 보다 많은 대중에게 공유될 수 있었다는 점도 잊어서는 안될 사실이다. 그러나 그것을 곧바로 문학적 성과로 받아들일 수는 없다. 우리가 전쟁을 다룬 문학작품에서뿐만 아니라 모든 소설에서 보고 싶어하는 것은, 그리고 보아야만 하는 것은, 단지 역사의 소용돌이 속에서 희생된 한 인간이 아니라 그의 운명이다. 그러나 우리는 『여명의 눈동자』에서 주인공의 운명으로서의 역사를 만날 수 없다. 작품 속에서 인간은 역사를 만나지 않는다. 오직 존재하는 것은 대치와 여옥과 하림의 만남일 뿐이다. 하림이 여옥에 대해 끝없이 희생적인 사랑을 바치는 것, 그리고 대치가 여옥의 사랑을 개인의 출세를 위한 발판으로 삼는 것은 모두 개인적인 것이다. 그리고 그것이 개인적인 것이라는 사실은 여옥의 비역사적이고 개인적인 삶이 그러하듯이 아무런 문제도 되지 않는다. 문제는 그러한 개인적인 삶이 역사마저도 개인적인 것으로 만들어버린다는 점이다. 대치라는 인물을 통해서 역사적인 것으로서의 사회주의가 개인의 약욕으로 대체되고 마는 것이나 하림이라는 인물이 자유 민주주의의 화신으로 나타나는 것 모두 역사를 개인적인 것으로 만드는 것이다. 우리는 작가가 가지고 있는 자유 민주주의와 사회주의에 대한 개인적인 호오를 문제삼는 것이 아니다. 개인적인 판단이 어떠한 것이든간에 민주주의와 사회주의는 우리 사회에서 역사적인 삶에 뿌리를 박고 있는 것이었고, 따라서 그것은 역사적인 것으로서 그려져야 한다. 그렇지 않고서는 '이데올로기의 대립'으로서의 한국 전쟁은 이해할 수 없는 역사적 해프닝을 넘어서지 못할 것이고, 한국 전쟁을 그러한 것으로서 다루는 문학은 3류 반공 문학이나 관변 문학을 벗어나기가 어려울 것이다. 『여명의 눈동자』를 작가의 노력에도 불구하고, 『광장』과 『태박산맥』의 반열에 같이 놓기 어려운 이유는 바로 이것이다.

우리는 이미 『광장』에서 『태백산맥』에 이르는 문학적 성과를 갖고 있다. 한국 전쟁을 다룬 어떠한 문학도 이 성과에서 자유로울 수는 없다. 또한 우리의 평가도 이를 기준으로 하지 않을 수 없다. 그리고 바로 이들이 도달한 지점에서 출발하지 않을 수 없다. 역사가 역사적인 것으로 그려질 때 비로소 우리는 '기구한 삶'을 넘어서는 '운명'을 그리고 '인간'을 만날 수 있을 것이다. 그리고 우리가 기대하는 문학은 바로 그러한 문학일 것이다.

김남천 창작방법론 연구

1. 서론

1930년대의 한국 문학사를 검토한다는 것은 매우 의미 깊은 작업이다. 그러나 이 말은 결코 그 이전의 문학사 또는 그 이후의 문학사를 검토하는 것이 무의미하다는 것을 말하는 것은 아니다. 봉건사회의 질곡을 깨치고 근대로 향하여 나오려는 움직임이 드러나는 이조 후기의 문학, 제국주의의 침입으로 인해 자생적인 운동력이 패배하는 개화기, 근대 문학의 수립을 위해 노력하면서, 한편으로 피지배계급, 억압받는 계급을 인식하기 시작하고 그것이 하나의 운동으로서 정착되는 20년대, 그 모두가 검토할 만한 충분한 의미를 지니는 시기이다. 그럼에도 불구하고 30년대의 문학에 큰 의미를 부여하는 것은 30년대 문학이 '인간의 삶의 과정에 있어서 문학은 어디에 위치하여야 하는가?'라는 문제를 제기함과 아울러 그에 대한 여러 가지 대안을 제시하고 있기 때문이다. 1930년대 초의 정치 곧 문학이라는 사고나 1930년대 후반의 소극적 저항의 한 방식으로서의 순수 문학의 지향, 또는 식민지 지배

권력에 굴복하고 마는 친일문학은 모두 위에서 제기한 문제에 대한 해답이기 때문이다. 그것이 극단적인 형태를 띤다는 점에서 30년대의 의미가 드러나는 것이다. 이상과 같은 점에서 김남천이라는 문학인을 1930년대의 문학사와 연관시켜 보는 것도 중요한 의미를 띤다. 단지 그가 1930년대 전반에 걸쳐서 활동을 했다는 단순한 의미에서 문제가 되는 것이 아니라 '인간의 삶에 있어서 문학이 어디에 위치하여야 하는가, 또한 문학은 어떠한 의미를 지니고 있는가'의 문제를 끊임없이 제출하고 그에 대해 대답하지 않으면 안 된다고 생각했던 작가이자 비평가였기 때문이다. 또한 작가이자 비평가였다는 점이 그를 더욱 문제적으로 만든다. 작가로서의 요구와, 작가를 지도해야만 하는 비평가로서의 요구를 한 몸에 지니고 있음으로써 제국주의적 파시즘의 폭압 아래서 "문학을 통한 개인적 실천에 대한 모종의 결단과 창작방법의 모색 문제"[1]를 회피할 수 없었기 때문이다. 본고는 이러한 문제를 김남천이 어떻게 대면하고 해결해 나가는가를 그의 창작방법론의 변화과정을 중심으로 살펴보려 한다.

김남천에 대한 연구 성과는 그리 많지 않다. 그중 일정한 성과를 낳았다고 생각되는 연구자로서는 김윤식, 최유찬, 강영주, 정호웅 네 사람을 들 수 있다.[2] 『한국 근대 문예 비평사 연구』(한얼문고, 1973)에서 전형기의 문학을 다루는 장에서 이원조의 포즈론과 관련시켜 논한 김윤식 교수는 이후 『한국 근대 문학 사상사』(한길사, 1984)와 『한국 현대 소설사 연구』(을유문화사, 1987)에서 계속적으로 김남천의 문학론

---

1) 정호웅, 「30년대 리얼리즘 문학의 한 양상」, 『한국학보』, 1986. 겨울, 130쪽.
2) 이 외에도 김남천과 관계된 것으로는 다음과 같은 논문이 참고가 된다.
　　김주일, 「1930년대 후반기 장편소설론의 사적 고찰」, 연세대 대학원, 1985.
　　이동하, 「1040년대 전후의 소설에 나타난 지식인상」, 『국어국문학』, 1985.12.
　　김동환, 「1930년대 한국 전향 소설 연구」, 서울대 대학원, 1986.
　　류보선, 「1920-30년대 예술 대중화론 연구」, 서울대 대학원, 1986.

을 다루고 있다. 특히 위의 두 저작은 김남천의 「소설의 운명」(『인문평론』, 1940.11)에서 드러나는 루카치의 소설론과의 연관 관계를 중심으로 살피면서 파시즘의 시대에 문학을 통한 시대 넘어서기를 감행하는 김남천의 모습을 잘 드러내 준다.

강영주의 경우3) 장편소설론을 중심으로 당대의 소설론을 검토하면서 김남천의 소설론을 포함시키고 있다. 최유찬의 경우4)는 변증법적 리얼리즘, 사회주의 리얼리즘, 비판적 리얼리즘의 의미를 검토하면서 각각의 중심을 김기진, 임화, 김남천에 두고 있는데, 김남천을 30년대의 제 평론을 규정하고 재는 자(尺)로서 설정하고 있다. 그러나 20년대의 규준으로서의 김기진과 30년대 후반의 김남천이 리얼리즘이라는 측면에서 어떠한 연관 관계를 지니는가를 밝히지 않고 있음으로서 20년대와 30년대를 연속적인 것으로 파악하지 못하고 있을 뿐만 아니라 그럼으로써 리얼리즘에 대한 연구자의 입장도 일관성을 획득하지 못하고 있다. 정호웅의 경우5)는 이와는 달리 김남천의 창작방법론과 작품을 함께 검토하면서 김남천의 두 축을 '작가의 결단'과 '리얼리즘'으로 설정하고 그 두 축이 어떻게 교차하면서 진행되고 있는가를 드러내려 하고 있다.

이상의 제 연구 성과는 공통적으로 '리얼리즘'을 김남천의 중심으로 삼고 있으며, 그를 통해 30년대 리얼리즘 논의의 수준과 발전 가능성을 드러내 주었다는 점에서 큰 성과를 낳았다고 생각한다. 그러나 김윤식 교수의 경우 30년대 말 40년대 초의 평론에 지나치게 편중하여 논의함으로써 그 이전의 모습이 약화되어 있으며, 또한 루카치의 수용 양상 및 장편 소설 논의에 과도한 비중을 두고 있다. 강영주, 최유찬의

---

3) 강영주, 「1930년대 소설론고」, 서울대 대학원, 1976.
4) 최유찬, 「1930년대 한국 리얼리즘론 연구」, 연세대 대학원, 1986.
5) 정호웅, 윗글.

경우, 전자는 동시대인과의 대비에 한정이 되어 있고, 후자는 35년 고발문학론에서부터 40년대 루카치에 이르는 과정을 고발문학이라는 큰 틀 속에 묶어 설명함으로써 그간의 변화를 부차적인 것으로 설명하고 있는 한계가 보인다. 정호웅의 경우 평론만을 다룸으로써 드러난 종전의 한계를 극복하기 위해 소설에 대한 검토를 포함시켜, 소설과 평론을 함께 논의함으로써, 김남천에 대한 전체적 조망을 시도하였으나, 평론과 소설의 내적인 연관 관계에 대한 해명이 부족하여 평론과 소설이 이분화되어 있는 양상을 드러내고 있다. 특히 소설에서 귀착되는 '소시민적 생활에의 안주'와 평론에서 드러나는 '시대의 넘어서기' 사이의 관련에 대해서는 더 많은 깊이 있는 천착이 필요하다고 생각한다.

본고는 이상의 제 연구 성과를 충분히 수용하면서 김남천의 창작 방법론의 변화 과정을 중심으로 살펴보고자 한다. 김남천의 경우 그의 창작방법론과 작품 활동을 분리하여서는 올바른 결론에 도달할 수 없음은 물론이다. 왜냐하면 당대 비평가의 한 사람인 안함광의 표현대로, 그의 창작방법론과 실제 작품 활동과의 관계는 "이론(주장)과 실제의 경주"[6]이기 때문이다. 다시 말하면 그의 창작방법론은 그의 창작적 경험을 바탕으로 한 것으로 작가적 입장에서 빚어진 것이기 때문이다. 이러한 사시리 그의 방법론과 작품을 분리시키기 어렵게 만든다. 그러나 그것이 창작방법론과 작품과의 관계가 언제나 직접적이라는 것을 의미하지는 않는다. 왜냐하면, 우선적으로 창작방법론이 논리적 성격을 띠지 않을 수 없는 것임에 비해서 작품의 경우 삶에 대한 기본적인 감각에 밀접히 연관되어 있으며, 또한 언제나 직접적이지 않으면 안 되기 때문이다. 그리하여 창작방법론과 작품을 동시에 다룰 때 빠지기 쉬운 위험은 그 어느 하나로써 다른 하나를 재단하던가 또는 각각을

---

6) 안함광, 「작가 김남천 : 문학의 주장과 실험의 세계 — <대하>의 작자의 걸어 온 길」, 『비판』, 1939.9, 63쪽.

완전히 분리시켜 추상화한 다음 그 추상화된 것을 대비해봄으로써 작품과 창작방법론이 갖는 관계를 약화시키게 될 위험이다.

본고에서는 일단 김남천의 창작방법론에 초점을 맞추어 창작방법의 변화의 논리를 밝혀내고자 한다. 이는 이전의 연구 성과에 대한 일정한 비판이기도 하다. 변화의 다양한 양상에 초점을 둘 것인가, 아니면 내재하는 지속성에 초점을 둘 것인가는 물론 양립할 수 있는 것으로, 한 편이 다른 한 편을 배제하는 것은 아니다. 그러나 이전의 연구가 후자의 측면에 기울어져 있었으며, 주제별로 분리하여 동시대 평론가의 논의와 비교하는 데 노력하였음을 고려하여 본고에서는 전자의 측면을 밝히는 데 노력하고자 한다.

이는 또한, 창작방법론 연구가 단순히 이론적 수준의 검토에서 그쳐서는 안 된다는 점에서도 그러하다. 창작방법론은 한 시대를 살아가는 지식인 작가가 현실에 대응하는 방식의 하나로서 받아들여져야 한다(이는 물론 작품에도 해당되는 문제이다). 김남천의 창작 방법론은 자기 자신의 한계와 동시에 시대의 중압을 돌파해 나가려는 의식의 소산이며 그 지향점에 리얼리즘이 놓여 있다. 김남천이 리얼리즘을 한계 극복의 단 하나의 길로 삼았을 때, 그 리얼리즘이 어떠한 모습인가를 살피는 것이 바로 본고의 목적이 된다. 다시 말해서, 자신의 한계와 시대의 중압을 돌파해 나가기 위한 방식으로서의 리얼리즘이 어떻게 논리화되어 있는가를 살펴보려는 것이다.

이 때 그의 소설 작품에 대한 고찰은 부차적인 것으로 된다. 창작방법론의 내용·구조 및 변화의 과정을 확정하는 데 도움이 되는 한도 내에서만 작품이 검토될 것이다. 따라서 작품의 선택이 불가피하게 되는데, 본고에서는 다음과 같은 기준에 따랐다. 첫째로는 자신의 창작방법론과 극히 밀접한 관계를 작품으로서, 「춤추는 남편」, 「처를 때리고」, 「제퇴선」, 「대하」 등의 작품이 이에 속한다. 이들 작품은 김남천이 자신이 제시한 창작방법론을 직접적으로 적용한 것들로, 이들 작품을 통해서는 창작방법이 실제적으로 어떻게 적용되었는가가 드러날 뿐만 아니라, 전체적인 의식의 한계가 드러남으로써 다음 방법론으로 이행해 가는 계기를 포착해 낼 수 있으리라고 보인다. 둘째로는 창작방법론과의 직접적인 연관 관계는 없지만, 그럼으로써 오히려 김남천의 의식을 읽어 내는 데 필수적이라고 생각되는 작품이다. 이러한 작품으로는, 「포화」, 「철령까지」, 「길 우에서」, 「사랑의 수족관」, 「속요」, 「경영」, 「낭비」, 「맥」, 「등불」 등을 들 수 있다.

2. 초기 비평의 양상
—작가의 개인적 실천과 리얼리즘의 단초

김남천의 초기 비평 활동은 1930년 6월 『중외일보』에 김효식(金孝植)이라는 본명으로 발표한 「영화 운동의 출발점 재음미」를 시작으로 하여 KAPF 해산 전까지의 활동, 즉 1934년 3월 『형상』에 발표한 「창작 방법에 있어서 전환의 문제」까지에 이른다. 여기서 초기 비평이라고 하는 이유는 첫째, 본고의 직접적인 연구 대상이 되는 일련의 창작방법론을 제창하기 이전의 것으로 뚜렷한 변별점을 보여준다는 점에서, 그리고 둘째, 뚜렷한 변별점을 보이면서도 이후 그의 창작방법론의 형성에 직접적인 영향을 미치는 요인을 지니고 있다는 점에서이다.

김남천의 초기 비평은 그의 창작방법론 형성에 영향을 미쳤다는 개인적인 의미를 가지고 있을 뿐만 아니라, 문학사에 있어서도 또한 의미 있는 것이기도 하다. 1930년에서 1935년에 이르는 이 시기야말로 프로문학 운동사에 있어서 매우 중요한 시기이기 때문이다. 이 시기, 문학론에 있어서는 대중화로부터 촉발되어 프로문학의 정치성의 극대화를 보여준 볼셰비키적 창작방법론에서부터 시작하여 유물변증법적 창작방법론, 사회주의 리얼리즘을 거치는 예술의 특수성에 대한 인식의 심화와 리얼리즘론의 성숙을 거치면서 실제 창작에 있어서도 한국 리얼리즘 소설의 가능성을 보여주는 『고향』이 창작되었다. 그러나 또 한편으로는 외적인 압박이 가중됨으로 인해, 1931년도의 제1차 검거, 1934년도의 제2차 검거를 통해 1935년 조직이 와해됨으로써 문학과 운동이 강제적으로 분리되고 그 과정에서 프로문학 운동가들의 전향의 모습이 나타나는 시기이기도 한 것이다. 이 시기 김남천의 활동 모습은 한편으로는 상당한 부분 볼셰비키적 면모를 지속하고 있는 반면 또 한편으로는 볼셰비키적 모습에서 벗어나는 면모를 보이는데, 상호 연관되는 몇 가지 중심개념, 당파성, 조직, 작가적 실천을 통해 살펴볼 수 있다. 당파성은 당대의 탈정치주의화 경향에 대한 비판으로서, 조직과 작가의 개인적 실천은 당파성의 확보와 올바른 문학 작품의 생산, 그리고 그것을 통한 전체 운동과의 연계의 매개로서 설정되고 있다.

1929년 카프 동경지부에 입회하면서 문예 운동에 투신한 김남천은 제1차 검거 사건 때 검거되어 카프 맹원 중 유일하게 기소된다.7) 그의 평론 활동은 주로 1933년 봄 출옥 후에 행해지는바, 이 시기 평론의 초점은 당대에 보이던 탈정치주의 경향에 대한 비판에 모아진다. 카프

---

7) 조선공산주의자협의회 사건 관계 기사 중 김남천과 관련되는 부분은 다음과 같다. "… 예술을 통하여 선전할 것과 출판으로 선전하기로 하고 지난 봄(1930년 봄—인용자)에 안막, 임화, 김효식 등이 조선 내에 들어와 『프로예술동맹』의 개혁을 부르짖으며 한편으로 신간회 해소 운동을 맹렬히 하여 그 기회를 타서 선전하게 되었다."(『매일신보』, 1931.10.6). "작년 평양 고무 공장 맹파 사건이 일어났을 때에도 김효식, 한재덕 등은 평양으로 비밀히 내려가서 격문을 작성하여 맹파를 선동하고 평양 노동자들과 연락을 취하여 공산주의를 선전하는 동시에 작년 합방 기념일에도 선전문을 작성하여 각처에 선동하게 되었다. 그후 금년 2월경부터 고경흠, 김효식 등은 공산 운동 재건을 꾀하고 영등포와 김포 등지에서 수차 회합을 하여 조선 공산당 재건 동맹을 조직하고…"(『매일신보』,. 같은 날짜). "네 명(고경흠, 황학로, 김삼규, 김효식—인용자)은 역시 「프로」 예술 운동 이외에 다시 조선을 각지로 돌아다니며 공산당 재건 운동에 분주하던 인물들이다."(『매일신보』, 1931.10.7)

내에서의 탈정치주의화 경향은 제1·2차 검거라는 객관적 정세의 압박의 와중에서 주로 '유물변증법적 창작방법'이니 '사회주의 리얼리즘' 등 선진적인 이론을 등에 업고 당대 소설의 고정화·유형화를 창작방법의 문제로 돌리면서 창작 옹호론의 모습을 띠었다. 전자의 경우 신유인을,[8] 후자의 경우 추백(안막)과 박영희를[9] 들 수 있다. 이들의 비판은 선진적 이론을 끌어들이면서 교묘히 '당파성'을 회피하는 모습을 띤다. 이러한 탈정치주의화 경향 및 실제 창작에 있어서의 저조 원인을 김남천은 조직의 문제에 두고 있다. 이 조직의 문제를 둘러싸고 프롤레타리아 대중의 당면 과제에 관한 문제, 작가의 개인적 실천에 관한 문제, 창작 행동에 관한 문제가 놓인다.

조직의 문제는 '운동성'과 매우 깊은 관련을 맺는다. 목적의식 논의를 거치면서 일본에 거점을 둔 '제3전선파'에 의해서 행해진 제1차 방향 전환과 그에 따른 조직의 개편은 카프가 운동성을 띤 단체로서 전환함을 의미하는 것이었다. 그 이후 두 차례에 걸친 조직의 개편 시도가 이루어지는데[10] 이러한 개편은 어느 정도 일본 프로 문학 운동의 영향하에서 이루어지는 것이긴 하지만, 일제 강점기 조선의 전무산계급 운동 속에서 부문 운동으로서의 문화 운동 및 문학 운동의 위상을 어떻게 설정할 것인가, 또한 전무산계급 운동의 당면 과제는 무엇이며, 이 당편 과제에 부응해서 문학운동에서의 당면 과제는 어떻게 규정되며, 나아가 이를 실천하기 위해서는 어떻게 조직을 구성해야 할 것인가 하는 문제와 더불어 문학 운동에 있어서 실천은 어떠해야 하며 조직은 여기서 어떠한 역할을 수행할 것인가 하는 문제에 대한 해답으로서 행해졌던 것이다. 조직에 관한 문제는 김남천에게 있어서도 중심적

---

8) 신유인, 「문학 창작의 고정화에 항하야」, 『중앙일보』, 1931. 12. 1-8.
9) 추백, 「창작 방법 문제의 재토의를 위하야」, 『동아일보』, 1931. 11. 29-12. 7.
  박영희, 「최근 문예 이론의 신전개와 그 경향」, 『동아일보』, 1934. 1. 2-12.
10) 安漠承, 「朝鮮プロレタリア文藝運動略史」, 『思想月報』, 1932.1.

인 것으로 나타나는데, 문학론과 조직의 문제가 어떻게 연관되는가를 보자. 신창작이론에 대한 김남천의 비판은 그 이론의 현실적 적합성을 묻는 것이었다. 신창작이론의 수입이 다른 나라와 조선의 현실 차이를 눈감은 직접적인 수입일 뿐만 아니라 당파성의 포기이며 따라서 조선 프롤레타리아 대중의 당면 과제 및 그와 밀접하게 연관된 조직 문제의 중요성을 간과했다고 비판하고 있다. 사회주의 리얼리즘의 수용 여부에 관한 논의에서 이 점은 잘 드러난다. 추백의 「창작방법 문제의 재토의를 위하여」에 대한 직접적인 반박으로 쓰여진 「창작방법에 있어서의 전환의 문제」에서, 추백의 오류는 "창작방법에 관한 문제를 우리 자신의 문제로서 하지 않고 헛되이 선진한 딴 나라 동무들의 해결을 기대려 그 결과를 가져다 즉시 우리 자신의 슬로건으로 삼은" 것과 "소련에 있어서는 이 새로운 창작방법이 「랍프」의 조직상 개조와 동시적인 관련 속에서 제창되었던 것"을 몰각한 점이라고 비판하고, "…2,3의 비평의 기계적 이식에 의하여 창작 방법 문제가 해결된다고 하여도 전체적으로 조선의 문학 운동과 창작 활동의 실천에는 하등의 기여가 없을 것"이라고 하면서 다음과 같이 말하고 있다.

> 이것(조직의 위대한 전환—인용자) 없이 창작 방법의 새로운 해결은 무의미하며 또한 조직 문제와 전 노력 대중의 실천과를 떼어 놓고 문학 이론만을 해결할 수 있다는 출생적 몽상과는 끝까지 다투지 않으면 안 될 것이다.[11]

또한 '진실을 그려라'는 새로운 슬로건도 정치적 당파적 입장과 밀접한 관련을 가지지 않으면 안된다고 그는 말하고 있다.

---

11) 김남천, 「창작 방법에 있어서의 전환의 문제」, 『형상』, 1934.3, 53쪽. 이후 김남천의 평론의 경우는 이름을 생략함.

　　최근 한설야, 임화, 더구나 백철 등에 있어서는 「킬포친」의 슬로건
이 왜곡되어 「진실을 그려라」가 일종의 유행으로 되었으며 이 슬로건
은 여태껏의 「×(당—인용자)의 문제를 그려라」와는 대립하는 것으로
오해되기 쉬운 형세에 이르렀다.
　　사실 「킬포친」이 「진실을 그려라」 하고 외쳤다고 하여서 그 뒤에
숨은 명백한 정치적 당파성은 빼 먹고 「프롤레타리아의 과제」라는 종
래의 슬로건과 대치하여 「진실을」 객관적 진을 하고 외쳐 오는 유행은
일종의 정치주의로부터의 일탈이라고 보지 않을 수 없다.[12]

　이상 창작 방법 문제를 둘러싼 논의를 통해 드러난 김남천의 태도는
창작 방법의 문제가 선진 이론의 왜곡된 기계적 이식이어서는 안 되며
프롤레타리아 대중의 당면 과제 그리고 조직의 문제와 깊이 연관되지
않으면 안 된다는 것이다. 여기서 김남천이 당시의 카프 조직에 관해
어떻게 생각하고 있으며 그 방향을 어떻게 설정하고 있는지 살펴 보
자.
　1. 현재의 문화 운동의 당면 과제는 '다수자 획득'이며 그것은 "계급
으로서의 감성과 인식 위에 안대를 씌운 노력 대중을 문화적으로 계몽
하기 위한 사업"이다.[13]
　2. 현재 카프는 객관적 정세의 악화, 주 역량의 상대적 약화 및 자기
비판의 부재로 침체 상황에 놓여 있으며, 조직이 원시적이며 노력 대
중 속에 그 기초를 뿌리박고 있지 못할 뿐 아니라, 중앙부를 파고 드
는 문화주의적 경향, 실천에 있어서의 완만성 등 조직적 결함을 지니
고 있다.
　3. 따라서 카프는 조직적인 전환이 필요하며, 문화 운동의 통일을 위

---

12) 윗글, 51쪽.
13) 「잡지 문제를 위한 각서」, 『신건설』, 1933. 6, 81쪽.

한 지도 기관이 되어야 한다. 이를 위해 당면 과제에 대한 구체적인 테제의 검토가 필요하다.

4. 작가의 문제에 있어서도 조직의 훈련과 교육이 필요하다. "카프 작가의 진정한 전진 그것은 「카프」라는 그것의 진정한 발동을 떠나서 있을 수 없는 것이다."[14]

5. 작가는 조선 프롤레타리아 당면 과제를 "작가 자신의 체험 속에 소화시키려면 작가의 결단적인 실천이 문제"된다.[15]

이상에서 보아온 것처럼 김남천은 창작에 있어서의 당파성, 문학 운동에 있어서의 조직의 중요성을 강조함으로써 30년대 초반의 볼셰비키화 노선에서 벗어나지 않고 있다. 그러나 당파성, 조직에 대한 강조가 신창작이론의 탈정치주의화 경향에 대한 올바른 비판으로서의 의미를 지닌다고 하더라도 그에 대한 적절한 대응은 되지 못하고 있다. 김남천이 창작방법론의 조선적 현실성을 들어 논하고 있음에도 불구하고 김남천은 그 창작방법에 대한 이론적 논의는 결여하고 있는 것이다. 이런 점에서 김남천 자신의 작품 「물」(『형상』, 1933.6)과 「서화」(『조선일보』, 1933.5.30~7.1)을 둘러싼 임화와의 논쟁은 큰 의미를 지닌다.[16] 구체적인 작품을 놓고 행해진 이 논쟁은 '작가의 개인적 실천'의 문제로부터 출발해 창작방법과 작가의 세계관의 문제에까지 이른 것으로 김남천이 당시에 지니고 있던 문학에 대한 의식을 명징하게 드러내고

---

14) 「문학시평—문화적 공작에 관한 약간의 시감」, 『신계단』, 1933. 5, 80쪽.

15) 「작가의 태도와 실제—당면 과제의 인식」, 『조선일보』, 1934.1.9.

16) 김남천과 임화 사이에서 벌어진 이 논쟁은 그 동안 연구에서 주목을 받지 않고 있다가, 류보선의 「1920-30년대 예술 대중화 연구」, 서경석, 「1920-30년대 한국 경향 소설 연구」와 김동환의 「1930년대 전향 소설 연구」에서 비로소 주목을 받기 시작했다. 전자의 경우 리얼리즘에 관련된 것으로서, 후자의 경우 전향의 한 계기로서 파악되고 있다. 이 논쟁은 작가의 개인적 실천의 문제뿐 아니라 장편소설과 리얼리즘의 문제, 조직과 실천의 문제, 대중화의 문제 등 여러 면에서 문제를 제기하고 있지만 본고에서는 직접적으로 김남천이 문제 삼고 있는 개인적 실천에만 초점을 맞추어 살펴 본다.

있기 때문이다 논쟁은 「물」에 대해 임화가 그것은 있음직한, 있을 수 있는 사실을 그대로 그려 놓은 작품일 뿐 계급적 당파적 견지를 결여한 '유물론적 리얼리스트'의 작품이며 김남천은 프로 문학 창작의 기본적 태도를 몰각하고 있다고 혹평한 데서 발단된다. 「물」은 "인간의 구체성—이 구체성의 보다 더 구체적인 구체성인 인간의 계급적 차이는 조금도 '살아' 있지 않"17)으며 '침후한 경험주의', '심각한 생물학적 심리주의'만이 흐르는 작품일 뿐이라고 하면서 임화는 이것을 신유인 식의 우익적 편향과 결부시키고 있다.

> 이러한 경향은 우리들의 문학의 최대의 위험인 우익적 일화견주의—그것은 정치적으로 문화주의의 형태로 나타나는—의 명백한 현현의 하나이다. 이 문제는 他日 이러한 창작상의 편향을 낳은 일련의 창작 이론과 함께 체계적으로 비판받아야 하고 끊임없는 투쟁의 포화가 이곳에로 집중되어야 한다.18)

이에 대해 김남천은 임화가 가한 비판의 정당성을 일단 인정하면서 작가의 실천 문제를 제기하고 있다. 비평은 단지 결과적으로 나온 작품만을 문제삼아서는 안 되고 그 작가가 어째서 그런 작품을 쓸 수밖에 없는가를 함께 비판해야 한다. 다시 말해서 그 작가의 작품 행동 이전의 실천을 비판하지 않으면 작가를 올바른 방향으로 지도할 수 없는 것이다. 왜냐하면 "작품을 결정하는 것은 작가이며 작가를 결정하는 것은 어떤 혹자의 이론보다도 그 당자의 실천이기"19) 때문이다.

여기에 대해 임화는 김남천이 예술가의 실천과 작품의 창작 과정을 직선적으로 척도함으로써 실천을 경험주의적 개념으로 바꾸어 버렸으

---

17) 임화, 「6월중의 창작—김남천 작 <물>」, 『조선일보』, 1933.7.18.
18) 윗글,
19) 「임화에게 주는 나의 항의」, 『조선일보』, 1933.8.1.

며 이러한 김남천의 견해는 형이상학적 도식주의일 뿐만 아니라 "진정
한 마르크스주의적 비평 대신 행정적 명령의 군림을 요구하는 復辟派
의 음모"20)라고 하였다. 임화에 따르면 문학이 표현하는 바는 경험주
의적 의미의 개인적 실천이 아니라 그 시대의 사회계급의 실천이며,
따라서 마르크스주의적 비평은 개인의 실천을 포함한 사회적 계급적
생활의 전 실천에 그 기초를 두어야 한다.

　이 논쟁은 임화의 글 「작가와 실천의 문제」로서 일단락을 맺고 있기
는 하나 실제적으로는 논쟁이 마무리되지 않은 것으로 보인다. 그 이
유는 김남천이 철저하게 작가의 입장에 선 반면 임화는 비평가의 입장
에서 한 걸음도 벗어나지 않고, 또 김남천이 작품 이전을 문제삼고 있
는 반면 임화는 작품 자체를 문제삼고 있음으로써 각기의 논의의 위상
이 일치하지 않았기 때문이다. 임화가 비평은 전사회적 계급적 실천에
기초를 두어야 한다고 했을 때 그것은 옳은 말이지만 그 이전에 발표
된 평론과 함께 결부시켜 보았을 때 김남천이 의도했던 부분이 실제적
으로 비평 방식의 문제뿐만 아니라 자신의 체험과 실천을 통하지 않은
도식적 관념적 창작 태도의 극복과 아울러 실제적인 실천은 하지 않고
말로써만 투쟁하려는 경향 및 '정치하기에는 용기가 없으니 문학이라
도' 하는 식의 문화주의적 경향에 대한 비판21)이라는 점을 감안해 본
다면 김남천의 문제 제기에 대한 적합한 대응은 아니었다. 김남천의
문제 제기는 프로 대중의 당면 과제를 소화하기 위한 작가적 실천이
필요하다는 단순한 작가의 체험 문제뿐만 아니라 문학을 한답시고 정

---

20) 임화, 「비평에 있어 작가와 그 실천의 문제—N에게 주는 편지를 대신하여」,
　　『동아일보』, 1933.12.21.
21) "그러므로 나는 누구를 향하여서도 「계급적인 일에 미련을 느끼고 정치 운동
　　을 할 용기가 없으니 문화 운동이래도」 하는 마음보를 가지고 정치 운동에
　　서 문화 운동에로 방향을 돌린 친구들의 일상 행동에 대하여 항상 경계를 게
　　을리 하여서는 안될 것을 말하여 오는 것이다.", 「문학적 치기를 웃노라—박
　　승극의 잡문을 반박함」, 『조선일보』, 1933.10.12.

치 투쟁, 일상 투쟁을 방기하고 있는 데 대한 문제 제기이기도 한 것이다. 김남천의 논리에 의하면 중요한 것은 문학이 아니라 정치이며 문학인은 문학인이기 이전에 정치인이어야 하는데 여기에는 단지 그가 문학 운동에 참여한 시기의 문학 운동의 지도 노선이었던 볼셰비키화의 영향22)뿐만 아니라, 김남천의 개인적인 체험이 크게 작용하고 있는 듯하다. 김남천은 고경흠 등과 함께 행한 일련의 정치적 행위로 제1차 검거 당시 카프 맹원 중 유일하게 기소되었으며, 그 이전 1929년에서 1931년까지의 동경 유학 시절에도 문학과 아울러 정치적인 활동으로 일관했었다.23) 이러한 정치적 실천과 제1차 사건 당시 이로 인해 오직

---

22) 앞에서도 조직의 문제를 말하면서 언급한 바 있지만 이러한 김남천의 태도에는 볼셰비키적 경향이 매우 강하게 남아 있다고 보인다. 참고로 김두용의 경우 다음과 같이 말하고 있다. "진실히 예술 투쟁이 정치 투쟁의 일부분이 되려면 그는 정치 투쟁의 한가운데에 서지 않으면 안 된다."(「정치적 시각에서 본 예술 투쟁—운동 곤란에 관한 의견」, 『무산자』, 1929.5, 7쪽). 김두용은 작가는 프로의 생활에 동참을 해야 하며, 예술 운동은 정치 투쟁 가운데서 정치 투쟁의 예술적 측면을 담당해야 한다고 본다.

23) 평양 고보를 졸업하기 이전의 김남천에 대해서는 별로 알려진 바 없다. 김남천의 고향인 성천군 성천면에서 살다가 월남한 박중화씨(현재 성천면 명예면장)의 증언에 따르면 그의 집안은 중농이었으며 도조를 받아서 생활하였다고 한다. 그의 부친 김영전은 일제 시대 군청 공무원으로 일했으며 해방 후에는 성천군 인민위원장을 지냈다고 한다. 그의 장인(첫째 부인)인 김화준은 일제 시대 성천 군수를 지냈다고 한다. 이로 볼 때 법정대에 입학하기 전의 김남천의 생활은 유족한 편이었던 듯하다. 1929년 평양고보를 졸업하고 일본으로 건너가 동경 법정대에 입학한 후의 김남천의 행적은 매우 정치적인 것이었음이 「예심결정서」에서 드러난다. 참고로 김남천에 관련된 부분만 인용해 보면 다음과 같다. "제2. 피고인 김효식은 소화 4년 3월 평양 공립 고등 보통 학교를 졸업하고서 동경에 건너가서 법정대학 예과에 입학하였다가 소화 6년 3월에 제명되어 귀향하여 소설 희곡 등의 창작에 종사하였는데, 이 때보다 앞서서 동경 재주중 조선 프롤레타리아 예술 동맹 무산자사에 가맹하고 更히 서중휴가로 향리에 귀성중 소화 5년 9월에 성천 청년 동맹을 조직하여 그 집행위원이 되었는데 일찍이 조선의 ○○을 희망하고 또 공산주의를 신봉하고 있던 터로 소화 4년 12월 동경 법정대학 구내에서 동교 학생 平田義一郎의 권유로 동시에 전기 적색 구원회 및 동 반제국주의 민족 ○○ 지원

그만이 기소되어 옥중 경험을 했다는 사실이 그로 하여금 작품을 결정하는 것은 작가이며 작가를 결정하는 것은 어떤 혹자의 이론보다도 작가의 실천이라고 말할 수 있게 했다.

그러나 좀더 문제적인 것은 「물」을 둘러싼 논쟁에서 김남천이 이중적인 태도를 보이고 있다는 사실이다. 김남천은 「물」이 프로문학의 본궤를 이탈하였으며, 멘셰비키적 경향에 빠져 있다는 임화의 비판을 인정하면서도, 실제적으로는 「물」을 옹호하고 있다. 김남천이 「물」을 옹호하는 기본적인 입장은 「물」에 그려진 것이 '현실'이라는 데 서 있다. 「물」에서 다루어진 감옥 내의 상황에서는 「물」에 그려진 것이 바로 '현실'이라는 것이다. 현재의 실천 역량은 그 정도밖에 되지 않으며, 그것이 현실이라면 작품 「물」이 그 정도밖에 되지 않은 것도 당연하다는 것이다. 결국 김남천의 논의는 과거 프로문학의 도식성을 극복하고 참다운 프로 문학, 당파성을 견지하면서 '산' 인간, '구체적' 인간을 그린 작품을 생산하기 위해서는 전체적 실천 역량의 제고와 아울러, 작가적 실천이 필요하며, 그를 위해서는 조직의 굳건한 재건이 필요하다는 것으로 귀착되는 것이긴 하지만, 김남천이 '현실'로써 자신의 작품을 옹호할 때, 그 때 '현실'의 의미는 무엇인가를 올바르게 파악할 필요가 있다. 이를 위해서는 30년대 초반의 그의 작품과 그에 대한 자기 비판을 검토해 보아야 한다.

볼셰비키화 시절의 작품으로는 희곡 「파업조정안」과 소설 「공장신문」, 「공우회」가 있다. 이중 「공장신문」을 살펴보자. 수돗물의 급수를 둘러싸고 자본가측과 노동자측간의 대립이 생긴다. 노조가 결성되어

동맹에 각 그 정을 알고서 가입하여 각각 법정반에 속하는 동시에 법정대학 내의 좌익 단체인 독서회 및 적색 스포츠단에 가입하고 또 좌익 신문 잡지의 배포망인 제2무산자사 신문 법정반 무산청년 법정반 및 戰旗 법정반에 속하여 공산주의의 연구 선전에 힘쓰는 등으로 빈번히 활동하였다.”(「고경흠 등 예심 결정서 전문」, 『조선일보』, 1935.5.27).

있기는 하지만 이는 어용 노조에 불과하다. 공장신문의 발간을 통해 어용 노조를 분쇄하고 승리를 획득한다. 이것이 「공장신문」의 내용이다. 여기서 중심이 되는 것은 공장신문의 발행이다. 전위의 활동을 이해케 하라는 볼셰비키적 창작방법론을 충실하게 수행한 이 작품에 대해 김남천은 도식화, 이상화라는 점을 들어 자기 비판하고 있다. 김남천에 의하면 이와 같은 도식화, 이상화를 극복할 수 있는 방식이 조직을 통한 작가의 훈련과 작가의 실천, 프롤레타리아 당면의 과제를 자신의 체험 속에서 용해시키는 실천이다. 「물」에 나타난 현실은 바로 작가 김남천이 '체험한 현실'이다. 「공장신문」, 「공우회」에서 드러난 현실은 작가의 관념에 의해 만들어진, 작가의 세계관이 본래의 현실에 매개되지 않은 '관념적 현실'이었으며, 때문에 '전망의 과장'을 드러내고 있음에 비해, 「물」에서 드러난 현실은 작가 자신의 체험적 직접성을 지닌 현실이었던 것이다. 제1차 사건으로 오직 그만이 옥중 생활을 경험하였다는 데 대한 자긍[24]과 그로 인해 얻어진 체험된 현실이 김남천으로 하여금 임화의 비판을 받아들이면서 동시에 자신의 작품을 옹호하게끔 하였다고 보인다. 여기서 나타난 김남천의 주장에 대해서는 두 측면에서의 비판이 가능하다.

첫째, 김남천의 논지를 충분히 수긍한다 하더라도, 임화의 비판처럼 경험주의적 오류에 빠져 있다는 점이다. 작가의 생활 실천이 작가의 작품 창작에 있어서 중요한 것임은 인정되어야 하지만, 작가의 개인적 체험의 측면에만 강조점을 두었을 때, 전체적인 실천 속에서 획득되어야만 할 것은 포괄하지 못하고 있을 뿐 아니라 좀더 넓은 의미에서 본다면 전 인류의 역사 속에서 축적되어 온 경험에 대한 고려도 배제되어 고립된 개인의 삶의 경험이라는 의미로 축소되고 마는 것이다. 그리하여 작가의 경험—개인적 실천이 곧 작품이라는 기계론적인 사고를

---

24) 김동환, 앞의 글, 13-22쪽 참조.

벗어나지 못하게 된다. 또 하나의 비판은 그가 「물」을 옹호하는 근거가 되는 '체험된 현실'에 대해서이다. 앞서의 비판과도 관련이 되는데 김남천이 말하고 있는 현실이란 단지 직접적이고 감각적인 현실일뿐 '구체적 현실'은 아니다. 여기서 구체성이란 직접적 감각성, 혹은 개별성을 지양하는, 즉 하나의 事象이 지니고 있는 제반 관계의 완전한 드러남을 의미한다. 그렇게 본다면 관념적 현실과 체험적 현실의 통합이야말로 리얼리즘이라 할 수 있을 것이다.

김남천이 보인바, 자신의 작품을 대하는 태도의 이중성은 조직과 실천에 대한 강조로 인해 김남천 자신에게도 뚜렷이 의식되었던 것은 아니지만, 1935년 조직의 해체 이후 창작방법론의 전개 과정에서 나타나는'리얼리즘에 있어서의 세계관과 현실'의 관계 설정 문제의 단초가 된다는 점에서 의미 깊다고 할 것이다.

이상에서 살펴본 바에 따르면 김남천에게 있어서 중심은 문학이 아니라 정치에 놓여 있었다고 보인다. 전 무산계급 운동에 밀접히 관련되어 있지 않은 문학은 의미가 없다. 그러나 그가 신창작이론의 수입에 대해 논하면서 조선적 현실성을 문제삼고 있음에도 불구하고 기실 그의 대답은 현실 반영으로서의 문학, 즉 리얼리즘 문학에 대한 이론적 측면보다는 실천성의 강조였다. 이는 그의 정치지향성에서 연유한다고 보인다. 뿐만 아니라 전무산계급운동과 문학운동을 매개하는 항으로서 조직을 중시함도 이에 연유한다.

작가의 개인적 실천에 대한 김남천의 강조는 당대의 문화주의적 경향에 대한 비판이라는 점에서는 매우 의미가 큰 것이었다. 그러나 임화의 비판처럼 '경험주의적' 도식으로부터 크게 벗어나지 못함으로써, 볼세비키화적 오류를 극복하지 못하였다. 잔존하여 있는 볼세비키적 경향과, 실천=작품의 도식화 등은 '현실'에 대한 새로운 인식—물론 제한된 의미의 경험적이며 체험적인 현실이기는 하지만—과 아울러 1935

년 카프의 해체 이후 조직 부재, 실천 부재 시대의 창작방법론에 큰 영향을 미치게 된다.

3. 창작방법론의 전개 양상

1935년에서부터 1940년까지의 평론계를 특징지우는 것은 제2차 검거 사건과 그를 뒤이은 카프의 해산이다. 1931년 만주사변으로부터 시작된 일본 군국주의 파시즘의 강화는 더 이상 프로 문학 운동의 합법적인 공간을 허용하지 않게끔 되었다. 대부분의 조직원이 검거된 상황 속에서 1935년 4월 28일자로 이루어진 카프의 해산은 다음과 같은 두 가지 의미를 가진다.

첫째, 카프의 해산은 조직적인 예술 운동이 합법성을 상실했음을 의미한다. 종래의 카프가 단순한 예술가 단체가 아니라 운동 단체였다고 할 때,25) 카프의 해산은 조직이 지니는 운동성의 상실을 의미하며, 공산 사회 건설을 최종 목표로 하는 전무산계급 운동의 한부문 운동으로

---

25) 제3전선파에 의해 주도된 1927년 9월의 방향 전환 및 조직 개편에 의해서 카프의 성격이 운동 단체로서 규정된다. "…프롤레타리아 예술 동맹은 무산 계급 예술운동의 임무는 작품 행동에 국한시키는 것이 아니라 우리는 전운동의 총기관이 지도하는 투쟁을 실행하기 위하여 우리의 예술은 무기로서 되지 않으면 안 된다. … 이러한 의미에서 조선 프롤레타리아 예술 동맹의 예술 운동은 정치 투쟁을 위한 투쟁 예술의 무기로서 실행된다."(「무산 계급 예술 운동에 대한 논강」, 『예술운동』, 1927.11). 또한 「신건설사」 사건으로 인한 제2차 검거시, 예심결정서에 카프는 다음과 같이 규정되고 있다. "프롤레타리아 예술을 무기로 하여 부르주아 예술을 배격하고 마르크스주의를 선전하고 일반 대중에 대해 계급 의식을 주입하고 궁극에 있어서 조선에 있어서 사유재산 제도를 부인하고 공산주의 사회의 실현을 목적으로 하는 조선 프롤레타리아 예술 동맹…"(「朝鮮プロレタリア藝術同盟員檢擧と左翼文藝運動の沒落」, 『高等警察報』, 朝鮮總督府警務局保安果, 61쪽).

서의 예술 운동은 지하로 잠적함으로써 완전한 비합법 운동으로 전화하든가 아니면 운동성을 거세당한 채, 개인적, 합법적 차원에서 행해지든가 어느 한 편으로 귀착될 수밖에 없었으며, 운동의 핵인 당이 존재하지 않고 전체 운동 또한 점차 약화되어 가는 와중에서 이전의 카프 맹원이 택한 길은 후자의 선이었다.

둘째, 조직의 해체는 작가에게 전체적인 방침을 지시할 중심이 사라졌음을 의미한다. "완전의 일반적 방향을 지시할 지도 방침이 결여"26) 된 상태에서 작가, 비평가는 각자 자신의 길을 모색할 수밖에 없게 되었다. 카프의 해산이 전문단적인 의미를 지니게 되고, '전형기'라 이름 할 만하게 된 것은 카프의 해체가 단지 프로 문학 운동에서의 지도 방침의 상실만을 의미하는 것이 아니라, 상대적으로 비프로문학 계열, 그 중 특히 민족주의 진영에서 형성되었던 대타적 의식의 소멸을 의미하고 있기 때문이다. 따라서 1935년 이후의 토의는 개별적인 양상을 띠고 있으며 논의의 공통점을 보인다. 해도 그것은 이미 카프 시절과는 다른 의미에서이다.

카프의 해산과 그로 인한 문학 운동의 위축, 몰락을 단지 일본 군국주의 파시즘의 강화라는 외적인 압력에 의해서만 설명한다는 것은 무의미하다. 내적으로 충분한 역량이 비축되어 있는 상황에서라면 그와 같은 급속한 몰락의 모습을 보일 수는 없다고 생각되기 때문이다. 문학 운동이 외적인 상황과의 대립과 그에 대한 대응 그리고 그것을 변화시키려는 노력의 일환이라고 할 때 외적인 상황의 변화에 따른 주체적 활동의 변화는 필연적인 것이지만, 그것이 급속하게 몰락한 모습을 이해하기 위해서는 주체에 대해, 즉 다시 말하자면 주체측의 내적 역량을 검토하고 문제삼지 않으면 안 된다. 이 때 소시민 출신 문학가들에 의해 행해진 그 이전의 프로 문학 운동의 내적 허약성을 드러내는

---

26) 임화, 「조선 문학의 신정세와 현대적 제상」, 『조선중앙일보』, 1936.2.13.

것이라고 해석할 수 있다. 이러한 가설은 오랜 논의 과정을 거쳐서 점검되어야만 하는 것이지만 검거 후의 혼란 상황을 본다면 이와 같은 가설이 어느 정도 타당성을 부여받을 수 있을 것이라고 생각한다. 따라서 이 이후의 문학 비평의 전개 특히 종전의 카프 지도자급이라 할 만한 사람들—임화, 김남천—의 문학 비평의 전개는 이중의 부담을 짊어져야만 했다고 생각된다. 이중의 부담이란 우선은 주체인 소시민 지식인 자기 자신에 대한 점검 내지는 자기 비판이며 또 하나는 그 이전의 문학 비평이 현실적 적합성을 지니지 못한 데 대해 문학 비평의 내적인 힘을 키우는 것이다. 1935년 이후의 비평은 이와 같은 관점에 의해서 비추어 보아져야 한다. 왜냐하면 이미 앞에서 언급한 바처럼 문학 비평이건 또는 문학 창작이건 현실에 대한 대응 방식의 하나이기 때문이다. 이러한 의미에서 1935년도의 김남천의 창작방법론은 매우 의미 깊은 것이라 할 수 있다. 김남천의 창작방법론의 전개는 바로 이와 같은 두 문제를 해결하려는 노력의 소산이기 때문이다. 김남천에게서 이러한 노력은 전체적으로 두 흐름으로 나타나는데, 첫째는 자기 수습의 방안으로서의 자기 고발이며 둘째는 조선적 현실성을 지닌 창작방법론의 추구이다. 그리고 이 둘의 흐름은 창작방법으로서의 리얼리즘으로 나타난다.

본장에서는 이 시기의 김남천의 창작방법론을 크게 세 시기로 구분하여 검토하려 한다. 이 기준은 창작방법으로서의 리얼리즘 각각이 드러내는 차이와 자기 자신을 수습해 내는 방식의 차이이다.

1) 고발문학론 : 주체의 자기 성찰과 매개되지 않은 세계관, 현실

자기 고발과 고발을 포함하는 고발문학론을 제창한 이 시기는 김남천에게 있어서 혼돈과 모색의 시기라고 할 수 있다. 한편으로는 주체의 자기 비판과 그를 통한 자기 정립을 추구하면서 또 한편으로 이것을 창작방법으로까지 끌어올리면서 리얼리즘을 추구하고 있다. 이 시기 무엇보다도 중요했던 것은 카프의 해산으로 인한 전체적인 상황의 변화와 자기 자신의 동요의 수습이었다. 카프라는 조직의 해체는 전문단적으로 의미를 지니고 있는 것이지만, 김남천에게 있어서는 더욱 큰 의미를 지니고 있는 것이었다. 왜냐하면 앞서 살펴보았듯이 김남천은 문예운동의 올바른 전진은 조직의 강화와 새로운 전환에 달려 있다고 생각하였으며, 조직의 훈련과 교육을 통해서만 정치주의자로부터의 일탈을 막을 수 있다고 생각했기 때문이다. 특히 소시민 지식인의 경우, 조직을 통해서, 그리고 작가의 '결단적인 실천'을 통해서 자신의 한계를 극복하고 전무산계급 운동에 참여할 수 있으리라고 생각했다. 따라서 조직은 소시민 지식인이 전체적 실천에 참여하는 매개로 된다. 조직의 해체는 이러한 매개항의 상실을 의미하며, 이제는 "자기의 출신 계급을 따라 일개의 고립된 개인으로 귀환"27)한 소시민 지식인들은 신념의 동요와 '패배의 심리'을 드러내는데, 김남천이 제시하는 새로운 창작방법론은 이 소시민 지식인의 자기비판으로부터 출발하여 리얼리즘으로 나아간다.

　카프의 해산을 전후해서 논의되었던 사회주의 리얼리즘론은 "막다른 골목에 쫓긴 프로 문학의 탈출구"28)로서 제출되었으나 창작과 유리된 공소한 논의에 그쳤고 작가들은 이와 무관하게 창작에만 몰두한다. 더 이상 창작과 비평이 연결되지 못하고 비평의 지도성은 상실되었다. 창작방법이란 작품 창작과 관련되었을 때만 힘이 될 수 있는 것이며 그것은 당대의 구체적인 상황 속에 뿌리박고 있었을 때에만 가능한 것이다. 일찍이 사회주의 리얼리즘론에 대해 역사적 구체성을 문제삼으면서 비판적인 태도를 취한 바 있는 김남천은 상실된 비평의 지도성을

---

27) 「고발의 정신과 작가—신창작이론의 구체화를 위하여」, 『조선일보』, 1937.6.1.
28) 김윤식, 『한국근대문예비평사 연구』, 한얼문고, 1973, 95쪽.

회복함과 아울러 문단 현상을 타개해 나가려 한다. 김남천이 "莫斯科에서 출발하지 말고 조선의 20년대에 신문학의 역사와 조선의 현실 생활로부터 출발하라"[29]고 말한 것도 이 때문이다. 김남천은 비평의 지도성이 상실됨과 함께 프로 작가 또한 이제는 더 이상 프로 작가라고 할 만한 활동을 하지 못하고 있다고 판단했다. 현재의 작가는 "한 개의 인간이 객관적으로 걸머지고 있는 사회적 역할을 자기가 쓰고 있는 글이 만족하게 다 하고 있는가 아닌가를 반성도 회의도 해 보지 않은 명랑한 얼굴"[30]로 "문학의 당파성의 포기와 자기 비판의 결여가 묘사하는 추잡한 「문단풍속화」"[31]만을 그려내고 있을 뿐이다. 이러한 현상의 가장 큰 원인은 물론 객관적 정세의 악화이다. 그러나 또 하나의 큰 원인이 조선 프로 문학의 담당자였던 소시민 지식인이 지니는 소시민성과 세계관의 불확고성이라고 김남천은 파악한다. 김남천에 따르면 소시민 지식인이 조선 프로 문학의 담당자였던 것은 조선의 특수성이다. 언제나 한 계급의 문학적 사업에 종사하는 자는 자기 계급의 지식 분자이지만 조선의 경우, 노동 계급은 상대적 유약성과 문화적 혜택의 결핍으로 자기 계급의 지식 분자를 배출하지 못하고 대신 자각한 소시민 지식인이 프로 문학의 담당자가 된다.

> 그러므로 이 새로운 문학의 계승, 제작, 활동은 揚棄하려는 인텔리겐차의 손에 의하여 행하여지지 않으면 안 되었다. 이러한 시민 계급의 방탕한 불효 자식들은 이 과분한 그러나 남아일생의 천직으로 할 만한 새로운 문학의 개척자의 임무를 띠고 역사의 우에 등장하면서 장구한 시일 동안의 생활적 교양과 관습으로 인하여 뼈와 살을 이루고

---

29) 「지식계급 전형의 창조와 <고향> 주인공에 대한 감상」, 『조선일보』, 1935.6. 28.
30) 「고리키에 관한 감상」, 『조선중앙일보』, 1936.3.14.
31) 「창작 방법의 신국면—고발의 문학에 대한 재론」, 『조선일보』, 1937.10.7.

있던 시민적인 혹은 소시민적인 자의성과 우유부단성을 그대로 가져
다가 집단성의 밑에 종속시키고 이 문학적 실천을 통하여 완전히 자기
자신의 고유의 유약성을 극복하려는 노력에 전심하지 않으면 안 될 것
을 각오하고 있었다.[32]

프로 문학의 본래적인 담당자가 아닌 과도적 담당자로서의 소시민
지식인은 철저하게 집단성—조직[33]—에 자신을 종속시키고, '사상적
무기'를 획득함으로써 소시민으로서의 한계를 극복할 수 있었다. 개인
적 한계성을 집단에 종속시킴으로써 집단과 개인이 통일된 상태[34]로
부터 외적 압박에 의해 개인이 강제적으로 분리가 됨으로써 소시민 작
가는 그 소시민성을 드러내게 된다. 그리하여 문학을 정치로부터 분리
시키고 카프를 올바로 평가함이 없이 순수문학 또는 인간으로 귀환하
거나, 비속한 평면적 리얼리즘으로 후퇴한다. 사회주의 리얼리즘 또한
정치성의 배제, 세계관의 의미 몰각 등으로 왜곡시켜 버렸다. 이는 소
시민적인 자기 합리화에 불과하다고 김남천은 본다. 따라서 현재의 극
복해야 할 것은 과거 정치 편향 시절의 문학의 관념성과 현재 보이고
있는 프로 문학의 퇴행, 비속한 파행적 리얼리즘이다. 이를 극복하기
위해서 필요한 것은 사상적 무기의 확립—올바른 세계관의 체득—과
철저한 자기 비판이다.

이러한 면에서 본다면 김남천이 『고향』 평에서부터 자신의 창작방
법론을 시작한다는 것은 의미 깊은 일이다. 그리고 그것이 장편인 『고
향』 전반에 대한 것이 아니라 주인공 김희준이 어떻게 전형으로 되고

---

32) 「고발의 정신과 작가」, 『조선일보』, 1937.6.2.
33) 여기서 집단성에의 종속이 갖는 의미는 직접적으로는 카프를 의미하지만, 넓
   은 의미에서는 전무산계급운동의 이데올로기에의 종속으로 볼 수 있다. 후자
   의 경우 카프는 하나의 매개로 된다.
34) 「비판하는 것과 합리화하는 것과—박영희 씨의 문장을 독함」(『조선중앙일보,
   1936.7.26) 및 「고발의 정신과 작가」 참조.

있는가를 살펴보고 있다는 사실은 매우 중요하다. 고향은 경향 문학에
서 리얼리즘의 일정한 성과라고 할 수 있다. 현실의 모순을 전체성 속
에서 그려내어야 하는 것이 리얼리즘이라고 할 때,『고향』속에서 김
희준이 전형이 되고 있다고 파악하고 그 전형 창출의 방식을 찾아보고
자 한 것이다. 김희준이 당대 지식인 계급의 전형으로 된 이유는 김희
준이 이전 시기 소설의 주인공에서 드러나는 관념성, 도식성을 벗어나
고 있기 때문이다. 물론 관념성, 도식석에서 벗어났다는 것은 상대적인
의미에서 그러하다. 즉, 볼셰비키화 당시 창조된 인물이 작가의 실천을
의탁한 전위로서 등장함으로써 현실이 한낱 대상화의 차원에 떨어지고
말았던 것에 비해서, 김희준은 그렇지 않다는 의미가 된다. 소위 '완결
된 인물'의 유형에서 벗어남으로써 소설적 공간을 확대시킬 수 있었던
것이다.35)

　김남천의『고향』평은 "35년도 최대의 수확"이라고까지 평가되었으
며 리얼리즘에 있어서의 전형의 문제를 파고 들어간 것은 뛰어난 것이
었으나, 김남천에게 자체 부과된 한계성에서 벗어나지 못하고 있다. 자
체 부과된 한계성이란 다름 아닌 김남천 자신의 의식과 깊이 연관되어
있는 것인데,『고향』평이 작가와, 작가와 동일 계급에 속하는 주인공
의 관계에 초점을 둔다는 점에서 일차적으로 한계를 지니고 있다. 즉
자기 자신을 비판한다는 당면 과제에 깊이 몰입함으로써 리얼리즘의
영역을 축소시키고 있는 것이다. 주인공이 '완결된 인물' 유형에서 벗
어나고 있다는 사실과 리얼리즘의 달성 사이에는 일정한 연관 관계가
성립될 수 있지만, 전자는 필요 조건이 아니라 결과라고 보는 것이 정
당한 것이다. 김희준이라는 인물이 과연 당대의 전형이고 그리고 김희
준의 설정이 과연『고향』의 리얼리즘을 규정하는 것인가는『고향』에
대한 철저한 분석이 뒤따라야 하겠지만, 김남천에 의해서 더 이상『고

---

35) 서경석,「1920-30년대 경향 소설 연구」, 70-78쪽 참조.

향』평이 쓰여지지 않았다는 사실, 어쩌면 쓸 필요를 느끼지 못하였을지도 모른다는 사실은 주의를 요한다. 엥겔스가 말한 바 리얼리즘이란 '전형적 상황 아래에서의 전형적 성격'인 것이다. 이와 같이 등장 인물 특히 소시민 지식인에만 초점이 놓이고 있는 것은 고발문학론뿐만 아니라 그와 직접적으로 연계된 자기 고발류의 작품의 한계로서 작용하게 된다.

아무튼 『고향』은 당파성을 포기하지 않으면서도 결코 주인공을 관념적으로 이상화하거나 도식화시키지 않은 작품이라는 점이 김남천에게 중요하였으며, 김남천은 김희준의 창출이, 이기영이 자기 계급에 대해 날카로운 '가면박탈'의 칼을 들었다는 점에서 기인하는 것으로 파악하였다. 구심적인 것—소시민의 계급적 속성인 우유부단성, 유약성—과 원심적인 것—지식인으로서의 '上翔하려는 의지'—사이의 모순, 갈등을 은폐함이 없이 드러내 보이는, 자기 격파의 정열, 자기 자신이 지니는 소시민성을 끝까지 추구하여 무자비하게 고발하는 정신을 창작방법론으로 끌어올린 것이 '자기 고발'로서의 고발문학론이다. 이처럼 '자기 고발'은 창작의 고정화 및 관념적 이상화를 극복할 수 있는 방식인 동시에 지식인 작가의 자기 구원의 방식이다. 자기 고발의 정신은 '정치와 문학의 관계에서의 정치의 우위성'을 주장하고36) 또 '문학과 정치 사이의 갈등에서 정치로 귀환하는 아름다운 과정'을 보인 고리키를 흠모하면서도37) 실상 그렇지 못한 상황을 인정할 수밖에 없는, "진리라고 믿던 사상적 지주를 생활 속에서 잃어버리고 캄캄한 암야 행로에서 우왕좌왕하는 지식인"38) 자신에 대한 비판의 정신, 비타협의 정신이다.

---

36) 「춘원 이광수 씨를 말함—주로 문학과 정치와의 관계에 基하여」, 『조선중앙일보』, 1936.5.8.
37) 「고리키에 관한 감상」, 『조선중앙일보』, 1936.3.13.
38) 「4월 창작평—프로 작가의 과제와 自嘲 문학에 대하여」, 『조선일보』, 1937.4.11.

이렇게 본다면 자기 고발로서의 문학은 결코 그 스스로 '진정한 의미
에서의 민족문학'이라고 말하고 있는 프로 문학39)일 수 없다. 오히려
철저한 지식인 문학이라 할 수 있다. 김남천이 맞닥뜨린 문제는 그 제
재 자체가 나무 협소하며 그것이 변명 문학, 자조 문학 또는 신변 소
설로 떨어질 위험이 존재한다는 것, 그리고 그 자신 명확하게 밝히고
있지는 않으나 바로 지식인 문학의 테두리를 벗어날 수 없다는 점이었
으리라 생각된다.

김남천은 이러한 자기 고발의 한계를 극복하려는 방식으로 고발문
학론을 제창한다. 우선은 제재의 협소함을 극복하기 위해 대상을 '자신
을 포함한 현실'로 확대하고 나아가서 리얼리즘과 연관시킨다.

> 단마디로 말하면 그것(자기 고발—인용자)은 이 땅의 리얼리즘 문
> 학을 이끌고 나아가기에는 너무 협착하였다는 것이다. 리얼리즘 문학
> 은 결코 사소설과 情死해서는 안될 것이기 때문이다.40)

고발문학론은 "일체를 잔인하게, 무자비하게 고발하는 정신, 모든 것
을 끝까지 추급하여 그곳에서 영위되는 가지각색의 생활을 뿌리째 파
서 펼쳐 보이려는 정열"이며, 공식주의, 정치주의, 민족주의자, 사회주
의자, 시민, 관리, 소작인, 그 모두를 준엄하게 고발하는 정신인 것이
다. 그러면서 그는 그것이 곧 리얼리즘이라고 한다. 왜냐하면 조선의
현실은 '시대적 운무'로 가득 차 있는 상태이므로 이를 철저히 모사·반
영을 하면 그것은 곧 고발이 될 수밖에 없기 때문이다. 김남천에게 리
얼리즘이란 객관적 실재의 본질을 전형으로써 묘사하는 것이며, 작가

---

39) 『신동아』(35.12)에서 행한 조선 문학의 개념을 묻는 설문 조사에서 김남천은
　　엄밀한 의미에서는 프로 문학만이 조선 문학이라고 할 수 있으며, 현 조선의
　　진정한 의미에서의 민족 문학은 프로 문학뿐이라고 말하고 있다.
40) 「고발의 정신과 작가—신창작이론의 구체화를 위하여」, 『조선일보』, 1937.6.5.

의 선입견을 격파하고 주관을 철저히 객관에 종속시키는 것으로, 추상
적 주관으로부터 출발하였든가 그렇지 않으면 현실적 소재를 이상화하
고 억지로 타입을 창조하든가 현실의 일상 세사만을 과장하여 그리는
것으로 작가의 주관에 의해 현실을 왜곡하는 아이디얼리즘과는 대립되
는 것이다.41)

   철저한 묘사·반영으로서의 고발문학론은 고발문학론의 출발점으로
부터는 상당히 멀리 떨어져 있다. 왜냐하면 자기 고발은 윤리적인 성
격을 강하게 띠고 있는, 단순히 문학의 문제만이 아닌 문학을 하는 자
기 자신, 동시대의 문학인, 나아가서는 과거의 운동자에게까지도 걸쳐
있는 문제이며, 현실에서 패배한, 그러면서도 아직은 정치적인 열정이
식지 않은 인간의 문제인 것이다. 그에 비해 '충실한 묘사·반영'으로서
의 고발문학론은 그로부터 한 걸음 문학 쪽으로 물러서 있다고 할 수
있다. 고발의 대상으로서의 소시민 지식인이나 현실은 각기 고립되어
있으며 상호 아무런 연관성을 지니지 않고 있다. 고발은 자신과 세계
에 대한 주관적인 거부이거나, 아니면 현실의 '관조적인 드러냄'이다.
비판하는 주체가 서 있는 자리는 존재하지 않는다. 한편으로 세계관,
올바른 것으로 믿고 있는 진리라는 것 또한 완전한 것으로 존재하며
획득되어야 될 대상인 것이다. 이처럼 고발 문학은 문학 외적으로는
올바른 세계관을 지향하는 한편, 문학 내적으로는 자아와 현실의 주관
적 부정이거나, 아니면 현실의 관조적인 드러냄에 불과한 것으로 주체
와 세계관과 현실은 각기 분리된 상태로 놓여 있는 것이다. 이러한 분

---

41) 아이디얼리즘과 리얼리즘의 대립은 藏原惟人, 「プロレタリア·レアリズムへの
   道」(『戰旗』, 1928.5)에서도 보인다. 藏原惟人은 아이디얼리즘과 리얼리즘을
   나누고, 리얼리즘을 다시 고전적, 봉건적, 근대적 리얼리즘으로 나누고 있다.
   아이디얼리즘과 리얼리즘으로 구분하는 것은 이후 일반적인 개념으로 되는
   듯한데, 甘粕石介의 『藝術論』은 이에 의거하여 세계관과 창작방법을 논하고
   있다. 김남천은 甘粕石介의 『藝術論』(三笠書房, 1935)에 주로 의지하고 있다.

리에는 김남천의 주관적 의지와 자기 자신에 대한 인식으로부터 오는
불안, 그리고 리얼리즘이 '현실을 왜곡 없이 반영'하는 것이라는 인식
이 혼재되어 있다.

　고발문학론의 특징적 양상인 세계관과 현실의 분리, 현실과 자신에
대한 주관적 부정, 그에서 나타나는 자기 극복의 관념성은 그의 소설
속에서도 확인된다. 「공우회」, 「공장신문」 등에서 드러났던 관념적 현
실이 「물」에서는 체험적인 현실의 직접성, 따라서 추상적 현실로 드러
나고 있음은 앞에서 살펴본 바 있다. 「물」의 현실은 전체성을 획득하
지 못한 부분적인 것이었다. 이런 의미에서 「물」은 볼셰비키화 시대의
소설과 고발문학론을 연결해 주는 매개적인 작품이라 할 수 있다. 자
기 고발에 속하는 작품들은 고발 문학의 본질을 드러내 주는 좋은 예
이다. 이들 작품은 '체험적 현실'의 강고함을 결과적으로 확인하게끔
해 준다. 김남천이 고발문학의 출발점에서 하고자 하였던 것은 관념적·
도식적 주인공을 설정함으로써 왜곡되었던 현실을 올바르게 드러내는
것과, 또 한편으로는 자신을 포함해서 동요하고 있는 지식인을 구출하
기 위한 방식으로서의 자기비판이었다. 자기 고발류의 작품은 전자보
다 후자 즉 자기 비판에 더욱 큰 비중을 두고 있는 것이다. 따라서 그
설정 대상은 우유부단한 지식인, 혹은 허위 의식 속에 살고 있는 지식
인이다. 「춤추는 남편」의 홍태의 경우, 우유부단한 지식인의 대표적인
예이다. 전처와 그의 소생, 그리고 현재 결혼을 하지는 않았지만, 그의
옥중 생활을 뒷바라지 해 주었으며, 아버지를 통해 취직까지 시켜 준
영실과 그 소생인 혜라 사이에서 자기 자신을 결정하지 못하고 있는
상황이다. 그리하여 결국 그는 아내가 이혼 절차 수속 비용으로 준 돈
으로 술을 마시고, 모든 책임을 영실에게 전가시키고 만다.

　허위 의식에 사로잡혀 있는 지식인의 경우는 「처를 때리고」와 「제
퇴선」에서 나타난다. 「처를 때리고」에서는 아내에 대한 의처증에 시달

리면서 그래도 잡지를 통해 문학 사업이나마 해 보려는 지식인의 패배가, 「제퇴선」에서는 마약 중독에 걸린 한 기생을 고쳐 주려 하나 결국은 실패하고 마는 지식인의 모습이 그려져 있다. 이러한 모습들은 비판받고 타기해야 할 만한 소시민의 모습이며, 김남천의 의도는 우유부단하고 유약한 소시민 지식인을 적나라하게 드러냄으로써 극복의 발판을 만들어 보려는 것이다. 그러나 중요한 점은 결과적으로 '체험된 현실'의 강고함만을 드러내 주며 극복의 가능성은 드러나지 않는다는 것이다. 오히려 역으로 현재 보이고 있는 소시민 지식인의 모습으로 과거의 모든 행위에 대해서조차 부정하는 모습을 드러내 주기까지 한다. 「제퇴선」의 마지막 구절은 작가의 발언이자 작가의 의도를 가장 명쾌하게 드러내 주는 구절이다.

하 하 하, 소시민 지식인의 양심이란 이런 것이다.

이는 현재 무기력한 자신에 대해 마약 중독이 된 기생을 돕는다는 데서 의식상으로 만족하려는 전향자에 대한 비판의 말이긴 하나 그 이전의 모든 행위마저도 한낱 소시민 지식인의 양심의 차원으로밖에 평가하지 않는 것이다. 이 경우 관심은 행위와, 행위의 근저에 있는 행위자의 의식에만 집중됨으로써 전체적 시각은 획득되지 않는다. 이제 이들이 대결해야 하는 것은 자신을 그런 상태에까지 만든 현실이 아니라 자기 자신이다. 그러나 자기 자신의 극복이 자기 존재의 이전이며, 그것은 현실과의 대결을 통해서만 가능하다고 할 때, 김남천의 소설의 경우에 가능성은 보이지 않는다. 김남천이 고발문학론을 통해서 해결하려 하였던 것은 프로 문학에서의 올바른 경향성의 확립이었다. 올바른 경향성은 작가의 '당파성'과 '객관적 진실' 사이의 긴장 속에서 변증법적으로 발전되어 나오는 것이다. 경향문학론에서 당파성의 요청과 객관적 진실을 반영하는 리얼리즘의 요청은 동시적인 것이지만, 예술에 대한 인식과 아울러 구체적으로 맞닥뜨려진 상황, 타개되어야 할 상황에 따라 당파성과 리얼리즘 사이에서 편향을 보이는 것이다. 볼셰비키적 창작 방법에서의 '전위의 눈'에 대한 요구나 유물변증법적 창작 방법에서의 '유물변증법'의 숙지가 '당파성'에 강조를 둔 것이었다면 사회주의 리얼리즘의 경우 현실의 충실한 재현이라는 리얼리즘의 의미에 더욱 중점을 둔 것이었다고 할 수 있다.

당파성과 리얼리즘의 모순의 가능성이 문제가 된 것은 사회주의 리얼리즘이 제창되고 엥겔스의 발자크론이 루카치, 리프시츠 등에 의해 공개되면서부터였던 것은 잘 알려진 사실이다. 작가의 정치적 견해와 작품은 불일치를 보일 수도 있으며 작가의 주관적인 견해 여하에도 불구하고 리얼리즘은 나타날 수 있는데 그것이 '리얼리즘의 승리'라는 것이다. 이와 같은 엥겔스의 서한이 발표됨으로써 세계관과 창작 방법의 문제, 리얼리즘과 당파성의 문제는 논쟁적인 것으로 되었다.[42] 사회주의 리얼리즘 논쟁이 전향 문제에 부딪친 카프 성원들의 마지막 돌파구였다는 것은 이미 지적된 바 있다. 김남천에게도 세계관과 창작 방법의 문제는 커다란 문제였다. 그가 작가인 경우 그 문제는 더욱 심각하다. 왜냐하면 소위 리얼리즘의 승리라는 것은 작가에게는 당혹스러운 것이기 때문이다. 진정한 리얼리스트, 위대한 리얼리스트라면 그가 설사 반동적인 견해를 가지고 있을지라도 세계의 본질을 드러낼 수 있을 것이라는 견해는 연구자의 사후적인 판단에 불과하다. 위대한 리얼리스트라는 판단은 그의 작품이 진정한 리얼리즘에 도달했을 때에만 붙여질 수 있는 것이다. 그렇다면 작가는 어떻게 하여야 하는가. 김남천의 고민은 여기에 놓이는 것이다.

---

42) 김윤식, 『한국근대문학사상사』(한길사, 1984), 226-231쪽과 김윤식, 「정치 우위론의 사상사적 살핌」(『문예중앙』, 1986. 겨울) 참조.

김남천은 사회주의 리얼리즘 논쟁에 대해, "리얼리즘 위에 붙은 '소시알리스틱'이란 말이 조선에서는 구체적으로 무엇을 가리킴인지 불문에 붙여 있었"으며, 작가들은 "리얼리즘 위에 붙은 '소시알리스틱'이란 개념을 떼어버리고 그대로 평속한 리얼리즘의 권내에서 安閒한 활동을 계속"하고 있다고 비판하고 있다.43) 김남천이 세계관의 올바른 획득의 필요성과 세계관과 창작 방법 사이의 모순의 가능성과 철저한 주관의 종속을 동시에 말해야만 했던 것도 소위 리얼리즘의 승리를 작가로서 소화해야만 했던 김남천의 입장에 근거한다. 앞에서 김남천이 요구한 것이 올바른 의미에서의 경향 문학이라고 했다. 김남천은 이를 '건전한 사실주의'라고 표명한 바 있다. 건전한 사실주의는 건전한 세계관과 리얼리스트의 정열을 갖추고 있어야 하는 것이다. 여기서 말하는 건전한 세계관이란 유물변증법, 곧 마르크스주의를 말하는 것임은 물론이다.44) 그러나 현 상황에서 조선의 지식인 작가는 이 유물변증법을 올바로 자신의 것으로 하지 못함으로써 일탈을 보이고 있는 것이다. 이는 작가가 소시민이라는, 즉 본래의 의미에서의 진보적 계급이 아니라는 점에서 연유하는 것이다.

> 진보적 작가는 **원칙적으로 말하면** 위에서 본 바와 같은 세계관과 창작 방법과의 모순으로부터 완전히 탈각하여야 할 역사적 지위에 있다.(강조는 인용자)

조선의 프로 작가의 경우 진보적 작가이긴 하지만 본래적인 진보적 계급이 아니므로 "철저한 사상적 무기가 필요"45)한 것이다. 그 사상적

---

43) 「고발의 정신과 작가」, 1937.6.3.
44) 김윤식은 이와는 달리 '건전한 사실주의'의 의미를 '사회주의 리얼리즘'에서 사회주의라는 관형사를 제거한 리얼리즘으로 보고 있으며, 나아가 고발 정신을 시민 정신이라고 해석하고 있다.

무기로써 작가는 착잡한 현실을 투철하게 간파하고 혼란한 현상 속에서는 능히 그것의 본질을 파악하여 그것을 예술적으로 종합, 창조할 수 있다. 그래서 아직 그 사상적 무기—"진리라고 믿는 어떤 철학적 세계관"을 완전히 체득하지 못한 조선의 작가로서는 자신의 주관을 철저히 객관에 종속시킴으로써만 리얼리즘을 달성할 수 있다고 본다. 김남천이 소시민 지식인으로서 올바른 세계관의 획득이 필요하다고 말하면서 당면의 창작방법론으로서 고발문학론을 내세우는 것은 당연한 일이다.

그러나 그는 세계관과 리얼리즘이 갖는 관계에 대해서는 언급하고 있지 않다. 그는 세계관의 규정적 역할을 이해하고 있었고 그 때문에 올바른 사상의 획득을 주장하였다. 그렇다면 오로지 현실 그 자체를 추구하는 리얼리즘이란 무엇인가, 그것은 어떻게 전형으로서 현실의 본질을 드러낼 수 있는가, 그리고 그것은 자연주의와는 어떻게 구별될 수 있는 것인가에 대해서는 논구하지 못하고 있다. 그 원인은 앞에서도 언급한 바 있듯이 소시민으로서의 자기 한계에 대한 지나친 집착이다. 자기가 지녔던 사상이 올바른 세계관이 아니고 현실의 힘, 외부적 압력에 의해서 무참하게 패배한 것이라는 사실에 대한 인식, 행동하여야 함에도 불구하고 행동하지 못하는 자기 자신에 대한 혐오가 고발문학론을 산출하게 한 것이다. 그러나 보다 중요한 것은 1935년 카프 해산을 경과하면서 「물」 논쟁에서 그토록 강조한 바 있는 작가의 개인적 실천의 부분이 생략되어 있다는 점이다. 그가 말한 개인적 실천이 결코 문학적 실천—작품 창작을 의미하는 것이 아니라 작품 이전, 작가의 체험 속에 당대의 문제를 융해시키기 위한 실천이었음은 앞에서 밝힌 바 있다. 작가의 실천 및 체험은 세계관과 현실의 관계를 동적으로 만드는 매개이다. 그가 박영희 비판에서 올바르게 지적하고 있듯이, 작

---

45) 「창작 방법의 신국면—고발의 문학에 대한 재론」, 『조선일보』, 1937.7.14.

가의 세계관이란 "본질적으로는 예술가의 생활에 의해서 규정"되며 작가가 "여하한 사회 계급에 속하여 어떠한 실천을 하고 있는가에 의하여 결정"46)되는 것이다. 그러나 작가적 실천, 특히 생활에서의 실천의 부재로 말미암아 김남천은 사상적 무기가 될 수 있는 세계관을 완성하는 것, 획득되어야 할 것으로만 상정을 하며, 현실 또한 인간의 실천에 의하여 변혁되어야 할 것이 아니라 주체의 밖에 존재하는 한갓 대상의 차원으로 본다. 현실 세계에 대한 단순한 혐오, 비판, 증오는 현실에 대한 대상적 관찰과 멀리 떨어져있는 것이 아니다.47) 임화가 날카롭게 지적하고 있듯이 김남천의 본래적인 의도와 관계 없이 주관주의와 관조주의가 교묘히 결합된 것이라는 혐의가 짙은 것이다.48)

세계관과 리얼리즘의 분리된 강조, 추구는 「물」 논쟁에서 보였던 「물」에 대한 자기 비판과 옹호의 확대라고 할 수 있다. 물론 그것은 전면적으로 동일한 것은 아니다. 「물」 논쟁에서 제출된 평가의 두 기준, '당파성'과 '현실'은 작가의 실천을 고양시킴으로써 통합될 수 있는 것이었다. 그러나 35년 카프의 해체 이후 실질적 실천이 불가능한 상황하에서 정치에로 향한 의지적 정열과 실천이 불가능하다는 것을 인정할 수밖에 없는 자신에 대한 회의 사이에서 자기 비판 및 소시민 비판의 형태로 빚어져 나온 고발문학론에서는 실천의 문제가 제출될 수 없었으며, 그러한 자기 고발이 관념적 왜곡에 대한 비판과 리얼리즘에 대한 추구로 발전해 간 것이다. 그러나 실천의 문제가 제출되지 않았다는 것이 곧 실천에 대해 김남천이 의식하고 있지 않다는 것을 말하지는 않는다. 오히려 실천에 대한 강한 의식이 존재함으로 해서 고발문학론이 가능했던 것이다. 소시민 지식인이라는 자기 인식이 고발문

---

46) 「비판하는 것과 합리화하는 것과—박영희 씨의 문장을 독함」, 『조선중앙일보, 1936.7.27.
47) G. 루카치, 조정환 역, 『변혁기 러시아의 리얼리즘 문학』, 동녘, 1986, 164쪽.
48) 임화, 「사실주의의 재인식」, 『문학의 논리』, 학예사, 1940, 92쪽.

학론을 꿰뚫고 있는 문제가 되고 있는 것도 이 때문이다. 소시민성과 그것의 극복을 둘러싸고 있는 실천의 문제—문학적 실천과 생활 실천의 문제—를 어떻게 해결할 것인가, 리얼리즘이 객관적 세계의 본질을 전형으로써 형상화하는 것은 어떻게 가능한가, 작품에서의 세계관의 문제는 어떻게 해결될 수 있는가가 김남천에게 문제가 되는데, 모랄-풍속론은 이를 해결하는 방식으로 제시된다.

2) 모랄-풍속론 : 주체의 정립과 세계관, 현실의 연계 모색

모랄-풍속론은 문예학적 탐구를 통한 형상화의 매개로서의 모랄과 풍속의 발견, 그리고 그것을 문단 타개책으로 끌어올린 로만개조론으로 특징지워진다. 여기서 중요한 것은 작가의 '실천' 문제를 해결함으로써 모랄-풍속에 도달할 수 있었다는 점이다. 앞에서 살펴보았듯이 김남천으로서는 생활 실천의 문제를 해결하지 않으면 안 되었다. 김남천은 생활 실천이 필요하다는, 즉 생활 실천이 없이는 올바른 문학적 실천이 불가능하다는 생각을 신판 공식주의라고 하면서 문학자에게는 문학적 실천이 곧 생활 실천임을 역설한다.

> 대체 문학자에게 있어서의 생활적 실천이란 무엇이며 작가에게 있어서의 사회적 실천이란 무엇이냐? 나는 그것을 문학적 실천이라고 말하려고 하며, 또 이것 이외에는 있을 수 없다고 단언한다. … 인류의 전세계사적 동향에 문학사가 관여하는 것은 결코 정치로서가 아니라 예술을 들고 문학적 실천과 생활을 가지고 참여한다는 것을 정당히 인식하지 않으면 안 된다. … 문학자는 문학적 실천을 가지고 이 가운데로 간다는 것만이 유일의 진리이고 또한 예술과 생활 문학과 정치와를 통일한, 유일의 일원론이다.49)

---

49) 「자기 분열의 초극—문학에 있어서의 주체와 객체」, 『조선일보』, 1938.2.2.

문학가로서의 정확한 자기 규정, 문학인이기 이전에 사회적 공인이
므로 사회적 공인으로서의 임무를 다하지 않으면 안 된다는 것은 신판
정치주의이므로 문학가는 문학만으로 할 뿐이라는 김남천의 자기 규정
은 그가 실질적으로 생활 실천을 포기했음을 선언함에 불과하다. 문학
은 이제 삶의 한 방식이 아닌 그의 삶 그 자체로 되면서 존재 자체를
규정하게 되는 것이다.50) 이제 여타의 삶은 문제되지 않는다. 여기에
리얼리즘에 대한 인식이 뒤따르고 있음은 물론이다. 리얼리즘만이 올
바른 문학이라는 생각은 자신의 존재의 다른 한 부분—정치적 행위—
을 제거하는 것을 합리화해 준다. 기실 그가 신판 공식주의라고 비판
하고 있는 것이야말로 「물」논쟁에서 그가 취했던 태도에 다름 아니다.
이와 더불어 또 한 가지의 자기 합리화가 행해진다.

> 객관 세계의 모순을 극복하느라고 자기 자신을 돌보지 않았던 주체
> 가 한 번 뼈 아프게 차질을 맛보는 순간 비로소 자기의 속에서 분열과
> 모순을 발견하게 되었던 것이며 이것의 정립과 재건 없이는 객관 세계
> 와 호흡을 할 수 없으리라는 자각51)

을 통해 일체의 문학적 실천의 과오와 일탈을 소시민적 동요에 기인하
는 것으로 귀착시킨다. 주체의 자기 분열, 소시민적 동요가 객관 세계
의 분열과 모순에 기인하기는 하지만 현대 '시대성'을 띠는 것은 객관
세계의 모순과 분열보다는 주체 자신의 '타고난 운명'에 의한 동요와
자기 분열이라는 것이다. 이와 같이 '문학인'으로서 자기를 규정하고
생활 실천의 포기를 선언함으로써 소시민 지식인의 자기 분열에 대한
극복은 현실 그 자체와의 대결이 아닌 순수한 자기 문제로 한정되며,

---

50) 이에 대해서는 丸山眞男, 『일본의 현대 사상』(종로서적, 1981)의 2장이 좋은
　　참고가 된다.
51) 「자기 분열의 초극—문학에 있어서의 주체와 객체」, 1938.1.30.

문학내에서만의 문제로 된다. 이러한 변화가 카프 시대에 대한 인식의 변화와 동시에 이루어진다는 사실은 의미 깊다. 마르크스의 희랍 시대 예술에 대한 견해로부터 출발하여 계급 사회의 모순이 개인과 사회의 분열, 개인과 사회 각각의 분열을 초치함으로써 그 모순은 필연적일 수밖에 없다고 인식하게 된 김남천은 한편으로는 모순과 분열이 없는 사회를 희구하면서 다른 한편 카프 시대를 이전과는 다르게 평가한다. 즉 이전의 카프 시대에는 집단성에 종속함으로써 개인과 사회의 통일이 가능하다고 믿었던 반면 이제는 그러한 통일이 진실한 통일이 아닌 한낱 관념적인 작위에 불과한 것이라 간주한다.[52] 이러한 제 변화는 그가 카프 시대로부터 벗어나고 있음을 드러내준다. 그리고 이를 통해 현대 사회에서의 문학가의 임무를 다음과 같이 규정하고 문예학적 접근을 통한 문학의 구원으로 나아간다.

> 유구한 인류의 역사가 우리에게 부과하고 동시에 먼 뒷날의 행복된 후세인이 현 순간의 현대 작가에게 요구하는 바는 시민 사회의 카타스트로피의 시대에 있어서의 사회와 개인과의 복잡하고 격화된 분열을 광범히 개괄하는 동시에 이의 초극과 통일을 위하여 쓰여지는 노력과 고난의 반영을 훌륭히 담은 문학적 재산일 것이다.[53]

김남천은 고발문학론에서부터 아이디얼리즘, 즉 작가의 선입견에 찬 활동을 극도로 거부했었다. 아이디얼리즘과 극도로 대립되는 것이 리얼리즘이고, 문학의 구원은 리얼리즘으로만 가능할 때, 리얼리즘의 형상화는 어떻게 가능한가가 문제가 된다. 현실에 침잠하고 세계관을 가지라고 주문하는 임화에 대해 김남천은 "진리는 구체적인 것을 討究하는 마당에서 일반적인 구호를 되풀이하는 것에 의하여 달성되는 것은

---

52) 윗글, 1938.1.30.
53) 윗글, 1938.2.2.

아니"54)라고 하면서 현실과 세계관이 어떻게 문학에 관계하는가, 그리고 어떠한 방식으로 주체가 관여하게 되는가를 문제삼고 있다. 고발문학론에서 세계관, 현실, 문학 주체가 각각 연계되지 않은 상태로 설정되고 있음은 이미 살펴본 바이다. 올바른 과학적 인식의 필요성, 현실의 인식이 중요한 것임이야 물론이나 작가가 필요로 하는 것은 이들이 어떠한 방식으로 '문학'으로 되는가이다.

김남천은 비로소 선진적인 문예 이론을 받아들인다. 그에 따르면 문학은 하나의 인식 형태이고, 인식 형태라는 점에서 문학의 주체와 문학의 객체(현실)은 교섭한다.55) 문학이 현실 인식 형태라면 또 다른 인식 형태인 과학과는 어떻게 구별되는가. 그 구별은 과학이 개념에 의한 인식인 반면 문학은 형상을 통한 인식이라는 점에 있다. "과학이나 예술이나 객관적 진리라고 하는 기준 하에 우연적인 것을 버리고 필연적인 것을 파악하려고 추상을 행하는 것은 동일하"지만 그 인식의 방식이 다르다. 그러나 그것이 모두 현실의 객관적 진리와 관련되는 것이라면 "문학적 표상의 핵심은 자연과학이나 사회과학이 갖는 이론적 범주의 합리성과 일정한 직접적인 관련을 가지지 않으면 안 된다." 여기에 김남천은 주체의 문제가 개입된다고 본다. 이것이 '주체화의 과정'이다. '주체화'란 과학적인 개념으로부터 문학적 표상에까지 이행해 나가는 과정이다.

> … 문학적 표현은 공식적 분석을 경과하여서만 정당한 성격 묘사에

---

54) 「일신상 진리와 모랄—'자기'의 성찰과 '개념'의 주체화」, 『조선일보』, 1938.
4.19.

55) 「도덕의 문학적 파악—과학·문학과 '모랄' 개념」, 『조선일보』, 1938.3.8-20. 여기서 김남천은 다음과 같은 저서 및 논문을 참조하고 있다. 『헤겔 미학의 변증법』(甘粕石介 역), 『문학의 본질』(누시노프), 『예술론』(甘粕石介), 「예술 작품에 있어서의 세계관과 방법」(로젠타리), 「사상으로서의 문학」, 「도덕론」(이상 戶坂潤).

도달하나 과학적 개념은 공식에 의한 법칙 이상에까지 그의 인식 목적을 연장할 때 그것은 벌써 과학의 기능은 아니라는 것이라 하여 과학이 이 한계를 넘는 곳으로부터 인식 목적은 문학의 권내로 연장된다는 것이다. 실로 이 과정이 다름 아닌 주체화의 과정이다.56)

　… 문학에 있어서의 주체의 문제, 작가에 있어서의 주체적인 입장의 문제란 과학적 개념이 구체적인 분석을 통하야 수행한 바 공식의 기능을 인계하여 이 사회적인 진리를 具有한 사상을 문학적으로 여하히 주체화할 것인가의 문제에 不外하였다.57)

　김남천은 이 주체화를 인류의 높고 깊은 문제를 자기 자신의 절실한 문제로 하는 것과 동일한 것으로 보고 있는데, 여기서 다음과 같은 두 가지가 문제적으로 된다. 우선 첫째는 창작 주체의 문제와 문학의 형상화 문제의 해결이 동일한 차원에서 행해지고 있다는 점이다. 김남천이 이 주체화를 곧 모랄이라고 하고 그것이 과학적 핵심을 갖는다고 했을 때, 그는 고발에는 고발의 정신만이 있고 세계관이 없다고 한 임화의 비판에서 벗어날 수 있었다. 왜냐하면 이제 고발 속에 과학적 핵심을 포함하게 되었기 때문이다. 그러나 동시에 그것을 과학적 개념이 형상으로 됨을 말한다고 했을 때에는 그가 '모랄'이라는 말로써 혼동을 일으키고 있음을 알 수 있다. 과학적 개념의 형상화로서 문학적 모랄이라는 것이 사회적 모랄과 동일하지 않으며, 사회적 모랄-도덕이 시대에 따라 변하는 것임에 비해 문학적 모랄은 사회의 변화에 따라 변하지 않는 일종의 '범주'라면 그것은 역사성을 띠지 않게 된다. 그 반면 세계의 문제를 자기화하는 것으로서의 모랄은 그 자체 역사적일 수밖에 없다.

---

56) 「도덕의 문학적 파악—과학·문학과 '모랄' 개념」, 『조선일보』, 1938.3.11.
57) 윗글, 1938.3.12.

두 번째의 문제는 형상 인식의 도식적 이해이다. 형상 인식이 과학과 유사하게 보편성을 문제삼는 것이기는 하지만, 김남천이 생각하는 바와 같이 '과학적 개념→문학적 형상'의 2단계인 것은 아니다. 문학적 형상이 특수성을 지향한다고 할 때, 이는 보편성과 감각적 개별성 사이에 위치하는 것이다. 보편성과 개별성은 김남천 식으로 표현한다면 과학적 개념과 감각적 직접성이라고 하겠다. 결과적으로 문학 작품으로 나타나는 것은 보편성과 개별성 사이의 한 점에서 고정된 것이지만, 창작 과정에서 고찰한다면 한 점에 고정되기 위한 보편성과 개별성, 과학적 개념과 감각적 직접성 사이의 부단한 변증법적 관계가 성립하는 것이다. 이러한 변증법적 관계를 몰각하고 있는 김남천의 사고의 기초에는 문학이란 이미 완성되어 있는 진리를 '문학적 형태'인 형상을 빌어 표현하는 것이라는 생각이 놓여 있다. 과학적 진리가 현실을 분석, 검토함으로써 획득되는 것이긴 하지만 현 상태에서 진리가 주어져 있다는 생각은 문학적 현실로부터 그것을 분리시키는 것이며 논리적 범주로서의 문학적 모랄을 상정함으로써 주체의 문제로부터도 어느 정도 벗어날 수 있게 해 준다.

'풍속' 개념의 발견은 두 계기를 갖는다. 첫째는 모랄에서 직접적으로 이끌어지는 것이고 둘째는 당대 세태 소설 논의에서 이끌어지는 것이다. 우선 모랄에서 풍속으로 이행하는 과정을 살펴보자.

> 도덕·모랄이란 완전히 주체화되어 일신상의 근육으로 감각화된 사상이나 세계관의 형상이다. 그러므로 모랄이란 풍속·세태 속에서 나타나고 복장과 취미에까지 나타나야 할 것이다. 인정, 인륜, 도덕, 사상이 가장 감각적으로 물적으로 표현된 것이 풍속이기 때문이다.58)

---

58) 「세태·풍속묘사 기타」, 『비판』, 1938.5, 116쪽.

  김남천이 바라는 것은 '주체가 인식한 과학적 진리가 풍속에까지 감성적으로 풀어져 나오는 것'이다. 이 때의 풍속은 과학적 진리가 입는 감각적 의장이다. 그러나 풍속을 다음과 같이 정의할 때, 김남천의 풍속 개념은 명백하게 차질을 빚는다. 그의 정의에 따르면 풍속이란 "사회의 생산 기구에 기초한 인간 생활의 각종의 양식에 의해 종국적으로 결정을 본" 것으로 "사회의 물질적 구조상의 제계단을 일괄한 하나의 공통적인 사회 현상"이며 "사회 기구의 본질이⋯ 비로소 완전히 육체화된 것"이다.59) 이처럼 풍속이 현실의 본질의 감각적인 현상이라면 이 때의 풍속은 그 출발점을 현실 자체에 두는 것이다.

  풍속 논의가 지닌 또 하나의 계기는 당대의 세태 소설과 같이 현실의 표면만을 더듬어 나가는 관조주의의 극복이었다. 풍속이 현실의 본질을 드러내는 것이라면 풍속의 묘사는 그 자체로 현실을 드러낼 수 있게 된다. 묘사 대상 그 자체가 아니라 대상의 본질을 드러내는 것이 리얼리즘이라면 풍속 묘사는 김남천이 의미하는 바의 리얼리즘으로서의 가능성이 있다. 그러나 앞에서 본 바대로 풍속은 한편으로 세계관—과학적 진리로부터 출발하면서 또 한편으로 현실에서 출발한다는 것은 모랄과 풍속이 동일한 어원 mores를 갖는다고 해도 현실과 세계관은 분리된 채 존재하는 것이다. 이러한 분리는 창작 과정에서 현실과 세계관을 매개하는 주체가 '문학적 모랄'이라는 논리적 범주의 설정으로 인해 존립할 근거지를 상실한 때문이다. 이는 앞에서 말한 바와 같이 주체의 문제로부터 떠남으로써 가능한 것이었다. 물론 1938년 3월에 「요지경」이 쓰여지긴 하지만 그것은 1937년 8월의 작품이다. 과거로부터의 벗어남은 새로운 가능성을 줄 수 있는 것인데, 그 가능성의 폭은 과거로부터의 벗어남이 얼마만큼 진실한 차원에서 이루어지는가, 그리고 모랄-풍속론을 통해 인식되기 시작한 현실이 얼마만한 구

---

59) 「일신상 진리와 모랄」, 『조선일보』, 1938.4.22.

체성을 띠고 있는가에 의해 결정된다. 이는 「물」에서 드러난 '체험된 부분적 현실'의 추상성으로부터 벗어나기 위한 시도이기도 하다.

그러나 창작방법론에서 드러난 것은 과거로부터 벗어나는 것의 진실성에서나 또는 현실 인식의 구체성에서 모두가 미흡하였다. 전자에서는 자신의 삶의 한 부분을 포기함으로써, 아니 한 부분만을 자신의 전부로서 받아들이고 다른 제 부분에 대해서는 눈을 감음으로써 성립되는 것, 즉 작가의 생활 실천을 방기함으로써 가능한 것이었다. 이제 문학가로서의 성실함만이 문제가 되는데, 이 문학가적 성실함은 바로 위에서 말한 두 번째 현실 인식의 구체성의 확보를 통해서만 드러나는 것이다. 하나의 작품의 생산은 항상 일회적으로 완결되는 것이긴 하지만 거기에는 그 이전의 현실과 주체와의 계속적인 관계가 축적되어 있는 것이며 그를 통해서만 작품 속에 정착되는 삶의 한 부분이 비로소 현실성을 획득하게 된다. 그의 창작방법론에서 풍속은 현실의 정확한 인식 및 생생함을 획득하기 위한 방안이었지만 풍속 논의는 현실에 대한 손쉬운 접근이라는 느낌을 떨쳐버릴 수 없다. 왜냐하면 이 때의 풍속은 동적인 것이 아닐 뿐 아니라 현실의 현상 속에서 본질을 발견해 내어야 하는 주체의 노력을 무의미하게 만들고 있기 때문이다.

이와 같은 사실은 그의 작품 속에서도 확인이 된다. 과거로부터의 벗어남이 진정한 극복이 되지 못한 것은 김남천이 보여준 관념성 때문이었다. 「철령까지」와 「포화」는 고발문학론에서 자기 자신의 문제가 극복이 되지 못한 상태로 있음을 보여 준다. 「철령까지」에서 만주국에 있는 철령으로 이민을 가는 빈농 일가를 대하는 '나'의 태도는 국외자의 입장에 불과하다. 따라서 이 작품은 그 가족 일가의 삶의 모습도, 그렇다고 해서 그것을 바라보는 '나'의 시각도 확실하게 보여주지 못하고 만다. 결국 고향으로 가는 여행길에서의 에피소드와 그에 따른 약간의 감상성 및 애상성을 포함하고 있는, 수필의 차원으로 떨어지기

직전의 글에 불과하다. 이는 관찰자인 '나'가 국외자의 입장에 서 있으면서도 대상의 본질이 아니라 대상의 표면을 스치고 지나가고 있기 때문이다. 기행문의 형식을 취함으로써 작가의 눈을 드러내는 이러한 작품 속에서의 '나'의 눈은 그대로 「포화」에서 직접 작가 자신의 눈으로 드러남으로써 「포화」를 문제적인 작품으로 만들고 있다. 「포화」의 나는 한 때 사상 사건으로 얼마간 옥살이를 한 경험이 있으며 그 후 휴직을 하였다가 폐질환으로 2개월째 쉬고 있는 상태이다. 나에게 중요한 것은 존재하지 않는다. 친구 김신국이 전향자 대표로 올라와서 자기에게 잘해줌으로써 위안을 얻는 이유도 천착해 보지만 그러한 것조차 나에게는 무의미하다. 모든 것이 무의미해지고 자신의 병조차 세상의 탓으로 돌려버릴 때, 그가 자신의 현존재의 이유, 살아 있음을 느끼는 것은 자신이 아침에 '마루젱'에라도 나가 볼까 생각했던 것을 머리 속에 떠올려냄으로써이다. 이와 같은 사소한 일에서 자신의 현존재를 확인한다는 사실이야말로 피폐해 있는 전향자의 한 모습을 드러내는 것이다. 이와 같은 피폐함, 무기력함에서 생활 실천을 포기하고 문학적 실천만을 용인함으로써 자기 자신의 문제로부터 떠나 모랄-풍속론으로 나아간 김남천의 의식을 감지할 수 있다.

리얼리즘에서의 세계관과 객관적 현실의 문제를 모랄-풍속 논의를 통해 나름대로 해결한 김남천은 현실적이며 구체적인 창작방법론으로서 '로만개조론'을 제기하였다. 로만 개조의 이상은 이미 1937년도에 「조선적 장편 소설의 일고찰—현대 저널리즘과 문학과의 교섭」(『동아일보』, 1937.10.19-23)을 통해서 나타났었다. 루카치에 직접적으로 기대고 있는 것으로 보이는 이 글에서 김남천은 로만을 "자본주의 사회의 가장 전형적인 장르이며, 전형성 창조에 있어서 유일무이한 장르"라 규정하고 있다. 그러나 조선에서는 사회적 제 관계가 기형적으로 발전함으로써 로만 발전의 기반이 상실되었으며 로만이 겨우 자기의 시민성을 주장한 시기는 이미 세계적으로 시민 사회가 노후와 갈등을 수반하면서 제국주의로 이행한 뒤였다. 뿐만 아니라, 제국주의에 의한 문호 개방으로 인해 로만의 발전에 절대적인 제약성이 초래되었다. 따라서 "현대는 시민 작가의 손에 의해 '로만'이 붕괴되는 시대인 것을 알고 위대한 리얼리스트는 이것을 넘어서 '로만'이라는 장르 그 자체의 변질과 개조에 노력하여야 한다."60) 로만 개조의 이상의 구체화는 '풍속' 개념과 결합되면서부터 당대 소설의 분열상을 극복하는 일이 일차적인 과제가 된다. 경향 문학의 쇠퇴 이후 이상, 김남천으로 대표되는 심리(내성, 내향) 소설의 경향과 채만식, 박태원 등으로 대표되는 세태(사태, 풍속) 소설의 경향으로의 분열상이 노정된다. 최재서의 경우 「천변풍경」과 「날개」를 각각 리얼리즘의 확대와 심화라 표현하였지만,61) 임화와 김남천은 그것은 조선 사회의 특수한 현상으로서 극복되지 않으면 안될 것으로 여겼다. 두 사람은 서구와 같이 완숙한 단계를 거치지 않고서 쇠락의 징후를 보인다는 공통된 인식에서 출발한다.

그러나 김남천과 임화는 지향점의 차이를 보인다. 임화의 경우 지향점은 서구적인 의미에서의 본격소설이다. 소설사를 검토하면서 얻어진 결론은 소설 분열의 원인이, 사상성—민족주의든 사회주의든—을 상실했다는 것, 그리고 현실에 대한 작가의 태도에서 '생활적인 적극성'이 희박해졌다는 것이다. 그가 말하는 본격소설이란 "성격과 환경과 그 사이의 얽어지는 생활과 생활과의 부단한 연속이 만들어내는 성격의 운명"을 통해 작가의 사상을 표현하는 것이다. 그러나 임화의 본격소설의 지향은 그 스스로 "서구적 의미의 완미한 개성으로서의 인간 또는 그 기초가 되는 사회 생활이 확립되지 않는 한, 소설 양식의 완성은 기대할 수 없는 것"이라고 함으로써 절망론에 가까워진다.62) 이리

---

60) 「조선적 장편 소설의 일고찰」, 『조선일보』, 1937.10.27.
61) 최재서, 「리얼리즘의 확대와 심화—<천변풍경>과 <날개>에 관하여」(『조선일보』, 1936.10.31-11.7) 참조.

하여 임화는 사실을 재인식할 것과 "실천적으로나 문학적으로나 사실과의 拮抗 가운데 들어갈" 것을 요구하면서 작가의 '시련의 정신'이 필요하다고 한다.63) 반면 김남천은 임화의 경우를 '절망론'으로 보고 구체적인 방법론을 탐구한다.

> 나의 '모랄'론의 입장에 의하면 나는 풍속과 세태를 딴 의미에 있어서 인정하고 다시 내성적이라든가 심리적이라고 지칭하는 나의 작품의 경향을 다른 성격으로 추진시켜 양자의 융합을 잡아서 '로만' 개조의 방향을 취하여 보는 것이 당면의 방향이다.64)

그 구체적인 방식으로 제시하는 것이 국내 작가에게서 배운 풍속 묘사와 국외 작가로부터 배운 가족사, 연대기이다.

> 우리는 위에서 풍속을 들고 가족사 가운데 현현된 연대기로 간다고 말하였다. 그렇다면 개인과 집단과의 관계가 전면에 나설 것을 상상할 수 있다. 동시에 사회와 인물을 발생과 생장과 소멸에서, 다시 말하면 전체적 발전에서 묘출하여야 할 것을 추상할 수가 있다. 그렇다면 이것을 용납하고 구현할 수가 있는 '로만' 장르가 생겨야 할 것은 자명하지 않은가. 이것이 '로만' 개조의 단초가 될 것이다. … 모랄의 확립, 정황의 전형적 묘사, 생기 발랄한 인물의 창조, 지적 관심의 고양—이것은 족히 로만 개조의 기본적인 내용이 될 수 있을 것이며 동시에 상실한 소설성을 작히 탈환할 수 있을 것이다.65)

이와 같은 김남천의 로만 개조의 방향은 임화와는 초점이 다르다.

---

62) 임화, 「최근소설사 전망」, 『조선일보』, 1938.5.18-25.
63) 임화, 「작가에의 진언장—사실의 재인식」, 『동아일보, 1938.8.24-28.
64) 「모랄의 확립—현대 조선 소설의 이념」, 『동아일보』, 1938.9.18.
65) 윗글, 1938.9.18.

임화가 마지막에 제시한 '사실과의 길항', '시련의 정신'이란 문학보다 문학하는 인간에 초점이 맞추어져 있다. 곧 현실과 끝가지 대립하여야 한다는 의식이다. 문학하는 행위 그 자체가 삶의 방식과 직접적으로 관련된다. 즉 문학적 실천이 현실을 매개로 한 생활 실천의 집중적인 표현이라고 했던 데서 결코 벗어나지 않고 있다. 반면 김남천의 경우 문제는 철저히 문학적 형상화에 놓인다. 이러한 차이가 기본적으로는 임화가 비평가의 입장에 서 있는 반면 김남천은 작가의 입장에서 말한다는 점에 근거함은 물론이다. 그러나 또 한 가지 지적되어야 할 것은 김남천이 생활 실천을 포기하고 있다는 점이다. 문학적 실천만을 가능한 것으로 놓는 것은 임화에게서나 김남천에게서나 동일하다. 그러나 임화와는 달리 김남천에게 생활 실천의 여지는 전혀 존재하지 않는다. 김남천이 '로만'에의 꿈을 가지는 것은 문학에 의탁한 미래 지향이다. '로만'을 통한 미래 지향이 생활 실천의 포기와 동시기라는 점은 의미 깊다. 앞에서 보았듯이 생활 실천을 포기함으로써 문학을 문제삼을 수 있었다. 그러므로 그로써 잠재된 정치적 지향성이 문학적으로 전화된 것이 로만개조론이다. 필연적으로 분열의 양상을 드러낼 수밖에 없는 계급 사회라는 인식이 분열과 모순이 없는 시대에 대한 지향을 낳았고 루카치로부터 로만을 통한 초월의 가능성을 보았다. 따라서 로만 개조의 지향은 이중의 지향이다. 당대 소설의 분열의 극복임과 동시에 시민 사회의 소설, 그 자체의 극복인 것이다. 로만이라는 장르 그 자체의 변질과 개조에 노력하여야 한다고 할 때 그가 의미하는 바는 바로 시민 사회의 극복이다.

모랄과 풍속론을 거쳐서 로만의 개조에 이르는 과정에서 김남천은 한편으로는 리얼리즘에서 주체, 세계관, 현실간의 관계를 올바르게 설정하려고 노력하였으며, 또 한편으로는 현 문학 상황의 극복과 동시에 '로만' 장르 그 자체를 개조하려는 의지를 보였다. 후자의 경우는 생활 실천을 포기한 상태에서 그것을 문학쪽으로 전화시킴으로써 가능했다. 이 두 경향이 결합된 것이 '풍속 묘사, 가족사, 연대기'라는 구체적인 방법론을 가진 로만개조론인 것이다. 그러나 모랄-풍속론은 세계관과 현실의 결합에서 기계적인 결합을 보여줌으로써 작가를 중심으로 한 세계관과 현실의 변증법적인 관계를 도식화시키고 말았다. 이러한 도식화는 그의 실제적인 창작에서 명확하게 드러나며 김남천도 이를 의식하고 있다. 자신이 그토록 작가의 관념이 직접적으로 드러나는 것을 회피하려 했음에도 불구하고 '로만개조론'을 실제로 창작에 적용시킨 『대하』는 실패로 돌아갔던 것이다.

　『대하』에는 김남천의 한계와, 창작방법론의 한계가 동시에 드러나고 있으며, 김남천도 이를 의식하고 있었다.66) 그가 발자크적인 것에의 정열, 관찰문학론으로 나아가는 하나의 계기가 『대하』의 실패 속에 놓여 있다고 할 것이다. 본고에서는 소설의 분석을 중심 과제로 하지 않으므로 간략하게만 살피면서 한계점을 적출해 보기로 한다. 『대하』에서, 김남천이 제시한 '가족사, 연대기, 풍속 묘사'는 박성권 일가의 삶의 과정 속에서 실현된다. 『대하』는 봉건과 근대가 교차하는 개화기라는 공간 속에서 박성권의 치부 과정과 그의 서자인 형걸을 중심으로 한 5남매의 삶의 양태를 풍부한 풍속 속에서 보여주고 있다. 이 소설을 검토하기 위해서는 『대하』 이전의 김남천 소설의 맥을 살필 필요가 있다. 안함광은 김남천론을 쓰면서 『대하』 이전 소설의 경향을 셋으로 나눈 바 있다.67) 주로 창작집 『소년행』에 수록된 작품을 중심으로 구분한 것인데, 첫째, 분열을 경험하기 이전의 소년의 눈에 비친 훼손된 세계의 모습과 분열 없는 삶에 대한 희구, 새로운 세계를 조망하는 「

---

66) 김남천은 「兩刀類의 道場―내 작품을 해부함」(『조광』, 1939.7)에서 『대하』의 결점으로 심리의 현대화, 성격 창조의 유약성, 풍속 현상의 공식적 배치를 들고 있다.
67) 안함광, 「작가의 주장과 실험의 세계」 참조.

남매」 계열의 소설, 둘째, 성인인 자신에게 눈을 돌려서 자신의 본연의 모습을 보는 「처를 때리고」 등 자기고발류의 소설, 셋째로 객관 세계의 '스케치'—관찰의 세계—계열의 소설 등 세 부류의 소설이 있다. 여기에 또 하나의 계열이 첨가 될 수 있는데, '소년'의 눈을 통해서 훼손된 세계의 모습을 드러내기는 하지만, 새로운 세계의 조망의 모습을 보이지 않는 계열이다. 이 계열은 첫째 계열과 셋째 계열의 소설의 중간형이라 할 수 있다. 『대하』의 경우 첫째 계열과 셋째 계열이 확대되어 통합된 것이라 할 수 있다. 새로운 세계에의 조망은 형걸이라는 인물을 통해서 드러나고 있다. 그리고 그 방식은 탈출이라는 형태를 띤다. 그러나 「소년행」 계열의 소설에서 세계의 훼손은 자본주의적 삶으로부터 파생된 것이다. 곤궁, 그로 인한 성의 판매, 화폐로 인한 인간적 가치의 상실 등으로 훼손된 세계의 모습이 드러난다. 그러나 『대하』에서의 세계의 훼손은 형걸이 서출이라는 것 이외에는 존재하지 않는다. 따라서 그 훼손된 세계로부터 새로운 세계로의 조망도 불투명한 모습으로 나타나며 낭만성을 띠게 된다. '탈출'이라는 방식은 「남매」의 경우와 동일하지만 「남매」의 경우보다 훨씬 관념적이며 낭만적이다. 그것은 훼손된 세계에 대한 대결의 양식이 아니라, 회피의 양식이다. 이러한 현실 회피, 탈출의 낭만성이 『대하』가 보이는 첫 번째 한계이다.

두번째 한계는 앞에서 말한 셋째 계열과 관련되는 것으로 '로만개조론'의 근본적인 한계라 할 수 있다. 모랄-풍속론에서 밝힌 바 있듯이, 풍속 묘사 설정의 이유는 두 가지였다. 하나는 인물의 육화, 생생함을 드러내기 위해서, 즉 산 인물의 창조를 위해서이며, 또 하나는 '풍속'에는 현실 세계의 본질이 감각적으로 드러나기 때문이다. 그러나 『대하』 속에서의 풍속의 묘사는 인물의 삶과 깊이 관련되지 않고 있다. 인물이 살아가는 공간, 행위의 장으로서 설정되지 못하고, 단지 배경으로서의 의미밖에 지니지 못한다. 인물과 환경의 관계는 유기적으로 결합되지 못하고 인물은 환경 속을 통과할 뿐이다. 형걸의 탈출이 관념적인 것도 이 때문이라 할 수 있다. 이에 대해서는 김남천 자신도 '풍속의 공식적 배치'라고 한계를 시인하고 있다. 그러나 가장 큰 한계는, 위의 한계와도 역시 관련이 있는 것으로 작가의 의도가 기계적으로 드러나고 있다는 점이다. 개화기라는 시간-공간의 선택, 부르주아 집안으로서의 박성권 일가의 선택 등을 통해 조선 자본주의 발전의 모습을 보여주려 한 작가의 의도는 박성권의 치부 과정에 대한 간략한 서술로만 그치고 있으며 그럼으로써 자본주의 초기의 인간상을 전형으로써 묘사하고자 한 그의 의도는 실패하고 만다. 이상과 같은 한계는 김남천이 지닌 소설적 역량의 미숙에서 연유하는 것일 수도 있지만(『대하』는 그의 첫 장편 소설이다) 좀 더 깊이 살펴본다면 모랄-풍속론에서 '로만' 개조론에 이르는 창작방법론 자체의 한계에서 연유하는 것이다. 즉 과학적 진리의 감각화로서의 모랄, 풍속에 대한 이해의 관념성 등에 『대하』의 한계가 있다. 관찰문학론은 『대하』가 지닌 한계의 극복임과 동시에 「포화」에서 드러난 것처럼 무기력한 자기 자신에 대한 절망을 문학론으로서 표출한 것이다. 그리하여 관찰문학론은 '전형'을 통한 현실의 올바른 반영을 취하면서 작가의 세계관, 작가의 사상뿐만 아니라 작가의 체험으로부터 완전히 벗어날 수 있는 문학론의 형태를 띤다.

3) 관찰문학론 : 주체 결여의 리얼리즘

모랄과 풍속론을 통해 김남천이 획득하고자 했던 것은 세계관과 현실의 연계였다. 항상 그에게 가장 중요한 문제는 작가의 개인적 주관에 의해 현실이 왜곡될지도 모른다는 점이었다. 로만개조론에 이르기까지 이에 실패했던 김남천이 나아가는 곳이 관찰문학론이다. 관찰문학론의 기본 명제는 '객관에 작가의 주관을 철저히 종속시키는 것'으로 이는 이미 고발문학론에서부터 주장되었던 것이다. 관찰문학론은 이러한 측면이 극대화된 형태라 할 수 있다.

김남천은 "사색은 준비되었다. 인제 그것을 관찰하지 않으면 안 된다."[68]라고 하면서 발자크를 통해 관찰문학론에 도달한다. 관찰문학론에서 중심이 되는 것은 '문학인의 사회적 존재 방식'과 문학에서의 전형의 문제이다. 체험적인 것과 관찰적인 것의 대비에서 문학가의 사회적 존재 방식에 대한 그의 견해가 명징하게 드러난다.

체험적인 태도가 자기 도야 및 자기 개조를 제1의적인 것으로 보고 따라서 문학을 일개 수단으로 봄에 비해, 관찰적인 태도는 문학 자체를 제1의적인 것으로 봄으로써 오직 문학만을 생존의 이유로 삼는다. 체험적인 태도를 지니는 문학가의 예로서 톨스토이와 춘원을 들 수 있고, 관찰적인 태도를 지니는 작가로서는 발자크와 벽초를 들 수 있다. 전자의 경우 작품은 개인적인 행동 즉 작가의 체험으로부터 분리할 수 없는 반면, 후자의 경우 개인의 행동을 떠나서도 문학은 존재한다. 작가는 자기 자신을 '無'로 하여 대상에 침잠한다. 또한 전자의 경우 문학을 떠나서 작가는 도덕가, 사상가로 존재할 수 있지만, 후자의 경우 문학을 제외하면 작가는 하찮은 존재에 불과하다. 발자크의 경우 문학을 제거하면 한갓 속물에 지나지 않는 것이다. 더욱 중요한 것은 체험적인 태도의 경우 작가의 주관이 강하게 개입하기 때문에 주관의 변화에 따라서 현실을 마음대로 재단하여 왜곡할 가능성이 크지만 관찰적인 태도의 경우 작가의 주관은 아무리 변하여도 자신을 '무'로 하여 대상 자체에 몰입하는 것이기 때문에 현실 왜곡의 가능성은 작아진다는 것이다.[69] 이와 같은 체험적인 것과 관찰적인 것의 대비에 대해 절대적으로 체험과 관찰이 대립하는 것은 아니라고 김남천 자신이 말하고

---

68) 「시대와 문학의 정신—'발자크적인 것'에의 정열」, 『동아일보』, 1939.5.7.
69) 「발자크 연구 노트(4)—체험적인 것과 관찰적인 것」, 『인문평론』, 1940.5.

있지만, 이러한 대립에서 보이는 김남천의 의식은 명확하다. 문학가는 문학하는 것에 자신의 모든 것을 걸어야 한다는 것, 자신의 전 존재를 걸 수 없는 인간은 문학을 하지 말아야 한다는 것이다. 그리고 이 때 그 문학은 인간을 개조한다든가 또는 무엇을 한다든가 하는 수단이 아니라 그 자체로서 존재하는 것이며, 단지 현실의 본질, 필연성을 주관에 의한 왜곡이 없이 드러내 주는 것일 뿐이다. 문학가에게는 문학적 실천만이 생활 실천이라 하면서 생활 실천을 버린 것은 1938년 초의 일이었다. 이제 단지 충실한 반영만이 존재하는 것이다.

관찰문학론에서 또 하나 중심이 되는 것은 전형의 문제이다. 리얼리즘이 '전형'과 관련이 있다는 것은 엥겔스를 통해서 확인된 것이다. 김남천은 특히 전형적 성격의 문제에 초점을 맞춘다. 전형적 성격에 대한 탐구에서 김남천은 발자크 연구에서 출발한다. 엥겔스가 말한 '전형적 성격'이라는 것이 무엇인지를 알기 위해서 그 대상이 되는 발자크로부터 김남천은 새로이 출발하는 것이다. 발자크를 연구함으로써 김남천이 확인한 전형적 성격의 내용은 악당과 편집광이었다. 발자크와 셰익스피어 모두 악당과 편집광을 그렸다면, 악당과 편집광이 전형성과 관련이 있다는 것이다. 이에 고리키의 언명을 통해 '개괄'과 형상화를 위한 성격적 특성으로서의 악당, 편집광에 대해 보충한다. 그리고 응축과 정수를 성격화의 방식으로 파악한다. 김남천이 과연 전형의 의미를 올바르게 파악하였는가에 대해서는 이론이 있지만,[70] 그가 정확

---

70) 이 문제에 대해서는 김윤식, 『한국근대문학사상사』와 최유찬, 「1930년대 한국 리얼리즘론 연구」가 차이를 보인다. "…김남천은 이러한 편집광이나 악당이 자본주의가 낳는 전형적 성격임을 고찰하는 데까지는 나아가지 못하고 있다. 다른 말로 하면 김남천에게는 자본주의 사회에서는 개인과 사회가 분리되므로 삶 속에 시가 소멸될 조건 속에 있다는 헤겔적인 시점이 결여되어 있다."(김윤식, 288쪽) "그의 속셈은 악당과 편집광이 전형이 되는 이유가 자본주의라는 사회의 특성과 맺어짐으로써 전형이 된다는 것을 강조하기 위한 데 있다. 그러므로 그는 악당과 편집광을 그려서 전형성이 구현되는 것은 각

하게 전형의 의미를 파악하였다고는 보이지 않는다. 그에게는 미르스
키가 말한 바 '사회적 힘의 본질'이 문제되지 않고 있으며, 전형적 성
격과 전형적 상황이 함께 논의되어야 한다는 점도 몰각하고 있다. 그
러나 이보다 더 문제적인 것은 김남천이 다음과 같이 말하고 있다는
점이다.

> 여기에서 나는 전형적 성격 창조에 있어서의 리얼리스트의 최대의
> 교훈을 다음과 같이 정식화하련다. 자본주의 사회의 화폐의 위력과 그
> 의 법칙을 폭로하는 데 소설가는 빈궁문학을 택하지는 않았다고! 황금
> 을 기피하고 그것을 경멸하는 '샌님'을 그려서 시민 사회가, 그리고 그
> 사회에서의 화폐의 죄악이 描破된 것이 아니라, 실로 그랑데 씨와 같
> 은 黃金溺愛者와 누칭겐 씨와 같은 은행적 악당을 그려서 그것이 비로
> 소 가능하였다는 것을 나는 이 곳에서 강조하려고 생각한다. 이것은
> 속물 세계의 속물성을 묘파한다고, 속물을 비웃고 경멸하는 신경질적
> 인 고고한 결벽성만을 따라 다니는 우리 문단의 작금의 소설가와, 그
> 것을 시대 사상의 반영이라고 극구 찬양하고 있는 비평의 유행에 대하
> 여도 커다란 교훈이 될 것이라고 생각한다. 그러나 '발자크'의 수법에
> 의하면 작가는 속물성을 비웃는 인간이 아니라 속물 그 자체를 강렬성
> 에서 구현하고 있는 인물을 창조하는 것이 리얼리즘의 定則이었다.[71]

"속물성을 비웃는 인간이 아닌, 속물 그 자체를 강렬성에서 구현하
고 있는 인물"의 창조가 필요하다는 김남천의 말은 '주인공=성격=사상'
의 공식에 대한 그의 거부의 태도와 관련된다. '주인공=성격=사상'이란
사상과 시대 정신을 체현한 자, 영웅, 천재, 사상가만이 주인공이 될
수 있는 논리라는 것이다. "소설 문학의 사상이나 모랄이란 것은 그러

종 인물의 사유와 행동이 그 토대에 화폐를 두고 있는 자본주의 사회의 인간
답게 묘출되기 때문이라고 지적한다."(최유찬, 168쪽).
71) 「발자크 연구 노트(2)—성격과 편집광의 문제」, 『인문평론』, 1939.12, 83쪽.

나 주인공으로 나타난다든가 덕목, 도덕률, 설교, 교훈, 연설, 선전 등
으로 나타나는 것이 아"[72]닌 것이다. 이에 대비되는 것이 '세태=사실=
생활'의 논리인데, 이 각각이 체험적인 것과 관찰적인 것에 연결되어
있으며, 후자를 주장함에 김남천이 근거로 하고 있는 것은 마르크스가
라살레에게 보낸 편지에 나오는 '주관의 전성기'가 되어서는 안 된다는
언표와 엥겔스의 경향문학론이다.

그러나 '주인공=성격=사상'론의 배제가 그에게 있어서도 일반성을
띠고 있는 것이 아니라고 할 때, 즉 "시민 사회의 우수한 리얼리스트
가 장편 소설에서 적극적인 성격을 창조하려 하였을 때는 훌륭한 진
리"[73]가 될 수 있다고 할 때, 그가 단순히 '주관의 전성기'에 대해 배
격하고 있는 것만은 아니라는 것이 드러난다. '주인공=성격=사상'에 대
해서 장, 단편을 문제삼지 않고 논해서는 안된다고 말하고 있으나 이
보다는 관찰문학론에 이르게 되는 김남천의 감각을 발견할 수 있다.
이러한 점에서 다음과 같은 발언은 주목할 만하다.

> 이제 문학은 사상이나 관념에 대하여 상당한 경계를 하지 않으면
> 안 되게 되었다. 관념에 비하여 생활이 언제나 우위라는 것을 진심으
> 로 깨달아야 할 시기에 이르러 있다. (중략)
> 사상, 관념, 이데올로기의 불신과 붕괴가 치성히 불리워지고 있는
> 지금 예술가가 의탁할 곳은 … 생활 그 자체임을 망각하여서는 안 된
> 다.

위의 언급에서 드러나고 있는 것은 단순히 문학의 문제만은 아니다.

---

72) 「세태, 사실, 생활—'토픽' 중심으로 본 기묘년의 산문 문학」, 『동아일보』,
1939.12.12.
73) 「주인공, 성격, 사상—'토픽'중심으로 본 기묘년의 산문 문학」, 『동아일보』,
1939.12.21.

오히려 김남천은 이미 형성된 어떤 이데올로기로도 현재를 감당할 수 없음을 말하고 있으며, 또 한편으로 그러한 사상을 갖고 살아온 자기 자신을 포함한 동류의 인간에게 갖는 불신도 함께 드러난다. 소위 양심적 인간에 대한 거부와 새로운 긍정적 인물 유형의 창조에 대한 욕구74)나, 임화의 주인공론에 대해 그토록 민감하게 반응하는 것 등은 김남천이 사상, 이데올로기라는 데 대한 과민성을 지니고 있음을 보여준다.

그의 소설 속에서 이러한 의식은 훨씬 뚜렷하게 나타난다. 이러한 면에서 눈에 띄는 작품으로는 단편 「길우에서」(『문장』, 1939.7), 장편 『사랑의 수족관』(『조선일보』, 1939.8.1-1940.3.3)과 중편 「속요」(『광업조선』, 1940.1-5)를 들 수 있다. 세 작품 모두 지식인 인물을 다룬 것으로 김남천이 생각하는 긍정적 인물과 부정적 인물이 대비되는 작품이다. 「길우에서」의 K와 『사랑의 수족관』의 김광호는 동일한 유형이다. 이들은 과거의 주의자를 형으로 두고 있으며, 그 형의 영향을 받기는 하나 형의 세대와는 다른 세대에 속한다. 그들은 모두 토목기사를 직업으로 갖고 있으며, 사회적 삶에 깊이 관여하지 않는다. 「길우에서」의 '나'의 시선으로 나타나는 김남천의 시선은 그들의 삶에 대해 긍정적이다. 세계를 개혁하겠다는 '나'와, K의 형의 사상은 K에 의해서 감상적인 인도주의로 파악되고 있으며 '나'의 의식은 그에 대해 심정적인 반응 이상을 보여주지 못한다. 『사랑의 수족관』은 전적으로 K—김광호—의 시대인데, 작품의 초두에서 김광호의 형의 죽음은 깊은 의미를 갖는다. 한 때 사회주의자로 감옥에 갔다 나온 광호의 형은 무기력과 퇴폐적인 생활 속에서 폐병으로 사망한다. 그의 죽음은 그의 시대가 끝났음을 말해 준다. 김광호의 삶에 대한 기본적 태도는 자신이 하고

---

74) 「현대 조선 소설의 이념 —로만개조에 대한 일 작가의 각서」, 『조선일보』, 1938.9.18.

있는 일에 대한 충실함이다. K와 김광호는 세계의 변혁 가능성에 대해서는 생각하지 않는다. 기본적으로는 통속소설에 불과한 『사랑의 수족관』이 지니는 또 하나의 의미는 현실의 힘과 함께 인간에 대한 불신을 드러내고 있다는 점이다. 금전과 애욕을 둘러싼 음모 속에서 결국 행복한 결말이 오지만 작가 김남천은 이 행복한 결말에 대해서조차 불신한다. 광호와 재벌이 딸 경희와의 결혼은 온갖 음모에 의한 난관을 뚫고 성공하지만 그 음모 자체는 밝혀지지 않는 채 끝나고 만다. 광호와 경희의 행복 또한 불확실한 것으로 남는다. 「속요」는 훨씬 직접적으로 김남천 자신과 가까운 인물을 다루고 있는데, 과거 좌익 문학 평론을 하다가 한 번 검거된 후 출판사에서 고서 정리를 하고 있는 김경덕, '비평할 시대가 아니라 관망할 시대다'라고 외치면서 시세를 타고 한 몫 잡으려는 홍순철, 여전히 문학 평론을 놓지 않고 있는 남성, 그들은 더 이상 어떠한 가능성도 남기지 않는 인물로 희화화되며 김남천이 한 가닥 동정을 보이고 있는 남성조차 자신의 삶을 관리하지 못하고 자신의 아내마저 빼앗기는 철저히 무기력한 인물에 불과하다.

관찰문학은 '탈사상의 문학'[75]임과 아울러 자기 자신에 대한 불신의 문학이다. 한편으로는 파시즘의 시대에 문학이 살아남을 수 있는 유일한 길[76]이기도 하지만, 한 인간에게는 자기 자신의 존재를 거부하는 문학이기도 하다. 셰익스피어적인 개성 몰각, 몰주체의 논리도 이와 동일한 것이다. 관찰문학론이 자기로서는 필연이었다는 김남천의 말은 또 다른 의미에서 보아도 정당하다. 작가가 지니는 사상, 세계관을 그처럼 고정된 그 무엇으로 상정하는 한, 김남천은 군국주의로 치닫는 '사실'의 힘 앞에서 패배할 수밖에 없는 것이다.

---

75) 김윤식, 『한국근대문학사상사』, 24쪽.
76) 김윤식, 위의 책, 240쪽.

4. 김남천 창작방법론의 특질과 리얼리즘의 귀착점

이상에서 김남천의 창작방법론이 변화하는 과정을 순차적으로 살펴
보았다. 1930년대 전반에 걸친 창작방법론의 변화는 정치 운동의 문화
적 방식이라 할 수 있는 볼셰비키적 문학론에서 출발하여 발자크적 리
얼리즘—작가의 주관과 체험을 배제한 몰주체의 리얼리즘에 이르는 양
상을 보여준다. 이는 "사상(이데올로기)에서 비롯하여 리얼리즘에 도달
하는 길"77)이며 사상으로서의 문학으로부터 탈사상의 문학에 이르는
길이었다. 이와 같은 변화 과정 속에서 드러난 것은 그의 창작방법론
에서 작가의 세계관과 현실과의 관계가 문제적으로 되고 있다는 점과,
자신 및 자신을 포함한 일군의 지식인—사회주의를 신봉하고 공산 사
회의 도래를 꿈꾸면서 세계를 변혁하고자 하였던 소시민 지식인—을
바라보는 김남천의 시선의 변화가 중요한 변수로 작용하고 있다는 점
이었다. 본장에서는 몇 가지 문제를 중심으로 김남천의 창작방법론의
변화가 드러내는 특징적 양상을 개괄해 보겠다.

김남천의 창작방법론의 변화에는 문학관의 변화가 수반되고 있다.
'문학이란 무엇인가'라는 질문은 김남천에게는 다음과 같은 밀접히 관
련된 두 질문을 포괄하고 있다고 여겨진다. 첫째, 이 시대에서 문학은
어떠한 역할을 할 수 있으며, 또 해야만 하는가. 이는 사회 속에서 문
학이 지니는 의미를 묻는 것이다. 둘째, 문학이란 김남천 자신에게는
어떠한 의미를 지니고 있는가. 우선 첫째 문제에 대해 김남천이 어떻
게 생각하고 있는가를 보자. 김남천은 문학에 대해 이중적인 태도를
갖고 있다. 문학은 한편으로는 어떤 진리—이미 인정되어 있는 진리를

---

77) 김윤식, 『한국근대문학사상사』, 241쪽.

전달해주는 방식이며, 또 한편으로는 객관적으로 존재하는 현실의 본질을 드러내주는 방식이다. 볼셰비키적 문학론, 즉 문학의 임무를 당의 슬로건을 대중의 슬로건으로 만드는 것으로 규정하는 문학관은 전자의 극단적인 예일 것이다. 이 때 문학은 전체적인 정치적 프로그램의 하나로, 정치의 한 부분으로 된다. 이른바 '해설로서의 문학'[78]으로 존재할 가능성이 매우 크다. 문학과 정치와의 관계에 있어서는 이와는 의미상으로 큰 차이를 보이기는 하지만 모랄론의 입장도 기본적으로는 이와 동일한 선상에 놓여 있다고 할 수 있다. '문학적 모랄'이라는 범주의 설정은 과학에 의해서 인식된 과학적 진리가 문학적 형상으로 전화하는 과정을 설명해 내기 위한 것이다. 즉 '모랄'이란 과학적 개념이 문학으로 형상화되는 과정이다. 현실을 연구하고 관찰함으로써 얻어진 과학적 개념과 문학이 밀접하게 관계되고 있음은 사실이다. 왜냐하면 문학 또한 현실의 본질을 드러내는 것을 본령으로 하기 때문이다. 그러나 문학이 과학적 개념, 이미 만들어진 진리를 단지 감각화하는 것은 아니다. 김남천이 지녔던 또 하나의 문학관은 바로 이점에 관련되어 있다. 문학은 현실을 왜곡 없이 반영하는 것이라는 생각은 자신의 작품 「물」에 대한 옹호에서부터 비롯하여 관찰문학론에 이르기까지 계속적으로 그 양상이 변화된 상태로 드러나고 있다. 고발문학론을 제창하면서 주장하는 '철저한 묘사, 반영'으로서의 리얼리즘, 풍속론에서의 현실의 본질이 감각적으로 드러나는 풍속의 묘사, 관찰문학론에서 주관을 객관에 종속시키는 리얼리즘은 이에 속한다고 할 수 있다. 김남천의 창작방법론은 전체적으로는 전자의 태도에서 후자의 태도로 이전하고 있지만 공시적으로도 드러나고 있다는 점에 그 특징이 있다(모랄

---

78) G. 루카치 외, 황석천 옮김, 『현대 리얼리즘론』(열음사, 1986), 115-6쪽 참조. 루카치는 마르크스주의를 너무 직접적으로 일상적 실천적 문제에 적용시킬 때 해설로서의 문학(literature-as-illustration)'이 나타나거나, 조사와 선전, 선동의 관계가 역전되어 나타난다고 한다.

-풍속론이 좋은 예이다).

　김남천에게 있어서 문학이란 어떤 의미를 지니고 있는가 하는 두 번째 문제를 검토해 보자. 첫째 문제의 논의와도 일정하게 관계를 지니는 이 문제는 식민지 시대 지식인인 김남천의 존재 방식을 묻는 문제이다. 존재 방식이란 본래적인 어떤 것이 아니라, 현실의 객관적 조건에 의해, 그리고 그 조건에 대응하는 인간의 실천에 의해 규정되는 것이다. 이 문제의 두 극은 정치인과 문학인으로 설정된다. 볼셰비키화를 제창했을 무렵의 김남천의 존재 방식은 문학인으로서라기보다 정치인으로서의 그것이었다고 할 수 있다. 문학이 정치의 한 보조 수단으로밖에 여겨지지 않았다는 점과도 이는 관계되는데, 문학이란 김남천에게는 삶의 한 방식에 불과한 것이었다. 당시에 작가적 실천이라는 말이 지니는 의미가 문학적 실천—작품 행동—의 의미와 그 이외의 여러 실천의 의미도 포함하고 있었다는 점도 참고가 된다. 또 한편의 극단이 문학인으로서의 존재 방식이다. 관찰문학론에서 극단적으로 드러나는 이러한 규정은 오직 문학에서만 자신의 삶의 이유를 발견함으로써 문학에 자신의 생의 전부를 거는 존재 방식이다. 문학은 더 이상 삶의 한 부분으로서가 아니라 삶 그 자체로서 존재하며, 여타의 다른 삶의 부분은 전혀 고려되지 않는다.

　자신의 삶의 방식, 존재 방식의 규정은 자기 자신에 대한 판단과 밀접히 관련지워질 수 있다. 창작방법론의 제 변화의 근거에는 자신에 대한 불신과 절망이 깊이 내재되어 있다. 마음 깊숙한 곳에서의 절망과 그 극복의 노력, 자기 위안의 방식으로서의 '문학인'이라는 존재 규정, 이러한 둘째 문제를 둘러싸고 있는 변화와 첫째 문제를 둘러싸고 있는 변화가 서로 상응하고 있다는 사실은 흥미롭다. 한 개인이 지니는 문학관의 변화와 자기 존재의 한계 인식 및 그에 따른 삶의 방식의 변화가 상응한다는 것은 김남천이 문학론을 자신의 삶과 분리시키지 않고 있다는 것을 의미한다. 특히 관찰문학론에서 문학인으로서의 존재 규정과 몰주체의 리얼리즘이 결합하고 있다는 것은 의미 깊다.

이상과 같은 문학관에서 보이는 변화는 문학론의 구조 자체에도 영향을 미치고 있다. 곧 세계관과 현실의 분리 양상이다. 세계관이란 세계를 전체적이고 통일적으로 파악하는 것을 가리키며, 세계에 대한 지적인 파악뿐만 아니라, 인간의 존재 및 태도라고 할 수 있는 행위, 생활, 이상, 평가 등의 실천적이고 정의적인 태도를 의미한다. 마르크스주의 미학에서는 본질적으로 사회적 기초를 지닌, 현실의 일정한 반영, 설명으로 규정된다.79) 이 때 현실이란 계급 투쟁의 현실이며, 세계관은 대립하는 각 계급의 관계의 반영으로 근본적으로 계급적 성격을 띤다. 모든 세계관은 계급적 세계관이다. 김남천의 문학론의 구조적 특징이 세계관과 현실의 분리 양상이라 할 때, 이 때 역시 세계관은 계급적 세계관을 의미한다. 그러나 본고에서 개괄한 세계관은 각 단계에서 각기 다른 방식으로 표현되며, 김남천도 세계관이란 개념을 명확히 규정하고 사용하고 있지 않다. 예컨대 고발문학론에서 그가 말하는 세계관은 사상으로서의 세계관으로 마르크시즘을 뜻한다. '건전한 사실주의'의 건전한 세계관도 이와 동일한 의미이다. 이 때 건전한 세계관은 현실의 올바른 반영의 전제가 될 뿐 아니라 작가가 당파성을 확보할 수 있게끔 해 준다. 그러나 모랄론에서의 세계관은 세계 직관의 의미로 사용되며 종래의 세계관 개념은 '과학적 진리'라는 용어로 대체된다. 문제는 용어 사용의 혼동 및 그 차별성에 있다기보다는 그가 세계관의 개념을 환성되고 고정된 것으로 상정하고 있다는 점에 있다. 누차 언급하였듯이 김남천은 세계관을 문학 주체가 완전하게 파악하고 체득하지 않으면 안될 사상적 무기, 혹은 문학을 통해서 전달되어야 할 것으로 상정하고 있다. 세계관이 고정된 어떤 것으로 상정될 때, 그

---

79) 로젠타리 외, 홍면식 역, 『창작방법론』, 문경사, 1949, 23쪽.

것은 문학에 반영될 또는 주체에 의해서 인식될 구체적이며 역사적인 현실과는 관련성을 잃게 된다. 김남천의 창작방법론에서 세계관과 현실이 상호 연관성을 상실한 상태로 분리되어 나타나는 것은 일차적으로 이 때문이다. 그리고 창작 방법이란 세계관과는 무관한 순수하게 방법적인 것이 된다. 세계관이 기본적으로 현실의 반영임은 앞에서 말한 바 있다. 따라서 올바른 세계관이란 현실의 가장 올바른 반영이며, 현실의 본질, 필연성의 인식이다. 세계관은 그 출발을 현실 그 자체에 두고 있는 것이다. 김남천에게서는 세계관과 현실의 관계가 역전되어 있거나 무관한 것으로 나타나며 출발점으로서의 현실이 망각되어 있거나 회피되어 있다. 김남천에게는 현실은 한낱 반영될 대상의 차원 이상이 아니다. 다시 말해서 운동하고 있는 장, 주체의 능동적 행위의 장으로서 설정되고 있지 않는 것이다. 그가 말하는 리얼리즘이 현실의 충실한 묘사, 반영의 선 이상을 넘고 있지 못한 것도 이 때문이다. 문학관에서 드러난 이중성이 세계관과 현실의 관계 설정에 깊이 침투하여 있다.

　이러한 양상과 관련되어 있는 또 하나의 요소가 자기 자신을 바라보는 김남천의 시선이다. 그 눈은 자기 불신의 눈이다. 김남천의 창작방법론의 출발은 자기 자신에 대한 고발이었다. 고발되어야 할 자신이란 현실과의 대결에서 패배한 소시민 지식인이다. 고발문학론을 살펴보는 자리에서 드러난 것처럼 현실에서의 패배의 원인은 자기 계급 고유의 소시민성과 사상적 무기인 세계관의 불확고이다. 현재의 자신으로서는 세계를 올바로 파악할 능력이 없다는 인식, 그리고 자신이 지니고 있다고 생각했던 세계관이 현실과의 대치에서 형편없이 패배해 버렸다는 인식이 창작 주체의 위치를 설정할 수 없게 하였고 때문에 한편으로 세계관을 획득하기 위한 노력과 또 한편으로 리얼리즘—현실의 왜곡 없는 반영—을 달성하기 위한 노력이 매개되지 않은 상태로밖에 나타날 수 없었던 것이다. 자기 자신의 한계는 운명적인 것으로까지 확대되는데, 운명적이라는 인식은 그 극복의 가능성을 더욱 약화시키고 문학론에서도 주체의 역할은 더욱 축소된다. 모랄-풍속론이 바로 이러한 경우이다. 과학적 개념이 형상화될 때 주체가 하는 일은 그 개념에 감각적 의장을 입히는 것에 불과하며, 풍속을 묘사하는 일 이외에는 없다. 결국 이러한 의식이 마지막으로 도달한 곳이 몰주체의 리얼리즘─관찰문학론이다. 김남천의 창작방법론에서 끝까지 창작 주체가 문제가 된 것은 그가 작가적 입장에서 사고하고 있음을 보여준다. 문학─리얼리즘이 작가적 입장에서 문제가 될 때, 리얼리즘은 더 이상 사후 판단적인 것이 아니라 실제적인 창작의 지도 지침으로 된다. 다시 말해서 작가에게 실천 가능한 것이 되어야만 하는 것이다.

리얼리즘이란 현실의 올바른 반영을 말한다. 즉 객관적으로 존재하는 현실과 반영된 현실 사이의 근접성을 묻는 것이다. 그러나 이 근접성은 단지 객관적 현실의 한 부분을 그대로 재현함으로써 성립되는 것은 아니다. 리얼리즘이 드러내는 것은 현실의 본질적인 모습이다. 언제나 현상의 배후에 숨어서 현상으로만 나타나는 현실의 본질을 드러내는 것이 리얼리즘이다. 이 때 현실의 본질은 모든 예술의 본질이 그러하듯이 감각적 직접성으로 표현된다. 리얼리즘의 특질적 범주는 전형성이다. 전형은 "주어진 사회의 힘의 본질이, 최대의 힘과 날카로움을 지니고 표현하고 있는 바의 것"[80]이며 보편자와 개별자를 유기적으로 통합하는 종합으로서의 특수성의 범주이다.[81] 리얼리즘이 현실의 단순한 모사, 재현이 아니라 본질의 감각적, 직접적 드러냄이라 할 때, 비로소 그 본질을 파악해 내는 즉 일상적 현상적 세계에서 본질적인 것과 비본질적인 것을 구분해 내는 작가의 눈, 세계관이 문제가 된다. 이

---

80) ミルスキ-, 熊澤復六 역, 『リアリズム』, 靑和書店, 1936, 18쪽.
81) G. 루카치, 홍승용 역, 『미학서설』, 실천문학사, 1987, 253-264쪽 참조.

작가의 눈은 예술의 형성 원리 및 선택 원리로서 작용한다.[82] 이제 리얼리즘은 작가의 세계관과 현실 사이의 긴장 관계로 드러난다. 엥겔스의 '리얼리즘의 승리'란 작가의 의도와 결과로서의 작품이 보여주는 것이 일치하고 있지 않을 때, 그리고 후자가 훨씬 더 현실의 본질에 접근하여 있을 때 성립하는 것이다. 그러나 이것이 결코 올바른 세계관을 지녀야 함을 부정하는 것은 아니다. 발자크의 작품이 드러낸 것은 제한된 현실의 본질이다. 작가의 세계관이 올바르면 올바를수록 작가의 세계관에 의한 현실의 왜곡은 적어지며 그만큼 작품 속에서 표현된 현실의 모습이 객관적 현실의 본질에 근접하게 될 가능성은 커지는 것이다. 물론 올바른 세계관의 확보가 항상 훌륭한 리얼리즘을 가능하게 하는 것은 아니다. 단지 세계관은 작가가 현실을 대할 때 출발의 지침이 되는 것이다. 세계관 또한 현실의 반영이며, 현실은 인식된 현실보다 언제나 풍부한 것이다. 세계관은 현실을 옳게 이해하기 위한 지도적 선이지 현실을 재단하는 틀은 아니다. 그렇지 않을 때, 세계관은 리얼리즘에서 질곡으로 화한다.

김남천의 경우 세계관의 중요성을 인식하고 있었으며 작가의 세계관이 선택 원리로서 작용한다는 사실도 이해하고 있었다. 그리고 그가 올바른 세계관이 필요함을 역설한 것은 정당한 일이었다. 그러나 그는 세계관이 현실의 반영임을, 그리고 그것이 작가의 실천에 의해 형성되는 것임을 몰각하고 있었다. 다시 말해서 그는 이론-실천의 변증법을 몰각하고 세계관을 고정된 것으로 인식하고 있었다. 세계관이란 인간의 "모든 실천을 따라 항상 새로 형성되고 영원히 변화하는 산 체계"[83]로서 이해되어야 하는 것임에도 김남천은 그렇게 하지 못하였다. 올바른 세계관은 이론적인 학습으로써만 가능한 것은 아니다. 이와 더

---

82) 위의 책, 21쪽.
83) 로젠타리 외, 앞의 책, 102쪽.

불어 주어진 현실 속에서 그 현실을 올바르게 변혁하기 위해 현실과 대결하려는 치열한 의식과 끊임없는 실천을 통해서만 올바른 세계관은 획득될 수 있는 것이다. 김남천이 그렇게 할 수 없었던 것은 자신이 소시민이라는 인식과 함께 실천이 불가능하다는 것을 인정하였기 때문이다. 그리고 또 하나의 요인은 그의 관념성이다. 김남천의 관념성은 자기 고발에서 현저하게 드러나는데, 자기 자신이 지닌 한계에 대한 비판, 그리고 그를 극복해야 한다는 의지는 매우 강하지만, 그 극복의 방식은 현실과 매개되지 않은 의식 내부의 투쟁에 불과한 것이었으며 이러한 관념적인 투쟁은 극복의 가능성을 내포하지 않는 것이었다. 고발문학론에서 현실에 대한 비판의 한 형태로서 제시된 현실의 부정, 혹은 관조적 리얼리즘이나 그 맥을 잇는 주체가 문제되지 않아도 되는 리얼리즘으로서의 관찰문학론은 이러한 관념성의 필연적인 귀결이라 할 수 있다.

김남천의 창작방법론은 어려운 상황 속에서 가능한, 작가에게 직접적인 도움이 될 창작방법론을 구하려 노력한 결과 얻어진 산물이다. 그러나 이 창작방법론은 자신의 한계와 주어진 현실 상황의 한계를 결코 넘지 못한 것이었다. 김남천이 마지막에 도달한 엥겔스적 리얼리즘이 "주관이나 사상 이데올로기를 가질 수 없는 시대, 파시즘에 직면한 시대에서 상처 입지 않고 문학을 할 수 있는 유일한 길"[84]일 수도 있겠지만, '상처 입지 않는 문학—리얼리즘'이야말로 관념적인 것이다. 진정한 의미에서의 리얼리즘은 언제나 정치적인 것일 수밖에 없기 때문이다. 리얼리즘이 현실의 본질을 문제삼고 현실의 방향성을 드러내야만 하는 것이라면 그것은 왜곡된 현실에 대한 비판이어야 하며, 그런 의미에서 주체를 배제하는 리얼리즘이란 자기 기만 혹은 자기 위안에 지나지 않는 것이다.

---

84) 김윤식, 앞의 책, 240쪽.

「소설의 운명」을 출발점으로 하여 1941년 전후에 발표된 제 평론은
이러한 맥락에서 검토되어야 한다.

> 차안의 몰락은 확실하지만 건너뛰어야 할 피안의 세계는 나타나 있
> 지 아니하다. 전환기가 가지고 있는 분위기의 하나는 이 피안의 결여
> 에 있지는 아니한가.[85]

　루카치의 『소설의 본질』과 「부르주아 서사시로서의 장편소설」을 거
의 그대로 요약하여 발표한 「소설의 운명」의 핵심은 위의 인용에 드러
나 있다. '피안의 세계'의 모습이 보이지 않는다는 말은 당시의 검열을
염두에 둔다 해도 다음의 말과 더불어 어느 정도의 진실을 내포하고
있다고 판단된다.

> … 지구 위의 낡은 질서가 물러가고 새로운 질서가 찾아오려는 가
> 장 중요한 역사적 순간… 세계사의 전환기에 대하여 하나의 時務의 말
> 도 원리도 그리고 포즈조차 가지고 있지 못하다는 것은 얼마나 부끄럽
> 고 또 슬픈 일이냐.[86]

　개인적 절망과 문학을 통한 절망의 극복, 그와 아울러 시대—전환기
의 초극이 얼크러져 있는 이 시기의 평론에 대해서는 두 가지 측면에
서 논의할 수 있다. 첫째는 그가 어떠한 사상에도 자기 자신을 의탁하
지 못하고 있다는 사실이다. 전망이 보이지 않는 시대에 가능한 일은
몰락하고 있는, 폐기되어야 할 현 사회에 대한 비판뿐이다. 그러나 그
러한 비판이 작가의 올바른 사상적 태도가 정립되지 않는 상황에서는
불가능한 것임은 고발문학론에서 스스로 인식한 바이다. 그렇다면 '관

---

85) 「소설의 운명」, 『인문평론』, 1940.11, 13-4쪽.
86) 「원리와 시무의 말」, 『조광』, 1940.8, 100쪽.

찰문학론', '작가의 주관과 사상 여하에도 불구하고 나타나는 리얼리즘' 만이 남는다. 둘째는 그 스스로 자기 자신이 제시한 '소설의 운명' 자체에 대해 확신하고 있지 않다는 점이다. 새로운 소설의 단초로서의 고리키에 대한 지향과 조선 소설에 대한 판단의 유예가 드러내는 이중성은 첫째 측면에서 말한 시민 사회 말기의 인간성 비판과 엥겔스적 리얼리즘 사이에서 드러나는 이중성과 동일하다. 이러한 이중성은 세계사적 보편성과 조선적 특수성의 문제이다. 조선 사회와 조선의 문화가 세계사적 보편성, 즉 자본주의 사회―시민 사회의 몰락과 새로운 사회의 도래라는 필연성에 따르게 됨은 물론이나, 시민 사회의 완성을 거치지 않은 데 조선의 특수성이 있다. 이 조선적 특수성의 문제를 해결하지 못한 것이 김남천으로 하여금 '피안의 세계'에 대한 정확한 전망을 갖지 못하게끔 한 것이다. 이러한 김남천의 의식은 「낭비」(『인문평론』, 1940.2-1941.2. 미완)에서 그 편린을 보여준다. 헨리 제임스를 매기로 표출되는 주인공 이관형의 절망적인 의식, 구라파 문명의 외곽에서 구라파를 동경하다가 구라파의 몰락의 모습에 절망하고 결국 지향점을 상실했던 이관형의 의식은 바로 김남천의 그것이라고는 판단할 수 없지만, 「맥」(『춘추』, 1941.2)에서 표명되는 이관형의 입장이 김남천의 평론에서 동일하게 반복될 때, 이관형의 사고에 김남천의 의식이 침투하고 있음을 상정할 수 있다. 그렇다면 이관형의 모색이야말로 바로 김남천의 모색이라 할 수 있다. 이제 비로소 '보리의 사상'이 지니는 의미를 검토할 수 있게 된다. '보리의 사상'의 본질은 '유예'라고 보인다. 어차피 갈려서 빵이 될 것이라면 지금 갈려서 빵이 되기보다는 땅에 묻혀서 꽃을 피우겠다는 최무경의 사고는 '유예의식', 또는 '살아남음'의 의식이라 할 것이다. 이는 아무 것도 판단할 수 없는 시대의 삶의 방식이다. 「길우에서」, 『사랑의 수족관』 그리고 「등불」(『국민문학』, 1942.3)에 이르는 기본선인 '자신에게 주어진 일에의 충실', '숙련의 아름다움'과 발자크적인 리얼리즘이 이 '유예의식'과 동궤인 것은 물론이다. 「등불」의 말미에서 보이는 다음 한 마디는 파시즘의 시대에 전망을 상실한 지식인의 솔직한 자기 고백이 될 것이다.

　　　… 「나는 살고 싶다.」[87]

5. 결 론

　본고의 목적은 1930년에서부터 1941년에 걸치는 김남천의 문학론(특히 30년대 후반의 창작방법론)의 변화 과정을 살펴봄과 아울러 그것을 통해서 30년대를 살아간 한 지식인 작가가 현실에 어떻게 대응해 나가는가를 밝혀내는 것이었다. 1935년 카프의 해산 이후 그가 해결하지 않으면 안 되었던 것은 자기 자신의 극복과 아울러 엥겔스의 리얼리즘론을 기축으로 한 새로운 이럴리즘을 창작방법론으로 완성하는 것이었다. '리얼리즘의 승리', 세계관과 창작방법의 모순의 가능성이야말로 조선의 작가로서는 '복음'과도 같은 것이었다. 엥겔스의 리얼리즘론은 조선 작가에게 종전의 과도한 정치 편향으로부터 벗어날 수 있는 가능성을 부여하였지만 이러한 과도한 정치지향성으로부터의 벗어남이 곧바로 소시민 문학으로 빠져나갈 수 있었음은 조선의 특수성이라 할 수 있을 것이다. 엥겔스가 말한 바 리얼리즘의 승리란 어쩌면 작가의 세계관과 창작 방법과의 모순이 아니라 작가의 세계관 자체의 모순일지도 모른다. 누시노프에 따르면 발자크에게서 드러난 모순은 당해 사회의 모순이었다. 시대의 모순과 충돌, 그리고 새로운 힘의 발현이

---

87) 「등불」, 『국민문학』, 1942.3, 125쪽.

『인간 희극』이라는 그의 작품을 관철한 것이다. '위대한 리얼리즘의 승리'가 사후적인 판단의 영역에 속하는 것도 이 때문이다. 판단의 영역에서 실천의 지도성의 영역으로, 사후적인 것으로부터 사전적인 것으로 이전해 가는 과정에서, 엥겔스의 '리얼리즘의 승리'를 올바로 파악해야만 하는 난점이 김남천에게 놓여 있었던 것이다. 판단에서 창작 주체는 현실과 작품 사이를 매개하는 위치에 있음에 비해 창작 실천 및 그 지도에서는 작가는 더 이상 매개가 아니라 출발점이 된다. 예술 작품의 판단 기준으로서의 리얼리즘과 창작방법으로서의 리얼리즘의 위상의 차가 여기에 있으며 김남천의 창작 방법론은 판단에서 실천으로 넘어가는 과정에서 이 위상차를 극복하려는 노력의 소산이다.

김남천의 창작방법론의 변화 과정을 살펴볼 때 기준으로 삼았던 것은 작가의 세계관과 문학의 대상으로서의 현실 사이의 관계가 어떻게 드러나고 있는가였다. 이로써 밝혀진 것은 김남천이 그의 창작방법론 속에서 이 관계를 올바르게 설정하려고 노력하고 있으나 실패하였다는 사실이다. 실패할 수밖에 없었던 것은 세계관과 현실을 고정적이고 기계적으로 이해하고 있었기 때문이었다. 작가의 세계관과 현실이 모두 동적이라는 사실, 그리고 상호 관련 속에서 변증법적으로 규정되어야 한다는 사실을 몰각하고 있었던 것이다. 이러한 몰각에는 김남천이 자신을 바라보는 태도, 현재의 자기 자신에 대한 인식이 크게 작용하고 있었다.

김남천의 창작방법론의 변화 과정에서는 상호 밀접하게 관련되어 있는 세 가지 특징을 발견할 수 있었다 첫째, 김남천이 문학을 보는 관점이 이중적이라는 점. 즉 문학을 이미 확정된 진리를 전달하는 수단으로 보거나 아니면 현실의 객관적 묘사로서 보고 있다. 이 두 문학관 사이의 간극은 또 하나의 특징인 세계관과 현실 사이의 괴리로 나타난다. 마지막으로 들 수 있는 특징적인 모습은 극도의 자기 집착과 그에 따른 자기 기만, 혹은 자기 위안의 모습이다. 자신에 대해 솔직하다는 것, 그리고 그에 따르는 자기 비판의 치열성은 실천적 행위가 따르지 않는 관념적인 것인 한, 결코 자기 자신을 극복할 수 있는 발판이 되지 못하며, 오히려 자기 위안이 되기도 하는 것이다.

그러나 이상과 같은 김남천의 한계가 곧 그의 노력 모두를 전적으로 무화시키는 것은 아니다. 그가 자기 자신의 문제로부터 결국은 벗어나지 못하였고, 또 문학에 대한 사고도 비변증법적이며 기계적이었다 하더라도 그리고 그의 노력이 성공을 하지 못하였다 할지라도, 작가로서 당대의 상황에서 최대한으로 가능한 창작방법론을 추구하였다는 점, 그리고 그 지향점이 실천적 리얼리즘이었다는 점은 마땅히 높이 평가되어야 한다. 오늘날 우리에게 중요한 것은 그가 달성한 리얼리즘이 어느 수준이었는가, 혹은 그가 당대 세계 문예이론의 한 봉우리를 이루고 있던 루카치의 리얼리즘론을 어느 정도 소화해 냈는가 하는 점이 아니라, 그가 얼마나 성실하게 자신에게 주어진 상황에 대응하고 상황을 극복하기 위해 얼마나 노력하였는가 하는 점이다. 김남천에 대한 새로운 조망의 가능성도 바로 여기서 찾아져야 할 것이다.